내 인생 최고의 동행

내 인생 최고의 동행

ⓒ 가재산 외 71인, 2023

1판 1쇄 인쇄__2023년 11월 20일
1판 1쇄 발행__2023년 11월 30일

지은이__가재산 외 71인
펴낸이__홍정표

펴낸곳__작가와비평
　　　　　등록__제2018-000059호

공급처__(주)글로벌콘텐츠출판그룹
　　　　　대표__홍정표 **이사**__김미미 **편집**__임세원 강민욱 백승민 권군오
　　　　　디자인__가보경 **기획·마케팅**__이종훈 홍민지
　　　　　주소__서울특별시 강동구 풍성로 87-6 **전화**__02-488-3280 **팩스**__02-488-3281
　　　　　홈페이지__www.gcbook.co.kr **메일**__edit@gcbook.co.kr

값 15,000원
ISBN 979-11-5592-314-6 03810

내 인생 최고의 동행

가재산 외 71인

작가와비평

함께 가는 멀고 아름다운 길

김종회(문학평론가, 한국디지털문인협회 회장)

아메리카 인디언 속담에 이런 말이 있습니다. "빨리 가려거든 혼자 가라. 멀리 가려거든 함께 가라. 빨리 가려거든 직선으로 가라. 멀리 가려거든 곡선으로 가라. 외나무가 되려거든 혼자 서라. 푸른 숲이 되려거든 함께 서라." 다시 돌이켜 볼 때마다 정말 깨우침이 되는 말입니다. 문명의 개화가 빨라서 이른바 선진사회라 불리는 나라의 개인주의는 이 늦고 불편함이 많은 부족사회의 지혜에 미치지 못합니다. 이는 어떤 목표를 가지고 일을 할 때, 그것을 값있고 아름답게 이룰 수 있는 '동행'에 대해 성찰하게 합니다. 과거에도 그러했지만 현재나 미래에 있어서도 이 확고한 인생사의 방정식을 깨뜨리기는 어렵습니다. 함께 하는 일의 효용과 혼자 하는 일의 한계를 생각해 보면 더욱 그렇습니다.

우리 시대의 3040 세대는 '컴활(컴퓨터 활용 능력 자격증)'을 따러 컴퓨터 학원으로 달려갑니다. 파워포인트(PPT)와 엑셀을 다루는 능력이 '일잘러(일을 잘하는 사람)'의 기준으로 손꼽히는 까닭에서입니다. 그런가 하면 우리 눈앞의 생성(Generative) AI 챗 GPT가 그 도식을 대체하여 일의 패턴을 바꿔놓기도 합니다. 프롬프트(Prompt, 명령어)만 입력하면 콘텐츠를 제작해 내고, 자료수집과 문서편집 등 업무혁명을 예고하는 시점에 이른 것입니다. 과거 처음으로 컴퓨터가 등장하던 시기가 잔물결이었다면, 인공지능 컴퓨터가 몰고 오는 과학적 실용성의 시기는 큰 파도를 넘어 해일(海溢)로 가고 있습니다. 그런데 동시대의 이 모든 일은 함께하는 '협업'의 가치와 미덕을 위협합니다.

그렇기에 우리는 문명의 이기와 혜택을 누리되 그보다 더 중요하고 근본적인, 사람과 사람 사이의 관계성 곧 동행을 잊지 않아야 합니다. 성경은 곳곳에서 하나님 그리고 예수님과 동행하는 삶의 의미에 대해 기록하고 있습니다(행 17:28, 고전 6:17, 골 1:27). 불교에서는 명상과 수행에 절대적인 도움을 주는 벗을 도반(道伴)이라고 합니다. 곰곰 생각해 보면 우리의 분주하고 고된 일상 가운데 마음 맞는 동행이 없다면 얼마나 황량하고 쓸쓸할까 싶습니다. 우리 한국디지털문인협회에서는 4차 공동문집의 주제로 '내 인생 최고의 동행'을 선정하고 여러 귀한 손길의 수고에 힘입어 이 책을 간행하게 되었습니다. 그 은덕으로 많은 분이 따뜻한 감성과 재미있는 담화, 소박하지만 품격 있는 교훈을 더불어 나눌 수 있게 되리라 믿습니다.

72개의 우주를 만들다

이상우(한국디지털문인협회 이사장)

21세기 인류의 최대 과제인 4차 산업혁명은 이제 바야흐로 절정에 오른 것 같다. 4차 산업혁명의 주역인 디지털 문명도 한창 꽃을 피우고 있는 중이다. 따라서 부작용도 많이 터져 나오고 있다. 이 중요한 시점에서 〈한국디지털문인협회〉가 창설되어 2년째를 맞이하고 있다.

전 세계는 앞다투어 '디지털 권리장전' 만들기에 바쁘다. 우리 협회의 창설 목표 중 하나는 디지털 창작가를 위해 저작권 확보를 위한 법률 또는 규칙 제정이다. 민간 기구로서는 우리 협회가 가장 먼저 시작한 일이다.

우리가 공동으로 발행한 문집이 벌써 4번째다. 디지털상의 권리확보도 꼭 필요하게 된 시점이다. 우리 협회는 창설한 지 겨우 1년밖에 안 되었지만 그동안 많은 업적을 쌓았다. 세미나를 두 차례나 개최하고 합동 문집을 4번째 발행하게 되었다.

이번에 발행하는《동행》도 물론 창작에서부터 교정, 편집디자인까지 100% 디지털로 제작이 이루어졌다. 오직 핸드폰 하나로 72명의 작가가 72개의 우주를 만들어 냈다.

사람이 살아가는 데 가장 중요한 일 중 하나가 동행이라고 할 수 있다. 가장 가까운 인생의 동반자는 혈육을 나눈 가족 외에 단연 배우자가 제일 먼저 떠오를 것이다. 친구, 스승, 선후배, 동료, 종교인이라면

하느님이나 부처님일 수도 있다. 요즘은 반려동물도 즐겁고 다정한 동행이 될 수 있다.

생명체는 아니지만 내 생애 꼭 있어야 할 동행이 있다. 영혼을 달래주는 신앙, 정서를 다듬어주는 예술, 인생을 기름지게 하는 진리탐구, 취미와 기호로 삶의 양념이 되어주는 다양한 취미 오락 생활 등이 모두 우리의 동행자이다.

여기 핸드폰으로 창작하고 편집한 72인의 동행자도 다양하다. 72인의 '동행'을 잠깐 들여다보면 부부, 부모, 형제에서부터 노래, 수영, 사진, 등산, 그림, 한글, 천사 코스프레까지 있다.

모두가 자기의 우주를 문학 향기 물씬 나는 글 솜씨로 4000자 안에서 만들어냈다.

우리의 '핸드폰으로 우주 만들기'는 내년에도, 10년, 100년 후에도 동행인으로 어울려 계속되기를 바란다.

목차

제1부

제2부

제3부

목차

제4부

제5부

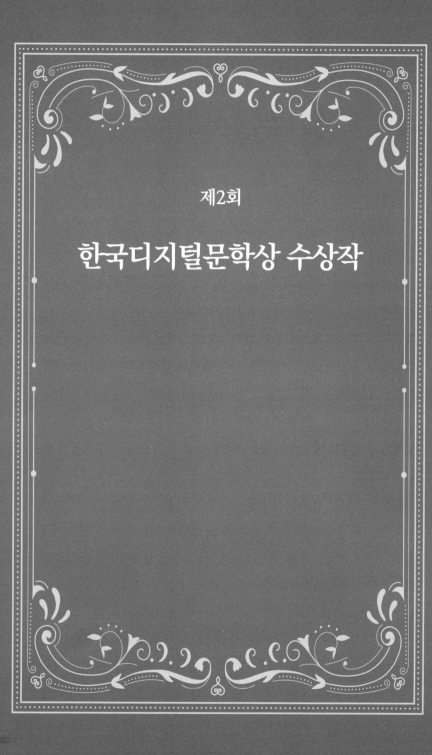

제2회

한국디지털문학상 수상작

김형진

또 다른 동행

며칠째 찌뿌듯한 회백색 구름들이 심술부리듯 하늘을 막고 있었다. 산중턱에 위치한 추모 공원으로 향하는 오르막 도로는 안개마저 더해 겨울에 수증기가 낀 것 마냥 사위가 희부옇다. 이른 아침 홀로 달리는 출근길은 내 자동차 배기음과 간헐적으로 들리는 까마귀 울음 외엔 고즈넉했다. 지그재그로 고개를 넘자 승화원과 장례식장 건물들이 먼발치에 모습을 드러냈다. 그와 함께 유족들의 곡하는 소리가 들려왔다. 연무에 덮여 신기루처럼 보일락말락 한 건물들 그리고 주변의 원시적 수목림과 어우러져 일정하게 반복되는 그 소리는 고대 주술 의식의 주문처럼 신비로운 정취를 자아냈다.

화장을 치르는 승화원 앞에는 유족들이 타고 온 버스와 자동차들이 정차된 가운데 운구를 하기 위해 검은 상복을 입은 행렬이 관운구차를 중심으로 현관입구에 나열해 있었다. 고인의 영정사진을 하염없이 쓰다듬으며 울부짖는 여성들의 모습이 눈에 들어왔다. 망자와의 돌이킬 수 없는, 두 번 다시 말 한마디조차 나눌 수 없다는 절망스럽고 아득한 비현실적 현실을 자각하는 순간마다 남겨진 그들의 슬픔은 고조될 것이다. 이런 장면을 거의 매일 봐야 한다는 사실이 처음엔 받아들이기 쉽지 않았지만 근무한 지 1년이 지난 이제는 조용한 아침이 되레

어색한 지경이 되었다. 주차를 하고 승화원 로비로 들어서며 현황모니터를 확인하니 오늘도 화장로와 장례식장은 예약으로 꽉 차 있었다. 이곳은 갈수록 지금보다 더욱 쉴 틈 없이 돌아갈 게 분명하다. 추모공원의 전망은 밝겠다는 웃기지도 않은 생각이 무심히 스치듯 지나갔다.

사무실에서 금일 확정된 장례식장을 확인하니 사용 빈소는 총 여섯 개였다. 밥, 수육, 육개장 같은 음식과 기타 빈소용품의 주문을 체크하고 발주하는 게 내 주된 일이었다. 주문량을 보면 대략적 조문객 규모가 파악된다. 그 규모가 보통의 범위를 벗어날 때 고인의 생전을 어느 정도 유추하기 쉬워진다. 언젠가 800인분 넘는 빈소와 50인분 이하 빈소가 같은 날 들어온 적이 있었다. 하필 빈소도 나란히 붙게 되었다. 빈소 앞은 비교하기조차 무색했다. 한 곳은 근조화를 빈틈없이 배치해도 복도 공간이 부족해 계단까지 점령할 정도였는데 반해, 다른 곳은 근조화 하나 없었다. 빈소 안의 분위기도 사뭇 대조적으로 이쪽은 잔칫집 마냥 시끌벅적, 저쪽은 적막함만 감도는 말 그대로의 초상집이었다. 죽어서도 속세의 풍요와 빈곤의 족쇄는 계속 이어진다고 할까.

오늘은 평균을 벗어난 주문은 없었다. 통상 예상되는 규모의 빈소들뿐이었다. 주문을 모두 체크하고 외부 거래처에 발주할 것들을 처리하고 나니 1시간이 훌쩍 지나갔다. 담배가 생각났다.

흡연장소 맞은편 1층은 시신을 닦고 수의를 입히는 염습실이다. 평소에는 블라인드로 투명창문이 가려져 있는데 오늘은 어쩐지 블라인드가 반만 내려져 있어 실내가 보였다. 마침 안에선 장례지도사 한 명이 새하얀 가운을 입고 한창 염습 중이었다. 이곳 추모공원에 있는 장례지도사는 나이대가 다양하지만 지금 시신 한 구와 고군분투하고 있는 장례지도사는 20대 후반의 여성으로 평소 자그마하지만 다부진 체구가 인상적이었다. 냉기만이 느껴지는 타인의 신체를 능숙하게 매만지는 그녀의 태도에는 조금의 망설임도 보이지 않았다. 거기에는 인고의 숙련을 통해 내재된 직업적 단단함이 배어 있었다. 불과 얼마 전 생명의 존엄한 가치를 담고 있었을 누군가의 육신이 그녀에겐 그저 일상적 업무의 대상처럼 보였다. 깨끗이 단장해서 포장해야 할 그 어떤 것이랄까. 죽음이 초래한 철저한 사물화의 현장을 지켜보며 담배 한 모금을 깊이 빨아들였다. 폐부에서 내뱉은 담배연기는 하늘 위로 피어올라 속절없이 흩어졌다. 마치 죽은 자의 영혼처럼 사라지는 연기 위로 저 멀리 이름 모를 산새가 날아올랐다.

사무실로 돌아가니 변동 상황이 발생해 있었다. 급하게 추가로 빈소 하나가 들어온다는 것이다. 벌써 발주는 다 나갔는데 다시 여기저기 전화해서 수정해야 하니 썩 달갑지 않은 소식이었다. 근데 예상과 달리 별도의 주문 필요 없이 제일 작은 빈소를 하루만 사용하면 되었다. 조문객도 안 받고 상식만 세 번 올리면 다음 날 바로 화장하고 끝낸단다. 지금껏 겪지 못한 경우라 뭔가 싶어 알아보니 무연고 사망자였다. 셋방에서 죽은 지 2주 만에 발견된 고독사였다. 1시간 뒤쯤 해당 고인을 실은 앰뷸런스가 안치실 후문으로 도착했다. 시신의 인수인계를 끝낸 운구 기사가 사무실로 들어왔다. 항상 연한 색상의 선글라스를 쓰고 있는 백발의 기사는 믹스커피를 타면서 진저리를 쳤다. 더운 날씨에 시신 상태가 좋지 않아 평소보다 몇 배나 애먹었다고. 말하면서도 참혹한 현장이 되새김되는지 짐짓 흥감스레 몸을 떨었다. 몇십 년 된 베테랑도 힘겨워할 정도였다면 그건 감히 상상이 범접할 수 없는 영역이겠다 싶었다.

무연고자의 상식을 경험도 없는 내가 올리게 됐다. 고인에 대한 홀

대라는 인상을 지울 수 없었다. 빈소에는 순백의 국화로 수놓아진 제단은커녕 마땅히 있어야 할 영정사진조차 없이 초라한 위패만 덩그러니 놓여 있었다. 진갈색 목향로 안의 만년향이 제 몸을 사위며 토해낸 가는 연기만이 무겁게 가라앉은 정지된 공간에 균열을 내고 있었다. 유족이 없을 줄 알았는데 검은 정장의 장년 남성 한 분이 빈소를 지키는 중이었다. 물어보니 무연고 사망자들의 장례를 도맡아 치르는 봉사업체 관계자였다. 간단한 인사를 건네고 받아 쥔 명함에는 업체명이 '동행'이었다.

천국이든 지옥이든 그 너머의 세계로 가는 실현적 출입문 같은 이곳에서 그 단어는 이질적이고 이중적인 느낌을 주었다. 동행이 살아선 없었고 죽고 나니 생겼다. 생전에 가장 필요로 했을 것을 사후에 얻게 된 상황이다. 죽고 나서의 동행이 의미가 있는 건가. 그것도 곁에 누구 하나 없어 홀로 외롭게 죽어간 이에게…. 서로 같이 가고 있음을 같이 느꼈을 때가 진정한 의미의 동행이라 할 때 어느 한쪽은 절대 모를 동행이라면 그건 너무 일방적이고 작위적이지 않은가. 제단 옆에 걸린 펼침막에는 '아름다운 동행'이란 상투적 문구가 적혀 있었다. 어떤 의미에서는 잔인한 작명이고 문구이다. 물론 악의 없는 피상적 사고에서 나온 결과물이겠지만 마흔을 넘은 나이에 혼자 남겨져 버린 내 처지가 이입되어 그런지 냉소적인 생각이 꼬리를 물었다. 단출한 상식을 올려주면서 마치 알던 지인마냥 애처로운 마음이 느껴졌다.

다음날 아침 출근 풍경은 어제와 다를 게 없었다. 고요한 산중에 아련한 메아리처럼 울려 퍼지는 유족들의 울음소리를 무심히 흘려들으며 사무실로 향했다. 허드렛일을 처리하고 어제 그 무연고자의 마지막 상식을 올렸다. 끝마치고 그의 위패를 물끄러미 바라보며 상념에 빠졌다. 이제 몇 시간 뒤면 예정대로 화장이 진행된다. 평생 실존했던 유기질의 육체가 가차 없는 불길 속에서 형체조차 없는 무기물질이 된다. 거기엔 삶과 관련된 모든 것이 연소돼 있다. 한 줌의 재가 그 사람이었다는 걸 증명할 수 있는 건 남겨진 이들의 기억뿐이다. 고인의 마지막을 함께 걸어가는 본질도 어쩌면 기억일지 모른다. 그래서 먼저 간 이들은 간절히 원하지 않을까. 남겨진 이들이 자신의 삶에 관한 기억을 갖고 함께 걸어가 주기를. 그럴 때 가족이나 친지, 지인의 존재가 더 중요하게 다가온다. 하지만 무연고자인 그에겐 없다. 그를 떠올리고 그의 삶 한 자락만이라도 기억하며 같이 걸어줄 이가 없다. 그렇게 사라진다는 건 참으로 서글프고 또 서글픈 일이겠지….

별안간, 위패 위로 내 얼굴이 오버랩 되었다. 그리고 나의 죽음부터 화장까지 구체적 장면들이 부분부분 기시감처럼 순식간에 스쳐갔다. 금기를 훔쳐본 것 마냥 가슴이 철렁했다. 철저히 고립된 삶의 끝을 찰나에 체험한 것만 같았다. 마치 시간차를 두고 그와 같은 길을 걸은 것처럼 느껴졌다. 방관자에서 당사자가 될 수 있다는 불안이 지독히도 현실감 있게 엄습해왔다. 멀리서 볼 땐 그냥 같이 걷는 거라 생각했다. 하지만 가까이서 보니 결국 같은 길을 걷는 거였다. 동행의 외면하고 싶은 또 다른 얼굴이 의식의 수면 위로 그렇게 떠올랐다. 상상만으로도 받아들이기 힘든, 누구도 자유로울 수 없는 현실이 지금 이 순간에도 벌어지고 있다는 자각이 아프게 눈을 떴다.

정옥순

나만의 노래
-동행-

상쾌한 바람 한 줄기가 머리를 훑고 지나간다. 괜히 웃음이 난다. 잔잔한 바람 소리에 잎새들의 음악이 들려온다. 나에겐 마음에 새겨진 나만의 노래 무늬가 있다. 내 인생길에서 곁을 지킨 노래들이다.

바람에 실려 오는 상큼한 풀 향기에 가슴이 부푼다. 초등학교 때 삼총사라 불리던 두 벗이 있었다. 점심을 빨리 먹고 화단의 잔디밭에 어깨를 나란히 눕기 좋아했고 '푸른 잔디'를 같이 불렀다. 지금도 잔디만 보면 그 시절 그들이 생각난다.

풀냄새 피어나는 잔디에 누워/ 새파란 하늘 가 흰 구름 보면/ 가슴이 저절로 부풀어 올라/ 즐거워 즐거워 노래 불러요//

푸른 교정과 친구의 웃음소리, 서로서로 잡고 있던 손에서 전해지던 즐거운 마음은 지금 생각해도 행복한 시간이었다.

열 살에는 열 살 만큼의 희로애락이, 스무 살이나 서른 살에는 또 그만큼의 희로애락이 따라다닌다. 어릴 적에 엄마에게 섭섭하거나 야단을 맞으면 "이 몸이 새라면 이 몸이 새라면 날아가리"라고 노래하며 나를 슬픔의 늪에서 구했다.

억울하다는 반항의 몸짓으로 이불을 머리 위까지 뒤집어쓰고 눈물 머금은 목소리로 웅얼거렸다. 새가 되어 날아간다면 엄마가 나를 찾느라 울고불고 난리가 나겠지. 엄마를 골탕 먹일 생각을 하며 눈을 꼭 감고 주문처럼 불렀다. 그러면 가슴에 맺힌 설움이 서서히 씻기며 마음도 한결 가벼워졌다. 진짜 새가 되고 싶다는 생각에 빠져 스르르 잠이 들면 산꼭대기에 도도히 앉아 흰 구름을 보고 있는 독수리가 되기도 했다. 엄마의 밥 먹으라는 소리에 잠이 깨면 아무 일도 없던 것처럼 일상으로 돌아갔다.

인생을 굽이진 길에 비유한다. 그 길에서 우리는 수많은 관계를 맺는다. 그러나 가족과의 관계도 친구와의 관계도 영원하지는 않다. 진정으로 평생 이어지는 것은 바로 나와 맺는 관계일 것이다. 그래서 자신을 인간적인 따스함과 너그러움으로 받아들이고 위로하는 무엇인가가 필요하다.

처음으로 부모 품을 떠나 홀로서기를 시작했던 직장은 산골 마을 학교였다. 첫 직장과 산골 집성촌의 정서에 적응하기 위해 무던히도 애를 썼다. 나이 차가 많은 동료 교사는 어려웠고 두 눈 부릅뜨고 나를 살피는 마을 어른들의 시선은 더 감당하기가 어려웠다. 어린 여교사의 일거수일투족은 마을에 여과 없이 부풀려 퍼져나갔다. 구정물 통을 보고 어떤 반찬을 먹었는지 알아내고, 방의 불은 몇 시에 꺼지는지, 치마가 얼마나 짧았는지 등등. 대부분이 친척인 마을에는 모두의 삶이 투명했다. 밥은 대충 해 먹고 밤늦게까지 라디오를 듣던 나는 동네 어른들이 '쯧쯧' 혀를 차는 부족한 여자가 되어있었다.

해가 저물고 동료들과 아이들이 떠나고 나면 학교 구석 사택에 나만 남았다. 외로움에 견딜 수 없는 날이면 놀이터 미끄럼틀 위에 올라가곤 했다. 높아서 기찻길이 가장 잘 보이는 곳이었다. 미끄럼틀 위에서 우리 집 방향으로 가는 기차를 보며 설움과 그리움을 담아 〈타박네야〉

를 불렀다. 타박네는 '남으로부터 핀잔받고 따돌림을 받는 사람'을 일컫는 옛 우리말인데 마을 어른들의 시선이 버겁고 가족을 떠나 혼자 있는 내 신세가 똑 닮았다고 생각했다.

타박타박 걷는 걸음은 힘없이 느릿느릿 걷는 것이지만 포기하지 않고 끝까지 나아가는 것이었다. 특히 후반부 "산이 높으면 기어서 가지. 물이 깊으면 헤엄쳐가지" 이 부분을 힘주어 부르며 또박또박 한 걸음씩 걸어가면 언젠가 이겨내리라 희망을 품었다. 가끔씩 마음이 나갈 방향을 잃거나 낙담하는 나에게 노래는 오기 있는 모습으로 다가와 힘과 용기를 주었다.

어릴 적 우리 가족은 사랑을 깊이 묻어만 두었다. 부모님은 사랑을 마음 밖으로 꺼내 표현하지 않았다. 가족이니 당연히 연결되어 있고 서로 사랑할 것이라 막연히 생각했다. 우리 가족의 유대는 끈끈해 보이지는 않았지만, 형제간의 다툼도 없었다. 그저 조용히 각자의 일을 했고 그렇게 차분한 집안 분위기에 익숙해 있었다. 나이가 들면서 사랑이 찾아올까 설렜고 한편 감당할 수 있을까 두려워하며 〈나 하나의 사랑〉을 조용히 부르게 되었다.

결혼 후 혼자만이 한 남자의 영원한 사랑이 되고 싶다는 열망에 사로잡혔다. 그런데 남편도 우리 가족과 비슷한 성격으로 표현이 적었다. 큰 기대 속에 기다려 왔던 내 마음속 사랑 웅덩이를 채우기엔 흡족하지 않았다. 영화 《바람과 함께 사라지다》의 '클라크 게이블'처럼 강렬하길 기대했고, 연애소설 속 남자 주인공처럼 다정하길 바라며 괜한 투정으로 오랜 시간을 허비했다. 어느 날 내가 응급실에 실려 갔을 때 남편이 나를 껴안고 눈물을 뚝뚝 떨구었다. 나의 아픔을 같이 느끼며 울고 있는 그를 본 후 사랑의 갈증은 사그라들었다. 그걸로 충분했다. 되돌아보면 남편에게 사랑의 다양한 얼굴을 보여달라 보챈 것이 실은 사랑을 표현하지 못하는 나 자신을 향한 비난이었는지도 모르겠다. 다정한 마음으로 한 남자를 신뢰하고 사랑의 눈빛으로 바라보는 것도 쉬운 일은 아니었다.

자식이 내 품을 떠날 때쯤 〈어느 60대 노부부 이야기〉에 마음을 빼앗겼다. 내 나이도 쓸쓸한 60대였으므로. 마음으로 가만가만 새기며 언젠가 헤어지게 될 주위의 사람을 돌아보게 되었다. 그런 순간이 멀지 않음에 더 연민이 느껴지고 그날이 오면 편안하게 "안녕히 잘 가시게" 말할 수 있을까 나를 돌아보는 시간이 많아졌다. 마지막 순간으로 생각을 집중하니 노래를 부르면 부를수록 고맙다고 말하고 싶어지고 미안하다고 말하고 싶어졌다. 따뜻한 사람이 되고 싶었다. 사랑의 깊이를 느끼며 노래와 함께 점점 더 오래된 사람이 되고 싶었다.

삶을 마음대로 휘두르려 하는 건 끊임없이 흐르는 물살을 맨손으로 붙잡으려는 것과 같지 않을까. 나는 뜻대로 흐르지 않는 인생길에서 많이 허우적거렸다. 그러나 세월에 맞게 동행해준 나만의 노래가 있어 그 길에서 순간순간 최선을 다 할 수 있었다.

가벼운 마음으로 멜로디 몇 개를 흥얼거린다. 그러다 가만히 귀 기울여본다. 나뭇잎을 흔드는 바람 소리 속에 빛과 선을 엮은 사랑의 노래가 들려온다. 좋아하는 시인의 "행복이란 외로울 때 혼자 부를 노래가 있다는 것"이란 시구가 내 마음에 살그머니 들어와 앉는다.

* 참고: 노래 목록
    1. 푸른 잔디-유호 작사, 한용희 작곡
    2. 이 몸이 새라면-독일 민요
    3. 타박네야-황해도 구전민요, 서유석
    4. 나 하나의 사랑-송민도
    5. 어느 60대 노부부 이야기-김광석

최옥숙

은행나무숲을 걸으며

은행나무 잎들이 하늘하늘 허공을 날며 황금빛 손짓을 보낸다. 가을을 품은 깊고 그윽한 빛깔에 눈이 부시다. 내 오랜 친구와 함께 은행나무숲을 찾아 가을볕에 물들어가는 은행나무를 바라본다. 길게 늘어선 은행나무길이 곱고 부드러운 양탄자처럼 펼쳐져있다.

친구와는 고등학교 때 짝꿍으로 만나 우정을 쌓았다. 성격은 달라도 마음이 잘 통했던 우리는 말하지 않아도 서로의 생각을 알 수 있을 만큼 가까운 사이가 되었다. 학교를 졸업한 후에도, 결혼을 하고 아이들을 키우는 중에도, 인생길 위에 놓인 크고 작은 풍파를 겪으면서도 우리는 늘 함께였다. 친구는 흔들리지 않게 나를 붙잡아주는 든든한 버팀목이었다.

60대 중반 즈음, 나는 뜻밖의 질병과 마주하게 되었다. 병마와 싸우느라 몸은 생기를 잃은 채 고목처럼 말라 갔으며, 가슴은 고통과 공포 때문에 새카만 숯덩이가 되고 말았다.

당시 내 상황을 누구보다도 안타까워하던 친구는 나를 이끌고 이곳 은행나무숲에 왔었다. 노랗게 물들어 바닥으로 떨어진 잎들과 초록 잎들이 혼재된 은행나무숲은 내 깊은 한숨 속에 담긴 넋두리를 묵묵히 들어주었고, 이내 마음속에 평안을 안겨주었다. 은은하고 소박한 은행나무들은 바라보는 것만으로도 얼룩진 심신이 치유된다는 것을 그때 처음 알았다.

감동의 순간은 쉬이 잊히지 않았다. 병마와 싸우는 힘든 순간에도 문득문득 은행나무숲이 생각났다. 마음속에 아로새겨진 은행나무들을 떠올리고, 그곳에서 찍은 사진도 들여다보았다. 그때마다 은행나무들이 따스한 손짓으로 나를 응원해주었다.

나를 생각하는 친구의 고운 마음씨 덕분에, 은행나무 잎들의 선명한 빛깔 덕분에, 어둡고 칙칙했던 일상이 조금씩 환해지기 시작했다. 나를 세차게 흔들어대던 병마도 조금씩 내게서 멀어져갔다.

세월이 흘러 다시 은행나무숲을 찾은 건 친구 때문이었다. 젊어서부터 거센 삶의 풍파를 무시로 겪어왔기 때문일까, 어느 날 갑자기 친구에게 치매가 찾아왔다. 친구와 처음 만났던 십대시절부터 일흔을 넘길 때까지 늘 부러울 만큼 총기 넘치고 똑 부러지던 친구였기에 내가 받은 충격도 컸다.

처음엔 지갑을 잃어버리고, 애지중지 끼고 다니던 결혼반지를 잃어버렸다. 단순히 나이가 들며 찾아오는 건망증인 줄 알았는데 시간이 지나면서부터는 집을 잊고, 가족을 잊었으며, 소중했던 기억들도 하나씩 잃어갔다. 몸 한두 군데쯤은 아파도 전혀 이상하지 않을 나이였지만, 칠십 평생 쌓아온 기억을 송두리째 도둑맞는 건 너무도 야속했다.

친구는 자신의 상태를 덤덤히 받아들였다. 그럼에도 언젠가는 기억을 모두 잊고, 사랑하는 사람들도 잊게 될 거라는 사실에는 초연하지 못했다.

친구를 위로할 수 있는 방법이 없을까 고민하다가 문득 은행나무숲이 떠올랐다. 과거 내가 친구 손에 이끌려 은행나무숲으로 가 암담한 삶의 수렁에서 벗어났듯, 친구 역시 은행나무길을 걸으며 선명한 희망의 끈을 붙잡길 바랐다.

차를 타고 홍천으로 가는 길, 과거 은행나무숲에서의 추억을 즐겁게 늘어놓던 친구가 잠깐 사이 관련 기억을 몽땅 잊어버리고 마는 기막힌 모습을 보여줘 가슴이 먹먹했다. 할 수만 있다면 하나둘 허무하게 날아가는 친구의 기억들을 대신 꼭 붙잡아 주고 싶었다.

우리가 숲에 들어서자, 가을볕을 담뿍 머금은 은행나무들이 반가운 듯 가지를 흔들었다. 머릿속 어딘가에서 다시 과거의 기억을 찾아낸 친구는 은행나무를 향해 두 팔을 활짝 벌리면서 "오랜만에 다시 와서 너무 좋다"며 나를 숲속으로 이끌었다. 과거 은행나무숲을 걸으며 행복해하는 나를 보곤, 함께 오길 잘했다는 생각이 들었다는 말도 덧붙였다.

소녀처럼 해맑게 웃으며 사진을 찍는 친구를 보자, 지난했던 그녀의 삶이 떠올랐다. 친구는 젊은 나이에 남편을 잃고 여자 혼자의 몸으로 자식 셋을 키워냈다. 자식사랑이 유별나, 그 좁은 어깨 위에 자식들의 꿈을 모두 이고서도 앓는 소리 한번 내지 않았던 친구였다. 그래서인지 머릿속에 똬리를 튼 반갑지 않은 손님을 마주해서도 호들갑을 떨지 않고 담담했다.

은행나무를 배경으로 사진을 찍던 친구가 내게 인생사진을 남기자며 손짓했다. 분명 친구는 활짝 웃고 있었는데, 가까이 다가가 자세히 들여다볼수록 쓸쓸함이 밀려왔다. 긴 인내 끝에 받아든 인생의 성적표가 너무나 야속해서였다.

친구와 함께 은행나무들이 깔아놓은 황금빛 카펫을 걸었다. 나뭇잎은 바닥으로 떨어진 후엔 빛이 퇴색되기 마련인데, 은행나무는 떨어진 낙엽조차도 황금빛을 머금고 있어 아름다우면서도 한편으론 무척 쓸쓸해보였다.

은행나무 사이로 가을바람이 불어온다. 만추의 은행잎들은 한 치의 머뭇거림도 없이 황금빛 꽃비가 되어 사방으로 흩날린다. 온 세상을 노랗게 물들일 기세다. 찰나의 순간, 주위의 아이들은 신이 나 폴짝거리고, 연인들은 찰칵찰칵 렌즈에 추억을 담기 바쁘다. 나 역시 친구와 함께 벅찬 풍경을 가슴에 담았다. 은행나무 생애에 가장 찬란한 순간은 황금빛 잎을 떨어트리며 꽃비를 뿌리는 바로 지금일 것이다.

지난 세월, 수많은 곡절을 거치며 이 절정의 순간을 위해 인내해온 은행나무. 주어진 숙명 앞에 초연한 친구의 모습은 은행나무와 사뭇 닮아 있었다. 아름답게 물들어가며 많은 이들의 곁을 환히 밝혀준 것도 똑 닮았다. 그렇기에 그녀 삶의 끝자락 또한 황금빛 꽃비를 뿌리던 은행나무처럼 풍파에 흔들릴지언정 초라하지 않고 그 누구보다 빛나고 아름다울 것이라는 생각이 들었다.

집으로 돌아오는 차 안, 은행나무숲이 보고 싶으면 언제든 홍천에 다시 오자는 말에 친구가 연신 고개를 끄덕이며 “우리 짝꿍으로 처음 만났을 때 기억나니? 그때부터 지금까지 네가 내 친구라는 게, 이렇게 숲에 와서 함께 걸을 수 있다는 게 정말 감사하고 행복해!”라고 말했다. 나는 친구를 바라보면서 언젠가 친구가 기억을 모두 잃고 나를 잊는다고 해도 친구와 지금처럼 손을 잡고 함께 걷겠다고, 아릿해진 가슴을 다독이며 다짐했다.

가방 안에서 우연히 황금빛 은행잎 하나를 찾은 나는 곁에 앉은 친구의 손에 꼭 쥐어주었다. 조금씩 흐려지는 친구의 기억 속 숲에 선명한 황금빛 등불 하나가 켜지길 바라는 마음을 담아서.

내 인생 최고의 동행

제1부

잊어서는 안 될 분을 잊고 있었다

가금현

2005년경으로 기억된다. 그때쯤 새내기 기자를 벗어나 기자의 꽃이라는 차장으로 승진, 서산시 출입기자로 정식 발령을 받아 시청 아래 60평의 사무실을 취재본부로 꾸미고 날개를 단 듯 서산 바닥을 누비고 다닐 때였다. "가 기자한테 걸리면 죽는다"는 말이 나돌 정도로 정의감에 사로잡혀 문제점에 대해 취재, 보도하던 때이기도 하다. 더구나 기존 언론사의 텃세에 굴하지 않기 위해 인근 대학의 신문방송학과에 편입, 신문방송학을 전공하기까지 한 상황이다 보니 내 세상인 듯 활개치고 다닐 때였다.

그렇게 언론인으로 탄탄하게 자리를 잡아가고 있던 때, 사무실에 한 손님이 예고도 없이 방문했다. 그는 오고 가며 가끔씩 마주쳤고, 손에는 서류봉투 같은 것이 들려져 있던 것으로 기억되는 분이었다.

자주 마주치다 보니 기본적인 목례 정도는 나눌 정도였지만 서로 통성명을 나눈 사이는 아니었다. 갑작스런 방문으로 순간 난감하기는 했지만 신문지국을 찾아오는 분들의 경우 대부분이 억울한 사연 하나쯤은 들고 오기 때문에 이분도 그럴 것이라 생각하고 안내해 마주 앉았다. 처음으로 명함을 내밀고 인사를 나누며 악수를 청하는데 바짝 마른 몸에 걸맞게 그의 손은 여자아이 손처럼 작았고 부드럽게 느껴져 꽉 잡을 수 없을 정도였다. 그는 최주연이라고 본인 이름을 밝힌 뒤 "가금현 기자님 말씀 많이 들었습니다. 그리고 보도한 기사 내용도 많이 읽었고요"라기에 "예, 감사합니다. 그런데 어떻게 여길…" 내 말이 다 끝나기도 전에 그는 "시 좀 써 보라고요"라며 손에 들고 있던 서류봉투를 열었다. 늘 그가 지니고 다니던 그 서류봉투였다. 항상 그 속에 무엇이 들었을까 생각했던 것이 오늘 내 앞에서 열려 두 눈으로 확인하는 순간이었다. 그리고 뜬금없이 시를 써보라는 말도 순간 마음의 저쪽 한구석에 숨겨두었던 무언가를 들킨 것 같아 당황스럽기도 했었다.

"내가 보기에 가 기자님은 시를 잘 쓸 것 같아 꼭 추천하고 싶어 왔습니다. 이곳에 등단하면 좋을 것 같아 추천서를 가지고 왔습니다"라면서 서류를 꺼내 내밀었다.

시에 관심이 많았던 것은 사실이다. 고등학교와 대학교를 다니면서 많은 시간 시집을 비롯해 각종 책을 읽었고, 노트에 시랍시고 숱한 낙서를 한 경험과 그 흔적을 온전히 간직하고 있었으니 말이다. 하지만 시인이 어떻게 되는지 그 등용문에 대해서는 그때까지만 해도 생각도 못 했던 것이다. 그런데 갑자기 방문해 시인이 될 수 있는 길을 열어주겠다는 분 앞에서 당황할 수밖에 없었고, 내심 이 분의 손을 잡아야겠다고 생각했던 것 같다.

누구나 어떤 것에 관심을 가지고 한번 도전해 보고 싶은 것이 있을 것이다. 나는 시인에 도전해 보고 싶다는 열망으로 몇몇 일간신문이 해마다 진행하는 신춘문예에 몇 번 도전장을 내민 적이 있었지만 실력 부족을 느끼고 있던 터였다. 가고 싶어도 가는 길을 몰라 어리둥절할 때 바로 안내자가 앞에 나타난 것이었다.

앞뒤 생각 없이 그가 내민 신청서에 또박또박 신상을 적고, 도장까지 찍어 내밀자 그는 기다렸다는 듯 "시는 그동안 써 놓은 것이 되었든, 다시 쓰든 5편을 준비해 놓는데, 다른 곳에 발표되지 않은 것으로 준비해 줘야 합니다"라며 한 달 후 다시 방문하겠다면서 사무실을 나섰다.

정말 생각지도 못한 갑작스런 방문으로 인해 얼떨결에 시인의 문을 두드리게 된 것이다. 옆에서 지켜보고 있던 아내마저 의아한 눈빛으로 바라보며 "잘 아시는 분이에요?"라고 물어볼 정도로 순식간의 일이었다.

하여튼 그분이 간 뒤 틈틈이 시를 쓴답시고 앉아 다섯 편의 시를 작성하고 프린트해 책상 위에 올려놓고 그분을 잊은 채 본연의 임무를 수행하던 중 아내로부터 연락을 받았다. 그분이 오셔서 책상 위 작품을 가져갔다는 것이다.

또 그렇게 시간이 흐르면서 작품을 냈는지조차 모르고 바쁘게 지내던 어느 날, 그분이 책 몇 권을 들고 들어오시면서 어린아이처럼 해맑은 웃음을 보이며 "가 기자님 축하합니다. 이번 시 부문 신인상을 받았어요"라며 두툼한 책 한 권을 건네준다. 그 책 표지에는 문예사조라 적혀있고, 겉표지를 여니 차례표에 신인상 수상작이라며 내 이름과 작품명이 눈에 띄었다.

기뻐하는 내 표정을 지긋하게 바라보던 그가 "가 기자님 이제 시인이 된 것입니다. 더 좋은 시를 많이 써 주세요"라고 했다. 아, 이렇게 해서 시인이 되었구나 싶어 기뻤다. 그 후 그분이 주최하는 문학인 모임에 몇 번 나선 후 바쁘다는 핑계로 그분을 까맣게 잊은 채 언론인으로 먹고살기 위해 옆과 뒤를 돌아볼 경황없이 십수 년을 보냈다.

이제 어느 정도 삶의 여유가 되어 문예사조를 통해 시인으로 등단되었다는 자부심으로 시집을 다섯 권씩이나 발간하고, 2충1효 전국백일장 대회 개최 및 수상집 발간, 한국디지털문인협회 등 각종 문학관련 단체에 가입해 작품을 내며 당당하게 시인으로 문학인으로 활동하고 있었다.

그러던 중 지난해 서산시인협회 관계자와 차 한잔 할 시간이 있었다. 그분이 "최주연 작가님 소개로 문예사조에 등단하셨어요?"라고 조심스럽게 물어왔을 때 "예"라고 짧게 한 마디 하는 순간 머릿속에 떠오르는 분이 바로 최주연 작가님이었다.

나를 시인이며 작가로 인정받을 수 있도록 해준 최주연 작가님. 그동안 까맣게 잊고 살았던 것이다. 누군가의 역할과 가르침 덕분에 이만큼 성장한 사실을 잊고 오직 나 혼자의 노력으로 이룬 것처럼 살아왔다는 데 부끄러움이 앞서는 순간이었다.

잠시 내가 이러한 상념에 빠지도록 여유를 두고 그는 나를 바라보며 "최 작가님 돌아가신 지 한참 되었다 하더라고요." 그러면서 "이제는 모시고 제대로 배울 수 있다고 생각했는데…"라며 말문을 이어가지 못했다. 나도 이제는 최주연 작가님과 동행할 여유가 생겼는데 하는 뒤늦은 아쉬움만 가득하다.

어린아이처럼 해맑은 그의 웃음이 보고 싶은데…. 그분과 함께할 수 없지만, 그가 추구했던 문학의 혼과 이제 동행하리다.

→ Profile
CTN, 교육타임즈, CTN방송 발행인

삶의 터닝포인트가 되어준 책

가재산

'남아수독오거서(男兒須讀五車書)'라는 말이 있다. '남자라면 모름지기 다섯 수레의 책을 읽어야 한다'는 뜻으로 중국 당(唐)나라 시인 두보(杜甫)의 시 〈백학사의 초가집을 지나며 쓰다(題柏學士茅屋)〉에서 유래한다. 두보가 안녹산(安祿山)이 일으킨 '안사의 난'으로 조정에서 물러나 산림에 은거한 백학사(白學士)의 집을 지나다가 인품이 높고 독서가 깊은 그를 흠모하여 지은 시다.

5년 전 인천에 있는 계양산 밑에 평소 꿈에 그리던 개인 도서관을 만들어 서재 겸 사무실로 꾸몄다. 40여 년간 사무실과 집에 있는 책들을 모아보니 5천여 권이 넘었다. 한 수레에 1000권으로 치면 두보가 이야기한 다섯 수레에 해당하는 분량이다. 나는 평소 "책은 만져만 보아도 반은 읽은 것이다"라는 말을 믿는다. 그래서 그런지 요즘에 눈이 나빠져 책을 많이 읽지는 못하더라도 서가에 꽂힌 책만 봐도 기분이 좋아진다.

그 많은 책 중에 제일 아끼는 책 한 권이 서가에 꽂혀 있다. 책 제목은 《오사카에서 부산에(大阪から 釜山へ)》라는 책이다. 그 책은 내게

더할 나위 없이 소중하다. 그 책이 계기가 되어 생각지도 않은 책을 쓰기 시작하게 되었고, 과분하게도 지난 8월에는 35번째 책이자 《닳아지는 것들》이라는 최초의 수필집도 냈다.

그 책의 저자 오기노 요시가즈(荻野吉和)는 NHK 일본 국영방송 편집국장을 지냈고, 지한파(知韓派)로 한국을 꽤나 좋아했다. 그는 50여 년 전 〈안녕하세요?〉라는 한국어 방송을 일본 최초로 기획했으며, 〈일본 속의 한국〉 등 한국 관련 소식을 일본에 확산하려고 부단히 노력한 분이다.

그를 알게 된 것은 우연이었다. 1980년 초 상사 주재원으로 오사카에 부임해서 근무할 당시 외국인들이 많이 사는 '녹지공원'이라는 조그만 아파트 단지에 살았다. 마침 그가 앞집에 살았기 때문에 호형호제하며 친하게 지냈다. 5년간 주재를 마치고 서울 본사로 귀국했다. 그 후에도 가끔 연락을 주고받으며 지냈는데, 88서울올림픽 때 그가 업무차 서울에 오게 되어 오랜만에 만났다.

그는 책 한 권을 내게 내밀며 지난달에 정년 퇴임식을 출판 기념회로 대신했다고 했다. 그 책에 등장하는 한국인 서른세 명의 이야기는 공교롭게도 독립선언문 발기인과도 같은 의미 있는 숫자로 그와 친분이 두터운 한국 사람들이었다. 나도 그중 한 사람으로 마음을 터놓고 소주도 같이하며 지냈던 소소한 이야기들이 그 책 속에 20여 페이지 수록돼 있었다.

어렵지 않은 내용이라 하루 만에 다 읽고 나니 여러 생각이 들었다. '이런 내용으로 책을 쓴다면 나도 가능하지 않을까?' 책을 한 권 쓰고 싶다는 마음이 불현듯 떠올랐다. 책에 대한 호기심이 발동하면서 욕심이 생겼다. 그 순간 '평생 열 권의 책을 쓰겠다'라는 무모한 결심을 했다.

나는 원래 글 쓰는 재주가 전혀 없는 사람으로 학창 시절에 그 흔한 교내 백일장에 나가 본 적도 없었다. 글을 한 페이지도 써 보지 않은 데다 타고난 문학적 소질도 없다. 이 핑계 저 핑계로 책도 많이 읽지 못했다. 더구나 야근에 주말도 없이 일하던 때라 직장에 다니면서 책을 쓴다는 것은 쉽지 않은 도전이었다. 당시 회사에서는 '책을 쓰면 일은 하지 않고 엉뚱한 짓을 한다'는 식의 문화가 있어서 더욱 그랬다. 가보지 않은 길이지만 시작한 지 6개월 만에 첫 번째 책 《한국형 팀제》가 나왔다. 마침 팀제도에 대한 열풍이 불었던 때라 나오자마자 베스트셀러가 되어 5만여 권을 팔았다. 인세도 꽤나 들어와 로타리식 TV도 신형으로 바꾸고 분에 넘치게 자가용도 마련했다.

어렵사리 시작한 책 쓰기가 회사에 근무하는 동안은 거의 중단되었다. 책 쓰기에 탄력이 붙은 때는 퇴직 이후부터였다. 결국 이십여 년 만에 목표했던 열 번째 《셈본 인생경영》이란 책을 환갑 기념집으로 냈다. 당초 목표했던 평생 열 권이 조기 달성된 셈이었다. 내친김에 스무 권으로 목표를 상향 조정했다.

퇴직 이후 회사를 차려 20년 동안 인사조직에 대한 컨설팅과 교육 사업을 했다. 그간 내 책들이 효자 노릇을 톡톡히 해 주었다. 새 책이 출간되면 바로 강의로 연결되었고, 저자 직강 세미나라고 홍보를 하면 수강자들이 물밀듯이 몰려들었다. 2020년 11월 이건희 회장이 타계했을 때 〈강적들〉이라는 TV조선 유명 프로그램에 출연하게 된 것도 내 책을 읽어 본 적이 있던 PD가 연락해서 성사된 일이었다. 책 쓰기가 40대에 퇴직한 후 쉽지 않을 '제2의 삶'을 살아가는 데 터닝포인트가 되어 주었다.

책을 쓰면 여러 장점이 생긴다. 자신을 되돌아보는 계기가 되고, 지나온 삶에 대한 해상도도 높아진다. 책을 쓰다 보면 어느새 그 분야 전문가가 되고 일로 연결되어 할 일이 자꾸 생긴다. 인간관계도 새로 형성되어 폭넓게 할 수 있기 때문에 활기찬 삶을 살 수 있다. 더구나 100세 시대에 책 쓰기는 나이가 들어도 시간 활용에 좋고, 자기가 그만두지 않는 한 해고도 없는 평생직업이다.

《아름다운 뒤태》는 나의 70주년 고희 기념집이자 늘려 잡았던 스무 권을 훌쩍 넘어 서른 번째의 결과물이다. 인간의 욕심은 한이 없나 보다. 이 책이 끝이 아니라 오십 권에 도전한다면 오만일까? 추사 김정희는 인생의 3락(三樂) 중 첫째로 '독서'를 꼽았다. 책을 마음껏 읽으며 지낼 수 있는 서재를 준비한 데다 계속해 책을 쓸 마음까지 먹었으니 '일독(一讀)'이상의 즐거움을 누리며 사는 책과의 동행이 계속되는 셈이다.

책과의 동행은 그동안 디지털 기술을 활용한 책쓰기 강좌를 해오면서 남들에게 책을 쓰도록 도와주는 일로 확산하고 있다. 전문작가, 출판사와 함께 '디지털 책쓰기 코칭협회' 만들어 50여 권의 책을 내고 싶은 시니어들에게 음으로 양으로 도움을 주면서 큰 보람을 느끼고 있다. 내친김에 책쓰기 학교를 전국으로 확산시키기 위해서 '디지털 책쓰기 대학'을 개설하여 많은 사람이 책쓰기에 참여하도록 하고 있다. 이미 7개 대학을 오픈했다. 그 중에 삼성 퇴직자 모임인 '성우회(星友會)'와 현대 퇴직자 모임인 '현우회(現友會)'도 개설했고, 미얀마에 '글로벌 한글 글쓰기 학교'까지 시작했다.

아프리카 속담에 "노인 한 사람이 죽으면 도서관 하나가 불타는 것과 같다"는 말이 있다. 시니어들이 고도성장기에서 얻은 지식과 경험을 글로 그리고 책으로 남긴다면 본인한테는 자아실현이 되고 사회적,

국가적으로는 방대한 경험들이 산지식과 데이터로 그대로 남아 후손들에게 공유될 수 있는 절호의 기회가 아닌가 생각한다. 이러한 책 쓰기 운동을 전국으로 확산하여 '1인1책갖기 새 마음 운동'이 들불처럼 번져나갔으면 좋겠다.

✦ Profile
한류경영 연구원장, 디지털책쓰기코칭협회 회장, 한국디지털문인협회 부회장.
저서:《닳아지는 것들》외 35권

함께 가는 인생 여정

고문수

1972년 광복절 날은 무척 더웠다. 짙은 남색 원피스에 긴 생머리의 여인과 첫 만남은 떨리고 설렜다. 쑥스러워 대화거리를 연결하기가 쉽지 않았다. 망설이다 데이트 장소로 동대문 실내스케이트장을 정했다. 한여름이라 밖은 무더울 테고 딱히 갈만한 곳도 정한 바가 없었다.

칼날이 세워진 스케이트를 타기는 처음이라서 쉽지 않았다. 넘어지면 서로 잡아주고 깔깔대면서 자연스럽게 손을 잡았고 껴안기도 했다. 손을 잡는 순간 전기에 감전된 듯 짜릿함과 따뜻함이 동시에 느껴졌다. 그녀 손바닥의 온기가 내 몸의 전신을 녹여주었다. 잊지 못할 그녀와의 첫 만남!

그녀와 사귄 지 4개월이 흘렀다. 연말이 가까워질 때쯤 시골 부모님께 자초지종 말씀드리고 그녀와 결혼하고 싶다는 뜻을 전했다. 아버지께서 상경하여 회사 근처의 여관에서 잠시 휴식을 취하셨다. 퇴근하자마자 여자친구와 함께 인사도 할 겸 식사를 대접하고 싶다고 말씀드렸다.

아버지는 대뜸 며느릿감을 만나지 않으면 안 되겠냐고 물으셨다. 갑

41

작스런 반응이었다. 아버지께서 장거리 여행의 피곤을 푸느라 잠시 잠을 청한 사이 이상한 꿈을 꾸셨다 한다. 여관 주인에게 조금 전 꿈 얘기를 했더니 근처에 용한 점쟁이가 있다며 소개해 같이 다녀오셨다고 한다. 점쟁이가 두 사람의 결혼 운이 좋지 않다고 했단다.

"아버지 잘 알아듣겠는데요, 광화문 정부 청사 근처에 김ㅇㅇ철학관이라고 있는데 서울 장안에서 용하다고 소문이 자자합니다. 거기에 가서 한 번 더 물어보시고 결정하시는 것이 어떨까요?"

나는 회사 근처의 식당에서 불고기로 저녁 식사를 아버지께 대접하면서 며느릿감을 소개했다. 아버지는 덤덤하게 식사와 곁들인 반주만 계속 하시며 다소 무거운 분위기였다. 흔쾌히 받아들일 기세가 아니라서 식사를 하면서도 밥이 코로 들어가는 심정이었다.

저녁 식사 후 김ㅇㅇ철학관을 찾아갔다. 네온사인 간판이 훤하게 켜져 있었지만 문은 굳게 닫혀있었다. 길 양쪽으로 여기저기 또 다른 철학관 간판이 눈에 띄었다. "아버지, 아무 데나 한번 들어가 보시지요."

아버지의 꿈 이야기를 듣던 점쟁이가 꿈풀이를 했다. "엄청난 홍수가 싹 쓸고 간 논에서 벼들이 쓰러지지 않고 고개를 쳐들고 있다는 것은 희망을 준 것이지요. 추수를 하려면 다소 시간이 걸리니 올해를 넘겨 내년에 결혼하면 아무 문제가 없습니다." 점쟁이는 두 사람의 앞날에 대해 볼펜으로 간단 간단히 적어가면서 풀어냈다.

"아들이 돼지띠 며느릿감이 소띠이고, 살다가 가끔 소소한 충돌은 있겠지만 상대방을 사랑하는 마음이 많은… 뭐랄까, 미운 정으로 살아가는 궁합이니까 아주 괜찮은 편입니다. 앞으로 둘이 살아가는 데 큰 불편이 없을 테고 아들딸 하나씩을 갖게 될 겁니다."

점쟁이의 말에 솔깃해진 아버지께서 엷은 미소를 머금었다. 만약 아버지께서 새로운 며느릿감을 찾아보자며 곧바로 귀향하셨다면 어찌 됐을까? 잠깐 동안 우여곡절을 겪었지만 우리 부부의 의지를 하늘이 열매로 맺어주었다. 6개월 정도 사귀던 이듬해의 2월 어느 날에 결혼했다.

신혼살림을 꾸릴 전세방을 30만 원에 계약해 놓았는데 결혼 20여 일 만에 갑자기 부산지부로 발령받는 바람에 위약금으로 4~5만 원을 날려버렸다. 그 당시 내겐 큰돈이었다. 부랴부랴 부산에 전세방을 얻어 꿈같은 일 년을 보냈다. 아내에게 태기(胎氣)가 없어 혹시 나에게 문제가 있나 하고 신경 쓰이기도 했고 손주 탄생을 학수고대하는 양가 집안에도 눈치가 보였다.

아내가 알뜰히 살림을 꾸렸다. 전세살이 3년 만에 개봉동에 대지를 매입하는 기회를 얻었다. 물론 일부는 융자를 받아 단독주택을 마련했지만 말이다. 마침내 그곳에서 복덩이 같은 아들이 태어났다. 1년 후 귀여운 딸도 탄생했다. 인생은 희로애락의 연속이라고 했던가.

분만실에서 갓 태어난 아들이 첫울음을 터뜨리지 않아 혹시나 건강에 이상이 있는 것 아닌가 하여 고통 속에서도 불안해했던 아내다. 아들 상윤이는 유치원 다닐 때 아파트 현관문에 손가락이 끼어 손가락 한 마디가 으스러졌다. 중학교 때에는 친구가 던진 야구공에 맞아 한쪽 고막이 터졌다. 자식 키우기란 살얼음판을 걷는 것과도 같으리라. 언제 어떤 일이 벌어질지 모르니 말이다. 그동안 나 모르게 아내 마음이 얼마나 아팠을까.

아들이 중학교 2학년 때였다. 전기기타와 앰프 시설을 갖추고 기타 치며 노래를 부르고 싶어 했다. 아버지가 사주지 않을 것 같으니 본인이 스스로 벌겠다며 아파트 상가 식당에서 철가방 배달을 하기도 했다. 그런 사실을 아들 친구 어머니가 목격해 아내에게 귀띔해 줘서야 알았다고 한다.

고등학교 3학년 때는 독서실을 핑계로 집을 나가 친구들과 어울려 당구장을 전전했다. 집 근처에서 놀면 들킬까 봐 멀리 떨어진 곳에서 즐기고 있었다. 대학에 들어가야 할 놈이 저러고 있으니 아내의 가슴은 시커멓게 타들어 갔을 것이다. 아내는 묵묵히 기다려 주었고 모르는 척하면서 공부 외 취미는 대학 입학 후 얼마든지 할 수 있다고 다독였다.

엄마가 자식을 믿는다는 걸 느끼게끔 이끈 셈이다. 당구장의 찌든 담배 냄새가 싫었는지, 다른 친구들이 열심히 공부하는 것에 자극을 받았는지, 엄마의 정성이 통한 것인지 마지막 학기 시작할 때쯤 제자리로 돌아왔다. 대학입시 예상 문제집을 가릴 것 없이 사더니만 책이 뚫어져라 파고들기 시작했다. 자식을 키운다는 것이 얼마나 많은 인내와 끈기가 필요한 것인가. 그 어려움을 아내 혼자 감내했다니 미안한 마음이 든다. 아이 둘 태어나서 대학교 들어갈 때까지 나는 돈 번답시고 회사 일만 충실했고 집안일은 도외시했다.

집안의 여러 일들을 다 해결한 사람, 티격태격 싸우고 토라졌다가도 금방 누그러지는 사람, 그럴 때마다 항상 곁에서 별 불평 없이 묵묵히 내조하는 아내가 있었다는 사실에 다시 한번 진한 고마움을 느낀다. 이제야 철이 들어가는 걸까. 그동안 아픈 일도 힘든 일도 슬픈 일도 괴로운 일도 세월 따라 흘러갔다.

부부의 연을 하늘이 결정했다고 하지만 아내와 처음 만나던 날의 기억이 시나리오처럼 생생하게 떠오른다. 어느덧 세월이 흘러 금혼식을 맞이했다. 세월만 흘러가는 줄 알았는데 생각도 마음도 출렁인다. 사느라 무엇이 진정 소중한 것인지조차 모른 채 달려온 것 같다.

소중한 것은 멀리서 반짝이는 것이 아니라, 바로 변함없이 내 곁에 있는 그녀가 아닌가 싶다. 이제 남은 인생 아내를 사랑하면서 새로운 것으로 채워봐야겠다. 인간의 수명은 체세포가 무한히 분열을 반복하기 때문에 정신, 운동, 식사 등을 조절만 잘하면 상수(上壽), 즉 100세를 넘길 수 있다고 한다.

"여보! 앞으로 당신한테 잘할게. 사랑합니다."

↗ Profile
한국자동차산업협동조합 전무이사. 저서:《3대가 함께 쓴 우리》

AI와 동거 사회

권영하

   나는 대학에서 학생들에게 '현대사회와 과학'이라는 제목으로 강의를 하고 있다. 주 과제는 생성형 AI(Generative AI)를 통한 문제 해결력을 우리 사회에 어떻게 적용할지이다. 인공지능시대에 절실한 아이디어와 상상력, 게다가 창의사고를 요구한다.

   새로운 수업 패러다임의 변화에 학생들이 낯설고 어려워했다. 점차 익숙해져 적응하고 있음에 감사한다. 나 또한 수업을 통해 풍부한 정보와 자료를 제공하려고 나름 애쓰고 있다. 그 덕분에 학생들도 전문지식뿐만 아니라 여러 분야에 활용하는 것을 보며 공학과 인문학의 융합이야말로 미래사회의 주요 테마임을 다시 한번 절감한다.

   빠르게 변화하는 시대에 가장 사람들 입에서 자주 오르내리는 게 무엇일까. AI이며 그중에서도 'Chat GPT'가 바로 떠오른다. 작년 말에 시작된 이 챗 GPT는 사람이 하는 질문에 웬만한 답변을 준다. 인간이 해오던 일을 더 빠르고 간편하게 처리해주는 편리함을 갖고 있어 출시 두 달 만에 월 사용자 2억 명을 돌파하는 기록을 세웠다.

   마치 과거 스마트폰이 등장하여 우리의 삶이 새롭게 재편되었던 추억을 보는 듯하다. 아니, 오히려 사용 및 확산 속도는 그보다 빠르게 증가하고 있다. 스마트폰보다 더한 기술의 등장이라 말할 수 있다. 기술의 진보가 가히 상상초월이다.

인터넷과 SNS 소프트웨어의 발달로 다양한 사용자의 요구를 충족시킨다. 콘텐츠 또한 방대하다. 이제 AI가 일상화된 시대에 AI의 활용 가치는 크다. 검색의 기능을 넘어 자료의 재창조와 미래를 예측할 수 있는 능력을 들 수 있다.

더 나아가 예술 작품 제작에서부터 음악·시·소설·창작, 인간의 음성 시뮬레이션, 날씨 패턴 예측에 이르기까지 현대인의 생활 여러 측면에서 점점 더 깊이 파고 들고 있다. 최근에는 로봇공학, 생명과학, 신의학 개발 등 대부분의 과학 분야에서 활용되고 있다. 앞으로는 AI가 노벨상까지 받을 수 있지 않을까 예측한다.

AI가 다양한 분야에서 활용될 수 있는 잠재력을 가지고 있다. 그에 따른 부정적 측면도 있다. 인간은 생성된 콘텐츠가 진짜인지 가짜인지 구별해야 한다. 진위를 가릴 분석력이 필요하다. 가짜 뉴스, 가짜 광고, 가짜 정보 등을 유포하여 사회에 혼란을 야기할 수 있기 때문이다.

얼마 전 미국에서 톰 행크스의 젊었을 때 사진을 AI가 재창조하여 광고에 사용되는 사례도 있었다. 즉 지적재산권, 개인정보의 침해 위험성이 사회의 혼란을 야기할 수 있다. 아직도 챗 GPT에 대한민국 대통령이 누구냐고 물으면 문재인이라고 답한다.

인간의 창의성을 저해하는 혐오 콘텐츠나 폭력 콘텐츠를 생성할 수 있으므로 사회적 윤리문제를 고려해야 된다. 최근에는 정부가 직접 나서서 생성형 AI를 이용한 가짜뉴스 생성, 저작권 침해와 보호에 대한 '언론 관련법 개정'을 서두르고 있다.

또한 AI가 인간의 노동력을 대체할 수 있는 잠재력을 가지고 있어 많은 일자리가 사라질 수 있다는 우려도 있다. 하지만 일자리가 사라지는 대신 새로운 일자리도 창출되니 그리 걱정할 일은 아닌 것 같다. 대신 고도의 지식을 요하던 화이트칼라 직업은 점점 그 자리를 AI에게 내주게 될 것임은 이미 아는 사실이다. 나는 이 시점에서 학생들에게 기존의 좋은 대학 나와 좋은 직장의 개념이 사라지고 있음을 주지시킨다.

다시 말해 기존의 성공방정식이 달라지고 있다. 학벌보다 능력으로 인정받는 시대다. 학생 개개인이 어떤 문제에 봉착했을 때 스스로 해결할 수 있는 능력을 키우는 게 관건임을 강조한다. 교수인 나는 어떤 가르침으로 그들의 진화 발전의 디딤돌이 될지 고민이 크다. 교수로서 기존의 평생 교육안으로 안일하게 수업을 진행한다는 건 교육을 역행하는 일이 아닐까라는 자성하며 오늘도 고뇌한다.

최근 AI와 스마트폰의 만남은 더 나은 사진촬영, 창의적 콘텐츠 제작, 다양한 정보제공, AI번역, 개인비서 등 확장된 기능과 편리함을 제공한다. 현대인의 삶을 더욱 편리하고 효율적으로 만들어 주고 있다. AI와 결합된 스마트폰, 로봇, 자율주행자동차, 가전제품 등은 산업의 모든 분야, 우리 일상에 큰 영향을 미치고 있다.

어느 날 스마트폰을 집에 놔두고 나왔다. 하루 종일 좌불안석으로 보내며 아무 일도 할 수 없었다. 스마트폰은 이제 우리 일상에서 떼려야 뗄 수 없는 기기가 되었다. 인터넷에 연결되어 다양한 정보를 손쉽게 얻을 수 있고, 문자, 음성, 영상 등 다양한 방식으로 사람과 사람을 연결한다. 또한 게임, 쇼핑, 은행 업무 등 다양한 기능을 제공한다. 내 손 안의 스마트폰이 혁명이라 가히 말할 수 있다.

일상 속으로 들어온 AI, 이를 멀리하고는 현대사회를 살아갈 수 없다. 나는 'AI와 동거 사회'라고 칭하고 싶다. 이미 앞에서 말했듯 장점도 많지만 여러 문제점도 있다. 장단점을 잘 가려 기계와 동행한다면 지금보다 훨씬 더 효율적이며 가성비 좋은 삶이 되지 않을까 싶다. 아직 초기 단계이므로 이를 잘 발전시켜 AI와 함께 협업하는 멋진 제자들이 되길 소망한다.

나는 오늘도 정보의 바다인 인터넷에서 학생들에게 전해줄 인공지능의 엑기스를 뽑아 강의안을 만든다. 배움의 확장으로 그들이 보다 편안하고, 편리하게, 안전하게 풍요로운 삶을 살아갈 수 있을 것으로 확신한다. 공학도인 제자들이 인문학적인 사고와 합쳐져 통합의 능력을 발휘할 세상을 꿈꾸어 본다.

나 또한 개인적으로 연애소설을 한번 써보고 싶다. 물론 AI를 이용해서다. 챗 GPT에 수많은 소재와 주제를 가미해 질문하고 요청해 답을 얻는다는 건 모험이다. 그 욕심을 실현하는 날, 공학과 인문학의 융합 파티라도 조촐하게 하리라. 이게 가능한 것이 챗 GPT를 활용한 책 쓰기 강좌다. 이 또한 내가 추구하는 AI와 동거의 결과물이 되리라.

✦ Profile
경희대학교 명예교수, 공학 박사

하늘미소

김두기

보릿고개가 있던 1960년대 어느 봄날 시골 초등학교 글짓기 시간이었다. 선생님은 "상 중에 최고 좋은 상이 무슨 상인지 아는 사람?" 하고 물었다. 반 아이들은 앞다퉈 손을 들며 "저요! 저요! 노벨상입니다"라고 했다.

'노벨상'이 무슨 상인지 몰랐던 나는 창밖의 먼 하늘을 멍하니 바라보고 있었다. 살며시 다가온 선생님은 어깨를 툭 치시며 "김두기! 너는 상 중에 최고 좋은 상이 무슨 상이라고 생각하니?"라고 하셨다. 깜짝 놀란 나는 얼떨결에 "엄마 밥상입니다"라고 했다. 일순간 교실은 웃음바다가 되었다. 다행스럽게도 선생님은 왜 엄마 밥상이 최고 좋은 상인지 그 이유를 말해보라고 하셨다.

"노벨상이 무슨 상인지 몰라도 지금까지 한 번도 안 받아 봤지만 잘 살아왔습니다. 하지만 끼니마다 정성스럽게 차려주신 어머니 밥상을 받지 않았다면 저는 지금 이 자리에 없을 것입니다"라며 또박또박 말씀드렸다.

선생님은 "참 재미있고도 마음 깊은 아이로구나. 밥이 몸의 양식이

듯 꿈은 마음의 양식이란다. 너는 시 창작을 즐겨하니 노벨문학상 꿈을 품길 바란다"라고 하셨다.

며칠 후 가정환경 조사표를 작성하는 시간이었다. 할아버지, 할머니, 아버지, 어머니, 형, 누나, 동생이 있으면 O, 없으면 X 표시하는 것이었다.

얼마나 지났을까? 한 아이가 "엄마"하고 울부짖으며 복도로 뛰쳐나갔다. 놀란 선생님이 뒤쫓아 나가자 교실은 웅성웅성 수군거림으로 어수선해졌다. 용감한 한 아이가 "저 친구 왜 저래?"라며 반 전체를 향해 외치듯 물었다. "할머니랑 같이 사는데 집 나간 엄마가 보고 싶었나 봐"라며 짝꿍이 속삭였다. 문득 어릴 적 갑자기 사라진 엄마를 찾아 헤매다 우물에 빠진 기억이 주마등처럼 머리를 스치고 지나갔다.

여섯 살이 되던 해 어느 가을날이었다. 추수가 한창인 때다 보니 부지깽이도 덤벙인다고 할 만큼 밤낮으로 눈코 뜰 새 없이 분주한 날이었다. 식구들 저녁 밥상을 차려놓고 치마폭을 휘날리며 남포등을 사러 간 어머니는 영영 돌아오지 않았다. 훗날 알고 보니 남포등을 사들고 바삐 신작로를 건너오다가 막차에 받혔다는 것이다.

수일간 친척 집에 머물다 집으로 온 그날은 보름달이 유난히 밝게 빛나던 밤이었다. 꿈인 듯 생시인 듯 비몽사몽간에 귓전을 스치는 말이 있었다. "내일 아침까지 깨어나지 않으면 애물단지에 담아 재 너머 산기슭에 있는 제 어미 무덤가에 묻어줍시다"라는 누군가의 소곤거리는 음성이 섬뜩하게 들려왔다. 나는 잠결임에도 깜짝 놀라 "엄마를 보려면 지금 가야지, 왜 내일 아침까지 기다려"라며 가녀린 목소리로 항변했다. "와! 살아있네. 살아있어"라는 함성소리에 놀라 눈을 껌벅였다. 정신을 차리고 보니 할머니 무릎을 베고 누워있었던 것이다.

초가집 작은 토담 방에 빙 둘러앉은 동네 아주머니와 할머니들이 안도의 한숨을 내쉬자 호롱불이 꺼질 듯이 가물거렸다. 할머니는 손자가 살아있음을 확인하고는 한숨을 돌리면서 그간의 자초지종을 털어놓으셨다.

"온종일 어미를 찾겠다며 들로 산으로 쏘다니다가 집에 오자마자 곯아떨어졌지요. 손자들 앞날이 걱정되어 잠시 마실 나왔는데 그새 깨어나 우물까지 갈 줄이야! 우물에서 용이 비상하는 태몽을 꾸고 낳은 아이라며 제 어미가 물 길러갈 때마다 업고 다니더니 거기 있을 줄 알았나 봐요. 그나저나 담양골 아주머니는 애가 빠진 줄을 어떻게 알고 두레박줄에 바구니를 매달아 내렸소?"

담양골 아주머니는 기다렸다는 듯이 말씀하셨다. "오일장에 내다 팔 대나무 바구니를 짊어지고 하룻밤 묵을 집을 찾던 중, 우물에서 아이 울부짖는 소리가 들리지 않겠어요? 깜짝 놀라 얼른 두레박줄에 바구니를 매달아 건져 올렸지요."

이웃집 아주머니가 "오늘 애를 구한 건 그야말로 천우신조입니다"라고 하셨다. 할머니는 주변 사람들의 관심과 도움이 민망했던지 "하이고! 두레박줄을 얼마나 꽉 붙잡았으면 손바닥에 피멍이 들었을까? 어미 잃고 낙동강 오리알이 된 어린것이 혼자 우물에 가도록 보살피지 못한 내가 큰 죄를 지었지"라며 자책하셨다.

건넛집 아주머니가 할머니를 위로하며 "너무 한탄마세요. 전화위복이란 말이 있잖아요. 오늘의 애물단지가 내일은 보물단지가 될 수 있어요"라고 하셨다.

할머니는 무릎에 누인 나를 물끄러미 내려다보다가 불현듯 넋두리 타령을 시작했다. "아이고! 두야, 두야, 뭔 소리여! 날이면 날마다 철조망을 거두어 엿 바꿔 먹겠다며 꿈 나팔을 불어대는 이 철부지 골칫덩이 바보 같은 손자가 뭐? 바라볼수록 보고 싶은 보물덩이라고요! 착한 며느리를 저세상에 먼저 보낸 이 못난 할망구를 놀리지 마세요"라며 장탄식을 했다. 손자의 앞날을 걱정하며 늘어놓던 할머니의 구슬픈 넋두리 타령이 잦아들 무렵 뜨거운 눈물방울이 내 이마에 뚝뚝 떨어져 미간을 타고 흘렀다.

"할머니 울지 마! 이제 다시는 엄마 찾으러 돌아다니지 않을게."

바로 그때, '드르륵'하는 교실 미닫이문 열리는 소리에 비로소 회상의 나래를 접고 현실로 돌아왔다. 선생님은 손등으로 눈물을 훔치는 아이의 등을 토닥토닥 다독이며 조심스럽게 제자리에 앉혔다. 교실 분위기는 무겁게 내려앉았고 엄숙하리만큼 조용했다.

나는 어머니 표시 칸에 어떻게 쓸까 고민하다가 창밖을 바라보았다. 눈물이 핑 돌았다. 햇빛에 반사된 눈물방울 속에 생모 얼굴이 아른거렸다. 아롱다롱 무지개 꽃길을 따라 어머니가 치마폭을 휘날리며 달려오는 것이었다. 바로 그 순간, 아롱진 눈물방울이 굴러 떨어지면서 조사표가 얼룩지고 말았다. 인기척을 느끼고 고개를 드니 선생님이 곁에서 지켜보고 있었다. 얼른 손으로 얼룩진 조사표를 가렸다.

방과 후 교실 청소를 끝내고 운동장 건너편에 있는 퇴비장에 휴지통을 비우고 돌아오는데, 느티나무 그늘 아래 담임 선생님이 설핏 보였다. 목례를 하자 선생님은, "어머니 표시 칸에 8자가 무슨 뜻이냐?"라고 새삼스레 묻는 것이었다.

"아래 동그라미는 새어머니, 위에 동그라미는 하늘 간 어머니 표시입니다"라고 대답했다.

선생님은 휘둥그레진 눈으로 "그런 깊은 뜻이 있었구나. 어머니는 세상에서 가장 아름다운 말이다. 내가 좋아하는 전통 운율로 시조 한 수 지어 볼래?"라고 하셨다. "선생님이 시조를 좋아하신다니 즉흥 시조 한수 지어보겠습니다"라고 말씀드리고는 잠시 뜸을 들인 뒤 다음과 같이 읊었다.

어머니 큰 은혜가 천지에 가득해요
하늘엔 생모 엄마 땅에는 새 어머니
상중에 노벨문학상 엄마 밥상 좋아요

선생님은 "우와! 3장 6구 43자로 신박한 시조로구나"라며 미소 지으셨다. 느티나무 그늘을 막 벗어나려는데 학교 뒷산에 무지개가 두 겹으로 두둥실 떠올랐다. 나는 짐짓 "선생님? 하늘도 미소를 짓나요!"라며 여쭈었다.

"땅의 미소가 꽃이라면, 하늘미소는 무지개?"

"네! 맞아요. 저기 저 산봉우리에 하늘이 미소 짓고 있어요"라며 무지개를 가리켰다.

화창한 봄날에 무지개가 뜨다니, 그것도 쌍무지개가! 마른하늘에 날벼락이란 말은 들어봤어도 마른하늘에 무지개는 처음 보는구나. 명심해라! 저건 신의 한수, 너를 축복하는 두 분 어머니의 하늘미소, 무지개 약속이다. 두 분 어머니는 지금의 나를 있게 한 최고의 동반자였다.

→ Profile
국민특보단포럼 상임고문, 전) LG전자, 포스코 근무, 벤처기업 대표, 4개 국어(한미일중) 시 창작 시인, 2021세종대왕문학상 수상

종이박스 할머니

김상성

행복해서 감사한 게 아니라 감사하니 행복해진다.

지금까지 나를 있게 한 모든 이를 향해 감사한 마음이 드는 요즈음이다. 오늘도 아침 5시 48분 전철을 타고 하루를 시작한다. 이른 새벽에 헬스클럽에서 가볍게 몸을 푼 후, 광화문 인근에 있는 사무실로 향한다. 그 발걸음은 하루를 길고도 힘차게 만들어 준다.

광화문 지하도에는 노숙자 다섯 분이 살고 계신다. 남자 네 분과 할머니 한 분이다. 저녁이 되면 꼭 그 자리에 와 간이 집을 짓고 하루의 숙소를 마련한다. 지하도 각 출구 방향마다 남자 한 분씩 자리를 잡는다. 종이상자를 가져다 집을 짓거나 슬리핑백을 숙소로 삼는다. 할머니 한 분은 지하도 중앙에 있는 독도 사진 전시장 문 앞에 종이상자로 된 집을 짓고 밤을 보낸다. 낮에는 어디서 무얼 하는지 모른다. 저녁에만 그 자리를 차지한다.

나는 주말을 제외하고 매일 아침 6시 반쯤 그 지하도를 지난다. 할머니는 그 시간이면 일어나 종이상자 집을 정리하느라 부산하다. 아침마다 그 길을 지나치며 여러 궁금증이 생기는 것은 어쩔 수가 없다. 할머니는 왜 여기에서 주무시는지, 가족은 없는지, 무얼 드시고 사는지….
정신이 이상한 할머니는 아닌 듯하고, 살아오신 생애가 녹록지 않았을
거라고 짐작해 본다. 하지만 직접 물어볼 수도 없다. 무엇이, 누가 할머
니의 황혼기를 저렇게 만들었을까.

가끔 그분들 옆에 빵 봉지나 음료수병이 놓여 있을 때도 있다. 힘들게
지내는 그분들을 챙겨주는 따뜻한 이들이 있는 것 같다. 그럴 때면 왠지
마음이 훈훈해진다. 언젠가 출근할 때 사무실에서 먹으라고 아내가 떡
과 음료수를 싸준 적이 있었다. 할머니 종이상자 숙소를 지나는데 그날
은 숙소가 닫혀 있었다. 슬며시 그 옆에 내 간식용 음식을 놓고 도망치
듯 지나갔다. 다른 분도 그런 마음에서 자신의 것을 조금씩 나누는 것
이라는 생각이 들었다.

생일날 아침, 같은 시간에 전철에서 내려 광화문 지하도로 올라오니
할머니 생각이 났다. 지갑에서 만 원짜리 한 장을 꺼내어 들고 할머니의
숙소를 지나는데 할머니가 일어나 주변을 정리하고 있었다. 슬쩍 옆으
로 다가가서 얼굴은 마주치지 않고 손을 내밀었다. 순간 할머니는 낚아
채듯 돈을 빼갔다. 그곳을 지나치며 생각했다. 가끔은 조금씩이라도 이
렇게 나누며 사는 것이 사랑(동행)이 아닐까. 인류애라는 거창한 말 대
신 그저 함께 동시대를 살아가는 우리 이웃을 향한 작은 관심과 애정이
세상을 좀 더 살맛나게 하는 것이라는 생각이 들었다.

어느 날 아침, 할머니 숙소가 보이지 않았다. 이튿날도 사흘째도 보이
지 않았다. 혹시 어디 편찮으신 건 아닌지 걱정되었다. 가족이 할머니를
모셔간 건 아닐까 하는 생각이 들기도 했다. 나흘째 되던 날 아침, 그곳
을 지나다 깜짝 놀랐다. 할머니의 종이박스 숙소가 다시 차려진 것이 아
닌가. 그간 왜 안 나오셨는지 물어볼 수도 없었다. 할머니와 말 한마디

해본 적도, 얼굴을 쳐다본 적도 없지 않았던가. 반가운 마음에 지갑에서 지폐 한 장을 꺼내 돌돌 말아서 슬며시 손에 쥐여드렸다. 어김없이 낚아채듯 가져갔다. 낚아채는 손을 통해 정정함이 느껴졌다. 그분의 건강을 확인하는 순간 나도 모르게 왠지 안도감이 들었다.

오늘은 아침부터 할머니가 동아일보사 앞 건널목에서 쇠막대기 하나를 들고 청와대 쪽을 가리키며 연신 막대기를 흔든다. 누구에겐가 말하고 싶은 게 있으신가 보다. 살면서 가슴에 응어리진 사람이 없겠냐만 할머니에게도 많은 사연이 있는 것 같다. 그분을 뵈니 외할머니가 생각난다. 어렸을 때 우리 가족도 외할머니와 함께 살았다. 외할머니는 늦둥이 막내로 태어난 외손주인 나를 밤마다 껴안고 주무셨다. 유난히 나를 예뻐하던 외할머니는 젖이 부족했던 어머님을 대신해 당근을 갈거나 호박으로 죽을 만들어 먹이셨다고 한다.

옷 한 벌로 사계절을 입을 때였다. 초등학교 입학한 그해 늦가을, 저녁이 되니 추워서 안방의 아랫목에 깔아놓은 이불 속으로 파고들었다. 막 잠이 들려는데 외할머니가 나를 깨워 따뜻한 온기가 있는 부엌 부뚜막에 앉혀놓고는 허리춤에 달린 주머니에서 누런 종이에 싼 음식을 꺼내더니 나보고 먹으라고 하셨다. 다름 아닌 돼지고기였다. 한마을에 사는 창식이네 초상집에서 가져오신 것이었다. 가난한 시골 살림이라 먹을 것이 귀해서 고기를 먹는다는 것은 언감생심이었다. 그날 나는 돼지고기 다섯 조각을 허겁지겁 참 맛있게 먹었다. 세상에서 가장 맛있는 음식이 바로 돼지고기라는 생각이 들 정도였다. 그 모습을 바라보시던 외할머니의 얼굴엔 행복이 가득했다.

그날 저녁 나는 배탈이 났다. 밤새껏 잠도 못 자고 집에서 20m쯤 떨어진 화장실을 들락거렸다. 갑자기 기름기 많은 돼지고기를 먹은 탓이었다. 외할머니는 그렇게 12년 동안이나 나를 돌봐주시고 초등학교 6학년 되던 해에 하늘나라로 떠나셨다. 가을이 오고 찬바람이 불면 가끔 그날 외할머니의 흐뭇해하시던 모습이 생각난다. 지금은 돼지 한 마리 통째로 잡아 드릴 수 있는데 외할머니는 세상에 안 계신다.

살아가면서 만나는 수많은 인연을 통해 지금의 내가 있다는 생각이 든다. 동행은 인연에서 비롯된다. 서로에게 아름다운 동행이 되어주면 얼마나 좋을까. 배려하는 마음, 사랑하는 마음, 희생을 감내하고 내가 먼저 솔선수범하는 것. 이런 것들이 아름다운 동행의 시작일 것이다.

소록도의 마리안이나 마가레트 수녀님, 아프리카의 슈바이처 박사, 남수단의 이태석 신부님, 네팔의 엄홍길 산악인. 이런 분들은 인류애를 몸소 실천한 큰 별들이다. 아낌없이 어려운 이들을 위해 손을 내밀고 아름다운 동행을 하신 분들이기에 흉내조차 내기 힘들다.

그러나 작은 별처럼 이웃을 밝히는 일은 나도 할 수 있지 않을까? 내 손길이 필요한 가족이나 친구, 지인, 이웃들을 외면하지 않고 작은 도움이라도 줄 수 있다면 그 또한 아름다운 동행을 만들어가는 일일 것이다.

성경 말씀이나 경전 말씀 모두가 비우고 살라 하지만, 세상에 태어나서부터 경쟁하다 보니 온통 경쟁하는 삶이 되어버렸다. 이제 그러한 삶의 형태에서 벗어나고 싶다.

광화문 할머니를 만난 지 어느새 2년이 지났다. 오늘 아침에도 할머니는 광화문 지하도에서 종이상자 숙소를 해체하고 계셨다. 할머니가 좀 더 안락한 곳에서 지내는 날이 오길 간절히 바라며, 오늘도 지폐를 돌돌 말고 할머니를 향해 걸어갔다.

→ Profile
사회복지학석사, 노인심리상담사, 전) 삼성화재 상무, MG손보 대표

난 혼자가 아니야

김여은

 20대 중반, 인생 처음으로 가출을 했다. 무작정 나온 거라 가진 것이라곤 달랑 휴대폰 하나뿐이다. 갈 곳이 없어서 막막하다. 숙박업소에 갈까? 모텔이나 호텔에 가본 적 없는데. 찜질방을 갈까? 혼자서 낯선 곳은 잘 못 가잖아. 이곳저곳 갈 만한 곳을 생각해 보지만 사실 허세다. 수중에 돈이 없다는 건 내가 제일 잘 안다.

 혹시나 하고 찾아간 빈 월세방은 역시나 비밀번호가 바뀌어 있었다. 마지막 방법으로 가게로 갔다. 밤새우고 누가 오기 전에 나가면 들키지 않을 거란 계산이었다. 가게 의자를 붙이고 그 위에 누워 있으니 별생각이 다 나며 눈물이 쏟아졌다. 세상에서 나 혼자라는 생각이 들자 서러웠다. 고민은 누구와도 나누는 게 아니며, 자신의 상처는 혼자서 추스려야 하고, 누구에게도 기대지 말고 살아야 하는 게 인생이라면 산다는 건 뭘까 라는 고민이 깊어졌다.

 밤새 뒤척이다가 누군가가 출근하기 전에 몰래 가게를 빠져나왔다. 한참을 서성이다가 결국 갈 곳이 없어 가족 중 누구도 오지 않을 놀이터 정자에 걸터앉아 멍하니 있었다. 얼마간 시간이 지나고 나서 나에게 말을 걸어오는 사람이 있었다.

"저기요."

그 사람은 좀 피곤해 보이며 멋쩍은 표정을 지었다. 처음엔 나를 경계하더니 이내 무슨 일이냐고 물었다. 그는 자기가 어제 술에 취해서 택시를 탔는데 아무래도 택시에 휴대폰을 두고 내린 것 같다고 전화 한 번 빌려줄 수 있겠냐고 했다. 가진 건 휴대폰밖에 없는 내가 들어줄 수 있는 유일한 부탁이었다. 선뜻 빌려줘도 될까 싶었지만, 꼬락서니라고 불러도 될 행색의 나한테 말을 걸 정도면 저 사람도 간절한 거구나 라는 생각이 들어 휴대폰 잠금을 풀어 넘겨줬다. 감사하다며 휴대폰을 받아간 그 사람은 택시기사와 통화를 끝내고 돌려줄 때도 연신 고맙다고 했다. 예의상 연락이 닿아서 다행이라며 맞장구를 쳤다. 그는 택시 기사가 이곳까지 와 주기로 했다면서 염치없지만 그때까지 말동무를 부탁해도 되냐며 자리를 잡더니 스몰토크를 시작했다. 피할 곳 없는 나는 그냥 들었다. 그러다가 그 사람이 다른 제안을 했다.

"혹시 식사하셨어요? 괜찮으시다면 밥 사드리고 싶습니다."

뜻하지 않은 제안에 극도의 경계심이 들었다. 놀이터엔 그와 나 밖에 없는데 혹시 위험한 사람은 아닌가 하는 불안함이 커졌다. 전화기 한번 빌려준 일이 밥 한 끼 대접받을 정도의 일인가. 오만가지 가정과 위험한 상상이 잠깐 스쳐지나 갔지만, 이내 그만뒀다. 난 명백히 지쳐 있었고, 이 사람이 악의를 가지고 나를 해친다고 한들 상관없을 것 같았다. 고개를 끄덕였다. 때마침 택시가 왔다. 기사에게 자신의 휴대폰을 돌려받은 그는 이 동네에서 유명한 아울렛으로 가달라고 했다. 나는 바빠서 그곳을 가본 적이 별로 없다. 한 끼 식사비로는 비싼 뷔페로 그와 함께 갔다. 처음엔 손사래를 치며 거절했지만 가출 이후 아무 것도 먹지 못한 상태라 몹시 배가 고파 감사히 얻어먹었다.

"오늘도 힘드시겠지만, 그래도 파이팅 하세요."

식사를 마치고 마지막 인사를 한 후 그 사람과 헤어졌다. 다시 혼자
가 된 나는 문득 이제는 지쳐서 그만하고 싶다고 기도한 엘리야가 생
각났다. 하나님께서는 엘리야의 기도를 들어 주시고 먹을 것과 위로를
해 주셨다. 불현듯 깨달음이 왔다. 방금 내가 겪은 일도 같은 맥락이
아닌가. 난 사람을 향한 실망과 불신으로 삶에 대한 회의감에 빠져 모
든 것을 그만두고 싶은 상태였고, 일면식도 없는 남에게 대접을 잘 받
았다. 하나님께서는 그 사람을 통해 내게 위로를 보내신 것이 아닌가.

'그렇구나, 지금까지 혼자인 줄 알았는데 난 혼자가 아니었네. 이제
그만 집에 가야지.'

✈ Profile
한국디지털문인협회 회원

행복한 동행, 바다수영

김연빈

《논어》〈술이〉편에 '삼인행필유아사(三人行必有我師)'란 글이 있다. 세 사람이 길을 가면 반드시 스승으로 받들 만한 사람이 있다는 뜻이다. 이것을 본 따 '삼사행필유아락(三事行必有我樂)'이라는 말을 만들어 보았다. 세 가지를 갖추고 일을 하면 반드시 즐거움이 있을 것이라는 뜻이다. 인생을 살아갈 때 뚜렷한 목표를 갖고, 목표를 함께 할 동료가 있고, 목표를 실천할 구체적 대상이 있다면 인생은 행복하지 않을까. 나에게는 바다수영(Open Water Swimming, OWS)이 바로 그것이다.

현해탄을 흥분과 열기로 들끓게 한 후쿠오카 바다수영은 세계로 나아가는 동행이다. 2023년 8월 2일부터 11일까지 일본 규슈에서 열린 수영동호인의 지구촌 축제 '세계 마스터즈 수영선수권 2023 규슈 대회(World Aquatics Masters Championships - Kyushu 2023)'에 수영클럽 '마스토스 코리아(Mastows Korea)'를 이끌고 참가했다. '마스토스 코리아'는 세계 마스터즈 수영선수권대회 OWS 경기에 참가한 한국인의 모임을 뜻한다. 3km 바다수영은 2일부터 3일까지 현해탄의 후쿠오카 씨사이드 모모치에서 개최되었다. 출국 전 많은 개인과 단체가 우리를 열렬하게 응원해주어 바다수영에 대한 뜨거운 열망과 갈증을 느꼈다.

이번 세계 마스터즈 수영에 참가한 우리 선수 중에는 역경을 딛고 도전한 두 여성이 있었다. 바다수영에 출전한 정혜경(59세)은 1년 6개월 전에 경추 수술을 해서 C456유합술을 받았다. 그대로 방치하면 전신이 마비될 상황이어서 수술이 불가피했다. 재활 중 수영장에서 매일 50분씩 걷다가 가족의 응원으로 OWS 출전을 결심하고 대회에 참가했다. 도중에 다리 근육이 파열되는 부상으로 완영하지는 못했지만 참가한 것만으로도 참으로 대단했다. 정 선수는 '정혜경! 정혜경!'이라는 재미있는 참가후기와 강의로 따뜻한 가족애를 보여주고 마스터즈 바다수영을 국내에 널리 알렸다.

실내에서 하는 경영에 출전한 최연숙(64세)은 1970년대 중후반 자유형 100m 등 32개의 한국신기록을 수립한 스타였다. 2017년 뇌출혈로 쓰러져 사경을 헤매다 극적으로 살아났다. 그 후 '2019 광주 세계 마스터즈'에 참가하여 매스컴의 관심을 받았다. 이번에는 6개 종목에 출전해 자유형 800m에서는 본인도 깜짝 놀란 14분대 기록을 남겼다. 생애 처음으로 출전한 배영 50m에서는 옆 레인으로 미끄러져 들어가 실격되었지만 그 선수와 가까워지게 되었다.

두 선수 모두 우리들에게 진한 인간 승리의 감동을 주었다. 주후쿠오카총영사관 영사와 대회에 참가한 여러 선수들이 최연숙 선수의 800m 경기를 응원했다. OWS에서 완영한 고령의 재일동포 남춘식 선수(79세)는 매일 상세한 경기 정보와 함께 홍삼정을 사오고 며칠간의 경기를 모두 관전했다. 최연숙이 50년 전 서울에서 열린 아시아 에이

지그룹 대회에서 함께 수영했던 일본 선수를 찾는다는 소식을 듣고 옛날 사진을 들고 그들의 동정을 알아보는 성의를 보여주었다.

한여름의 후쿠오카를 누볐던 두 선수는 내년 2월 카타르에서 열리는 '2024 도하 마스터즈(DOHA 2024)' 바다수영에 함께 참가한다. 경영 전문인 최 선수가 바다수영의 매력에 빠졌다. '도하(Doha)'는 '큰 나무'를 뜻하는 아랍어 '앗-다우하(ad-dawha)'에서 유래되었다고 한다. 이제는 초고층 건물숲으로 변한 도하란 큰 나무를 이정표 삼아 현해탄에서 이루지 못한 완영의 꿈을 위한 나의 긴 여정에 동행한다.

한일해협을 횡단하는 릴레이 수영은 양국의 우호협력을 위한 동행이다. 일본에는 '야마타이코쿠 삼천리설'이란 전설이 있다고 한다. 고대 중국 문화가 한반도를 거쳐 규슈 땅에 전파되어 야마타이코쿠에서 꽃을 피웠다. 그 루트가 부산에서 쓰시마까지의 천리, 쓰시마에서 이키 섬까지의 천리, 이키섬에서 하카타까지의 천리로 삼천리란 것이다. 하카타는 후쿠오카의 옛 이름이다. "이 전설을 따라 '역사의 뿌리를 찾아서'라는 주제로 '부산~후쿠오카 릴레이 수영대회'를 열어보면 어떨까요?"라는 메이지건설 임원의 말에 나는 가슴이 뜨거워졌다. 그때가 '한일 상호 방문의 해'인 2005년이었다.

야마타이코쿠(邪馬台国)는 2~3세기에 일본에 존재했다고 하는 고대 국가이다. 《삼국지》〈위지왜인전(魏志倭人伝)〉에 상세한 기록이 있고, 《삼국사기》에도 왕인 히미코가 사신을 보냈다고 되어 있다. 그러나 정작 일본 문헌에는 일절 기록이 없어 그 존재가 입증되지 않았다. 지역도 규슈, 긴키 지방으로 확실하지 않다.

새로운 이야기를 들은 나는 어떻게 하면 이 꿈 같은 제안을 현실화할 수 있을까 하는 고민이 마음에 쌓이기 시작했다. 몇 년 후 그 꿈을 실현할 기회가 찾아왔다. 외교부가 2014년 '한일 국교수립 50주년 기념사업'을 공모했는데, 주일대사관에서 응모한 이 '한일해협 횡단 릴레이 수영'이 기념사업의 하나로 채택되었다. 부산-쓰시마(50km)-이키섬(50km)-후쿠오카(80km) 간 약 180km를 양국의 연예인·체육인 등 유명인과 일반인, 장애인 등 남녀노소 500여 명이 조를 이루어 1~2km(30분~1시간)씩 나누어 3~4일에 걸쳐 릴레이 수영으로 건너는 것이다.

일본의 한 메이저 언론도 관심을 갖고, 국내 언론사에서는 당장 사업을 추진할 기세였다. 비용 문제로 아쉽게 무산되었지만 후원이나 광고 등으로 행사비용은 충분히 마련할 수 있을 터인데 정부 지원에만 의존하려고 하는 태도가 아쉬웠다.

그동안 냉각되었던 한일 관계가 새로운 분위기로 반전되었다. 후쿠오카공항의 뱀처럼 길게 늘어선 귀국 탑승행렬에서 이를 실감했다. 한일해협 횡단 릴레이 수영은 이런 활발한 움직임을 더욱 숨 가쁘게 하고 양국의 민간 교류를 한층 두텁게 할 것이다.

바다수영은 국민 해양사상 고취라는 인생 목표를 뒷받침하는 동행이다. 바다수영은 바다나 강·호수 등 자연 상태의 개방된 수면에서 하는 장거리 수영을 말한다. 오래전부터 유럽에서는 야외 스포츠로 각광을 받았다. 2008년 베이징올림픽부터 남녀 10km 종목이 마라톤수영(Marathon Swimming)이란 이름으로 정식 개최되고 있다. 우리나라는 아직 전국체전 정식종목으로도 지정되지 않았고, 대한수영연맹이 주최하는 공식대회도 없다. 2005년 조오련 선수를 비롯한 선구적 수영인들이 주축이 되어 '깨끗한 바다, 끝없는 도전, 확실한 안전'을 표방하고 설립한 '사단법인 한국바다수영협회'가 '해양수산부장관배 바다수영대회'와 '해양스포츠제전 바다수영' 등을 개최하면서 그나마 명맥을 이어 오고 있는 실정이다.

모든 해양레저스포츠의 기본인 바다수영은 스포츠를 넘어 다양한 공익적 효용을 갖고 있다. 바다수영은 환경보호 운동이다. 바다나 강이 깨끗하지 않으면 수영을 할 수 없다. 바다수영은 안전의식 생활화 운동이다. 모든 과정에서 안전을 최우선으로 한다. 바다수영은 자연과학 운동이요 정신계몽 운동이다. 육지중심의 사고에서 벗어나 해양적 시각으로 사물을 보고 생각하게 하여 사고의 다양성을 갖게 해준다. '바다로 열린 나라 헌법 제3조 개정안' 창출이 대표적 사례다. 세계적으로 ESG가 중요한 화두가 되고 있다. 바다수영은 '친 ESG 스포츠의 꽃'이라 할 수 있다.

2019년 광주에서 '세계 수영선수권대회'와 '세계 마스터즈 수영대회'가 열렸지만 불모지나 다름없는 우리나라 바다수영이 선진국과 어깨를 나란히 하기 위해 필요한 것은 백 가지 구상보다 한 가지 실행이다. 백견이불여일행(百見而不如一行)으로, 그 첫걸음은 바다수영을 전국체전 정식종목으로 지정하는 것이다. 나는 오래 전부터 기고 등을 통해 바다수영을 전국체전 정식종목으로 채택하자는 주장을 펼쳐오고 있다. 곧 결실을 맺을 것으로 기대한다.

세계 마스터즈 OWS에 참가하고, 한일해협을 릴레이 수영으로 횡단하고, 바다수영을 통해 해양사상을 고취하는 것은 인생을 행복하게 하고 세계를 평화롭게 하는 평생의 동행이다.

↔ Profile
도서출판 귀거래사 대표, 전) 주일한국대사관 해양수산관. 역서:《국가전략이 없다》
《바다로 열린 나라 국토상생론》《손기정 평전》《해양문제입문》 외

나의 사랑, 가곡

김영희(9대학)

마산 어시장 앞에 오래된 주막 같은 '성미예술촌'이란 간판이 보인다. '성미예술촌'이라는 간판만 봐도 흥미롭고 정답고 사랑스러운 사람들 얼굴이 떠오른다. 이곳에 처음 가게 된 것은 지금으로부터 15년 전이다.

우선 문을 열고 들어서면 좀 어두컴컴하고 요란스럽다. 그 카페 안의 분위기는 어떻게 보면 복잡하게 느껴진다. 수많은 예술인의 작품들이 3면의 벽에 빽빽하게 걸려 있다. 물론 내가 그려준 산수화 그림 커튼도 스탠드 탁자 위에 걸려 있다. 피아노와 작은북, 기타도 눈에 띈다. 주방 쪽에는 베토벤의 얼굴 석고상이 내려다보고 있다. 그 옆에는 커다란 대검이 가로질러 걸려 있다. 천장에 주렁주렁 매달려 있는 둥그런 등불이 조명을 비추면 옛날 '주막'에 온 분위기다.

이곳을 알게 된 것은 마산에 '우리 가곡'을 사랑하는 사람들의 모임에서였다. 모임에 갔다가 금빛합창단에서 만난 홍 선생님 소개로 그집에 가게 되었다. 우리 가곡을 사랑하는 사람들이 모여서 다 같이 노래를 부를 수 있는 장소다.

중학교 시절에 즐겨 불렀던 우리 가곡 〈동심초〉〈가고파〉〈고향의 노래〉〈그리움〉 등과 어린 시절의 동요 〈오빠 생각〉〈꽃밭에서〉〈푸른 하늘 은하수〉〈고향의 노래〉 등을 마음껏 목청 높여 부를 수 있는 유일한 곳이었다.

나는 우리 가곡 모임을 마치고 2차로 가는 곳을 홍 선생님과 같이 따라갔다. 처음에는 그 모임에 아는 사람이 없어서 어색한 기분으로 앉아 있었다. 다음 달 우리 가곡 모임이 끝나고 두 번째 '성미예술촌'에 갔을 때는 '어떻게 하면 이들과 어울릴 수 있을까' 하고 궁리했다. 고민 끝에 집주인을 사귀어서 이 분위기에 어울려야겠다고 마음먹었다.

서울에서 태어나 자라온 나는 어릴 때 경기중학교에 다니던 오빠가 바이올린을 켜면 우리 형제들은 알토, 소프라노 2중창으로 노래를 부르곤 했다. 중학교 시절에도 노래하는 것을 좋아했고 고등학교 때는 합창단에서 활동했다.

2001년도에 창원으로 이사 와서 살게 되었다. 낯선 곳에 오니 아무것도 할 게 없어 붓글씨와 사군자를 배우러 다녔다. 노인복지관에서 마침 합창단을 모집한다 해서 거기에 들어가 노래를 부르기 시작했다. 드디어 합창단장을 맡으면서 비로소 음악에 소질이 있음을 발견했다.

금빛합창단에서는 고등학교 시절 배웠던 가곡과 동요 등을 주로 많이 불렀다. 합창단에서 홍 선생님을 만나 마산의 가곡 모임에 갔었다. 마산에 우리 가곡을 좋아하는 동행자가 그렇게 많음을 예전엔 몰랐다.

마산에는 이은상 시인과 조두남, 이수인, 김봉천, 황덕식 선생님들이 작곡한 노래를 사랑하는 팬들이 많다. '마산 우리가곡부르기'를 대표하는 김경선 원장님은 병원을 운영하면서 우리 가곡을 전국에 보급하기 운동을 펼치고 계셨다. '마산 우리가곡부르기'는 한 달에 한 번,

셋째 주 금요일 오후 7시에 마산여성회관에서 모인다. 끝나고 나면 '성미예술촌'에 다시 모인다.

2차로 간 마산의 '성미예술촌'이라는 카페는 마산의 예술가와 화가, 음악가들이 많이 모이는 예술가의 집이다. 술이 한 잔 들어가면 대화가 많아지고 떠들썩해진다. 거기 모인 사람들은 피아노와 기타 반주에 맞춰서 함께 가곡을 부른다. 노래가 있고 이야기가 있는 곳이다.

가곡을 좋아하는 사람들의 모임이 늘 끊이지 않는 이곳을 운영하는 주인은 어떤 분일까? 마산의 명문 여고를 나오고 서울에서 대학을 졸업한 그녀는 많은 이와 소통하고 싶은 마음으로 그 카페를 열었다고 한다. 40년이 지난 지금까지 가곡을 사랑하는 마음으로 그곳을 찾는 수많은 이에게 행복한 시간을 만들어 주고 쉼터를 제공하고 있다. 나도 그곳에서 마산이 가곡의 도시라는 것을 새삼 느꼈다.

그곳에서 사람들과 어울리며 동요나 가곡, 건전가요 들을 부르며 즐거운 시간을 보내고 있다. 이젠 그곳이 친숙한 나의 카페가 되었다. 그곳에서 한 달에 한 번씩 열리는 '작은 음악회'도 만들었다.

'작은 음악회'는 매월 마지막 목요일에 약 30명에서 40명이 모인다. 저녁 7시에 시작하여 약 2시간 정도 함께 노래를 부른다. 피아노 반주에 맞춰서 동요와 가곡 부르기도 하고, 독창도 할 수 있는 기회를 준다. 무대는 작지만, 모두가 어린 시절로 돌아간 듯 큰소리로 즐겁게 노래를 부른다.

가끔은 시를 낭송하는 이도 있고, 때론 아코디언 연주자도 초대한다. 모두 나이가 70세가 넘었다. 내가 최고령자라 이들을 만나면 남녀 모두 '왕언니'라 부른다. 함께 노래 부르는 동지들이라 마음이 통한다.

술이 한두 잔 들어가면 자리마다 웃음꽃이 피고, 모두가 낭만적이고 행복한 사람들이 된다. 객지인 마산에서 함께 즐기며 술을 마시고 노래를 부를 수 있는 장소가 있다는 것이 인생 후반전에 이토록 큰 행복을 줄 줄이야. 비록 작은 무대지만, 내게도 피아노 반주에 맞춰서 독창을 부를 수 있는 기회를 주어 용기와 자신감도 생겼다. 덕분에 교회에서 특송을 부르는 특혜도 얻었다.

카페를 운영하는 천 사장과는 이제 속마음을 털어놓을 수 있는 둘도 없는 자매가 되었다. 팔순을 훌쩍 넘어 외롭고 쓸쓸할 나이에 함께 노래 부르는 친구들이 있어 정말 행복하다. 가곡이 이렇게 아름답고 정다운 많은 동행자를 나에게 만들어 줄지 누가 알았겠는가.

삶이란 사람을 만나고 사랑하고 사랑을 받고 배우는 것이다. 가곡을 통해 최고의 친구를 만났고, 그로 인해 많이 웃을 수 있게 되었다. 인생의 끝은 보이지 않는다. 하지만 붉게 타는 석양은 아름답게 보인다. 아름다운 석양에 노래 한 곡 얹어본다. 내 삶도 가곡처럼 오래도록 여운이 있길 소망한다.

✈ Profile
책글쓰기 9대학 회원, 부산사범학교 졸업, 마산우리가곡부르기 회원, 전) 창원가곡부르기 회장

죽음의 미학

김영희

장엄하고 기이하게 아름답다. 무서웠던 '상여'가 그렇게 느껴지다니. 예술로 보이는 건가. 국립민속박물관에 실물 그대로의 상여가 전시되어 있다. 소장품 번호 민속 44880번이다. 상여는 망자가 생전 살던 집을 떠나 영원히 잠들 산소에 이르기 전까지 잠깐 묵는 집이다.

그 안에 뉘었을 수많은 망자는 지금 어느 별에 있을까를 상상하며 30여 분 상여 주변을 맴돌았다. 색색깔로 그려진 여러 모양의 꼭두를 제대로 바라보기는 처음이었다. 살던 집과 마찬가지로 상여에도 보살펴 줄 이들이 필요했고, 동시에 저승길을 안내할 안내자가 필요했다. 이 역할을 해낸 것들이 바로 꼭두다.

죽음은 무겁기만 했다. 죽음을 상징하는 상여는 더욱 그랬다. 동네어귀의 '상엿집' 외관은 저승처럼 검고 그곳을 지나칠라면 머리털이 꼿꼿이 서곤 했다. 무섬증과 궁금증의 집합체가 상여였다. 마을 공동 물건으로 소중하게 다뤄졌다.

상여집과 귀신의 전설 또한 뗄 수 없는 상관관계였다. 빗자루 귀신, 몽달 귀신, 처녀 귀신, 총각 귀신 등을 다 갖다 붙이며 공포심을 유발

하곤 했다. 한때 라디오 방송에서 〈전설 따라 삼천리〉가 유행했다. 그곳도 두려움을 키우는 하나의 온상이었다. 경기도 어느 산골에 찻길이 생겼는데 새벽에 하얀 소복을 한 채 긴 머리카락을 풀어헤친 여인이 입에 칼을 물고 피를 흘리며 운전자를 유인해 어디론가 데려갔다는 둥 말도 많고 탈도 많던 귀신 시리즈였다.

요즘 '웰다잉(Well Dying)'을 내세우는 가운데 '웰빙(Well Being)'을 잘해야 웰다잉을 잘할 수 있다고 한다. 죽음 자체보다는 살아있을 때 더 의미 있고 멋진 삶을 살아야 한다는 이야기다. 죽음에 대한 여러 의문을 풀기 위해 생사학(生死學) 포럼 등을 찾아 나서곤 했다. 죽음을 연구한 송길원 목사의 처소인 경기도 양평의 청란교회도 방문한 적이 있다.

송 목사는 《죽음이 품격을 입다》라는 책도 펴냈다. 획일적이고 단일화한 장례 절차를 비롯해 음지에서 쉬쉬하던 장례와 죽음 문화에 대해 저자는 지난 20여 년간 끊임없이 유쾌한 반란을 시도해왔다. 이 책에서는 값비싼 수의 대신 평상복 입기, 고인의 삶이 담긴 임종 대본 만들기, 메모리얼 테이블 제작 등 기발하고 가슴 뭉클한 제안이 많다.

우리의 영정 사진은 하나 같이 엄숙하다. 해학적 죽음이 곧 웰다잉의 길이기도 하며 평상시 죽음 공부는 삶을 보다 잘 살기 위함이라 생각한다. 우리가 태어날 때 죽음에 대해 걱정을 안 했듯이 죽음에 대해 걱정할 필요가 있을까? 평소 잘 사는 삶이 값진 죽음이 되리라. 죽음과 삶은 잇대어 있는 하나의 연장선이라고 보고 싶다.

종활(終活)이 활성화된 일본의 장례박람회는 해마다 열린다. 금번 9회 엔딩(Ending)박람회장을 둘러보며 장례문화가 점점 간소화되고 디지털화됨을 실감했다. 장례문화는 산 자와 죽은 자의 연결고리라

할 수 있다. 고인의 유골을 열처리해 반지나 목걸이 등 유골 보석을 만들어 착용하는 등 다양한 장례 문화가 자리잡고 있음을 한눈에 볼 수 있었다.

박람회장은 일본 전국에서 장례 관련 회사가 각종 제품을 출품한다. 일본은 초고령사회로 다사(多死)사회다. 장지가 모자라는 형편이다. 대안으로 우주장 소위 말해 풍선장을 치르기도 한다. 화장한 시신의 유골을 풍선에 넣어 하늘로 날려 보내는 의식이다. 유골이 들어 있는 풍선은 땅에서 40~50km 떨어진 성층권에서 기압 차에 의해 터진다고 한다. 요즘 반려동물을 많이 키우는데, 반려견 장례도 사람과 거의 흡사하게 치러져 관심을 끌었다.

디지털시대인 지금은 과거의 여러 장례문화가 흘러간 옛이야기처럼 되고 있다. 국내에서도 갖가지 화장장이 개발되고 시체를 보관하는 '라스텔(LASTEL)'도 문을 열었다. 라스텔은 라스트 호텔(Last Hotel)이란 뜻이다. 인간이 존엄을 유지한 채 이승에서의 마지막을 가족이 보는 앞에서 장례식을 할 수 있는 고급 시신안치 냉장고다. 우리의 전통 장례를 위생적이고 과학적으로 발전시킨 것이다. 또 고인의 생전 기록을 QR 코드에 넣어 언제든 고인과 대면하기도 한다.

장례의 일환으로 사전 장례식을 치르든가, SNS에 떠도는 고인의 기록을 지우는 '디지털 장의사'도 활동하고 있다. 무엇보다 추천하고 싶은 것은 사전, 사후 유품 정리와 생전 장례식이다. 이번 박람회에 동행했던 김두년 전 중원대 총장은 퇴직 후 유품정리사로 봉사하며 《은퇴 준비와 희망노트》라는 책도 내고 노년의 삶을 자신뿐만 아니라 남을 위해 풍성하게 살고 있다.

이세상에 나오는 순서는 정해져 있지만 저세상 출두에는 순서가 없음을 기억하며 언제 저세상에 가도 여한이 없는 삶을 살아야겠다는 생각이 드는 요즘이다. 주위에 세상을 떠났다는 소식이 점점 늘고 있다. 부쩍 나눔, 봉사, 사랑 등이 내 주변을 맴돈다. 이제 조금씩 철이 들어가는 징조인가.

미약하나마 평소 몇 군데 봉사와 나눔을 하고 있지만 작은 발걸음에 불과하다. 죽을 때 입는 수의에는 호주머니가 없다는데 좀 더 남을 위한 보폭을 키워보려 한다. 자신의 죽음을 기억하라는 메멘토 모리(Memento mori)를 늘 간직하며 멋진 삶을 살아야겠다고 다시 한번 다짐해 본다.

✦ Profile
수필가, 칼럼니스트, 끝끝내엄마육아연구소 대표, 디지털책글쓰기대학 사무총장, 한국디지털문인협회 교육분과위원장

3형제 부부의 수영복 동행

김완수

2023년 5월 6일부터 5월 10일까지 우리 3형제 부부는 태국 방콕과 파타야로 하나여행이 진행하는 효도관광 프로그램에 참여하였다.

5남 1녀로 구성되었던 우리 형제자매는 그동안 각자의 인생1막을 열심히 살아 왔으나 큰형과 작은형이 사고로 일찍 지구별 여행을 마치셨고, 매형도 2022년 12월에 코로나19 영향으로 돌아가시면서 3남이던 내가 형제의 중심이 되었다.

부모님의 재산이 많지 않아 유산 모두를 장자인 큰형에게로 모아 드리고, 맨손으로 대학도 모두 자력으로 마친 우리 형제들은 공무원과 자영업, 회사원 등으로 열심히 인생을 살아왔다. 치열한 인생을 살아오며 60대를 넘게 된 인생2막 시대에 형제들의 우애를 다지기 위해 정기적으로 만나는 형제모임을 하고 있다. 그동안 1박 2일 형태로 가평, 강릉, 대관령, 고양과 파주 여행 등을 함께 하였다. 중간 중간에 당일치기 번개 모임도 하면서 우애를 다져 왔다. 이런 모임이 발전하여 3년 전부터 해외여행도 함께 하자는 의견이 나와서 준비에 착수하였다.

여행 계획은 주로 막내 부부가 세웠고, 돈 관리(회계)는 넷째 부부가 관리 집행하도록 하였다. 이번 여행도 막내 제수가 여행 일정과 경비, 여권확인 등을 거쳐 모두를 하나투어 담당자와 처리하는 수고를 하였다.

이런 과정에서 새로 알게 된 정보는 아시아나 항공에서는 비행기 좌석을 본인들이 직접 지정하는 제도가 있다는 것이었다. 좌석지정방법에 대한 정보를 알려 주어 처음으로 비행기 좌석을 내가 직접 지정하여 여행하는 경험을 하였다. 3형제가 각자 지정좌석을 신청하다 보니 아시아나 태국 방콕행 비행기(OZ 741)는 대형 비행기(A380)로 1층과 2층으로 좌석이 구분되어 있었는데, 서울서 출발한 넷째 부부는 1층 좌석을 선택했고, 우리와 막내부부는 2층 좌석을 지정하여 같은 비행기에서도 따로 여행을 하는 꼴이 되었다. 이런 경험을 하고서 돌아올 때는 막내 제수가 막내아들(조카)에 부탁하여 3형제 부부 6좌석을 같이 인근 좌석으로 사전 확보하여 돌아왔다.

방콕행 아시아나 항공기 OZ 741기는 인천공항에서 5월 6일(토) 19:30분에 출발하여 5시간의 비행 끝에 방콕에 도착하였다. 숙소인 윈드 밀(WIND MILL) 골프장 내에 있는 메리디안 호텔(MERIDIEN) 411호에 짐을 풀고 넷째의 제의로 412호실에 모여서 형제여행 첫날 기념 소주파티를 하였다.

2일차 첫 방문지는 태국 방콕에서 가장 높은 전망대인 마하나콘 스카이 워크였다. 고소공포증이 있는 아내의 손을 잡고 차례대로 엘리베이터를 타고 올라갔다. 아내가 고소공포증에 적응하려고 노력하였으나 유리층 스카이 워크 존에서 정복을 못하니 아쉬웠다. 나 역시도 선뜻 그곳을 지나는 것이 망설여졌으나 형제들의 권유로 인증샷을 찍는 것으로 만족하였다.

다음으로 방콕 여행자들이 가장 많이 찾는 왕궁(Grand Palace)과 연결된 에메럴드 사원을 견학하였다. 하지만 이곳 안내는 외국인인 현지 가이드는 출입이 안 되고 태국인 가이드만 할 수 있도록 하여 우리를 안내하던 한국인 가이드는 인근 대기소에서 남고 약속된 태국인 가이드가 안내하였다. 왕궁의 역사를 잘못 안내하는 것을 방지하기 위해서라고는 하나 실제는 태국인들의 일자리 지키기(또는 일자리 창출)제도 같은 느낌을 지울 수가 없었다. 관광객이 많아서 대기 장소 겸 출입로를 지하로 설치한 것은 좋은 아이디어 같다.

저녁에는 방콕의 대표적인 럭셔리 디너크루즈 체험을 하였다. 19시 30분에 출항하는 원더풀 펄 디너크루즈에 승선하여 가이드의 안내로 3층 선상에 자리 잡고 제공되는 뷔페에서 맛있는 해산물 위주의 음식과 맥주로 건배를 하며 야경을 즐겼다. 비교적 말수가 적은 넷째조차 분위기와 멋진 야경에 취했는지 건배 후 이번 여행 계획을 짠 막냇동생에게 "너, 정말 멋있는 여행 계획을 짰다"라며 덕담을 하였다. 이런 분위기를 살려 나도 라이브 연주가 계속되는 무대에 나가 외국인들과 함께 춤도 추었다.

태국여행 3일차에는 파타야로 이동하였다. 파타야에서 유명한 관광지인 황금절벽 사원 '왓 카오 치 짠'에 도착하였다. 절벽에 새겨진 황금빛 불상이 눈에 확 들어왔다. 바위산을 깎아 불상을 음각으로 제작하여 금으로 채워 놓은 것으로 높이가 130m에 이른다고 한다. 성스러운 사원이라 노출복장은 관람이 제한되기도 하였다. 우리 일행 중에서 모녀여행 팀의 젊은 부인이 상의 노출이 심한 옷이라고 출입이 제한되자 아내가 들고 간 윗옷을 주어 입고 출입하게 하는 센스를 보여 주었다.

황금 절벽사원 관광을 마치고 인근에 있는 동양 최대의 열대 자연 테마파크인 농눅 빌리지(Nong Nooch Village)로 이동하여 관람을 하였다. 파타야 남쪽에 위치한 농눅 빌리지는 실제로 1954년 한 개인이 여러 과일 나무를 심으면서 시작되어 1980년도에 개장한 테마파크로 넓이가 약 200만 평에 달하는 대규모 테마파크다. 농촌관광 코칭을 하는 나에게도 의미 있는 관광코스로 각종 작물의 배치와 전시기법, 관리 등 많은 관심을 가지고 보았다.

마지막 날은 우리 형제 부부들의 멋진 추억을 만든 날이다. 우리 형제 부부들은 모두 수영복으로 갈아입고 함께 호텔수영장에 가서 수영과 비치볼 놀이까지 함께 즐겼다. 제수씨들의 수영복 차림을 본 것은 이번이 처음이다. 동생들 역시 형수의 수영복 차림을 처음 본 듯 처음에는 수영장 입수까지 서로 망설이는 듯하였으나 이내 서로 친숙한 친구들처럼 함께 물놀이를 하였다. 못하는 수영이지만 함께 경주도 하고 준비해 간 비치볼로 게임도 하고 그야말로 어린 시절의 친구들과 함께하는 모습에 마음이 흐뭇하였다. 이런 모습을 관심을 갖고 보고 있던 외국인도 흐뭇한 표정으로 인증샷까지 자진해서 찍어 주었다. 우즈베키스탄에서 온 관광객이라고 자신을 소개하며…. 우리 형제들도 형수, 제수들이 모두 함께 한 수영장에서 물놀이를 하는 것은 생에 처음이었다. 길이 추억에 남을 일이다.

3박 5일의 짧은 태국 나들이였지만 형제모임을 통한 우애를 한껏 나눈 여행이었다. 남은 인생도 더욱 사이좋게 형제애를 발휘하며 살기를 다짐하고 형제모임 태국 여행을 마무리하였다. 이 소식을 들은 지인 교수는 "60대 형제들이 마음 맞추어 함께 여행하는 모습에 감동을 받았다"라며 흔치않은 사례라고 부러움을 나타내기도 하였다.

↭ Profile
국제사이버대학교 객원교수, 전) 여주시농업기술센터 소장

한없이 고맙고 미안한 동행

김용태

그날도 동백나무가 햇살에 몸을 풀고 있었다. 육군 단기하사 복무를 마치고 맞이하던 날도 봄날 아침이었다. 그 순간은 다른 세상에 태어난 것처럼 기분이 들떠있었다. 그만큼 봄은 나에게 새롭고 특별한 날의 의미와 추억을 안겨준다.

오래전에 친구 승원이의 결혼식 날이었다. 사회를 내가 보았다. 결혼식이 끝나고 친구들과 어울려 낮술도 거나하게 마셨다. 하늘도 땅도 사회 초년생에게는 또 다른 세상에 입성한 느낌이다. 혼자 걸으면서 살아가야 할 일들을 생각하니까 파란 하늘을 지나가는 구름처럼 막연하기만 했다.

나는 개업한 지 얼마 안 되는 사업장으로 왔다. 아르바이트생으로 보이는 낯선 여성 두 분이 DJ를 보고 있었다. 눈을 비벼 보았다. 처음 보는 여성들이었다. 대뜸 누구냐고 물었더니 이전 사장님이랑 아는 사이라고 했다.

이처럼 인연이란 그냥 말없이 찾아오는 것 같다. 열 번이 넘는 선을 보고도 내게 맞는 짝을 찾지 못했는데, 나는 그녀의 살가운 마음과 아름다움에 그만 매료되었다. 그리고 우리는 밤이 늦도록 거리를 헤매고 다니며 데이트를 했다. 잠자리 날갯짓으로 바위 하나를 먼지로 날려 보내는 전생의 인연이 부부연이라 했다. 누가 먼저 말하지 않아도 서로에게 인생의 동반자라는 생각을 했다.

서로 좋아서 출발한 동행이었다. 힘들어도 힘든 줄 모르고 거칠다는 사회 현장에 겁 없이 깊숙이 파고들어갔다. 부딪치고 깨지고 넘어져도 함께라서 견딜만했다. 맨몸으로 시작한 신혼생활 열 번이 넘는 셋방살이 이사, 우여곡절 속에 나이 사십이 되어서 겨우 내 이름으로 문패 달고 집을 장만했다. 이 넓은 서울에 내 집 한 칸 없다는 서러움이 강물에 씻겨가듯 마음은 구름 속을 날고 있었다.

돌이켜보면 나와 아내는 아마도 전생에 쌓아놓은 좋은 덕이 없는 게 틀림없다. 양쪽 집안이 시골 부자 소리 들으며 살았는데 누구 한 사람 도움도 없이 맨땅에 헤딩하며 맨주먹으로 부딪치며 살았다. 다른 사람들처럼 결혼 예물을 하고 살림살이를 준비한 것도 아니고 그릇 하나, 숟가락 하나까지 둘이서 장만하면서 작은 것에 큰 기쁨을 누리며 살았다. 부족하지만 어쩌면 남들이 느끼지 못하는 즐거움이 그 속에 숨어 있었을 것이다.

각자 하는 사업이 바쁘다 보니 일에 치여 자식·농사는 외동아들 하나를 보고 문 닫았다. 인생길 달려보니 한순간도 호락호락하지 않았다. 산을 넘고 나면 고갯길이고 돌다리도 건너야 했다. 혼자서는 엄두도 못 내는 장거리 여행을 서로를 의지하고 버팀목이 되어준 아내가 있기에 가능했다.

그냥 앞만 보고 달렸다. 어느새 나이만 정상에 올라왔다. 돌아갈 길은 까마득한데 일궈놓은 건 없고 빈 껍데기만 남았다. 그래도 동행자가 옆에 있어 다행이란 생각을 했다. 인생은 본래 공수래공수거라지만 허망하다는 생각이 들었다.

여기까지 함께 와준 아내가 한없이 고맙고 미안하다. 나를 믿고 자신의 인생을 맡겨준 사람, 고생도 낙으로 삼고 끝까지 동행을 자처해 준 사람. 호강시켜주겠다고 말해놓고 고생시켜 온 세월이 후회되고 미안할 뿐이다. 순수한 한 여성의 일생에 죄지은 느낌이다. 그래도 큰 탈 없이 잘 살아왔다고 고맙다고 말하는 그녀가 오늘따라 잘 익은 사과처럼 예뻐 보인다.

↗ Profile
시인

할머니의 패딩 조끼

김윤진

허물어진 가정, 잃어버린 사랑, 저물어 가는 시간, 마음은 그리움과 아픔으로 뒤덮여 간다. 어두운 밤, 술잔을 향해 손을 뻗는다. 그 속에는 잠시나마 그리움을 잊고자 하는 열망과 아련한 기억들이 담겨 있기에…. 술에 취해 과거의 순간들을 회상하며 기타에 얽힌 사연과 노래를 부르기 시작한다.

그리움에 휩싸인 목소리는 점점 더 깊어져 간다. 눈에는 애석한 빛이 비춰진다. 상처와 그리움을 술에 말하며 위로를 받으려 한다. 그러나 삶이 오직 한 방향으로만 흘러간다. 술은 그리움을 달래기보다는 더 깊은 상처를 가져온다.

일그러진 얼굴, 흐트러진 말투, 잃어버린 일련의 선택들…. 이제 그리움을 잊으려 했던 술잔에 더욱 깊이 빠져들어간다. 여기서 끝나지 않는다. 어둠 속에 있어도 빛은 반드시 찾아온다. 상처를 꿰뚫고 다시 일어날 힘을 찾는다.

술잔을 놓고 그리움에 직면한 것은 결국 용기를 내어 이전의 아픔을 받아들이기로 결심한다. 인생은 우리에게 상처를 주기도 하지만 그 상처를 극복하고 나아갈 힘도 함께 준다.

그리움을 달래는 대신, 그리움을 품고 더 나은 인생을 살기로 했기 때문이다. 슬픔과 그리움은 용기와 희망을 전해 준다. 오늘도 책을 쓰기 위한 독서를 한다. 자정 10분 전 귀여운 손녀가 할아버지하고 부른다.

"10분 있으면 할아버지 생신이야. 할아버지를 위하여 생일 케이크와 선물 증정이 있으니 할아버지 응접실로 나와"라고 한다.

"아, 그렇구나. 내일이 내 생일이구나." 너무 작아 보이는 패딩 조끼를 입고 나가 보니 케이크과 함께 풍요롭고 색깔도 좋은 패딩 조끼가 있구나. 돌아가신 할머니 조끼가 할아버지에게는 너무 작아 보여 크고 넉넉한 조끼를 선물로 사 왔다고 한다. 내가 작은 패딩 조끼를 입은 이유는 무엇일까. 그리움이다. 그 사실을 손녀가 알까?

정호승 시인의 〈산산조각〉이라는 시구가 내 머리를 스친다.

"부처님이 말씀하셨다. 산산조각이 나면 산산조각을 얻을 수 있지. 산산조각이 나면 산산조각으로 살아갈 수 있지."

오늘도 책을 쓰기 위한 독서를 한다. 중세 음악이 오늘날 4차 산업혁명에 미친 영향은 뭘까? 제우스신에게 어떤 영향을 주었는가, 그 음악가는 누구인가를 찾기 위해서다. 중세는 오르페우스적 낭만의 세계라 한다. 세상에는 많은 사랑 이야기가 있다. 신데렐라 같은 해피한 사랑 이야기도 있고 로미오와 줄리엣 같은 아름답고도 슬픈 이야기도 있다. 사랑했기에 상처는 더 크고 깊을 수밖에 없다. 그러나 사랑이 슬프거나 아프더라도 포기하지 않고 변하지 않는 사랑도 분명히 있다. 오르페우스적 사랑 이야기가 그런 지고지순한 사랑이지 않을까. 아폴론에게서 태어난 아들이 오르페우스다. 오르페우스 어머니도 노래하는 여신이었다. 당연히 오르페우스는 부모의 피를 이어받아 음악의 재능을 보였다. 오르페우스는 '리라'라는 악기를 연주했다.

그가 리라를 연주하거나 노래를 부르면 신과 사람들은 물론이고 나무와 돌들도 슬픔에 잠겼다고 한다. 그러던 그에게도 사랑이 찾아왔다. 에우리디케라는 아름다운 아가씨를 만나 둘은 사랑에 빠지고 결혼을 했다. 에우리디케와 결혼한 오르페우스는 행복하기만 했다. 그러나 운명은 사람의 행복을 시기하는가.

어느 날 에우리디케가 숲을 거닐고 있었는데 주변에 있던 양치기 한 명이 그녀의 눈부신 아름다움에 반하여 이성을 잃고 말았다. 양치기는 그녀를 겁탈하려 했다. 놀란 에우리디케는 도망가다 뱀을 밟고 말았다. 놀란 뱀은 그녀의 발을 물었고 그만 죽고 말았다.

에우리디케를 잃은 오르페우스는 상심이 너무나 컸다. 그녀를 보고 싶어 도저히 견딜 수 없었다. 결국 그는 아내를 찾아 지하세계로 내려 갔다. 그러나 지하세계는 산 사람이 갈 수 있는 곳이 아니었다. 지하세계로 가려면 죽은 자만이 건널 수 있는 스틱스 강을 건너야 하는데 그 강은 카론이라는 뱃사공의 배가 아니면 건널 수가 없었다. 당연히 산 사람은 배에 태워 주지 않았다. 그러나 오르페우스의 리라 연주에 감명 받은 카론는 그를 태워 지하세계로 내려다 주었다. 관문은 또 있었다. 지하세계로 통하는 문은 머리가 셋인 뱀꼬리를 하고 있는 괴물 베르노스가 지키고 있었다. 그러나 이 괴물도 오르페우스의 연주에 순한 강아지처럼 되었다.

오르페우스의 사랑 이야기는 비극으로 끝났다. 얼마나 사랑했으면 저승에까지 갔을까. 얼마나 사랑했으면 저승의 신의 마음까지 움직이게 만들었을까. 얼마나 사랑했으면 마지막 잠시도 참을 수 없었을까. 이후 오르페우스는 그에게 구애를 하는 많은 여성을 거들떠보지도 않고 살았다.

오직 지하세계에 있는 아내 에우리디케만 생각하며 지냈다. 그래서 많은 여인에게 원망을 사게 되었다. 그 여자들은 그를 향한 사랑이 거부당하자 그를 미워하기 시작했다. 그리고 술판이 벌어지는 디오니소스 축제 때 술에 취한 여자들에 의해 죽음을 당하고 말았다.

그의 죽음은 비극적이었으나 그 죽음 덕분에 그는 아내를 다시 만날 수 있었다. 아내와의 재회는 그의 죽음 덕분이었다. 운명의 여신은 원래 짓궂은 법이다. 오르페우스의 지고지순한 사랑을 이루어주는 대신 그의 죽음을 요구했나 보다.

세상이 변한다 해도 아직도 오르페우스와 같은 지고지순한 사랑을 하는 사람들이 있을 것이다. 그런 사람이 없다면 이 세상은 너무나 삭막할 거다. 비록 오르페우스처럼 저승까지는 못 간다 해도 함께 있을 때 후회할 일이 없도록 사랑해야겠다. 인생은 서로 사랑하며 살기에도 시간이 부족하다고 한다. 연인 간 가족 간에 또 나라 간에 서로 사랑할 수만 있다면 이 세상은 천국이 될 것이다. 거창한 것을 바라지는 못해도 가까이 있는 사람이라도 더욱 사랑하도록 노력해야 한다. 그것이 세상을 아름답게 만드는 가장 큰 일이 아닐까 한다. 자정이 가까워진다. "작아 보이는 패딩조끼를 할아버지는 할머니의 품이라 생각한단다."

할머니가 너희들이 선물한 조끼를 입고 한국중앙국학연구원에서 한국의 정서적이고 표준적인 옛이야기 수업을 마치고 나오시면 이 운전사 할아버지는 이야기 할머니를 모시고 용산중앙박물관, 어느 때는 과

천의 현대미술관, 예술의전당 맛집을 찾아다니곤 했다. 원주추어탕, 병천 순대국집, 양평해장국집 많은 맛집에 그 패딩조끼를 입고 다녔단다. 그래, 할머니는 하늘나라로, 승용차는 폐차장으로, 두 장의 운전면허증은 제 갈 길로 가버렸구나. 모든 것이 산산조각이구나.

할아버지의 운전면허증 반납으로 지방상품권 10만 원이 나왔다. 그 돈으로 할아버지 초등학교 동창 친구와 술을 마셨다. 술에 취해 조영남의 〈옛 생각〉을 기타에 맞춰 불렀다.

평온한 하늘나라 당신 곁으로 주님과 동행하러 가려고 오늘도 성당으로 기도하러 간다.

"지극히 어지신 하느님 아버지. 저희는 그리스도를 믿으며 살다가 이 세상을 떠난 모든 이가 그리스도와 함께 부활하리라 믿으며 마리아를 아버지 손에 맡겨 드리나이다."

✦ Profile
전) 한국페인트볼스포츠연맹 총재, 삼성SDS 고문, 삼성몰 운영, 평생교육원(4차산업혁명과 이-커머스) 강사

새벽빛 같은 그대

처수카잉

어두움 속에 찾아온 새벽빛 같은 그대!

그대는 나에게 봄날의 햇살이고 나의 곁에 그대가 있어서 다행이다.

2004년의 어느 날, 그대가 나의 곁에 있다는 것을 처음으로 깨닫게 되었습니다. 내 인생의 첫 등교 날이었고, 네 살도 안 된 나는 어머니의 손을 꼭 잡고 유치원에 갔었습니다. 태어나서 단 한 순간도 부모님과 떨어져 있어 본 적이 없는 나는 그 낯선 곳에서 모르는 사람들과 하루를 지내야 하는 것이 두려웠습니다.

어린 나의 생각에 어머니께서 나를 그곳에 영원히 버리실 것이라고 착각했습니다. 슬픈 감정들이 쭉 올라와 펑펑 울었습니다. 어머니의 옷소매를 잡고 가지 말라 해도 저녁이면 데리러 올 거라고만 차분하게 대답하셨습니다. 주위를 두리번거렸더니 친구들도 다 큰 소리로 외치면서 울고 있었습니다. 그곳이 아이들을 버려두고 가는 곳이구나 생각되어 데리러 온다는 어머니 말씀이 거짓말처럼 들렸습니다. 어머니의 뒷모습을 보고 구슬피 흐느끼다가 나는 갑자기 이런 속삭임을 들었습니다.

"처수야, 울지마. 이제부터 내가 너의 옆에 있어 줄 테니까 그만 울자."

그때는 바로 그대와의 첫 만남이었습니다.

유치원에 가기 싫었던 나는 그대를 만난 후에 완전히 달라졌습니다. 친구들과 사이좋게 지내면서 선생님 말씀을 잘 듣고, 공부도 잘 따라 해서 유치원 생활을 넉넉하게 보냈습니다.

인생의 모든 순간에 그대가 함께였습니다. 내가 기쁠 때는 같이 기뻐해 주고, 슬플 때면 힘이 돼 주었습니다. 가장 힘든 시기라고 할 수 있는 고등학교 3년 내내 그대 덕분에 버틸 수 있었습니다. 공부 때문에 힘든 것이 아니라, 친구들과 갈등 때문이었습니다. 초등학교 때부터 사귀었던 고향 친구들이 고등학교 때 갑자기 다른 사람 같이 변했습니다. 먹을 것이 있으면 같이 나누어 먹었고 고민이 있을 때마다 마음을 터놓고 이야기할 수 있었던 친구들이 나를 아예 모르는 사람처럼 대하기 시작했습니다. 나를 보면 모르는 척하고 말을 걸어도 못 들은 척하며 무시했습니다. 그들이 새로운 친구들을 사귀고 그 친구들한테 이런 말을 한 걸 우연히 들었습니다.

"야, 너… 그 처수라는 애 알지? 그 애랑 사귀지도 말고 말조차 하지 마. 걔가 말을 걸어도 모른 척해. 우리만 잘 지내면 돼."

그 말을 듣자마자 가슴이 터질 듯했습니다. 내가 그들에게 잘못한 일이 없고 왜 이렇게 변했는지 이유를 물어봐도 이렇게만 대답했습니다.

"네가 착각한 거 아니야? 우리는 너한테 그런 적이 없어."

은연중에 나에게 질투심을 갖고 누군가가 선동하여 나를 바보로 만든 거라 생각합니다. 매일 매일 친구들의 정신적인 학대로 인해 학교에서 오자마자 바로 방에 가서 울지 않은 날이 거의 없었습니다. 나의 괴로움들을 나의 베개만큼 누가 잘 알았을까요?

3년이라는 고등학교 시절이 매일 매일 지옥 같았고, 그 친구들한테 복수를 하고 싶었습니다. 그렇지만 어느 날 그대가 나에게 이런 말을 했습니다.

"공부를 열심히 해서 네가 성장하는 모습을 보여주어라. 그것이야 말로 진정한 복수야."

그 말을 듣고 그들보다 더 높은 점수를 받아 좋은 대학교에 가야 한 다는 결심을 했습니다. 그 이후로 그 무엇도 나의 확고한 결심을 흔들 수 없어 형설지공으로 공부했습니다. 친구들은 전혀 아니라고 하는데 왜 나는 베개를 잡고 울어야 했는지요.

어두운 밤이 끝나면 빛이 찾아오는 법이랍니다. 수능에서 상상하지 못했던 결과를 얻었고 미얀마에서 최고로 불리는 양곤대학교에 입학 했습니다. 고향 파뗴인을 떠나 자신만 믿고 양곤으로 혼자 왔습니다. 비록 혼자였지만 완전히 혼자가 아니었습니다. 나의 동행자도 함께였 으니까요.

"나쁜 일들이 항상 좋은 일들을 동반한다"라는 말처럼, 2021년 2월 1일에 우리나라에 뜻하지 않은 국가적 어려움이 찾아왔습니다. 나라 상황으로 학교들의 문이 닫힘과 함께 우리나라 청소년들의 미래와 희 망도 연기처럼 사라졌습니다. 살면서 단 한 번도 상상해 본 적 없는 사 건이라서 하늘이 무너질 것만 같았습니다. 그래도 "위기 속에 기회를 찾으라"라는 그대의 충고로 한국어를 배우기 시작했습니다.

운이 좋게 글로벌한글글쓰기 대학에서 훌륭한 스승들과 만나게 되 었고 한국어 공부를 충분하게 할 수 있었습니다. 한국어를 공부한 지

2년이 된 지금은 한국어를 통해 많은 좋은 일도 할 수 있었습니다. 한국어 말하기가 아직 서툰 친구들을 위해 한국어 회화동아리를 구성해서 무료로 한국어 말하기를 연습시켜 주었습니다. 한국에서 의료봉사를 하러 온 의사팀에게도 의료통역 등의 좋은 일들을 도와줄 수 있었습니다. 그리고 지금은 한국 서울에 있는 숭실대학교에 유학을 와서 새로운 삶의 터전을 가꾸는 중입니다. 앞으로도 한국어를 통해서 더 좋은 일들을 많이 할 수 있도록 계속 노력할 것입니다.

장래에도 좋은 일이 생기면 가장 기뻐해 주고 슬픈 일을 겪어도 힘이 돼 주는 나의 동행자 또한 언제나 함께일 것이라고 믿습니다. 그대는 어두운 밤이 지나면 항상 찾아온 새벽빛 같은 존재입니다.

그대의 이름은 '자신'이라고 자신 있게 말합니다.

↭ Profile
국적: 미얀마, 숭실대학교 1학년 언론홍보학 전공, 빛과나눔장학협회 장학생, 한국 디지털문인협회 미얀마지부 회원

제2부

신이 내린 선물
인류 최고 식품과의 동행

김정록

시간의 흐름에 따라 세인들의 관심사는 달라지고 있다. 10년 전에는 부동산, 주식 재테크였다면 요즘은 단연 건강 웰빙이 대세다. 누구나 희망하는 9988은 건강 정보를 얼마나 제대로 실천하느냐에 좌우하는 것이다. 바른 정보를 꾸준히 실천하기란 쉽지 않지만 강한 의지를 가지고 예방 의학이 필수이며 노력 없이 얻어지는 공짜는 없다. 게으른 사람은 건강관리 한답시고 건강보조식품을 7~8가지 이상 먹는 사람도 많다. 건강보조식품 과다 섭취로 건강을 해친다면 어리석은 일이다.

건강 관리의 첫 걸음은 기본에 충실한 것이다. 짧은 시간에 몸의 변화를 기대하지 말고 느리게 멀리 보고 꾸준히 실천해가는 노력을 수반하는 것이 필수이다. 건강 관리를 운동, 먹거리, 식품으로 나누어볼 때 식품 중에서도 발효 식초의 효능과 중요성을 논해 보고자 한다.

식초의 종류에는 화학 조미료를 이용해 인공적으로 신맛이 나게한 합성식초, 곡물이나 과일을 주제로 발효시킨 양조식초, 알콜에 초산균을 넣어 숙성 발효시킨 주정식초, 곡물이나 과일만으로 자연발효를 통해 오래 숙성한 천연 발효 식초가 있다.

천년 발효 식초는 신이 만든 인류의 최고의 선물로 평가받는다. 식품으로서 노벨 생리의학상을 3번이나 수상한 참으로 유익한 식품이다. 가성비 또한 높기 때문이다. 17년 전 필자는 건강을 완전히 잃었다. 지방자치단체장에 도전을 하였으나 뜻을 이루지 못해 강한 스트레스를 받아 6개월 만에 수족을 마음대로 사용하지 못할 정도로 온몸의 에너지가 다 빠져나가 기가 쇠진하여 움직일 수 없었다. 그때 필자는 자연치유를 선택하여 지리산에서 토굴 생활을 했다. 주위 지인들이 볼 때 죽을 것 같은 느낌이 들어 자연 발효 식초를 권유해서 먹게 되었다. 놀랍게도 먹은 지 3일 만에 기력을 찾고 걸을 수가 있었다. 너무나 신기하여 그때부터 자연 발효 식초를 연구하게 되었다. 지금은 자연 발효 식초의 효능이 우리 인체에 얼마나 큰 영향을 미치고 세포 재생, 즉 생명을 살리는 효과 있다는 것을 증명하게 되었다.

시중에 판매하는 보편적인 식초보다는 약초로 만든 기능성 식초가 더 유익함을 알고 현재는 20여가지 기능성 발효 식초를 제조하고 있다. 우리 사회에 선한 영향력을 행사할 수 있다는 확신이 있기 때문이다. 고려인삼도 효능을 연구할수록 새로운 물질이 나타나기 때문에 신비롭다고 한다. 시대에 따라 필요에 따라 새로운 연구 결과가 나오기 때문이다.

제1차 노벨 생리의학상은 1945년에 핀란드의 바르타네 박사가 수상했다. 우리가 먹는 음식물이 소화 흡수되어 에너지를 발생시키는 것에 식초의 초산 성분이 주동적 역할을 하는 사실을 발견하였기 때문이다.

제2차 노벨 생리의학상은 1953년 영국 코래 브스 박사와 미국의 리

프먼 박사에게 돌아갔다. 발효 식초를 마시면 두 시간 이내에 피로가 가시고 탁한 소변이 맑아지는 사실을 밝혀냈기 때문이다.

제3차 노벨 생리의학상은 1964년 미국 브롯흐 박사와 서독의 리넨 박사가 받았다. 발효 식초를 마시면 현대인의 스트레스를 해소하는 부신피질호르몬을 촉진한다는 연구 논문을 발표하여 인정받았기 때문이다. 발효 식초가 노벨 생리의학상을 한 번도 어려운데 세 번이나 수상한 것은 인체 건강에 이보다 좋은 식품은 없다는 증거이다.

발효 식초를 생수에 희석해서 마시거나 음식을 조리할 때 국, 찌개, 샐러드 초밥 등과 함께 먹는 것을 권장한다. 하루에 큰 숟가락 다섯 스푼 이상 꾸준이 음용한다면 3개월 이내로 건강에 변화가 있을 것이며 숙면에도 좋아 아침에 기상 했을 때 몸이 날아갈 것처럼 가볍게 느껴질 것이다.

발효 식초는 체내 미세 염증을 박멸하며 대장 내에 유해균을 잡고 유익균을 증식하는 역할을 하기 때문에 변비 및 숙변 해결에도 좋다. 신이 내린 인류 최고의 식품 천연 발효 식초와의 동행은 행운이며 오래 함께하는 것은 현명한 선택이자 최고의 축복일 것이다.

→ Profile
경상남도 의회의원, 부산경남경제자유구역청 의장, 경상남도 혁신위원, 경남교육청 예결위원장

동행, 동반자가 있어 행복한 인생

김정인

나는 오늘도 걸었다. 코로나 팬데믹이 시작할 때 암 선고를 받고 수술받았다. 수술 일정이 정해지자, 모든 것을 정리했다. 그동안 모아두었던 자료들도 버리고 정리해야 할 것들이 너무나도 많았다. 물건을 버리는 것을 보더니 왜 그리 많은 것을 버리냐고 하였다. 책은 중고 시장에 연락하면 팔 수 있고 다른 것도 값진 것인데 다 버린다고 아쉬워했다.

전신마취를 하고 수술대에 올랐는데 깨어보니 병실로 돌아왔다. 그리고 하루 이틀이 지나자 조금씩 걸으며 운동을 해야 한다고 하였다. 의사가 하라는 대로 열심히 운동했다. 처음에는 부축해 주어야 걸을 수 있었는데 조금 지나니 혼자서도 걸을 수 있었다.

곧바로 퇴원하여 집으로 왔다. 집으로 다시 올 수 있을까 했는데 집으로 왔으니 얼마나 감사한 일인가? 코로나로 밖에 나가기도 어렵고 사람들이 있는 곳은 갈 수도 없었다. 집 주변부터 걷기 시작하였다. 비가 와도 걸었고 바람이 불어도 걸었다. 처음에는 가족들이 같이 걸었고 혼자서도 쉬지 않고 매일 걸었다.

아내의 제안으로 누나와 여동생과 함께 고향을 방문하여 나물도 캐고 힐링의 시간을 가졌다. 코로나로 모든 행사가 중단되고 사람을 만나는 것도 제한되었다. 혼자 매일 산에 가고 걷는 것이 쉽지 않았다. 그런 와중에 여러 친구가 함께 산에도 가고 들에도 가고 매일 여행이 계속되었다.

하루의 일과는 일어나자마자 걷기 운동부터 시작하였다. 새벽에 한 시간 정도 걸으면 6천 보 정도를 걸었다. 그리고 아침을 먹고 또 나갔다. 처음에는 갈 곳이 없어 아파트 주변부터 걸었다. 하루에 2만 보, 3만 보까지 걸음 수가 올라가기도 하였다. 4개월을 계속 걷다 보니 체중이 80대 중반에서 70대로 들어왔다. 뱃살도 빠지고 걷는 것이 일과가 되었다. 그러나 계속 집 주변만 걸을 수가 없었다. 사람이 드문 곳을 찾기 시작하였다. 그리고 함께 걸어 줄 사람도 있으면 좋겠다고 생각되었다.

힘들고 어려운 시기, 코로나 환자 수는 늘어나고 그런 가운데 병원에 다녔다. 코로나에 걸리면 병원 진료를 받을 수도 없다. 병원에서 외부인을 만나는 것을 극도로 제한했다. 내가 매일 걷고 산에 가는 것을 기록으로 남겼더니 함께 하는 친구들이 늘어났다. 회사 모임의 등산동호회 회장은 매일 걷기 운동을 하는데 항상 확인해 보면 나보다 두 배 정도를 걷고 있었다. 함께 차로 이동하여 지방의 산도 가고 서울 주변의 산도 같이 갔다. 비가 오면 우산 쓰고 산행을 계속했다. 힘들어하면 배낭도 메주고 카메라도 들어주었다. 혼자라면 갈 수 없는 곳 원정 산행도 하고 가까운 산도 갔다.

수술 후 항암 치료를 받다 보니 머리도 빠지고 하얘지고 손발 머리 피부가 다 벗겨지기 시작하였다. 그런데도 걷기 운동을 계속했다. 발이 아파 움직이기 힘들어도 천천히 조금씩 계속 걸었다. 매일 같이 걸어주는 사람들이 생겼다. 회사 입사 동기, 회사 동료, 고교 동기 동창, 교회 구역 식구 등 함께하는 그룹이 생겨났다. 회사 등산 동호회, 문화 탐방 동호회, 사진 동호회 등 모든 공식 모임은 중단되었지만 2~3명이 함께하는 모임은 계속 이어 갔다.

청산유람, 세동정, 산수화, 보물여행팀 등 소수 멤버들과 함께하는 여행과 걷기 운동 산행 활동은 나에게 큰 힘이 되었다. 산행하는 부부는 산에 갈 때 나를 불러 앞에서 뒤에서 관찰하며 산행을 도와주었다. 코로나로 사람 만나는 것을 두려워할 때 산으로 들로 함께 하는 동료가 있었기에 매일 걷기 운동을 이어갈 수 있었다.

산은 언제나 나를 반겨주고 안아주었다. 산은 계절마다 새 옷으로 갈아입었다. 산에는 바람 소리, 물소리, 새소리 등 자연의 노래가 있었다. 산에는 기암괴석과 괴목들이 갖은 형상을 하면서 말을 걸어왔다. 산은 움직이지 않고 매일 그 자리에 있었지만, 맑은 공기와 흙 내음, 초록의 향기가 있었다. 바위틈 사이에서 자라는 소나무를 보면 강한 생명력이 느껴졌다. 악조건일수록 소나무의 모습은 더욱 아름다웠고 윤기가 났다. 산에 올라 좋은 자리가 있으면 몇 시간이고 머물면서 자연과 대화하였다. 서울 동쪽의 아차산은 내가 즐겨 찾는 산행지가 되었다. 조금만 오르면 산정까지 오를 수가 있었고 한강 물이 조수 하면서 산천의 에너지를 보내오고 있었다. 회사 친구들과도 오고, 고교 친구들과도 오고, 동호회 친구들과도 왔다. 교회의 코이노니아 구역 식구들도 함께 와서 응원했다. 아차산은 혼자서도 자주 갔다.

아파트 주변의 공원, 올림픽공원, 아차산으로 다녔는데 더 먼 곳도 가고 싶었다. 북한산을 갈 때는 친구 부부가 초청해 주었다. 천천히 이곳저곳 전망대에 들르면서 산에 오르다 보면 어느새 정상에 도착했다. 앞에서 뒤에서 관찰하며 안전하게 산행을 도와주었다. 설악산 대청봉을 가보고 싶다고 하니 회사 등산반에서 1박 2일로 대청봉에 올랐다. 천천히 오르니 산에는 올라갈 수 있는데 문제는 하산길이 더 어려웠다. 배낭을 지고 가파른 내리막길을 내려오는데 도저히 못 따라가겠다. 배낭을 가볍게 꾸려도 4~5kg은 된다. 오를 땐 힘이 들지만, 내려올 때는 무릎에 전달되는 충격은 4배 이상이 가해진다. 무릎을 구부리고 타이거 보법으로 걸어야 하는데 힘이 들면 그렇게 걷지를 못한다. 그래서 하산이 어렵다. 내가 힘들어하니 친구가 내 배낭까지 지고 내려왔다. 하산 길에 배낭까지 메어 주는 친구에게 너무나도 미안했다. 그런데도 소백산, 두타산, 월출산, 용봉산, 광교산 등 전국의 산으로 꾸준히 안내했다.

수술 후 항암치료를 4차에 걸쳐 받았는데 더 이상 치료할 것이 없다고 하였다. 4차의 항암치료에서는 먹으면 계속 설사를 했다. 밥맛도 없고 먹을 수 있는 것이 매우 제한되었다. 얼굴이 창백해지고 체중이 60kg대로 내려왔다. 친구들이 염려하며 이곳저곳 보신탕집을 안내했다. 다행히 맛집을 가다보니 입맛이 돌아왔다. 코로나 사태가 완화되고 위드코로나로 전환되어 해외여행의 문도 열렸다. 그래서 그리스 문화탐방을 진행했는데 가족들과 친구들이 크게 염려했다. 그러나 나의 의지가 워낙 강하다 보니 막지는 않았다. 그리스로 출발할 날이 며칠 앞으로 다가왔는데 발이 부어오르기 시작하였다. 그런 가운데 여행을 간다고 하니 한의원에 다니던 교회 집사님이 여행을 떠나던 날 한의원을 예약해 주었다. 여행을 떠나기 바로 전 침도 맞고 여행 가서도 붙이는 볼을 주었다. 그리고 그리스로 11박 12일의 여행을 갔다. 그런데 기적적으로 발의 부기도 빠지고 정상적으로 여행을 하고 귀국하였다. 여행을 다녀오니 몸의 컨디션이 훨씬 더 좋아졌다. 그리스에 이어서 베트남, 이집트, 대만, 코카서스 3국까지 다녀왔는데, 예전의 모습으로 돌아왔다.

✦ Profile
경영학 박사, 칼럼니스트, 서경대 교수, 대한민국 풍수지리연합회 연구소장, 서경풍수지리학회장. 저서:《김정인의 풍수기행》

파크골프의 추억

김천규

"어~ 어~ 홀에 들어간 것 같아요!"

"정말요?"

멤버들의 환호성에 깜짝 놀랐다. 티샷 후 고개를 들어보니 왼쪽으로 가던 공이 오른쪽으로 휘어져 그린으로 올라가는 듯 하더니 사라졌다. 골프에서 홀인원을 하면 1년 동안 재수 있다는 얘기들을 흔히 한다. 노후가 되면 아내와 함께 할 수 있는 운동은 골프밖에 없다고들 한다. 아내가 하기 싫다는 골프를 굳이 배우게 해 국내외 골프 여행을 같이 다녔다. 아들 내외가 시니어용 고급 드라이버를 선물해 주었다. 푸른 잔디를 밟을 부푼 꿈을 꾸며 골프칠 기쁨으로 기대가 컸다.

안타깝게도 혈액암 진단을 받고 골프를 잠시 접었다. 의사는 내가 가장 좋아하던 골프와 등산을 하지 말라고 권고했다. 걷기 이외에 다른 운동은 할 수 없었다. 그럴 즈음 친구로부터 파크골프에 대한 얘기를 듣고 양평 파크골프장에 가 보았다. 머릿속으로만 생각하고 무시했던 파크골프장이 아니었다. 드넓은 잔디밭에 81홀 규모로 장애인과 비장애인이 어울려 대자연의 아름다움을 만끽하고 있는 모습이었다. 장애인 전용 홀이 별도로 있었다. 잔디의 풀내음과 맑고 부드러운 바람, 그 바람에 실려 오는 눈부신 햇살과 우릴 반기는 지저귀는 새소리는 라운딩하는 사람들을 더욱 아름답고 멋져 보이게 했다. 감탄사를 연발했다.

"양평에서 1년살이 하며 파크골프를 실컷 치면 어떨까?" 하면서 아내에게 말을 건넸다.

"조금 더 체력이 회복되면 그렇게 하는 게 좋겠어요"라며 즉답이 왔다. 기분이 좋아졌다.

파크골프는 공원의 잔디 위에서 맑은 공기와 더불어 밝은 햇살을 받으며 친구와 담소하면서 3대가 즐길 수 있는 운동이다. 일반 골프규칙에 준하여 규정을 만들어 소규모 장소에서도 운동을 할 수 있게 만든 스포츠다. 골프채의 무게는 550g 이내로 경사각도(로프트)가 없으며 길이는 86cm 이하이다. 클럽헤드의 재질은 나무이며 샤프트는 카본이나 글라스화이버이다. 홀 컵은 지름 20cm 이상이며 공은 95g 미만의 직경 6cm인 합성수지다. 티샷에서 퍼터까지 골프채 한 개로 공을 굴리며 홀에 넣어야 하며 1팀에 4명까지 게임을 한다. 각 홀의 거리는 50~150m이며 거리에 따라 파 3~5로 정하여 전체 18홀에 66타로 규정하고 있다.

인천 송도 파크골프장에서 장비를 빌려 라운딩을 했다. 레슨을 받지 않아도 적응할 수 있었다. 골프 치는 회원들이 많았다. 향긋한 봄내음과 더불어 맑은 공기를 마시며 친구 가족과 골프를 쳤다. 우리도 골프채와 장비를 준비해야겠다고 생각했다. 그런데 친구가 골프채를 선물해 줄테니 그냥 송도 골프장으로 오라는 연락이 왔다. 감사한 마음으로 라운딩을 마치고 골프채를 가지고 왔다.

문제는 그 다음이었다. 이제 장비까지 준비 되었으니 골프장 예약을 해야 했다. 파크골프장 예약이 생각보다 쉽지 않았다. 서울에 있는 두 군데 파크골프장은 한 달 전에 예약을 해야 했다. 그 외는 인천, 파주, 연천, 양평, 가평, 화천, 속초, 양양 등 수도권에서 강원도까지 가야 편히 즐길 수 있었다. 지자체별로 타 지역의 회원들에 대해서는 비용과 시간 제약을 주기 때문에 우리가 원하는 시간에 운동을 한다는 것은 여간 어려운 일이 아니었다. 과거 골프를 치기 위해 새벽에 나갔다가 밤에 오던 생각이 났다. 겨우 2시간 운동하려고 하루를 할애해야 했다.

파주에 있는 파크골프장을 가기 위해 새벽 일찍 집을 나섰다. 그곳에 사는 동서 내외와 '심학산 파크골프장'에서 만났고 부족한 장비는 대여했다. 그들과 처음으로 같이 하는 라운딩이었기에 주의만 당부하고 많은 사람 틈에서 운동했다. 게임보다는 만나서 즐기는 데 신경을 썼다. 뜻밖에도 나인홀이 끝나고 아웃코스 1번 홀 파4 거리 68m에서 알바트로스 홀인원을 했다. 그 홀은 러프와 큰 나무가 있었다. 그 사이로 공이 빠져 나가기는 어려워 보였다. 운 좋게 나무 사이로 빠져나간 볼이 그대로 흘러 들어가 홀인원이 되었다. 골프에서 홀인원의 확률은 아마추어의 경우 12,000분의 1이라고 한다.

기적 같은 홀인원을 했는데 알아주는 곳은 없었다. 스스로는 만족스럽고 자랑스러워서 기념패를 해달라고 요청하고 싶었다. 파크골프에 대한 인식이 아직까지 노인들이나 치거나 돈 없는 사람들이 치는 것으로 치부하는 경향이 있었다.

얼마 전 직장 동료들과의 식사자리에서 파크골프에 대해 대화를 꺼냈다. 그 중 한 선배가 "파크골프는 골프도 아니야!" 하면서 큰 소리로 비웃듯 말문을 막는다.

"선배는 파크골프를 해 보셨습니까?" 했더니 말로만 들었단다. 어이가 없었다. 경험도 없이 목소리 큰 사람이 이긴 꼴이 되었다.

골프 칠 때 홀인원을 하면 기념식수도 하고 동반자들에게 다음 라운딩과 선물을 하는 등 축하 행사하는 것을 가끔 보았다. 최근 전 회사 회장이 홀인원 해 큰 목백일홍(배롱나무)을 식수하고 기념사진도 찍었다. 그 사진이 SNS를 통해 나에게 전송되어 왔다. 팔순이 넘은 분이 얼마나 자랑스러웠을까. 나도 홀인원의 기쁨을 알리고 싶고 가족에게도 자랑하고 싶었다. 1개월 전 홀인원 했던 당시의 동반자에게 기념패를 해 주면 어떨까라고 아내한테 말했다가 일언지하에 거절당했다.

"무슨 파크골프가 골프예요? 어쩔 수 없이 하는 거지."

"이런 걸 가지고 기념패를 하는 사람이 어디 있어요!"라고 호통을 친다. 무안했다.

다른 동반자에게 홀인원 패를 해주면 나도 받을 수 있으리라 생각했다. 나의 느낌과 기분과는 달리 완전히 다른 생각을 하고 있기에 속상했다. 내심 홀인원의 행복감을 마음껏 느껴보고 싶었다. 나에게 온 행운을 오래오래 간직 해야겠다고 생각하며!

이런 천덕꾸러기 파크골프를 누가 만들었을까?

파크골프는 1983년 일본 홋카이도 마쿠베츠에 7홀을 만든 '마에하라 쯔요시'가 시초라고 알려져 있다. 그는 자기 집 강가에 못 쓰는 땅을 어떻게 활용할까 생각하다 잔디를 심고 막대기로 공을 홀에 넣으면서 시작되었다. 그가 재미를 붙여 골프 비슷하게 게임으로 만들어 보급했고 세계파크골프협회장까지 지냈다. 일본에는 1,800여 개의 파크골프장에서 400만 명의 동호인이 파크골프를 즐기고 있다. 우리나라에는 2003년 서울 여의도에 9홀이 만들어진 게 시초다. 지금은 370여 개의 파크골프장이 운영 중이며 동호인 수는 10만여 명에 이른다. 회원수는 매년 폭발적으로 증가하고 있으며 여성이 압도적이다. 파크골프는 경제적이고 국민건강에도 도움이 되며 각 지자체들이 건강증진 프로그램으로 권고하고 있어 빠르게 확산 되고 있는 추세다.

100세 시대에 사회가 변화함에 따라, 스포츠에 대한 접근성과 다양성이 중요하게 여겨지고 있다. 파크골프는 그 자체의 매력과 장점을 가지고 있다. 그것을 제대로 인식하고 존중하는 사회적 분위기가 조성되면, 더 많은 사람들이 이 파크골프를 즐기게 될 것이다. 파크골프도 생활체육으로 자리매김 함으로써 남는 땅, 유휴지에 더 많은 파크골프장을 만들어 국민들의 건강관리에 일익을 담당하며 삶의 활력소가 되도록 하면 좋겠다.

파크골프가 일부에게는 골프라고 하기도 부끄러운 간단한 놀이일 수 있겠다. 그렇지만 나에게는 그보다 더 큰 의미가 있는 추억이 담긴 스포츠가 되었다. 그리고 함께하는 행복감과 기쁨을 느끼며 오늘도 배낭 속에 두 자루의 골프채와 컬러볼 두개를 넣고 아내와 현관을 나선다. 그것이 나의 추억이며 경험 그리고 선택이기 때문이다. 파크골프가 우리 가까이에서 우리의 삶과 더불어 행복한 생활을 영위해 주는 귀중한 일상의 운동이 될 날을 기대해본다.

✧ Profile
교육학 박사, 미얀마 선교사(목사), 전) 삼성그룹임원, 대학 교수

그리운 어머니의 잔영

김희자

어머니는 구순이 다 되었지만 물 맑고 공기 좋은 계룡산 기슭에서 농사를 지으며 홀로 살고 계셨다. 10여 년 전 가을 들녘에 농작물들이 풍성하게 익어가고 있었다. 갑자기 어머니의 웃음 띤 환한 얼굴이 보고 싶었다. 이번에는 오랫동안 친하게 지내던 친구들과 함께 내려 가기로 했다. 친구 네 명은 얼씨구나 좋다며 흔쾌히 같이 가자고 화답했다. 내 차로 영등포역 롯데 백화점 지하주차장에서 만나기로 하고 서둘러 나섰다.

서해안고속도로를 타고 신나게 달려 예정된 시간보다 더 빨리 도착했다. 어느새 가을 들판의 벼들은 황금물결을 이루고 상쾌한 가을바람마저 우리를 반갑게 맞이해주었다.

탁 트인 앞마당은 승용차 열대쯤 주차할 정도로 넓었다. 정갈하게 작은 자갈도 깔려 있었다. 마당 한쪽의 대추나무에는 빨간 대추가 주렁주렁 열려 있었다. 대추나무가 손에 닿을 정도의 높이라 몇 개 따먹었다. 달고 맛있었다. 바로 옆 감나무에는 감이 주렁주렁 달려있다. 감이 얼마나 많이 매달려 있는지 그 모양새가 '아이구 무거워' 하고 서 있는 듯했다.

텃밭에 고추, 고구마, 까만콩, 파 등이 빼곡히 심어져 있었다. 서울에서 자식들이 내려오면 주시려고 오밀조밀 심어 놓으셨으리라.

우리 일당은 먼저 따기 쉬운 대추부터 긴 대나무로 털어 자루에 빼곡히 담았다. 감나무는 높이가 좀 있어 올라갈 수 없었다. 손에 닿는 부분만 따기로 했다. 여자들이라 나무에 올라가기도 어렵지만 감나무 자체가 약해 사람이 올라갔다간 가지가 꺾여 낙상하기 십상이다. 딴 감이 모두 합해 커다란 쌀 포대에 다섯 포대쯤이나 되었다.

정신없이 과일 따기를 했다. 시장기가 돌았다. 그 사이 어머니는 점심상을 차리고 계셨다. 평소 요리솜씨가 좋으셨다. 오늘따라 유명 한정식집에서 먹는 것 이상의 최고의 밥상이었다. 언제 준비해 놓으셨는지 녹두 빈대떡, 호박전, 오징어볶음, 열무김치, 배추김치, 계란찜, 조기찜, 오이소박이, 나박김치 풋고추 멸치볶음, 무장아찌 무침, 단호박 샐러드 등이 가득 차려졌다. 어머니의 손맛이 담겨있어 음식이 감칠맛이 났다. 그 많은 음식을 순식간에 모두 먹어 치웠다.

점심 식사 후 커피 한 잔씩 하면서 다들 한마디씩 거들었다. "와, 너의 엄마 음식 솜씨 최고다"라면서 부러워했다. 어머니는 음식솜씨뿐이 아니다. 아담한 키에 늘 멋쟁이처럼 꾸미고 다니셨다. 부지런하여 살림도 알뜰살뜰히 하시는 분이었다.

뒤뜰로 향했다. 가을바람에 밤이 우수수 떨어졌다. 어머니가 아침에 나가시면 한 자루씩 줍는다고 말씀하셨다. 우리도 어머니를 따라서 장대로 밤을 털고 발로 밟아서 알밤이 쏙 나오면 포대에 주워 담았다. 금방 세 자루를 채웠다. 시골에 홀로 사시는 게 쉬운 일이 아닐 텐데 아마 이런 재미로 사시는가 보다.

콩은 미리 따놓으셔서 봉투에 담기만 하면 되었다. 여러 농작물로 트렁크가 가득 차 더 이상 싣기 어려울 정도였다. 각자 무릎에 안고 상경해야 할 형편이다. 우리는 어머니가 정성들여 가꾸고 수확한 농작물을 쉽게 따고 주워 담기만 했다. 그것을 심고 가꾸는 노고가 만만치 않았을 거라고 생각하니 미안한 마음이 들었다.

뒤편에 나즈막한 산이 있었다. 바람도 쏘일 겸 한 바퀴 돌기로 했다. 풍성하고 아름다운 가을 들녘에 바람까지 솔솔 불어 상쾌했다.

다들 초등학교 운동회 때 추억들을 소환해 이야기꽃을 피우기 시작했다. 운동회 얘기, 봄소풍 얘기, 누구나 어릴 때는 좋은 추억이 있다. 운동회 때 무용을 잘해서 항상 단상에 올라가 춤추던 얘기, 달리기를 하면 1등은 놓치고 2등만 하던 얘기, 짧은 치마 입고 추는 무용과 한복 입고 추는 춤을 추는데 꼭 1순위로 교단에 올라가서 추던 얘기들이 꼬리를 물고 이어졌다. 운동회가 끝나면 동네 어르신들께서 "와, 너 춤 진짜 잘 추더라"라고 덕담해 주셔서 어깨가 으쓱했다는 둥 하하 호호 이야기가 줄다리기를 했다.

"얘들아 아직 내 춤 쓸만 한가 봐줘"라며 기분 좋아 막춤판까지 벌어졌다. 서울에서 집안에만 갇혀 살던 아줌마들이 심심했던 모양이다. 넷이서 막무가내로 흔드는 모습을 보며 한바탕 실컷 웃었다. 그래서 친구는 막역하고 좋은 것이 아닐까.

저녁에는 어머니께서 쇠고기를 푹 삶아서 육개장을 끓여 주셨다. 맛난 저녁 식사 후 단잠에 빠져 주변이 조용해졌다. 다음날 아침 일찍 일어나서 농작물 모두를 차에 실었다. 앞을 자리가 없을 정도로 갖가지 자루와 봉투로 차안이 가득했다.

우리들은 한바탕 소동을 피우며 수확한 농작물을 한 아름씩 안고 즐거워하고 있지만 우리들이 떠나고 나면 시골집은 휑하니 텅 빌 것이고 어머니의 마음 또한 허전하실 거라는 생각을 하니 떠나는 발걸음이 무거웠다.

우리가 다녀가고 이틀 뒤 오후였다. 공주에서 급한 연락이 왔다. 엄마께서 밭에 나갔다 쓰러지셨다는 연락이었다.

급히 차를 몰고 내려갔더니 척추를 다치셔서 모 병원 척추 신경외과로 얼른 모셨다. 의사는 3개월을 누워 계셔야 한다고 했다. 무리해서 밭일하다 다치셨다는 얘기를 들으니 통탄스러웠다.

며칠 전 철없이 친구들까지 내려가 한바탕 소동을 떨고 어머니가 힘들게 일군 농작물을 포대로 가져온 게 마음에 걸렸다. 농사짓지 않으셔도 되는데 자식들에게 나누어 줄 기쁨과 사랑의 맘으로 일을 하시다 다친 것을 생각하니 가슴이 아려왔다.

이제 철들 나이가 지났지만 아직도 엄마 앞에서는 철부지처럼 행동하며 해드린 것도 별로 없고 그저 자주 찾아뵌 것밖에 없어 죄인 같은 마음이 들었다.

지금은 안 계시지만 어머니를 찾아가 뵙고 돌아올 때는 내가 보이지 않을 때까지 손을 흔들며 서 계시던 모습이 눈앞에 아른거린다. 그때를 생각하면 환한 얼굴로 미소 지으시던 밝은 표정, 구순이 지나도록 우아하셨던 모습이 기억 속의 그리운 잔영(殘影)으로 남아 있다.

아파트 창밖으로 낙엽이 떨어져 뒹굴고 있다. 오늘따라 무척이나 보고 싶은 엄마의 모습이 눈앞에 살짝살짝 어려온다. "날씨가 조금씩 추워지는데 춥진 않으신지요. 낙엽들이 떨어져 뒹굴기 시작하네요. 곧 추운 겨울이 다가오겠지요. 엄마 겨울옷 좀 갖다 드릴게요."

↝ Profile
주리어드피아노학원 원장, 한국디지털문인협회 회원, 책글쓰기대학 회원

사진의 매력

노영래

가끔 가던 길을 멈추곤 한다. 그리고 초원에서 사냥하는 사자인 것처럼 먹잇감이 눈치채지 않도록 조심스럽게 발걸음을 옮기기도 하고, 때론 먹잇감을 놓치지 않기 위해 발걸음을 재촉하기도 한다. 이러한 행동을 하는 나의 손에는 언제나 휴대폰이 쥐어져 있고, 휴대폰에는 카메라 앱이 켜져 있다. 그렇다. 나는 지금 사진을 찍고 있는 것이다.

나는 직장에서 디지털카메라동호회(약칭 디카동)의 회원이었다. 20세기 후반 디지털기기의 발전과 보편화로 인해 사진도 필름세대에서 디지털세대로 탈바꿈하였다. 디지털카메라는 필름카메라보다 편의성과 비용 면에서 많은 장점이 있음에 따라 급속히 보편화되었다. 나는 사진을 좋아하는 직장동료들과 함께 사진에 대한 전문가 강의와 다양한 형태의 출사(出寫)에 참여하여 사진에 대한 지식을 습득할 수 있었다. 그리고 사진을 통해 사진보다 더 소중하고 값어치 있는 것을 얻을 수 있었는데, 그것은 세상을 보는 나의 태도가 바뀌었다는 점이다.

나는 대학에 진학할 때까지 시골에서 태어나 자랐다. 시골에는 신기한 볼거리가 무척 많았다. 집 밖을 나가면 들판이, 좀 더 가면 개울이 그리고 저 멀리에는 산이 있어 계절에 따른 초목의 변화를 보고 느낄 수 있었다. 밤이면 풀벌레 소리와 함께 쏟아질 듯한 별들을 볼 수 있었다. 나는 여유 시간이 있거나 마음이 복잡하여 다잡을 필요가 있을 때는 혼자 산책하기를 좋아했다. 바람에 산들거리며 자라는 벼들을 보면서 논길을 걷기도 하고, 시냇물이 졸졸 흐르는 개울을 거닐면서 예쁜 돌멩이를 줍거나 물가에 쌓인 모래에 앉아 물속에서 작은 송사리 떼가 노는 모습을 마냥 바라보기만 하기도 했다. 가끔은 앞산에 올라 산으로 둘러싸인 들판과 그 한 곁에 자리잡은 고향 마을을 내려다보기도 하였다.

 이러한 시골 생활도 고등학교를 졸업하면서 끝났다. 서울로 대학 진학을 한 이후로는 한동안 그러한 여유를 갖지 못했다. 어렵게 서울에서 유학하고 있는 터라 앞만 보면서 지냈다. 그러다 직장생활 10여 년이 지난 후, 디카동 활동을 하면서 나는 삶에서 다소의 여유를 되찾았을 수 있었다. 사진을 찍는 순간에는 오로지 대상에 집중하고 '나의 느낌을 어떻게 사진으로 잘 표현할 수 있을까?'라는 한 생각만을 가질 수 있었다. 빛의 밝기와 강도 그리고 비추는 각도에 따라 순간순간 느낌이 달라지므로 원하는 사진을 갖기 위하여 때로는 카메라를 켜두고 몇 시간을 기다리기도 했으며, 발품을 팔아 대상에 최대한 바싹 다가가기도 했다. 그러다가 어렵게 그리고 어쩌다 초보자로서 그럴듯한 작품이라고 생각되는 사진이라도 갖게 될 때에는 이 세상을 다 가진 듯한 성취감을 느꼈다. 희한한 것은 나중에 그 사진을 다시 보더라도 촬영 당시에 느꼈던 환희가 그대로 살아났다는 점이다. 사진은 나의 생활에서 말할 수 없는 크나큰 기쁨이었고 활력을 주었다. 이에 사진찍기에 좋은 전국 명소를 찾아 철마다 출사를 다녔고, 출사 사진을 모아 직장 내에서 전시회를 열기도 하였다.

사진을 좋아하는 이러한 나의 생활습관은 자연에 대한 인식과 세상을 대하는 태도에 많은 변화를 주었다. 사진을 좋아하는 사람들에게는 아름다움을 추구한다는 공통된 특징이 있는 것 같다. 그들은 피사체인 대상에서 남들이 발견하지 못한 아름다움을 찾아내고 그 느낌을 사진으로 담아내려 노력한다. 나도 사진을 찍으면서 나만의 아름다운 느낌을 추구하게 되었고 그러다 보니 자연스럽게 내 주변의 자연과 자연의 현상 그리고 변화에 대한 많은 관심을 두고 관찰하는 습관이 생겼다. 거대한 풍광에서부터 우리의 일상은 물론 작은 돌멩이 하나까지도 사진의 소재가 될 수 있기 때문이다. 이렇게 좋은 사진을 찍기 위해 이들을 자세히 관찰하다 보니 나는 자신도 모르게 점점 자연의 신비로움에 자연스레 빠져들게 된 것 같다. 수많은 꽃의 다른 색상과 모양, 새와 곤충들의 다른 체형과 습성 그리고 사시사철의 변화 등에서 자연의 위대함과 오묘함을 새삼 실감할 수 있게 된 것이다. 이에 예전에 몰랐던 아름다움을 더 많이 찾아내고 즐길 수 있게 되었다.

이러한 습관은 단순히 자연의 아름다움과 신비로움을 느끼고 즐길 수 있는 것에만 그치지 않았다. 세상을 그리고 다른 사람을 대하는 나의 태도에도 영향을 주었다. 조그마한 디지털카메라 렌즈를 통해 위대하고 신비로운 자연의 아름다움을 찾아 사진으로 담아내려 노력하다 보니, 불현듯 세상을 보는 나의 렌즈가 얼마나 협소하고 보잘것없는 것인지를 깨달을 수 있게 되었다. 우리는 세상을 자신의 눈에 보이는 것만 볼 수 있고 자신이 경험한 것만을 알 수 있는데, 그것으로 마치 세상을 다 아는 것처럼 생각하고 행동한다. 나이를 먹으면서 배우고 경험한 것이 많아질수록 그러한 착각에 빠지기 쉽다. 나는 사진을 찍으면서 그러한 자만심은 줄어들게 되고, 나 아닌 다른 사람까지 이해하려는 마음을 좀 더 가지게 된 것 같다. 세상을 긍정적으로 이해하고 아름다운 면을 보려고 노력하다 보니 이제는 조금은 익숙해졌고 마음도 한결 여유로워진 것 같다.

이러한 경험에서 나는 다른 사람들에게도 사진 찍기를 적극적으로 권장한다. 사진을 찍는 것은 그 자체로서 값어치가 충분하다. 우선 신체적 건강 유지에 도움이 된다. 왜냐하면, 좋은 사진을 찍기 위해서는 열심히 발품을 팔아야 하기 때문이다. 또한 정신적 건강에도 좋다. 왜냐하면 사진은 언제나 사람들에게 기쁨을 주기 때문이다. 사진을 찍는 사람을 보라. 즐겁게 웃지 않는 사람은 없다. 그리고 사진을 좋아하면 긍정적이게 된다. 사진은 아름다움이고, 사진을 좋아하는 사람은 아름다움을 좋아하는 사람이며, 긍정적이지 않은 사람은 아름다움을 찾지 않을 것이기 때문이다.

오늘도 새벽에 한강 변을 산책하며 일출을 맞는다. 그 일출은 언제나 새롭다. 매일 같은 장소에서 맞이하는 일출이지만 같은 느낌은 한 번도 없다. 그 느낌을 간직하려고 휴대폰을 꺼낸다. 우연히라도 만족스러운 결과물을 갖게 되어 오늘의 일출 기운을 지인들에게 나눠 줄 수 있으면 좋겠다.

✦ Profile
한국은행 국장, 동국대학교 객원교수, 경영학 박사

한여름 태양과 함께한 세계일주

노운하

지난 7월 초부터 9월, 나의 버킷리스트 중 하나인 세계일주를 좋은 계절과의 동행을 통해 무사히 다녀왔다. 큰 도전이었으나 엄청난 행운이었다. 5년 이상 꿈꿔왔기에 1년 전부터 계획하고, 6개월 전에 항공 예약과 구체적 여정을 정리한 후, 숙박과 이동편을 준비한 덕분에 흡족한 여행이 될 수 있었다.

늘상 '언제쯤이 좋을까' 생각하면서 환갑에 맞춰 떠나기로 결정하고 동행할 친구를 찾았다. 크루즈 세계일주는 너무 긴 여정이어서 비행기 일주를 하기로 정한 뒤 수백 회가 넘는 해외출장으로 쌓인 마일리지를 이용하기로 했다. 대한항공 마일리지 세계일주 프로그램은 비즈니스 두 좌석을 6~9회 지구 한 바퀴 탑승하는 것임에도 44만 mile로 꽤 괜찮은 제도였다. 2020년도까지만 주어지는 혜택이라니 환갑인 시기가 딱 맞았다.

환갑에 60일간의 여정을 꿈꾸며 동행할 친구를 찾았지만 여의치 못해 아내와 둘만의 여행도 생각했다. 그러나 코로나19라는 변수가 생겨서 꿈은 사라지는가 싶었고 불가능해지는 듯했다. 코로나 사태가 터지자 항공사에서도 제도 변경을 1년씩 연기해오다가 작년에 2023년까지 이용 가능한 제도로 최종 확정했다. 내게는 절호의 기회가 다시 주어져 너무도 기뻤다.

2019년 말부터 동행자를 찾았으나 어느 누구도 선뜻 나서는 친구가 없었다. 2021년에 고교 동기인 황정한 이사장(병원)이 관심을 가졌다. 이어 네 부부가 같이 가보자는 의견을 모았으나 시기와 여행지에서부터 각각 생각이 달라 포기하고 친구 부부랑만 떠나기로 했다.

북반구 여행으로 잡고 여름휴가 시즌이 끝나는 8월 하순부터 가을까지 두 달로 상정했다. 그러나 마일리지 티켓은 반년 전임에도 대륙 간 이동 비행기 표는 없었고 간혹 한두 좌석밖에 없는 상황이라 예약 담당자는 4명의 동반 여행은 도저히 불가능하다는 답변이었다. 난감했다. 아내와 둘만이 여행하기에는 이런 긴 자유여행은 쉽지도 않을 뿐더러 비용도 엄청난데 아내마저 자신 없다고 포기 선언을 하니 암담했다. 그도 그럴 것이 아내는 5년여 전 간단한 수술이 의료사고로 이어져 4개월 동안 사경을 헤매며 죽을 고비는 넘겼으나, 그 이후 체력이 급격하게 떨어진 뒤 체질이 약해져 여러 질병이 생겼고 지금까지도 고생하고 있기 때문이다.

게다가 코로나 시기에 두 아들의 결혼과 분가는 우울증세까지 가져다주었다. 여러 병원 신세를 지며 다양한 약으로 버티고 있었으니 이해할 만도 했다. 그러나 다른 질병은 몰라도 우울증세라도 극복시켜 보고자 올해 초에 엄청난 리스크(의사들의 극구 반대에도)를 안고 20일간 체험용 일본자유여행을 시도했는데 주효하게 성공했다. 이에 용기와 힘을 얻었고 자신감과 정신적 활력을 되찾는 계기가 되었다.

그래서 세계일주도 할 수 있다고 자신감을 심어주며 설득하여 다시 추진키로 했다. 그런데 동행하기로 한 친구네 집안 상황이 갑자기 바뀌었다. 외손주와 친손주 잉태 소식이 한꺼번에 전해졌고 8월 중순과 9월에 출산 예정이라는 낭보였지만 이로 인해 친구 아내가 갈 수 없다는 선언을 했다. 내가 고민을 하자 친구는 넌지시 셋이라도 갈 수 있다는 뜻을 비쳐왔다. 일단 4명으로 예약해 놓고 보자고 한다. 최악의 경우 3인행이라도 하자는 뜻이렸다.

다시 마일리지 항공표를 샅샅이 찾다보니 시차를 두고 귀국 가능한 편도 4개 좌석이 확인되어 희망의 빛을 찾았다. 그 이후 1주일간 혼자 사이트를 검색하며 찾았지만 유럽행 구간이나 대서양 횡단 마일리지 항공표는 찾지 못했다. 막막했다.

아시아권역을 통한 유럽행 항공편이 전혀 없어, 아시아 전 노선을 검색했는데 우즈베키스탄의 타슈켄트행 항공편이 있음을 확인했다. 그러나 유럽행 연결이 되지 않는 것이었다. 마일리지로 연결되지 않아 항공권을 구매하면 되지만 그 이후 연결편이 없는 것이 또 문제였다. 다시 타슈켄트에서 아시아권역으로 연결해보니 이스탄불로 해서 파리로 가는 유럽편이 하나 있었다. 이것도 야간과 새벽 비행기뿐이었지만 희망의 등불이 되었다. 이제 대서양 횡단 항공편만 찾으면 되는데 여름 휴가철까지 겹친 상황이라 한두 좌석도 없는 상황이었다.

가능성이 없는 대기 요청을 해두고 예약센터와 여러 차례 통화하다가 "간절하면 이루어진다"는 속담을 믿고 다시 예약센터를 찾아갔다. 다시 검색해 보자고 방문하니 '한 달이나 노력했는데…. 또 귀찮은 빈대(?)가 왔구나' 하는 느낌이었지만, 예약담당자는 친절히 대해주며 일일이 노선을 체크해주었다. 잠시 검색을 하다가 영미 간 항공노선이 코로나 이후 새로 재개되는 게 있어서 런던에서 JFK로 가는 버진 항공편이 가능하다고 한다. 순간 환호성과 함께 벅찬 감동을 받았다. 모래사막에서 바늘을 찾은 느낌이었다. 놀라운 기적이 일어났고 무척 기뻤다. 새로운 노선 재개로 친구 아내의 미국 방문일정에도 맞춰 예약이 가능해졌다.

하지만 귀국편에 맞춘 항공편의 역순 예약이라 가능 일자에 예약을 하다보니 7월 초순에 출발해야 하는 상황이었다. 이번에는 우리 차남의 손주 출산 예정일인 7월 19일을 생각해야겠기에, 아내가 또 난색을 표했다. 아들에게 이해를 구했다. 그러자 둘째 내외가 쿨하게 날짜를 앞당겨서 출산일을 잡겠단다. 얼마나 고마운 일인가. 이런 행운과 도움, 협조가 만들어낸 천재일우의 기회를 포기할 수 없었다. 더 큰 의욕이 살아났다.

세계일주 항공편을 예약한 후, 친구 아내가 미국 동부(뉴욕)까지 동행하도록 꾸준히 설득해 동의를 얻었고 결국 동행하게 되었다. 결정까지는 긴 시간이 걸렸지만 항공편을 때맞춰 잘 예약해 둔 결과였다. 그러나 병원 의사들이 과별로 연이어 사직하는 사태가 발생하여 친구의 동행 여부가 다시 문제가 되었다. 다행히 그 문제는 1개월 만에 해결되었고 친구 손주 출산 후의 여정에도 친구가 재합류하기로 결정해서 우여곡절 끝에 세계일주는 넷이 출발할 수 있었다.

여행지의 한여름 폭염 예보나 우기의 장맛비 소식으로 걱정도 많았지만 주사위는 던져졌다. 나도 긴 여정이라 두렵긴 했지만 아내가 이를 극복할 수 있을까가 최고의 걱정거리였다. 친구도 아내가 약한 편이라며 무리하지 말고 여유 있는 여행을 하자고 해 의견일치를 보았다. 그나마 다행이었다.

하지만 중앙아시아 폭염(42~43도) 속 실크로드 탐방을 마무리하기도 전에 사고가 터졌다. 아내가 배탈, 설사에 고열이 나는 암담한 상황이 발생한 것이다. 현지 의사가 왕진을 와서, 주사와 약으로 하루 만에 해결해 줘 1차 위기를 넘길 수 있었다. 지중해 크루즈에서도 아내가 연일 35도가 넘는 찜통 무더위에 지친 탓인지 알 수 없는 박테리아균에 감염되어 또다시 고열과 설사로 드러누웠다. 2차 위기는 심각했고 아찔했다. 선상병원에서 3일간 집중치료 덕분에 쾌차하였고 여행을 이어갈 수 있었다. 천만다행이었다.

그러나 예기치 못한 돌발상황이 연이어 발생했다. 융프라우를 오르고자 가장 가까운 지역 그린델발트에 호텔을 2박 예약했고 오후 6시경 주소지로 찾아갔는데 해당 호텔이 없는 것이 아닌가. 1시간 이상을 헤매다가 모 호텔 지배인에게 물었더니 예약시트의 우편번호를 보고서는 해당 호텔로 전화를 해 확인해 주었다. 2시간이 넘는 먼 거리의 외딴 산간지역인데 주소가 오등록 되었단다. 귀책사유를 들어 숙박 취소를 요청했지만 그럴 리 없다며 거절했다. 어쩔 수 없이 어두워지는 저녁에 산적이 나올 듯한 두메산골 길을 내달려 새벽 1시 반에 호텔에 도착했다. 체크인을 한 후, 다음 여정인 피르스트 방문을 감안하여 남은 1박을 취소하고 다른 호텔을 찾아보기로 했다. 숙박할 룸이 많지 않았다. 예약한다면서도 놀라 정신없던 터라 깜빡 잊고 다음날 융프라우를 올랐다. 정상에서 이른 저녁 식사를 한 뒤 하산할 때 생각나서 예약을 하려고 보니 이미 호텔 룸은 매진이었다. 정상에서 거리상 가까운 호텔을 찾아 예약했는데 하산해보니 산 능선의 정반대편에 위치하고 있었다. 2시간 이상 주행해 가야하는 먼 거리인 데다 최악의 절벽 산길이어서 아찔했다. 저녁이라 차량 운행도 별로 없고 능선을 넘는 절벽 계곡에 운무까지 덮여 시계가 20m도 안 되는 밤길 운전을 목숨 걸고 갈 수 밖에 없었다. 오싹함을 넘어 죽음의 공포와 두려움에 휩싸인 채 몇 시간을 달려 한밤중에 도착했다. 안도의 한숨이 절로 나왔다. 그 이후로는 컨디션 조절은 물론 안전여행을 최우선으로 하여 특별한 사고 없이 무사히 다닐 수 있었다. 그래도 다행인 것은, 한여름 시즌이었기에 북유럽 빙하나 피오르드도 볼 수 있었고 침간산, 마테호른, 융프라우를 올라 빙하나 만년설, 몽블랑도 가 볼 수 있는 좋은 여정이었다는 점이다.

실크로드를 거쳐 프랑스 전역과 스위스, 지중해 크루즈, 모나코, 북유럽 크루즈, 영국 남부, 미동부 및 캐나다, 멕시코와 마야문명, 미서부 일주 등 긴 여정으로 칸, 니스, 칸쿤 등 유명 해변은 물론 지중해 연안 해변들, 불가사의한 퐁트 더 가르드, 스톤헨지, 치첸잇사 등 세계문화유산들과 톨란통고 등 특별한 곳들도 다녀왔다.

항공 10회, 크루즈 2회, 단독패키지 2회, 그룹패키지 1회, 자유여행 3차례 약 6.5만km(항공 4.4만km, 크루즈 7850km, 자가운전 7382km, 도보 409km/55만 보 등)의 62일간 여정이었다.

우기인 지역도 4000m가 넘는 고산지대의 비바람 지역도 바다의 거친 폭풍우지역도 비는 모두 비켜갔고 늘 햇살을 받으며 다녔다. 태양의 신이 늘 함께 동행해 준 행운의 여정이었기에, 63세의 장년들에게는 버거웠지만 한 번도 인상 쓰거나 싸우지 않고 다녀왔다. 내가 전체 일정 및 예약 등을 했고 여행지는 친구네가 가보고 싶은 곳으로 정했으며 방문지도 친구가 정하도록 역할 분담을 했기 때문이다. 또한 친구 부부의 양보와 배려 덕분이기도 했다. 처음 만난 아내들인데 너무도 닮은 점이 많았고 자매같이 가까워져 언니로 호칭하며 이해와 공감을 통한 협동, 협심을 해 준 덕분으로 정말 멋지게 여정을 마칠 수 있었다.

어려운 여건 하에서도 동행해 준 친구 부부에게 진심으로 감사의 뜻을 전하며 우정을 듬뿍 담아 사랑을 전한다. 이번 여정을 극복해 내고 건강에 자신감을 회복한 아내에게도 진정 고마운 마음을 전한다. 긴 여정이 의미 있고 보람찬 나날이었으며, 용기와 행복을 가져다주었고 많은 것을 배울 수 있었다. 뜨거운 태양과 함께 동반한 친구와의 여행 추억은 그 햇살과 함께 영원히 밝은 빛을 발하리라 믿는다.

✦ Profile
한국미디어영상교육진흥원 이사장, (주)모피아이 회장, PHP KOREA 회장, PHP국제교류회 회장, 좋은아빠멘토단 단장

청계산 산행과 낡은 등산스틱

노태호

무더운 여름도 지나가고 아침저녁으로 찬바람도 제법 부는 9월 중순, 오랜만에 청계산 산행을 했다. 거의 5, 6년 동안 등산을 한 적이 없어 무슨 채비를 해야 할지 좀 망설이다 먼저 작은 배낭을 찾아 생수한 병과 등산용 수건, 휴대용 휴지 및 물티슈를 챙겨 넣고 등산용 스틱까지 챙겼다. 스틱은 너무 오래돼 플라스틱 부품이 떨어지고 높이 조절도 잘 안되어 가져갈까 망설이다 가져가기로 했다. 정상까지 제대로 올라갈 수 있을지 걱정도 됐지만 쉬엄쉬엄 가보리라 생각을 하며 집을 나와 근처에 있는 김밥 집에서 김밥도 한 줄 사서 배낭에 넣고는 양재역으로 향했다.

어르신 교통카드 덕분에 지하철을 무료로 탈 수 있어 좋긴 했지만 지하철 공사가 적자라는 얘기를 들은 적이 있어 좀 미안한 마음도 함께 들었다. 청계산입구역에서 내려 청계산 쪽으로 걸음을 옮겼다. 평일인데도 사람들이 제법 많이 보였다. 은퇴한 중년들이 대부분일 거라는 생각과 달리 젊은 사람이 많이 보여 좀 의아했다.

원터골 청계산 초입에서 정상까지는 약 2,200m 정도 되는 거리였다. 개천을 따라 계곡을 지나 두 갈래 길에서 옥녀봉 쪽보다는 좌측 매봉 쪽이 좀 더 완만하게 오를 수 있을 것 같아 좌측 길을 선택했다. 출발한 지 얼마 지나지 않아 벌써 숨이 차올랐다. 쉬고 싶은 생각이 간절했지만 천천히 숨 고르기를 하며 계속 걸음을 옮겼다. 산행을·시작한 지 약 15분여 만에 처음으로 벤치가 나타나 잠깐 쉬면서 물도 한 모금 마셨다. 원터골 초입에서 지금 한 400m 정도 오지 않았을까 생각이 들었다.

다시 산행을 시작하여 경사 길을 오르다 보니 '청계산 생태보전지역'이라는 팻말이 나타났다. '청계산에서 보전할 생태가 무엇일까' '그냥 숲을 보호하자는 것이겠지' 자문자답하며 땀을 뻘뻘 흘리며 묵묵히 걸었다. 가파른 돌길을 쭉 걸어 능선에 올랐다. 약간은 평지인 듯한 능선의 끝에, 옥녀봉 쪽에 올라오는 길과 만나는 곳에 정자가 있었다. 매봉을 오르는 계단이 바로 앞에 기다리고 있어 잠깐 쉬었다 가기에도 좋았다.

매봉을 오르는 계단은 200m 정도밖에 되지 않았지만 몹시 가팔라 숨차고 힘들었다. 마침 내려오는 등산객이 "계단 말고 능선을 이용하는 길이 더 편하다" 하고 얘기해 줬다. 계단이 끝나자 헬기장이 나타났다. 헬기장에는 능선 쪽에서 올라오는 길도 있어 그쪽에서 올라오는 사람도 있었다. 헬기장을 지나 좀 더 올라가니 청계산 돌문바위가 있었다. 안내판에는 "청계산의 정기를 듬뿍 받아 가세요"라고 적혀 있었다. 나의 건강과 우리 가족들의 건강을 위해 청계산 정기를 듬뿍 받고 싶어 돌문을 3바퀴나 돌았다. 그 덕분인지 발걸음도 가벼워졌다.

정상에 거의 다 이르러 '특전용사 충혼비' 안내 표지판이 있었다. 그동안 여러 번 청계산에 왔지만 아직 한 번도 충혼비에 가 본 기억이 없어 힘들었으나 충혼비를 보기로 했다. 등산로에서 그리 멀지 않은 곳에 충혼비가 잘 꾸며져 있었다. 1982년에 53명의 특전 용사들이 짙은 안개로 인해 청계산 상공에서 비행기 추락 사고로 목숨을 잃게 되었다는 내용을 읽고 잠시 마음속으로 그들을 위로하였다.

드디어 원터골을 출발한 지 1시간 25분여 만에 청계산 매봉 정상에 도착했다. 비록 몇 번 쉬기도 하고 충혼비 구경도 했지만 생각보다 늦지 않아 '아직은 괜찮네' 하며 자신감이 가득 살아났다. 높이 582.5m인 매봉 정상에는 제법 많은 사람들이 있었다. 날씨는 구름이 낮게 깔려 흐렸었고 간간이 햇빛이 나오기도 했다. 산들바람이 불어와 시원하게 느껴졌다. 희뿌연 안개가 끼어 있어 멀리 도심은 잘 보이지 않았다. 정상 정복(?)이라는 쾌감을 느끼면서 준비해 간 김밥을 꺼내서 맛있게 먹었다. 까마귀들이 까악까악 하고 울면서 주변을 날고 있었다. 새까만 게 몸집이 매우 컸다. 아마도 등산객들이 버린 음식물 등을 먹기 위해서 서성이는 것 같았다. 먹고 남는 것이 없어 까마귀한테는 미안했지만 물 한 모금을 마시고 하산을 시작했다.

헬기장에서 계단 쪽이 아닌 능선을 타고 내려가기로 했다. 올라올 때 만났던 등산객이 해 준 말이 생각나기도 했고, 무릎에 충격이 덜할 거라는 판단도 했다. 능선 길을 따라 한참이나 내려왔지만 정자 쪽으로 가는 분기점이 보이지 않았다. 순간적으로 분기점을 지나쳐 옛골 쪽으로 내려가고 있었다. '옛골로 가면 청계산입구 지하철역까지 버스를 타야 하는데…' 하고 혼자 생각하며 계속 내려갈 수밖에 없었다.

옛골로 내려가는 길은 관리 상태가 원터골 쪽보다는 허술한 것 같고 등산하는 사람도 드문드문 보일 뿐 그리 많지 않았다. 한참 내려가는데 왼쪽 나무 사이로 계단과 함께 도움 밧줄이 보여서 혹시 길이 아닐까 해서 주변을 살펴보니 길 오른쪽 나뭇가지 아래에 이정표가 있었다. 왼쪽 계단은 청계골로 가는 길이었다. 청계골은 가본 적이 없었지만 옛골보다는 지하철역에 더 가까울 것 같아 청계골로 내려가기로 했다.

청계골로 가는 계단은 얼마 되지 않아 끝나고 바로 돌길이 나타났다. 길은 가파른데 온통 바위와 돌로 이루어져 있고 군데군데 나무뿌리도 튀어나와 있어 스틱이 없으면 발을 딛는 것조차 힘들 정도였다. 심지어 길은 축축한 상태로 나뭇가지가 늘어져 있거나 풀까지 덮고 있었다. 계곡이라 그런지 바람도 없고 온갖 날파리들이 귀 주변에서 앵앵거리면서 손으로 휘저으며 쫓아도 끊임없이 날아들고 맴돌았다. 오가는 사람도 전혀 없어 길을 잘못 든 것 같은 느낌마저 들었다. 정비된 등산로가 아니라 숲속 야생 길 같은 스산한 분위기에 산짐승이 나올지도 모를 것 같았다. 신경이 바짝 곤두세워졌다. '동반자라도 있으면 좋겠다'라는 생각이 가득했지만 이제는 믿을 것이라고 나 자신과 낡은 등산 스틱 하나밖에 없었다. '짐승이 나타나면 스틱을 이렇게 잡고 휘두를까? 아니, 이렇게 잡고 찔러야지'라며 온갖 생각으로 긴장하며 내려갔다.

처음에는 즐겁게 하산을 시작했다가 갑자기 음산한 분위기로 접어들면서 납량 특집을 보는 듯한, 아니 내가 주인공이 되어 거기를 벗어나야 하는 상황으로 바뀌어 있었다. 돌길을 신경 쓰며 걷다 보니 멀쩡하던 왼쪽 무릎에 통증이 오기 시작했다. '이러면 안 되는데? 짐승이 나타나면 도망가야 하는데 어쩌지?' 하고 오만 가지 생각도 들었다. 무릎에 충격이 가지 않게 더욱 조심스럽게 천천히 내려가야지 하고 애를 쓰면서 긴장을 한 까닭에 온몸이 땀으로 다 젖었다. 땀 냄새 때문인지

날파리는 떨어지지 않고 더욱 거세게 소리 내며 달라붙는 것 같았다. 길이 왜 그렇게 긴지 한참을 걸었는데도 끝이 나오지 않았다.

긴장과 두려움 속에서 스틱에 의지하며 한 30여 분 정도 내려왔을까 나무숲 아래로 평평한 길이 갑자기 나타났다. 민가도 몇 채 보였다. '이제 살았구나'라며 안도의 숨을 들이쉬면서도 서울 한복판에 있는 청계산에서 이런 일을 겪게 된 것이 너무나 황당했다. '나 혼자만의 느낌이었을까?' '이런 길이라면 요즘 사회적으로 문제되는 묻지마 폭행 등과 같은 불시의 사고가 생길 수도 있겠다'라는 생각도 함께 들었다.

좀 더 내려가니 경부고속도로가 보였다. 고속도로 밑으로 연결 통로가 있었고 익숙한 차도가 나왔다. 청계산입구역까지 대략 1.5km 정도를 걸어가야 했다. 한 손에 스틱을 잡고 힘차게 걸어가는데 언제부터인지 모르겠지만 왼쪽 무릎 통증도 싹 사라지고 발걸음이 무척 가벼워져 있었다.

집에 돌아와서 오늘 있었던 일들을 글로 정리하고 저녁을 먹으면서 뉴스를 보는데 TV 화면 아래에 '산속에 혼자 다닐 때는 우산을 꼭 챙겨야'라는 자막이 나왔다. 나의 낡은 등산 스틱이 우산 역할을 톡톡히 해냈다. 오늘 청계산 하산 길의 나의 동반자는 10년도 더 된 낡은 스틱이었다. 높이 조절을 할 필요 없도록 플라이어를 이용해 아예 적당한 길이로 고정해 뒀다. 앞으로 10년은 더 같이 다니자꾸나!

✈ Profile
전) 현대차 그룹 구매 임원, 중소기업 대표이사

사랑으로 함께하는 아름다운 동행, 교육

목남희

우리 집과 가까운 거리에 요즘 화제(?)인 서이초등학교가 있다. 몇 주 전 조화가 학교 앞을 채우고 담장 양옆을 따라 우리 집까지 올 지경이었다.

"무슨 일이 생겼어요?"

내 옆으로 천천히 조화를 보며 예사롭지 않은 표정을 지은 한 남자분에게 물었다.

"한 교사가 엊저녁에 학교에서 극단적 선택을 해서 아침에 발견되었대요."

"저런! 무슨 일이 있었대요?"

"아직은 모른대요."

조화 사이로 보이는 여러 부류의 조문객들 표정은 꾸무레한 날씨처럼 어두웠다. 헌화하며 울먹이는 교사, 꽃을 직접 손에 쥔 채 흐느끼는 학생, 궁금증을 애써 참는 것 같은 학부모가 줄지어 있었다. 전국교사협의회, 교육청, 학교뿐만 아니라 학부모, 정치계에서까지 사건의 실마리를 찾는 데 열심이었으나 두 달이 되어가는 지금까지 원인이 불분명하다. 23세의 꽃다운 나이에 선망의 '교사' 직업을 겨우 일 년을 넘기고, 극단적 선택이라는 엄청난 충격을 남긴 채 이 세상을 하직했다. 왜 이런 일이 일어나야 할까?

한국의 교육은 우리나라가 단기간에 세계의 기적을 일으킨 경제 발전의 원동력이 되었지만, 그 이면에는 만연한 사교육과 '입시 지옥'이 있었고, 교사들의 독단 행위가 어린 학생들에게 아픔을 남기기도 했다.
예전 우리 부모님은 으레 "너 잘 되라고 벌 주시는 것인데 네가 반성해야지! 무슨 선생님 타령이야?"라며 학교생활에 대해 불평하는 자식을 되레 나무랐다. 그리고 선생님에게는 "제 아이가 잘못하면 꾸중도 하고 벌도 주세요. 다만 좋은 상급학교에는 꼭 들어가게 지도해 주시면 그 은혜는 평생 잊지 않겠습니다"라며 오히려 교사를 찾아가 자녀의 부족함을 사과하고 돌아오는 발길은 무겁고 머리는 복잡했다.
체벌이 공공연하게 허용되었던 그때, 학부모는 교사에게 자녀의 체벌을 방지하기 위해 호의적인 태도로 안간힘을 쓰기도 했다. 그런 관계는 곧 학부모와 교사의 은밀한 내부거래로 변질됐고, 그런 일이 있을 때마다 신문과 언론에서는 비도덕적인 교사를 비난하는 일도 종종 있었다.
과도한 입시경쟁은 선행학습을 요구하게 되었고, 그로 인해 학생과 학부모는 점점 더 사교육에 매달리게 되었다. 학생들이 실력 있는 학원 강사들에게서 많은 것을 배운 후, 학교 시험에서 우수한 성적을 받게 되면서 사교육 시장은 걷잡을 수 없이 팽창하게 되었다.
서울의 대치동은 "자정이 되면 대낮보다 더 밝아진다"라는 말도 있다. "내 자식이 자정까지 공부하는데 아빠로서 이 정도는 당연히 해야지"라는 생각으로 아빠는 밤늦게 학원 수업이 끝나는 아이를 데리러 오고, 엄마는 정성 어린 진수성찬을 차려 놓고 기다린다.

"고생 많지? 올해만 참자~ 응? 여기 영양보충 저녁 먹자."

뼈를 깎는 듯한 아픔도 자식을 위해서라면 기꺼이 견디는 강한 부모님들이다.

이러한 노력의 결과로 나라는 부강해졌지만, 자녀 수가 적어지는 시대가 왔다. 내 귀한 자식, 죽어라 공부시키지 않아도 먹고 사는 데 지장 없는 세상이 되었다. 그런데 교권 추락의 이슈가 대두되는 것은 무슨 이유일까?

자녀들은 아이러니하게도 부모와 교사의 분쟁을 보면서 순종(順從)에서 점점 멀어지기 시작했다. 선생님보다 부모가 더 든든하다고 느끼는 학생은 교사에 대한 존경심도, 두려움도 함께 사라졌다. 교사는 학생에게 때때로 사랑 없는 체벌을 하게 되었고, 교사들의 학생 폭행이 사회 문제로 대두되기 시작했다. 지금의 부모 세대는 예전 교사의 체벌 피해자일 수도 있다. 요즘 부모는 모두가 교사를 두둔 하는 옛날과는 다르다.

"옛날 그 선생님 생각만 하면 지금이라도 항의하고 싶어."

"머리 염색했다고 방과후 교실 청소 시키고, 뒤에서 몇 시간 동안 손들고 무릎 꿇고 앉아 있었어."

"팔이 아파 잠시 내렸다가 들키면 또 시간을 늘리고…."

"남학생은 발로 차이기도 했어."

억울하게 당했던 자신들의 일을 떠올리며 몽둥이를 들고 다니던 무표정의 학생 주임 선생을 더 이상 간과할 수 없다고 생각한다. 교사의 감정 쓰레기통으로 과한 체벌을 억울하게 당했던 부모는 자녀가 교사의 화풀이 대상으로 부당하게 체벌을 받을까 봐 신경이 날카로워진다. 학부모는 서서히 '학생 인권'을 주장하기 시작했다.

이제는 수업 시간에 자는 학생을 깨우면 학생은 아프다는 핑계를 대며 교사에게 대들고 욕설까지 퍼붓기도 하고, 남학생의 경우 여교사를 폭행하는 경우도 발생한다. 교사의 지적에 부모는 사과는커녕 "아이에게 스트레스 줘서 병원 가야 한다"라며, "담임 바꿔달라"라는 요구까지 하는 경우도 있고 보니, 교사는 이제 학생이 두렵고 '이러려고 교사가 되었나?' 하는 자괴감까지 느낀다. 얼마나 힘들면 교사의 극단적 선택이 이어지고 있을까?

"스승 이기는 제자 없고, 제자 이기는 스승 없다"라는 옛말이 있다. 스승은 제자를 가르치고 이끌어주며, 제자는 스승으로부터 배우고 성장한다. 서로가 없이는 완전한 관계가 성립되지 않는다는 것을 나타내는 말이다. 그 가운데 학부모가 있다.

"와~ 우리 국어 선생님! 저도 시를 줄줄 외는 문학인이 되고 싶어요."

"저는 우리 영어 선생님처럼 영어 회화를 잘해서 외국에서 살고 싶어요."

"저는 우리 역사 선생님처럼 예전 우리 조상들의 생활을 연구하고 싶어요."

이런 말을 하는 학생, 그런 말을 듣는 교사가 손에 손을 잡고 서로 사랑하며 아끼는 아름다운 동행은 우리를 더 행복하게 하며 세상을 더 따뜻하게 할 것이다.

초·중 시절, 교사는 어린 학생에게 살아 있는 우상(idol)이다. 그 우상으로부터 보고 듣고 느낀 것이 내 자녀에게 어쩌면 한평생을 살아가는 삶의 기축으로 남을 수도 있다. 자녀가 행복하고 보람된 삶을 살기를 원한다면 스승과 제자, 부모와 교사가 기본적으로 서로 존중하고 아끼는 동행자가 되어야 한다.

↗ Profile
월간《Queen》'명가의 자녀교육법' 칼럼 연재, 전) 단국대학교 상경대 경영학부 교수, 미국 공인회계사. 저서:《평범한 가정의 특별한 자녀교육》

인연에서 열정으로

문성미

우리의 신중한 선택을 방해하는 것은 콩깍지와 선입견이다.

계획대로 손을 꼽아 흡족한 마음으로 지워가야 하는데 사람을 만나는 것도, 물건을 고를 때에도 어떤 일의 시작도 3초의 이미지로 결정된다. 거기에 열정이란 마음이 더해지면 급속도로 행동하고 마는 게 인간의 본성이다.

나는 인생의 전환점이 될 만한 좋은 일을 만났고 그로 인해 참 기쁨의 삶을 누리고 있다. 긴 시간 주위를 빙빙 돌다 봉사할 부서를 정한 곳이 의료선교부였다. 봉사를 시작한 지 한 달도 안 되었을 무렵, 방글라데시로 해외 의료 선교를 신청하라는데 나와는 아주 먼 이야기라 생각하여 귓등으로도 듣지 않았다. 그런데 병참부서의 김 집사님이 기도도 안 해보고 말을 쉽게 한다면서 나를 회유했다.

의료 선교를 하러 가기 위해서는 약국을 다른 사람한테 맡기는 것도 어려운 일이지만 어머님께 허락받는 일이 더 큰 문제였다. 어머니는 당신의 질병을 딱 부러지게 찾아내주는 병원이 없어 몇 년째 의료쇼핑 중이셨으나, 어머니의 병세에도 집사님의 말이 곧 하나님 말씀처럼 들려와 잊으려 하면 가슴이 점점 뛰었다.

며칠을 기도한 후에 말을 꺼냈는데 어머니는 선뜻 후원금까지 두둑이 챙겨주시며 허락해 주셨다. 일정에 맞춰 부서별로 모든 준비를 하는 동안 그들의 마음과 영혼이 열리고 저들과 하나 되는 기도를 한 후 비행기를 탔다.

공항에 도착하자 그 나라 특유의 향이 코를 자극하여 사탕을 하나 입에 물자 아뿔싸! 삥 둘러선 아이들 사이에 갇히고 말았다. 순간 공항 직원이 호루라기를 불면서 긴 가죽 채찍을 들고 달려와 나를 구해줬고 아이들은 채찍에 놀라 사방으로 흩어졌다가 내가 탄 차가 멀어질 때까지 달려왔다. 너무 안타깝고 힘들었지만 그런 상황 속에서 아이들의 예쁜 눈동자는 좋은 첫인상으로 남았다.

방글라데시 거리는 우리말로 된 목적지 표기를 거꾸로 붙인 채 승객을 지붕까지 가득 태운 버스와 개조된 삼륜 오토바이가 가득했다. 도로 한가운데 서서 외국인이 탑승한 큰 차마다 손을 내밀고 있는 사람과 길 가장자리에 주저앉아 있는 장애인이 많이 보였다.

사역 장소를 향해 가는 강가에는 여느 나라의 주부들처럼 쌀을 씻고, 등짝을 철썩 치며 아이들을 목욕시키는 어린 엄마의 손놀림이 시름을 토해냈다. 소도 몸을 담그고 개들도 물을 마시고 있었는데 그 물은 흙탕물이었다. 이 나라는 물이 귀한 곳이라서 어쩔 도리가 없다고 하는 말에 마음이 몹시 아파왔다.

사역지에 도착한 즉시 모두 모여 원주민들에게 줄 구충제와 영양제를 나누어 놓았다. 특히 약국 팀은 몰려들 환자를 위해 제재를 만들어 놓으면 불과 두 세 시간 눈을 붙인다.

예배와 간단한 전달 사항들을 전하면서 사역의 시작을 알렸다. 책상과 천막으로 꾸며진 진료실과 약 가방을 풀어 가지런히 정리된 약국은 마치 대형병원을 방불케 했다. 무료로 제공되는 팝콘 공장, 사진관, 옷 가게, 풍선 가게가 마을 어귀에 들어서면 곧 마을 잔치가 되었다. 여기도 마찬가지로 무엇을 준다고 하면 우르르 몰려들어 까만 손을 내밀고 사방에 하얀 손바닥이 펼쳐진다.

아픈 사람이 왜 그렇게도 많은지 허리 한번 펴지 못하고 계속 처방전에 따라 약을 짓는다. 몇 개 외워간 방글라데시의 언어로 복약지도를 하고, 연고니 파스를 하나씩 더 얹어준다. 열악한 학교 책상이 조제대가 되어 앉았다 일어났다 수십 번도 더 반복하면 이마에는 땀이 비 오듯 떨어진다. 그렇게 열심히 하는데도 약국 앞에는 사람들이 꽉 차 있다.

선교를 위해 준비한 초음파 기계는 모인 환자를 진단하는 데 큰 역할을 하고 임신한 여성들에게 건강한 기쁨을 주었다. 치과에서는 아이들의 잦은 울음소리가 들려왔다. 얼굴에 난 커다란 선종 덩어리 때문에 얼굴을 자신 있게 드러내지 못하고 머리칼로 부위를 가렸던 아가씨는 수술한 후 아프면서도 시원한 듯 함박웃음을 지었다.

노안으로 어두웠던 눈에 안경 하나를 주니 세상의 모든 것이 보이는 사람처럼 좋아하였고, 기운 없는 노인들에겐 영양제를 놓아주었다.

풍선을 하나씩 손목에 맨 아이들이 팝콘 한 봉지 들고 함성을 지르며 여기저기 뛰어다니는데 깡마른 강아지들도 덩달아 달려간다. 한쪽에서는 준비해 간 하얀 티셔츠에 예쁜 그림을 그려 나이별로 하나씩 입혀주고 가족사진이라고는 한 번도 찍어 본 적이 없는 모델들이 온갖 자세를 다 취한다.

해가 지기 전 약국의 가방을 도로 챙기면서 하루 일을 마무리하고 서로 느낀 점을 나눈다. 지구촌에는 이렇게 열악한 환경에서 살아가는 사람이 많다. 미디어에서 보아 왔지만 해맑은 미소 속에서 자신의 가치도 모르고 죽어가는 저들을 위해 우리를 부르신 것이다. 저들을 긍휼히 여기고 서로 나누며 행복을 전하는 게 우리의 몫이었다. 하나님의 명령과 뜻을 거기서 발견했다. "저들도 나의 자녀"라고 말씀하시는 것 같았다. 가난과 교육의 부재로 인해 하나님이 주신 고귀한 생명에 대한 무감각을 깨우쳐야 한다. 저들에게 하나님의 말씀을 알게 해주고 예수님의 치유 사역을 통해 구원을 알게 해야 하지 않을까?

실제로 우리가 가서 흘린 땀을 보고 하나님 앞에 헌신을 다짐하는 사람도 있었다. 깨우친 그 한 사람을 위해서 우리가 받은 하나님의 사랑을 나누어야 한다.

이제는 선교 모집 광고가 나올 때마다 가슴이 뛰어 도저히 가만히 있지 못하는 열정으로 변하였다. 아이들의 까만 눈동자 때문에 코가 꿸고 그들의 순수함이 내 마음을 흔들었다. 어느새 나는 해외 의료 선교와 떼려야 뗄 수 없는 인연이 되어 앞으로도 계속 동행할 것을 다짐해본다.

↯ Profile
도봉구 영락온누리약국 경영, 누리나래선교회 이사

SNS 바다로의 동행

문정이

"맛보고 가세요. 졸음 깨는 작용도 탁월하고 맛도 좋고 건강에도 좋아요."

"설탕 대신 천연당을 사용해서 폴리코사놀이 풍부합니다. 혈중 콜레스테롤 수치도 낮추고 혈압 조절에도 도움을 줍니다. 당뇨 환자분들도 많이 사가십니다. 맛보고 가세요. 시식행사 중입니다."

집이 수원이라 고속도로를 타고 처음으로 만나게 되는 용인휴게소는 잘 안 들른답니다. 그런데 그날은 멀리 성주 강의를 가는 길, 지난번 울산 강의 때 교통사고로 차가 막혀서 강의시간에 간신히 도착했던 기억이 있어 아주아주 여유있게 출발했습니다. 그래서 평소에 들르지 않는 용인휴게소 강릉 방향을 들렀던 겁니다.

이른 아침은 아니지만 9시가 조금 넘은 시간이었습니다. 그런데 그 아침부터 너무나 열심히 목청이 터지도록 제품을 설명하는 분!! 용인 휴게소 한쪽을 팝업스토어로 꾸며놓고 화성당제과라는 과자를 열심히 홍보하는 것이었습니다. 이른 시간인 9시 정도에 이미 목이 쉬었다는 것은 이런 상황이 적어도 며칠 동안 계속 반복되고 있다는 것이겠죠. 깡마른 체격에 쉰 목소리로 끊임없이 설명하는 그분을 왠지 돕고 싶었습니다. 일명 거룩한 오지랖 발동이 걸린 거죠.

당뇨 환자이신 시어머님께서 혹시 드실 수 있는지 확인도 하고 싶었고요. 저렇게까지 처절하게 설명하는 분을 정말 보기 드물다 느꼈는데, 알고 보니 남편이 직접 만든 과자를 사모님이 파는 거였어요. 그래서 모든 맛을 골고루 맛볼 수 있는 세트를 샀습니다.

"제가 블로그를 쓰고 있는데, 블로그를 써 드리고 싶어서 사진 좀 찍어서 블로그에 올려도 될까요?"

휴게소 한쪽 구석에 팝업스토어로 꾸며진 공간인데 주인장의 정성과 센스가 엿보이는 공간이었습니다. 블로그를 쓰는 사람으로서 셔터 누르는 즐거움을 주는 멋진 공간이었으니, 저에게도 블로그 쓰는 즐거움이 컸기에, 휴게소 차 안에서 뚝딱 블로그를 써서 올렸습니다. 그러고 나서 다시 팝업스토어에 가서 주인장에게 제가 쓴 블로그를 잠시 보여드리고, 링크도 보내드렸습니다. 그리고 왠지 뿌듯한 마음을 가득 담고 강의를 하러 출발했습니다. 예상보다 휴게소에 머문 시간이 길어서 점심은 패스해야 했지만, 간절하게 노력하는 누군가를 작게나마 도울 수 있었다는 것이 너무나 행복했습니다.

작년 여름의 일이었습니다. 그렇게 작은 인연이 이어지게 되었습니다. 서로 카톡으로 안부를 묻고 또 선물용 과자를 구매하기도 하고 그렇게 작은 인연이 이어졌습니다. 그런데 올해 겨울, 과자 이름을 딴 '수원화성당' 카페를 오픈했다고 놀러 오라고 하시는 겁니다. 수원 행궁 근처, 여민각 바로 옆에 문을 열었다고 하시더라고요. 제가 독거노인분들께 도시락 배달 봉사를 할 때 수백 번을 지나다녔던 곳이라 왠지 더 반가웠습니다. 그래서 차도 마실 겸 카페를 찾았습니다.

역시나 센스 넘치는 주인장님! 어쩌나 멋지게 공간을 꾸며 놓았는지 다시 한번 반했습니다. 게다가 네이밍센스 어쩌나요. 무알콜뱅쇼의 이름이 '사도세자를 그리워하다'입니다. 정조의 효심을 기리는 메뉴라는데….

　"정조대왕께서 사도세자 능참배를 가실 때마다 억울한 죽음으로 뒤주에서 명을 달리하신 아버지를 그리워하며 손톱에 피가 나도록 흐느끼셨다는 마음을 차(色)에 담았습니다. 토핑으로 올린 계피와 귤피는 역대 제왕 중 가장 장수한 영조 임금과 세손인 정조께서 즐겨 음용하셨다는 소재의 차로 무병과 안녕을 기원하는 마음으로 준비했습니다."

　이런 센스와 열정 넘치는 분을 제가 어찌 돕지 않을 수 있겠어요. 바로 그 자리에서 시그니처 메뉴를 주문하고 블로그 글을 써서 올렸습니다. 그러자 짧은 시간 블로그를 올리는 게 너무 신기하다고, 어떻게 블로그를 쓰는지 배울 수 있냐고 물으시는 겁니다. 그래서 하루 시간을 내어 다시 카페를 방문해 블로그 쓰는 방법, 블로그를 활성하는 하는 방법, 여러 다양한 주제로 블로그를 써서 카페를 홍보하는 방법을 알려드렸습니다. 카페를 한다고 기승전 카페에 대한 글만 쓰면, 통합검색으로 승부할 수 없다 판단했기에 아주 다양한 방법으로 글을 쓸 수 있는 노하우를 알려드렸습니다.

　그런데, 얼마 전 너무나 행복하고 놀라운 소식이 다시 들려왔습니다. 바로 수원화성당카페가 행궁가게에 선정되었다는 겁니다. 행궁가게는 수원문화재단에서 지원하는 사업이라고 해요.

　"행궁가게는 남창동, 남수동, 매향동, 북수동, 신풍동 등 행궁동만의 특색있는 가게를 발굴, 관광자원으로 육성하고 골목상권을 활성화하기 위해 기획됐다. 사업 대상은 행궁동을 대표할만한 상징성과 정체성이 있어야 하며 고유한 기술 또는 차별화된 상품이 있거나 행궁동 및 수원화성과 관련된 스토리가 있어야 한다. 선정된 가게는 '행궁가게' 인증현판을 제공 받을 수 있으며 SNS 마케팅과 홍보물 제작 등 맞춤형 컨설팅을 지원받을 수 있다."

수원문화재단에서 유튜브 홍보영상도 만들어주고 방송 촬영도 하고, SNS 홍보마케팅의 도움도 받고, 이제는 행궁동가게 대표님들께 성공사례를 강의해 달라는 요청까지 받으셨다고 합니다. 그 모든 것이 저의 작은 도움으로 가능했다고 눈물을 글썽이며 이야기하시는 대표님 때문에 저도 함께 울었습니다.

저에게 블로그와 SNS를 알려주시고 혼자만의 세계에 갇혀서 집, 시댁, 강의장, 교회만 다람쥐 쳇바퀴 돌리듯 살아가던 저를 더 넓은 SNS의 바다로 나오게 해주신 양성길교수님!! 그분이 항상 이야기 하는 선한 영향력이 이런 게 아닐까요?

그동안 블로그를 통해 귀한 인연을 많이 만났습니다. 3년 전인 2020년 9월 1일 블로그 강의를 듣고, 15년 전에 딱 한 개의 글을 올리고 있는 줄로 모르고 있었던 블로그에 9월 2일 두번째 글이 올라갔습니다. 그리고 매일 블로그 글을 쓰겠다는 약속을 지켜, 3년이 지난 지금까지 단 하루도 빠지지 않고 블로그를 써왔습니다. 어느덧 누적방문객 100만을 바라보고 있네요.

블로그를 통해 이어진 수많은 인연과 함께 걸어가고 있습니다. 제가 블로그를 써 드려서 생긴 좋은 일뿐 아니라, 저에게 블로그 강의를 들으신 분들이 블로그를 쓰면서 일어나는 수많은 기적 같은 변화들이 어마어마한 나비효과로 나타나고 있습니다. 블로그를 통해 많은 사람들을 도울 수 있음이 가장 큰 행복입니다.

블로그와 함께 만난 수많은 인연과 함께 하는 동행!! 함께 하실래요?

✦ Profile

E3Group consulting 대표, 상담학 박사, 문화예술총연맹 교육위원장

할 수 없다, 같이 살자

박영애

　원하지 않는 동반자랑 함께 살고 있는 건 여러모로 불편하다. 반기지 않는데도 끈질기게 떠나지 않는 동반자로 인해 늘 갈등에 시달리기 때문이다. 그는 내가 철들기 전부터 그림자처럼 함께했다. 시시때때로 발생하는 사건이나 문제에 맞닥뜨리게 되면 나의 동반자는 나보다 먼저 앞장선다. 가장 예쁜 목소리로 "괜찮아." 누구의 입도 아닌 내 입에서 나오는 말이다. 그것은 분명 누구에게 보여주기 위한 전시 효과도 아니다. 자연적이면서 습관적으로 "괜찮아"라는 말이 불쑥 튀어나오기 때문이다. 스스로 의식하지 못한 상황에서도 다른 사람들의 기대나 사회적 압력에 따라 행동하는 것처럼 '무의식적 행동' 또는 '무의식적 순응'이라고 할까? 그로 인해 손해 보는 것은 늘 나 자신이다. 나의 동반자는 바로 천사 코스프레하는 내 안의 나다.

　빛의 속도로 빠르게 변하는 현대 사회에서 스트레스와 순간순간 발생하는 문제들은 나의 동반자로 인해 천사가 되기도 했다가 때로는 속없는 바보가 되어 한심한 사람으로 만들어 주는 동반자 천사 코스프레를 떼어내고 싶다. 그래서 나는 늘 "노(No)"를 할 줄 알게 용기를 달라고 간절히 기도한다. 그러나 기도는 기도로 끝날 뿐 나를 힘들게 하는 사건이 늘 일어나곤 한다.

올 초봄이었다. 마을버스에서 내려야 할 정거장이 가까워오자 자리에서 일어났다. 그때 차가 급제동하면서 몸이 앞으로 쏠렸다. 순간적으로 손잡이를 급히 잡으려 했지만 이미 몸은 앞으로 가 있는 상태로 가볍게 운전석까지 가서야 밑으로 떨어지고 말았다. 아프다는 생각보다는 놀랍고 또 너무 창피해 움직이지 못할 정도였지만 어디서 용기가 났는지 벌떡 일어나 차에서 내렸다. 버스 안에 있던 사람들이 웅성거리자 운전기사가 내리더니 본인의 핸드폰에 자기의 전화번호를 찍어서 통화벨을 누르고는 죄송하다는 말과 함께 버스는 가버렸다. 함께 내렸던 이웃 사람들은 너무 놀라서 아프면 병원 가자며 말했지만 곧 괜찮아질 것 같은 생각에 괜찮다고 말하곤 어그적 거리며 집으로 왔다.

밤새 온몸이 아파서 잠을 못 자고 고통에 시달렸다. 다음 날은 일요일이라 병원도 못 가고 종일 아픔을 참다가 월요일이 되어서야 병원에 갔다. 치료를 받고 힘든 시간을 보내는 사이사이에 운전기사로부터 연락이 왔다. "죽을죄를 지었으니 용서해 주세요." "괜찮아요. 그 정도 가지고 뭘 그렇게 말씀하셔요. 나도 미리 일어나 손잡이를 잡지 않은 실수도 있고 기사님도 급정거하고 싶어 했겠어요? 서로 실수니까 걱정하지 마셔요." 내가 생각해도 천사보다 더 천사스러운 말로 운전기사를 안심시켰다. 그러면서 "주민을 위해 열심히 운전해 달라"는 뜻도 밝혔다. 이렇게 걱정하는 기사에게 몇 번을 안심시키곤 내가 계속 괜찮다고 하자 버스 기사한테서 더 이상 문자가 안 왔고 안심이 되는지 연락까지 끊겼다.

그 후 몸에 이상이 생기며, 상황은 더 나빠졌다. 몇 개월이 지나도 통증은 계속 내 몸을 옥죄었다. 통증완화 주사 맞는 횟수가 많아지고 비용은 비용대로 나가다가 걷지 못할 정도로 진행되어 결국 큰 병원 가서 MRI를 찍어보니 보통 심각한 게 아니었다. 결국 수술을 하게 되었다. 염증이 심해 폐까지 상하게 되어 수술을 2차, 3차까지 하여 결국 폐를 1/3 자르는 지경까지 온 것이다. 그때서야 마을 버스회사에 전화를 하니 이미 그 운전기사는 퇴직한 후였고 내가 보낸 "괜찮다"는 답으로 인해 버스회사에 신고를 안 했던 것이다. 사건이 크게 될지도 모른다고 겁이 난 기사는 회사를 나간 게 분명하여 다른 방도가 없었다. 끝까지 한다면 소송을 해야 한다기에 그만두고 말았다.

이렇듯 "괜찮다"라는 말로 늘 피해를 보게 되는 횟수가 늘었다. 금전적인 피해도 많았다. 습관적으로 천사 코스프레 하는 내가 한심스럽다. 드디어 천사 코스프레가 고개 들지 못하도록 철저히 방어해야지 하고 결심을 굳게 했다.

마침내 기회가 왔다. 지난주에 워크숍을 가서 행운권에 당첨되자 MC를 보던 분이 전임회장님이니까 다른 회원한테 양보해도 된다며 어쩌겠냐고 했다. 다른 곳에선 모두들 그런다고 다시 의향을 묻는다. 순간적으로 갈등이 생겼다. "네, 그러죠" 하고 말이 나올 듯한 순간 "내 행운입니다. 제가 갖겠습니다." 드디어 나는 용기를 낼 수 있었다.

그런데 이를 어쩌나! 의자에 돌아온 순간부터 '에이 양보할걸! 이깟 상품이 뭐라고 욕심을 부렸나' 하고 후회를 했다. 키에르케고르가 말했듯이 "후회를 해보아라 그대는 후회할 것이다. 후회를 하지 말아보아라. 역시 그대는 후회 할 것이다" 이래도 후회, 저래도 후회하는 거라면 어쩔 수 없다. 내 안에 살고 있는 천사 코스프레와 함께 살 수 밖에 없는 운명이다. 내면에서의 불편함, 내면의 갈등 그리고 후회의 감정이 발생하더라도 천사 코스프레와 살 수밖에 없다는 걸 알아버렸다. 제발 잇속 좀 차리라는 가족들의 잔소리를 계속 들어야 할 판이다. '지는 게 이기는 것이고 내가 손해 보는 게 더 편한 거란다'라는 공자님 말씀 같은 친정어머님의 성장 과정에서의 착함을 최고로 강조하던 교육이 이긴 것이다. 어쩔 수 없는 선택이기에 나는 동반자에게 말한다. "할 수없다. 같이 살자." 그러나 내 자녀에겐 "정당하다면 네 몫을 찾아라. 손해보지 마라" 하고 가르친다.

✦ Profile
행정학 박사, 시인, 미래대학지도자학 교수

내 사랑, 축구

박용호

   내가 축구와 친해지게 된 것은 중학교 시절이었다. 초등학교 축구 선수 출신인 친구 김종기를 만나 체육 시간이나 쉬는 시간에 복도, 운동장 등을 가리지 않고 같이 공을 찼다. 내가 다녔던 시골 초등학교에는 공을 잘 차는 친구들이 없었고, 멀리 똥볼 차는 것을 잘 차는 것으로 알았다. 당시엔 검정 고무신을 많이 신고 다녀 공을 차려면 신발이 벗겨지지 않도록 고무줄이나 끈으로 동여매서 공을 찼다. 처음에 고무공을 차다가 어느 날 체육 선생님이 가죽공을 사 오셔서 그 공으로 축구 시합을 하는데 완전 '개그 콘서트'였다. 공을 세게 차다가 앞으로 고꾸라지는 친구, 공보다 신발이 더 멀리 날아가는 친구, 친구가 찬 공에 배를 맞아 엉엉 울면서 공 안 찬다고 빠져버리는 친구 등 배꼽 잡는 단막극이었다. 친구로부터 슈팅 요령, 페인트 모션, 날아 온 공을 킵(Keep) 하는 요령 등을 조금씩 습득하여 그 기술을 골목길이나 학교 운동장에서 활용했다. 그 맛은 매우 커서 식사를 건너뛰기도 하였다.

   축구 실력은 대학 시절부터 많이 늘었다. 적절한 개인기에 몸싸움도 늘어 상경대학 대표로 선발되었다. 단과대학 대항 시합에 나가 공격형 링커로 상경대학 우승에 기여했다. 4년 1학기를 마치고 느지막이 군에 입대했다. 남자들이 툭하면 군대에서 공 찬 얘기한다는 우스갯말처럼 정말로 축구를 많이 했다. 중대 회식비 및 음료수 내기 시합이 걸리면 꼭 부상자가 발생했다. 축구하는 사람은 덩치가 커야 한다는 편견 탓으로 초기 선수 지원했더니 체격이 왜소하다고 퇴짜를 놓았다. 선수를 체격으로 뽑아야 한다면 국가 대표를 지낸 이청용 선수와 현 국가 대표인 이재성 선수는 선발이 안 되어야 한다. 시합 휘슬이 울리고 얼마 지나지 않아 출장한 동료들 중 소위 개발(?)이 나타나기 시작했다. 헛발질로 위기를 초래하고 위치 선정을 못 하고 우왕좌왕하느라 게임이 수세에 몰렸다. 그러자 고참이 아까 퇴짜 맞았던 놈들 나오라고 큰소리를 지르는 바람에 할 수 없이 출전, 공을 찼는데 주전 붙박이가 되었다. 같이 뛰는 동료 중엔 초·중·고 시절 중 선수 생활을 했던 친구도 몇 있었다. 그들과는 명백한 실력 차가 있었지만 내가 주전을 유지한 것은 득점력 덕이었다. 문전 혼전 상황에서 나온 볼을 골대에 밀어 넣기, 반 박자 빠른 슈팅 및 순발력으로 부족한 기본기를 커버했다. 군대 축구는 부대 간 승부욕들이 강해 경기에서 패하면 부대 분위기가 엉망이 된다. 무조건 이겨야 하는 승부로 매번 부상자가 발생한 것이 무섭기도 했다.

이후 현대그룹 공채를 통해 현대종합상사에 입사했다. 얼마 뒤 아마추어 축구단을 결성한다며 축구를 좀 했거나 좋아하는 사람들은 신청서를 제출하라고 해서 동기 몇 명과 같이 신청했다. 그리고 테스트 경기에 참석했다. 선수 경력이 없어 타 신청자 대비 기본기는 여전히 부족했으나 다행히 후보에 명단을 올렸다. 어느 시합 날 주전 선수 한 명이 개인 사정으로 출전을 못 해 대타로 시합에 들어가 운 좋게 득점까지 했다. 그 후 나는 동기들 중 유일하게 축구팀 멤버에 포함되었고, 주전 선수가 되었다. 주전 자리 유지를 위해 새벽 5시 기상, 혼자 축구공 하나 들고 인근 운동장에 가서 드리블, 슈팅, 코너킥, 페널티킥 등 가상훈련을 종종 했다. 이런 개인 훈련을 통해 경기에 대한 자신감도 생겼고 득점도 늘어갔다. 매월 그룹사별 축구 시합이 개최되었다. 광화문 현 서울 역사박물관과 그 뒤 공원 부지에 당시 현대그룹 연수원 대운동장에서 경기를 했다. 종합상사 축구팀은 조직력이 좋아 자주 우승했다. 상품은 주로 치약·비누 종합선물세트로 상품을 많이 받아 주변 사람들에게 나눠준 기억도 난다.

가장 잊지 못할 일은 매년 회사 한마음체육대회가 열렸는데, 해당 본부 소속으로 뛰어 득점왕 및 MVP를 두 번 수상한 것이었다. 그 계기로 축구 잘하는 직원으로 사내에 알려지게 되었다. 업무부 근무 시절에는 타 부서와 시합하기 위해 부서 남자 직원 대부분을 축구 선수로 데뷔시켰다. 타 부서와 친선 시합을 자주한 인연으로 많은 사람과 교류하게 되었다. 가장 아쉬운 대목은 우승 전력을 갖고서도 스코어가 동점이 되어 승부차기를 했는데 모두 믿었던 내가 실축하여 결승 진출이 좌절되었다는 점이다. 승부차기는 자기가 정한 골대 방향으로 자신 있게 차는 것이 중요한데 골키퍼를 속이려다 공이 골대를 맞고 튀어나와 버렸다. 두고두고 아쉬움으로 남아있다.

축구사랑은 독일 근무 시절에도 계속되었다. 현지 한인 교포축구단에 가입, 매주 일요일 운동을 했는데 가끔 독일팀과는 천연 잔디 구장에서 시합했다. 어렸을 적부터 축구를 생활화하고 신체 조건이 좋은 독일팀을 이기기는 어려웠다. 그럼에도 천연 잔디의 푹신푹신한 느낌은 나를 흥분시켰다. 태클 수비도 잘 되고, 넘어져도 다치지 않고 잔디

위로 미끄러지는 쾌감과 함께 공이 잔디 위에 살짝 걸쳐 있어 킥도 아주 잘 되었다. 천연 잔디는 맨땅보다 체력 소진이 많은 편인데 잔디가 축구화 밑 징을 감아 싸기 때문이다.

귀국해서는 중앙FC에 가입해 매주 일요일마다 운동했다. 비가 오면 비를 맞으며, 눈이 오면 눈발 속에서 운동장 바닥이 꽁꽁 얼면 소금을 뿌리면서 축구를 했다. 녹지 않은 얼음판 축구에서는 잘 차는 사람과 못 차는 사람 간에 차이가 없다. 똑같이 뒤뚱거리며 모션을 쓰다가 스스로 중심을 못 잡아 나뒹굴기 일쑤였다.

운동이 좋지만 안타까웠던 점은 부상자 발생이었다. 십자인대 파열, 아킬레스건 파열, 종아리 인대 파열, 발가락 골절, 발목 골절 등 수시로 일어났다. 그나마 나는 큰 부상 없이 발톱만 몇 개 빠져 흉하게 뒤틀려 있는 것으로 위안을 삼고 있다. 가장 충격적인 사건은 경기 중 헤딩 경합하다 한 선수의 입 부분이 상대방 머리에 정면충돌하여 생니 7~8개가 빠졌던 일이었다. 그 일로 그 선수는 축구를 그만두었다. 이런 겁나는 장면을 보면서도 계속했던 이유는 축구를 너무 사랑했기 때문이었다.

상대방 수비수 2~3명을 제치고 슈팅을 날려 상대방 골네트를 흔드는 맛은 경험하지 않은 사람은 모른다. 뒤풀이에서 소맥 첫 잔의 맛은 기가 막히다! "카~! 사람 사는 것 별거 있어? 남 피해 주지 않고 즐겁게 살면 되는 거지" 하는 호탕한 마음으로 스트레스를 날려버린다.

나이 60을 넘기니 체력이 달리고, 체력 하락은 부상을 일으키는 주요 요인이 되었다. 부상은 장기적인 건강 관리에 지장을 주므로 서서히 축구와의 사랑을 끊기로 마음먹었다. 막상 축구와 결별하려니 만감이 교차했다. 집에는 축구화, 유니폼, 축구 가방 등 장비 일체가 그대로 보관되어 있다. 뛰었던 운동장, 동호인이 소리 지르며 열심히 뛰고 있는 장면을 볼 때마다 다시 뛰고 싶은 욕망과 함께 가슴이 뛴다. 40년 넘게 나를 에너지 넘치게 해주었고, 즐거움과 행복을 준 축구여! 네 덕분에 그 많고 좋은 사람들과 인연을 맺게 되었다. 경기 시작 휘슬이 울리기 직전마다 오는 긴장감, 인저리 시간에 극적으로 골을 넣었던 순간, 승부차기 실축 했던 순간, MVP 수상한 순간들이 이제는 꿈만 같다.

돌 지난 외손자가 조금 더 크면 축구의 기본기를 가르칠 예정이다. 손흥민 선수 부친 손웅정 씨가 아들에게 가르친 기본기 중 가장 인상적인 테크닉인 왼발, 오른발을 자유자재로 사용하는 기본 연습을 손자에게 시켜주려 한다. 외손자가 초등학교 축구 동아리의 주전 공격수가 되어 멋지게 골을 넣는 장면을 상상해 본다.

주말마다 데이트를 즐겼던 내 사랑 축구, 오른발 발톱이 성한 곳이 없도록 비벼서 발톱 색깔마저 바꾼 마력을 발휘한 내 연인 축구야, 이제 안녕을 고하면서 고백할 것이 있단다. 나는 지금 탁구와 열애 중에 있어. 너를 사랑했던 시간과 열정이 너무나 컸기에 그 정도로 뜨겁진 않겠지만 못 본 척해주렴. 멋진 슈팅 대신 멋진 스매싱을 날리며 너를 그리워할게. 평생 함께해 주어 고마웠어!

→ Profile
현대 및 현대차그룹 31년 근무(해외 주재 10년). 저서:《뜨겁게 전진하고 쿨하게 돌아서라》

내 인생의 동반자 고전음악과 영화

박찬용

나는 어릴 적부터 음악을 참 좋아했다. 철없던 초등학교 시절에도 유난히 음악을 즐겼고 중학교에 진학하면서 특히 팝송을 즐겨 듣는 취미를 가지게 되었다.

미국 컨트리 가수 Johnny Horton의 〈All for the love of girl〉라는 곡을 처음 들었을 때 마음에 너무도 큰 감정의 동요를 일으켜 팝송을 좋아하게 되는 결정적인 계기가 된 것 같다. 이 곡은 지금까지도 즐겨 듣는다.

그 시절에는 팝송을 접하고 듣는 것이 쉽지 않아서 대부분 라디오를 통해 음악을 들었는데 당시 팝뮤직을 널리 알려주는 세 명의 팝 아티스트가 있었다. 문화방송의 이종환, 동양방송의 피세영, 동아방송의 최동욱이다.

이 세 사람의 방송은 오후 〈3시의 다이알〉로 시작하여 저녁 방송까지 진행되었다. 특히 내가 애청하던 〈3시 다이알〉은 당시 팝송을 좋아하는 사람들에게 가장 인기 있는 라디오 프로그램 중의 하나였다. 일상생활의 다양한 이야기와 함께 편안한 분위기에서 음악을 전달하는 음악프로로, 청취자들에게 인기가 많았는데 매일 오후 3시에 시작해 1시간 동안 듣고 싶은 음악을 전화로 신청하면 즉석에서 음악을 선곡해 청취자들에게 들려주며 즐거운 시간을 만들어 주었다. 아쉬움이 있었다면 듣고 싶은 곡이 나올 때 녹음을 할 수 없다는 점이었다.

지금이야 여러 가지 장비를 통해 녹음을 할 수 있지만 그 당시에는 라디오에서 나오는 대로 듣는 것만으로 만족해야 하는 시대였다. 노래 가사도 서점에서 별도로 구입해야 했고 원하는 때에 원하는 곡을 들으려면 턴테이블에 레코드판을 구비해야 해서 학생이었던 나에겐 불가능했다. 라디오를 통해 마음에 드는 새로운 음악을 들었지만 이것을 듣고 싶을 때 다시 듣는 방법이 별로 없었다. 내가 라디오에 추억이 많은 이유가 그것이다.

세월이 흐르면서 레코드판에서 카세트테이프로, 카세트테이프에서 다시 CD 플레이어로 점점 편리하게 발전하다가 MP3플레이어가 나오면서 원하는 음악을 저장하고 언제든지 들을 수 있는 시대가 되었다. 그러나 지금은 이것조차도 필요 없는 시대가 왔다. 이제는 인터넷을 통해 원하는 곡을 검색하면 다운로드도 필요 없이 스트리밍 할 수 있다.

시대가 변하니 그동안 좋아했던 노래를 들으려고 구입하였던 카세트와 CD는 모두 필요 없게 되었다. 한동안 추억의 산물로 보관하였지만 이젠 모두 필요 없는 구시대의 유물이 되었다.

인생을 살면서 나에게 크고 작은 어려움이 많았는데 그 중에서도 내가 겪었던 가장 큰 어려움은 허리디스크 수술이었다. 수술이 잘못되어 1차, 2차 수술을 거치는 과정에서 오른쪽 다리에 영구마비가 온 것이다. 다행히 걷는 데는 지장이 없었지만 오른쪽 발 하지정맥에 영구마

비가 왔다. 병원에서 약 6개월 동안 치료를 받았다.

결국은 다리를 고치지 못하고 마비된 채로 퇴원을 하였다. 중소기업을 하는 나에게 너무나 치명적인 어려움이었다. 운전을 하지 못하게 되었기 때문이다. 사업도 절반 이상으로 줄일 수밖에 없었고 사무실 일만 하게 되었다. 일을 정상적으로 할 수 없게 되자 많은 좌절을 느끼고 때론 술에 취해 쓰러지기도 했다. 그런 와중에서도 나를 버티게 하고 마음에 평안과 위안을 가져다준 것 또한 음악이었다. 책상에도 침상에도 항상 음악을 들었다.

그러면서 스스로 다짐하였다. 이대로 포기하고 주저앉는 삶을 살기보다는 적극적이고 활동적인 삶을 찾아보자고. 그동안 다리 마비로 포기했던 드럼도 다시 배워보고 등산동호회 활동도 참여했다. 비록 한쪽 다리로 북을 치긴 어렵지만 두 손과 다른 쪽 다리로 신나게 북을 치고 등산을 완주하지 못하더라도 열심히 참여하고 있다. 이 또한 음악이 나에게 준 또 다른 행복이 아닐까 생각한다.

나의 또 다른 취미는 고전영화를 보는 것이다. 내가 젊었던 시절 AFKN이라는 채널에서 방영해 준 미국영화들을 비디오테이프에 녹화하여 보고 또 봤다.

얼마 전, 가지고 있던 수많은 카세트테이프와 음악 CD를 전부 폐기하였지만 그때 녹화한 비디오테이프와 영화 DVD는 아직도 버리지 못한다. 이것만은 내 생애에 가지고 가고 싶은, 평생을 모았던 취미 물건이기 때문이다.

음악과 영화를 좋아하다 보니 자연스레 영화 음악에도 관심이 많았는데, 그중에서도 영화 《닥터 지바고》의 주제곡인 〈Somewhere my love〉를 작곡한 Maurice Jarre를 너무나도 좋아한다. 인터넷을 통해 그의 모든 곡을 계속 반복해 듣고 있다. 때론 하느님께 감사도 드린다. 이런 작곡가를 보내줘서 고맙다고. 그가 작곡한 아름답고 주옥같은 음악을 듣게 돼서 감사하다고 말이다. 만약에 그가 없었다면 그런 명곡을 듣지 못했을 것이기 때문이다.

얼마 전 우연히 문학 박사 김종회 교수의 특강을 들었다. 강의 도중 에드거 앨런 포 작가 얘기가 나왔다. 나는 〈애너벨 리(Annabel Lee)〉가 그의 시라는 것을 쑥스럽지만 처음 알았다.

〈Distant drum〉이라고 유명한 이 곡을 부른 미국가수 Jim Reeves가 〈애너벨 리〉를 팝음악으로 시를 읊으며 노래했었다. 그 당시 한번 듣고 잊혀졌지만 강의를 마치고 집에 와서 인터넷으로 근 50년 만에 검색을 하여 들어본다. 〈애너벨 리〉가 《검은고양이》의 저자 에드거 앨런 포의 시였구나 하고 감탄하면서 음악을 좋아하길 잘 했다고 생각했다. 음악을 몰랐다면 〈애너벨 리〉도 앨런 포도 잘 몰랐을 텐데. 50년 전의 나를 떠올리며 작은 행복을 느꼈다. 오랜 세월 나의 희로애락을 함께하며 마음의 안정과 행복을 주었던 고전영화와 음악은 내 인생의 영원한 동반자이다.

✈ Profile
영등포구소상공인, 인천시니어뉴스 기자, 디지털글쓰기 정회원, 방통대 영문학 전공

희망의 빛, 한국어 선생님

에이미얏뚜(유미)

희망은 어두운 밤을 지나야 찾아오는 새벽의 밝음이고, 추운 겨울이 데리고 오는 봄 같이 따스한 빛이다. 어둠과 밝음 그리고 추움과 따스함은 서로 대비를 이루면서 반드시 동행하게 되는 희망 같은 것이다.

나는 직업을 잃고 방황하던 어둠의 순간이 한두 번이 아니었다. 그중 첫 직업은 한국어 교사였다. 처음엔 그저 아무 생각 없이 해보자는 마음으로 시작한 한국어 교사다. 나이도 어리고 경험이 없어서 내 수업은 겨우 '학습방' 운영뿐이었다. 돌이켜보니 예상치 못하여 겪던 문제점들이 지금의 나를 더 나은 교사로 만들어주었다.

대학에서 한국어 전공을 하였지만, 막상 한국어 공부를 가르치는 게 쉽지만은 않았다. 그러나 한국어를 배우고 싶어 하는 학생들 모습에서 처음 한국어를 접했을 때의 내 모습이 읽혔다. 나 역시도 처음엔 한국 드라마와 K-pop을 통해 배운 한국어로 조금씩 귀가 열리기 시작해서 한국어 공부를 선택한 것이다. 이런 경험을 쌓아서 '한국어 고용허가제 한국어능력시험'을 준비하는 학생을 가르치며 개인 수업을 진행했다. 그러나 운이 나쁘게도 내가 운영하던 그해에 시험이 중단되어서 또다시 휴업하게 되었다.

그저 주저앉아 있는 것보다 무언가라도 해보는 것이 낫겠다는 생각으로 한국 금융회사에 취업하여 회사 생활을 시작하였다. 하지만 예상하지 못한 코로나 팬데믹이 발생하여 금융회사까지 그만두었다. 그때 백수로 집에서 한 달쯤 지난 후 백수의 삶이 얼마나 지겨운지 깨달았다. 코로나가 심한 시기에 개발도상국은 우리나라에서 일자리를 찾는 게 쉬운 일이 아니다. 내가 할 수 있는 것도 또다시 한국어를 하는 것밖에 없었다. 코로나 시국에 줌(Zoom)으로 하는 여러 가지 온라인 수업이 개발됐는데 사실 나는 온라인 수업을 할 자신이 없었다.

그때 한국어를 가르쳐 보라는 친구의 부탁으로 용기를 얻어 다시 내가 가야 하는 방향을 찾았다. 마치 사막에 목마른 사람이 물 한 방울 마실 수 있는 기쁨과 같았다. 친구 덕분에 온라인 수업까지 진행할 수 있게 되었고, 교사로서 내 삶의 의미를 찾을 수 있게 되었다. 한국어 덕분에 많은 학생을 만났고 모든 학생이 내 자식 같고 그들의 슬픔이 내 슬픔으로 다가오면서 희로애락을 함께 나눴다. 그리고 그들이 한국어를 배우면서 느끼는 성취감이 곧 나의 성취감으로 다가왔다.

미얀마에서는 코로나가 발생한 데다가 국가 사정으로 학생들이 당하는 고통은 장난이 아니었다. 그들은 우울증을 겪어야 했고 힘든 이야기를 수업 시간에 나누면서 진정시켜주기도 했다. 나 역시 그들이 앞으로 나아갈 수 있게 희망의 빛이 되어 주려고 노력했다. 학생들로부터 "선생님 수업이 저희에게 그냥 수업이 아니라 정신 치료 수업 같아요"라고 평가받을 때 이 직업을 계속할 수 있는 용기와 힘을 얻었다.

한국어를 가르쳤던 학생들이 지금 그때의 나처럼 한국어학당에서 한국어를 배우고 있다. 학기마다 상을 타고, 상을 탈 때마다 감사의 말씀을 전하니 너무나 뿌듯하다. 그들에게 감사의 말을 들을 때마다 한국어 가르치는 데에 더 열심히 하고 더 효율적으로 가르쳐야 한다는 생각이 든다.

나는 교사라는 직업을 좋아해서 종일 수업하고 잠을 잘 때도 가끔 수업하는 꿈을 꾸고 소리 낼 때도 있다. 수업을 안 하면 뭔가 부족하고 허전한 느낌이 든다. 슬픈 일이 있어도 학생들 앞에만 서면 "안녕하세요" 인사를 하며, 수업을 시작하는 순간엔 다른 생각을 잊고 학생들의 표정과 몸짓 하나하나에 푹 빠져든다.

그렇다고 한국어 교사라는 직업에 자만심을 갖지 않으려 한다. 언제나 변함없는 초심으로 '한국어 교사'라는 직업에 대한 열정도 한결같을 것이다. 지금부터는 더 이상 아이들 앞에서 망설이는 일은 없을 것이다. 내가 하고 싶은 일이 뭔지 정확히 알기 때문에, 지금 내 삶의 하루하루가 매우 의미 있다.

한국어 교사라는 직업은 언제나 나에게 따뜻하고, 내가 나를 찾을 수 있는 빛과 같다. 다른 사람에게 빛이 되어주기 전에 내 인생을 비춰주는 보람된 직업이다. 한국어 교사라는 직업은 언제나 나와 함께 하며 동행해 줄 최고의 선물이라 생각한다.

지금은 2023년도 2학기에 성균관대 한국어교육학과 석사과정에 입학하여 재학 중이다. 한국으로 유학을 오기까지는 지난해부터 현재까지 한국디지털문학회에서 미얀마 현지 학생들에게 줌으로 한글 글쓰기 강좌를 개설해 주신 가재산 총장님 덕분이다. 아직은 낯선 한국 생활이지만, 글로벌한글글쓰기대학에서 만난 안만호 학장님, 오순옥 박사님을 비롯한 여러 강사님께서 이끌어주셨다. 이 또한 우연만은 아닌 필연으로, 우리가 함께 가야 할 동행으로 맺어진 만남이 아닐까 생각한다. 그리고 이렇게 베풀어주신 한국 정부에 감사하며, 더 열심히 공부하여 한국어를 배우고 싶어 하는 우리 미얀마 학생들에게 훌륭한 교사로서 빛이 되고 싶다.

↗ Profile
국적: 미얀마, 성균관대학교 한국어교육학과 석사 1기, 빛과나눔장학협회 장학생, 한국디지털문인협회 미얀마지부 회원

제3부

맨발 걷기

박현문

    오랜만에 매우 아끼는 후배들과 21년 3월 말경 춘천에 있는 강촌 CC에서 골프를 쳤다. 날씨도 추운데 빗줄기가 굵어 내의까지 젖는데도 아무도 그만두자는 이가 없었다. 골프를 초청한 후배의 골프 샷이 멋지게 날아갔다. 예전에도 그의 드라이버 샷이 거리는 많이 났지만 OB가 많았는데, 그날은 방향이 똑바르고 거리도 더 멀리 나갔다. 그래서 아무도 골프를 그만두자는 말을 할 수 없었는지도 모른다. 전반전이 끝나자 청주를 반 잔씩 건네줘서 의무적으로 마셨는데, 그것도 탈이 난 한 원인인지도 모른다.

    후반 첫 홀부터 내 드라이버 샷이 OB가 났다. 그리고 그린에서 걸어가거나 퍼팅할 때 왼발의 균형이 정상이 아닌 듯한 자각증상을 느꼈다. 몸의 컨디션이 정상이 아닌 듯하여 동료들에게 양해를 구하고 카트를 불러 혼자 먼저 클럽하우스로 돌아왔다.

    너무 추워서 몸을 따뜻하게 덥혀야겠다는 생각으로 온탕을 찾았으나, 코로나로 탕이 닫혀 있어 부득이 뜨거운 샤워를 머리와 몸에 오랫동안 끼었었다. 그리고 옷을 입는데 좌측 다리가 균형을 잡지 못해 두세 번 좌측으로 넘어졌다. 옷을 입고 계단을 오르는 중에도 왼쪽으로 넘어지기도 하여 골프장 매니저가 내 후배들을 불렀고, 후배들은 점심 식사도 못한 채 앰뷸런스를 불러 춘천의 한림성심병원으로 나를 데려갔다. 전화받은 지 두 시간도 안 되어 아내와 함께 사위가 운전하여 달려왔다. 아내가 만사를 제쳐두고 달려와서 진심으로 걱정하고 있는 모습을 보니 코끝이 찡했다.

수익성은 별로 없는데 직원들이 많은 큰 사업체를 두고 무책임하게 먼저 가버린다면 큰일인 것이었다. 항상 아내가 사업을 접고 여행이나 다니자고 했었는데….

한림성심병원에서 뇌출혈임을 확인하고 지혈제를 주사하여 뇌출혈은 그쳤다. 출혈이 5cc 미만에 그쳐 출혈된 피는 자연 흡수되었고 수술하지 않아도 되었다. 뇌출혈이 5cc가 넘으면 수술이 필요하고 휠체어 신세를 지게 될지도 모르는데 천만다행한 일이었다. 대부분의 뇌출혈이나 심장질환 환자들이 자각증상 없이 골든타임을 넘겨서 병원에 갔을 때 사망 또는 식물인간 상태에 이르거나, 오랫동안 병원 신세를 지게 된다.

의사가 MRI 사진을 보여주며 열 번 이상 뇌출혈이 있었던 흔적이 있다고 했다. 이완기 혈압이 90, 수축기 혈압 140~150인데도 혈압이 경계선상이라 생각하여 약을 먹지 않고 관리만 잘 하면 된다는 무지와 오만이 뇌출혈을 여러 번 발생하게 한 원인이었다.

그러나 역시 뇌출혈은 무서운 증상이었으며, 그 후유증이 만만치 않았다. 병원에서 퇴원하던 날 오후 사무실에 나와서 결재를 하려고 컴퓨터 앞에 앉아 키보드를 두드리려 하니 비록 독수리 타법이긴 하나 왼쪽 손가락이 키보드를 제대로 치지 못하였다. 왼발도 질질 끌었고, 운전도 자신이 없어졌다. 남들이 보기에는 정상으로 보이나 왼쪽 손, 발, 다리, 팔, 어깨, 목 등의 근육이 굳어 경미한 마비 증세와 통증이 쉽게 풀리지 않았다. 좌측 다리는 양반다리로 앉을 수가 없으며, 왼팔은 오십견처럼 양복에 집어넣기 어려운 상황이다. 또한 삼킴 기능에 장애가 있고, 오랫동안 말을 하면 말하기가 어려워지는 등 다양한 장애 현상을 갖고 있다.

뇌출혈이 있은 후 나는 더 적극적으로 삶에 임하고 있는지 모른다. 조찬포럼 모임의 회장직은 뇌출혈을 핑계로 계속 미루다 큰 용기를 갖고 맡게 되었다. 건강에 관한 연사를 선정하기 위하여 교보문고를 들렀는데, 《맨발로 걸어라》는 책이 눈에 띄었다. 건강을 회복하는 원리에 대한 설명이 명쾌하였고 그 저자는 바로 대학동기 맨발 걷기 시민운동본부 회장 박동창이어서 포럼 연사로 초청하게 되었다.

친구인 박동창 회장은 폴란드에서 은행장을 하던 시기에 업무 스트레스로 간이 극도로 나빠져 치료가 어려웠을 때 2001년 한국의 TV에서 방영된 간암 말기 환자가 청계산 맨발 걷기로 치유된 프로그램을 시청하고, 폴란드의 카바티 숲길을 맨발로 걸으며 치유의 비밀을 깨우쳤다고 한다.

친구가 존경스러운 것은 본인이 치유된 것에 만족하지 않고, 맨발 걷기가 만성질병을 치유하는 근본원리를 파고들어 연구하고, 이를 널리 알려 많은 사람들을 만성질병의 고통으로부터 해방하고, 노화를 방지하고, 정신적인 안정을 되찾고, 염증과 통증을 치유하는 훌륭한 일을 하고 있다는 점이다.

맨발로 땅을 밟으면 땅 속의 음(-)전하를 띤 자유전자가 몸 안으로 들어와 암, 고혈압, 고혈당 등 만성질병의 원인인 우리 몸속에 쌓인 양 (+)전하를 띤 활성산소를 일거에 중화시킨다. 자유전자는 혈액을 묽어지게 하고 혈류의 속도를 빨라지게 하여 혈전을 방지함으로써 심질환, 뇌질환을 예방 치료한다. 그리고 항노화와 젊음 유지에 도움을 주며, 특히 맨발로 걷고 나면 꿀잠을 자게 되어 불면증에서도 해방될 수 있다고 한다.

고속도로 옆 산책길(길마중길)에서 매일 아침과 저녁에 1시간 이상씩 맨발 걷기로 하루를 시작하고 마무리한다. 내가 맨발로 걷고 있는 아침 1시간 동안 거의 200명 이상의 운동하는 분들을 만나는데, 맨발로 걷는 분들은 평균 20명 수준으로 거의 10%이다. 맨발 걷기를 하는 분들을 만나게 되면 만성질병을 앓고 있는 동병상련의 심정으로 어떤 사유로 맨발 걷기를 시작하였을까 궁금해진다. 맨발 걷기를 시작한 지 얼마 되지 않아 팔십 대 한 분을 만났는데 그분은 혈압이 170이었다. 그런데 맨발 걷기 4개월 만에 혈압이 120으로 떨어졌으며 매일 아침 젊음의 에너지를 느낀다고 한다.

그리고 대학 후배의 부인은 오랜 교사 생활과 은퇴 이후에도 불면증으로 시달렸었는데 맨발 걷기 시작한 날부터 꿀잠을 자기 시작했다고 한다. 조찬포럼의 간사는 부친께서 뇌경색으로 위독하셨는데, 맨발 걷기 강연 덕분에 아버님께 맨발 걷기를 권유해 드려 증세가 많이 좋아지셨다고 하며, 주위에 맨발 걷기를 적극 권유하는 전도사가 되었다.

나도 만나는 사람마다 《맨발로 걸어라》 책을 선물하거나 유튜브를 메신저로 전하는 등 열렬한 전도사가 되어가고 있다. 뇌출혈 경험과 뇌경색 증세가 있는 나의 경우 치유에 많은 시간이 걸릴 것으로 예상되지만 천우신조로 덤으로 살게 된 이상 감사한 마음으로 맨발 걷기를 열심히 수행하고자 한다. 맨발 걷기를 하는 모든 분과 동행자라는 인식으로 많은 분들이 맨발 걷기로 만성질병에서 벗어나시길 기원해 본다.

✢ Profile

청조포럼 회장, TSA손해사정 대표이사, 전) 삼성생명 부사장

오규와 태민이

방현철

나에게는 잊을 수 없는 삼총사 오규와 태민이 있다. 오규는 사색형 친구이고, 태민은 활동적이며 남을 배려할 줄 아는 친구다. 오규는 만나고 싶어도 만나지 못하고, 태민이는 언제든 만나서 두런두런 이야기하는 사이다. 우리 셋은 초등학교 때 밤하늘의 북두칠성을 보며 맺은 삼총사로 영원히 함께 하자고 약속했었다. 그래서 죽을 때까지 만날 거라고 믿었었다.

오규와 태민이의 아버지 그리고 우리 아버지도 어린 시절부터 삼총사였다. 어느 여름날 밤에 마당에 모깃불 피워놓고 대화하는 아버지 삼총사를 보면서 감동했었다. '아, 친구라는 것은 저렇게 평생을 가는구나'하고 생각하였다. 아버지 삼총사를 보면서 우리 삼총사도 어디를 가든지 함께하였다. 우리는 서로 변치 말자는 서약서를 써서 20년 후에 꺼내 보기 위해 타임캡슐 유리병에 담아 뒷산에 묻어두었다. 나는 이때까지 오규와 태민이 없으면 못 살 것 같았다. 그런데 고등학교에서 대학교로 넘어갈 즈음 오규라는 친구와 서서히 틈이 생겼다.

1980년, 서로 다른 대학에 입학한 오규와 나는 교회 청년부에서 운영하는 독서 동아리에 가입했다. 토론할 책을 받아 보니 생전 처음 보는 제목이었다. 독서 동아리에서는 《유럽의 사회주의》《블란서 혁명론》《칼 마르크스의 사상》 등의 책을 읽으라 하였다. 신입생이던 나는 아주 열심히 읽었다. 일주일에 두 권씩 읽고 토요일에 만나 토론을 하였다. 모인 인원은 어림잡아 40명쯤 되었다. 토론 내용은 사회혁명이 대부분이었다.

우리나라는 가진 자는 더 많이 갖고 못 가진 자는 더 못 가져서 사회를 뒤엎어야 한다는 주제들이었다. 사회정의라는 추상적인 가치들을 내세우는 생소한 단어도 문제지만, 누구나 평등하게 모든 것을 나눠야 한다는 말에 갸우뚱했다. 낮은 자든 높은 자든 가진 자든 못 가진 자든, 사회는 서로가 책임을 지고 등등하게 나누어야 한다는 말에 공감하지 못했다. 선배들은 토론할 때마다 이 점을 매우 강도 높게 주장했다. 진정한 민주주의는 사람들이 평등하게 살아가야 한다며 독재 시대를 마감해야 한다고 했다. 부르주아나 프롤레타리아를 강조하는 선배들에게서 이질감이 느껴졌다.

"공장을 가보라, 구로공단을 가보라, 얼마나 열악한 환경에서 일하고 제대로 임금도 못 받는지 한 번 보라"고 하면서 참 민주주의를 실현하자며 목청껏 소리높여 외쳤다. 나는 의문이 들었다. '그럼, 뭐 하러 대학 가서 공부를 하나? 똑같이 나누어야 한다면, 뭐 하러 사업하나? 대기업은 그만큼 열심히 일한 사업가들이 직원들에게 월급 주며 키운 것은 아닌가?' 하는 질문이 내 속에서 끊임없이 쏟아졌다. '우리 민주주의는 자본주의 시장경제를 추구하는 것이 아니었나?'는 의문으로 질문했더니, 돌아오는 대답은 가진 자가 못 가진 자를 착취하는 게 대기업이라는 것이다. 책을 읽으면 읽을수록 이질감이 느껴진 나는 오규에게 괴로움을 토로했다. 오규는 단호하게 "이 나라는 개혁해야 한다"고 말했다. 혁명을 일으켜서라도 변화되어야 한다고 했다. 집에 돌아오니 이제 막 대학생이 된 동생이 나에게 말했다. "형, 그 독서 동아리 이상하지 않아? 그게 민주주의 맞아?" 나는 동생과 대화를 통해 독서 동아리에 가지 않았다. 얼마 지나지 않아 독서 동아리 회원 대부분이 정치범으로 옥고를 치렀다.

일 년 후, 나는 군에 입대하였다. 군 복무 중 휴가를 받고 제일 먼저 오규를 찾아갔다. 감옥에서 나온 오규의 시선은 싸늘했다. 그동안 궁금한 이야기들을 듣고 싶었지만, "너와 나는 이제 친구 사이가 아니야. 너와 나는 이념이 다르니까!" 순간 정적이 흘렀다. 이십여 년을 동행하고 있다고 생각한 나에게 이 '이념'이라는 한 마디는 이루 말할 수 없는 충격을 주었다. 이후에도 몇 번 만나려고 했으나, 오규는 만나주지 않았다. 지금까지 오규와 나와의 관계는 정지되어 있다.

또 한 친구는 태민이다. 중학교 입학 무렵부터 군에 입대하기까지 서로 만나지 못했다. 방위로 근무하고 있다는 소식을 듣고 찾아갔다. 보자마자 반가움에 한참 동안 서로 말을 잊고 눈빛만 바라보았다. 태민이는 중학교 배정받았을 때, 태민이 부모님은 입학을 허락해 주지 않았다고 하였다. 거의 한 달을 졸랐는데, "너희 4형제를 키우는데 일해야지, 돈 들어가는 학교는 왜 가려고 하느냐?"는 핀잔만 들었다는 것이다. 막내인 태민이는 중학교도 가지 못하게 하는 부모를 원망하며 얼마 동안 가출했다고 했다. 그런 친구의 사정을 전혀 몰랐던 나 역시 중학교 환경에 적응하느라 힘들었다. 우리 가족도 도시개발로 잠시 성남 모란에 머물러 있었기에 태민이의 소식이 끊어졌다. 당연히 다른 중학교에 잘 다니려니 생각했던 나는 태민이 말을 듣고 깜짝 놀랐다.

태민이는 방위로 동사무소(주민센터)에서 근무하였다. 워낙 똑똑하고 글씨를 잘 썼던 친구라 서류를 처리하는 부서에 있었다. 군을 제대하고 만났을 때 태민이는 귀금속 공예를 배우고 있었다. 남들은 7년에도 완성하지 못하는데 3년 만에 인정받는 공예기술자로 금은방을 운영하였다. 내 결혼반지와 귀걸이, 목걸이도 태민이가 만들어 준 아름다운 작품이다.

태민은 "좋을 때는 연락 안 해도 되지만, 어려울 때는 연락을 더 자주 하자. 그래야 서로 힘이 되고 위로가 되어주지!"라고 말했다. 태민과 나는 여전히 만나서 아이들 자랑도 하고, 살아가는 모습도 이야기한다.

한 번은 태민이와 서로 이념에 관하여 얘기할 기회가 있었다. 이념에 대해서도 잘 모를 것이란 판단은 나의 착오였다. 태민이는 우리나라는 자유민주주의 국가이고, 자유시장 경제체제에서 헌법적인 가치를 소중히 여겨야 한다는 것이었다. '사람이 먼저다'라면서 평등하게 나눠야 한다는 생각에 반대하였다. 인간의 존엄성과 행복권 추구는 바로 이런 자유민주주의에서 나온다고 하였다. 나도 태민의 말에 백번천번 동의하였다.

우리 사회는 지금 극심한 이념 갈등이 있다. 단어는 같은 민주주의인데, 한쪽은 사회민주주의이고, 또 다른 쪽은 자유민주주의다. 나는 두 친구를 통해서 이념의 갈등이 어느 정도인지 실감한다. 태민이는 어렸을 때와 별반 다르지 않은 모습이다. 친구의 사정이 어려우면 발 벗고 나선다. 모든 걸 말하지는 않지만, 서로를 잘 안다. 지금은 귀금속 전문가로 성공했다. 한편, 오규와 나의 관계는 마침표가 되어 있다. 어린 시절의 오규를 그리워하고 추억 속에서만 같이 다닌다. 바람이 있다면

쉼표가 되어 다시 우리 셋이 동행했으면 좋겠다.

'그 당시 왜 국가는 이념이 다르다고 해서 무작정 감옥에 가둬두기만 하고 회유하지는 못했을까?' 하는 생각이 든다. 내가 오규의 이념은 싫어했지만, 오규를 회유하지 못한 후회도 밀려온다. 사회주의 사상을 가졌다고 해서 국가가 버렸고, 그 이념에 젖은 친구와의 인연이 끊어졌다는 자책감이 있다. 나도 일종의 방임자다.

바람이 있다면, 이념을 초월해서 청담 고을을 누비며 다녔던 삼총사로 돌아갔으면 좋겠다. 어린 시절 밤하늘 북두칠성을 보며 변치 말자 손가락을 걸었던 오규와 태민이와 두런두런 살아가는 다시 동행하는 기쁨을 누려보고 싶다.

→ Profile
강동북카페 작은 도서관 이사, 그린에세이 수필 신인등단, 시산꽃 동아리, 한국디지털문인협회 회원

지구와의 짧은 만남

백경국

시골 어느 집안의 이방인으로 태어나 세상을 접하며 부초처럼 떠 있다가 불확실한 미래를 붙잡기 위한 26년의 준비과정을 거쳐, 운 좋게도 대기업의 일원으로 사회구성원이 되었다. 내가 만든 가족의 보금자리를 꾸미고, 새로운 2개의 위성가족을 파생하기까지 34년 동안의 성장과 책임, 의무가 있었다. 퇴임이라는 사회적 당연 수순을 거치면서 모든 걸 내려놓으려 했으나 60년간 달려온 관성을 벗어나지 못하고, 그 무료함과 일상의 따분함을 탈피하려 새로운 모색을 한 지 4년 차. 이제는 어디로 무엇을 향해 가야 하나?

지름이 약 12,700km, 둘레가 약 4만km이며, 대기권 밖으로 나간 우주선에서 돌아보면 작고 푸른점에 불과한 지구라는 조그만 행성에 살고 있는 인간의 수는 80억 명, 그 중의 하나로 살아가는 나….

이 시대를 살아가는 인간의 일생은 길어야 100년이다. 마치 여름밤 가로등 불빛에 달려들어 생을 불태우다 사라지는 하루살이처럼, 장구한 지구의 진화 속에 인간의 삶은 잘해야 백년살이. 그럼에도 불구하고 그 중 하나로 내가 살아간다고 할 수 있는 것은 '생각할 수 있고, 의미를 부여하고, 하루하루의 삶에 스스로 제 나름의 가치를 부여할 수 있는 개체'이기 때문이겠지. 이제야 데카르트의 말이 이해가 되는 듯하다. "나는 생각한다, 고로 존재한다."

지구는 태양이 만들어진 시기와 비슷한 46억 년 전에 탄생하였다. 선캄브리아기와 고생대를 거쳐 2억 5천만 년 전부터 중생대, 6천 6백만 년 전부터를 신생대라고 분류한다. 우리가 대수롭지 않게 바라보며 오르내리는 청송 주왕산, 광주 무등산 주상절리대와 경주 양남 주상절리는 중생대에, 한탄강 현무암 협곡과 제주도 대포동 주상절리는 신생대에 형성되었다. 이에 비해 인간의 생성 과정은 6백만 년 전 에너지 폭발에 의해 원시인류가 나타나고, 여러 단계의 진화를 거쳐 인류는 불과 7만 년 전부터 호모사피엔스(Homo sapiens)라는 현대적 인간으로 변모해 와서 오늘에 이르렀다. 유발 하라리는 "호모사피엔스는 다른 어떤 생명체도 누리지 못했던 거대한 운동장을 갖게 되었다. 하지만 이 운동장에도 여전히 경계선이 있다. 그렇다면 사피엔스는 아무리 열심히 노력하고 아무리 많은 것을 이룩한다고 할지라도 생물학적으로 결정되어 있는 스스로의 한계를 벗어날 수 없을 것이다"라고 《사피엔스》를 통해 말한다. 뛰어난 호모사피엔스가 어떻게 미래를 열어갈지는 모르겠지만 이것이 현재의 유한한 인간 삶이다. 자연의 장구한 위대함 앞에 인간은 얼마나 미약한 존재인가?

한동안 잊고 살았었다. 아무것도 모르던 어린 친구들이 함께 만나 미지의 길을 걷기 시작하여 온갖 풍파와 세월을 헤쳐나온 지 어느덧 37년…. 엔지니어로 살던 시절, 일본을 극복하고 우리의 기술로 독자모델 개발을 위해 매진하던 때, 늦은 일과를 끝내고 마신 술기운에 정신없이 쓰러져 자다 마른 목을 축이려 눈을 뜬 새벽의 내 눈앞에, 찡얼거리는 어린 둘째를 안고 젖병을 물린 채 앉아서 졸고 있던 모습, 몹시 아파 끓어오르는 열에 눈을 뜬 한밤중에 물 적신 흰 수건을 내 이마에 놓고 머리맡에 앉아 연신 세숫대야에 수건을 빨아서 바꾸던 고왔던 손, 자식들 커가는 모습에 기쁘면서도 순탄치만은 않던 길이었기에 혹시 잘못될까봐 노심초사하던 크고 슬펐던 눈망울, 어머님의 소천 소식을 듣던 날 나보다 더 서럽게 숨죽여 회한의 눈물을 흘리던 가녀린 어깨, 아무도 알아주지 않을 때 내 남편 최고라 여기며 묵묵히 험한 일도 마다하지 않던 고운 마음. 그 장면들이 주마등처럼 스쳐간다.

내가 살아온 길이 맞다며 신념과 가치를 지킨답시고 좌충우돌 부딪쳐 불이익을 당할 때도 믿고 응원해주던 신뢰의 가슴, 아직도 내가 살아온 길이 맞았다고 우기며 그 길을 걸어가겠노라(吾道 一以貫之)고 큰소리치는 어리석음에도, 한숨 한 줌 섞어 말 대신 움직임으로 건강을 일깨우고 함께 챙겨주는 그대의 가는 다리와 배려 덕분에 나는 지금까지 그렇게 스스로에게 집중하며 잘 살아왔던 듯하다.

《범망경(梵網經)》에서는 인연을 심은 사람끼리의 만남을 겁(劫)으로 표현한다. 불교에서 한 겁이란 천지가 한번 개벽한 때부터 다음번 개벽할 때까지의 오랜 시간을 말하며, 힌두교에서는 사방 8km인 커다란 바위를 선녀들의 얇은 솜털 베옷으로 백년에 한 번씩 쓸어서 바위가 닳아 없어지는 시간으로 43억 2천만 년이라 한다. 묘하게도 지구의 생성 세월과 비슷하다. 옷깃을 한번 스치는 것도 500겁 인연이라는 말이 있다. 하루 동안 길을 동행하는 건 2천 겁, 하룻밤을 같이 자는 건 6천 겁, 부부가 되는 것은 7천 겁의 인연이라야 한단다.

앞으로 남은 인생 여행길이 그리 길지는 않더라도 서로의 마음을 안아주는 동반자로 손잡고 뚜벅뚜벅 걸으며, 지금까지보다는 더 평안한 동행으로 그 귀한 인연을 마무리 하고 싶다. 이제는 세상의 시시비비와는 거리를 두고 그것이 비록 볼품없는 길이라도 나만의 길을 갈 수 있지 않을까? 요즈음 참 보기 좋다. 손녀를 바라보며 그려내는 아내의 그 해맑고 행복한 표정이….

인간들 백년살이의 좁디좁은 이해관계를 지구가 내려다 볼 때는 푸새엣것들로 생각할 텐데, 잘남과 못남, 희로애락, 빈부귀천이 무슨 의미가 있으리. 비록 그에겐 내가 하찮게 여겨질지라도 나는 나로 살아가련다.

나는 지구의 그 많은 개체 속에서 생각하며 사랑하며 행복해하며 짧게라도 존재하다 가노라고 조용히 외쳐 본다.

✦ Profile
현대차그룹 34년 근무, 전) 현대자동차 이사, 현대모비스 전무

설악산 공룡능선을 타다

백남흥

어제와 달리 피곤함은 있지만 달콤한 늦잠에서 깨어 설악산의 아침을 맞이했다. 잠시 후 설악동 소공원을 출발, 단체 관광객과 함께 설악산 케이블카를 타고 해발 700m쯤 되는 권금성에 올랐다.

사방으로 확 트인 산봉우리들이 괴암 절벽을 이루며 병풍처럼 둘러싸여 있었다. 그때 마침 밀려드는 관광객들의 안전을 위해 안내하는 안전요원들의 호루라기 소리에 주변은 잠시 긴장감이 돌았다. 안전 주의 사항을 당부하고 난 뒤 멀리 스카이라인으로 보이는 암봉들을 가리키며 "저 산이 설악산에 중심을 이루는 공룡능선이며, 설악산 등산 중최고 어려운 구간이라 경험자들도 하루에 도전하기 어려운 코스"라고 자세히 설명을 해주었다.

그때 안전요원 앞에 앉아 있던 나는 "어제 제가 저 능선을 새벽 4시쯤 출발하여 15시간 걸려 등산을 마쳤습니다"라고 말했다. 그 말을 들은 안전요원은 나를 일으켜 세워 많은 관광객을 향해 "이 할아버지께서 저 공룡능선을 하루에 완주하셨다니 정말 대단한 분입니다"라고 칭찬하며 큰 호응의 박수를 치도록 권했다.

전날 겪었던 처음이자 마지막인 설악산 등산을 둘째 아들과 동행하면서 겪었던 고생과 나누었던 대화들이 메아리처럼 귓전에 울린다. 마침 내가 열정에 빠져 있던 산수화 작품을 그리려고 눈과 가슴에 담았던 설악산 등산 여정은 그동안 작품활동에 많은 도움을 안겨 주었다.

2012년 10월 중순 정년 퇴임 후 6년쯤 지났을까. 내 나이 67세 되던 해였다. 설악산 등정은 취미생활로 시작한 산수화 작품의 영감을 얻기 위해서였다. 스케치 겸해서 설치 미술작가이자 겸임교수인 아들과 동행했다. 분당에서 오후 9시 출발하여 설악동에 저녁 12시쯤 도착해 사우나 휴게소에서 잠시 눈을 붙인 후 아침 요기로 겨우 허기만 채운 채 새벽 4시 30분 설악동 소공원을 출발했다.

캄캄한 바윗길을 랜턴불에 의지하여 비선대를 지나 마등령을 향해 험난한 오르막 바윗길을 쉴 틈도 없이 두어 시간 동안 올랐다. 어느 곳인가 금강굴이란 팻말을 따라 급경사 계단을 올라 캄캄한 굴에 들어가 보니 촛불 흔적과 돌부처 형상만 있고 갑자기 앞이 막혀 무서운 생각도 들었다. 뒤돌아 나와 숨이 목에 차도록 다시 험한 길을 오르니 새벽의 동이 트기 시작한 설악의 일출이 암봉들을 밝혀주기 시작했다.

비선대에서 3시간쯤 걸려 마등령에 이르러 잠시 쉬며 간식으로 아침을 먹고 얼마쯤 산 절벽을 따라 바위산 봉우리에 올랐다. 처음보는 설악산의 웅장함과 최고의 절경을 눈앞에서 보게 되었다. 벅찬 가슴이 마구 뛰었다. 아름다움과 웅장함은 창조주만이 빚어낼 수 있는 게 아닐까. 아름다운 설악산 공룡능선의 자태를 고스란히 볼 수 있어 행복했다. 쉴 겨를도 없이 경치를 핸드폰과 마음에 담고 사진으로 수십 장 남겼다. 절정의 단풍을 구경하니 피곤함도 잊고 험한 바위 비탈길을 오르내리기를 수십번 했다. 깜짝 놀랄 만한 팻말을 여러 개 보면서 정신이 번쩍 들기도 했다.

팻말에는 이곳에서 등산객의 추락 사고로 운명을 달리한 고인들의 일자와 이름, 명복을 비는 글들이 적혀 있었다. 다리가 후들거리고 이마에서 흘러내리는 땀이 앞을 가려도 후퇴할 수 없었다. 바위 절벽의 오르막길이 계속되었다. 지친 모습으로 출발 10시간 만에 신선대에 오르니, 설악산의 북동쪽 능선이 내려다보이며 저 멀리 동해 바다와 울산바위가 보였다.

이제는 여기가 어디쯤인지 짐작이 갔다. 오후 2시쯤 휴식을 끝내고 희운각, 양폭을 지나 천불동계곡을 따라 맑은 개울물에 발을 담갔다. 땀과 열기도 식히며 비선대에 이르렀다. 주위에 어둠이 깔리고 시원한 설악산의 공기를 마시며 저녁 7시에 설악동 소공원에 도착했다. 15시간의 도전 끝에 과거도 없었고 앞으로도 경험할 수 없는 설악산 공룡능선의 등산을 마쳤다.

그때 느꼈던 그 감정 그리고 작품으로 남기고 싶었던 절심함으로 그려낸 설악산 작품 서너 점은 언제 보아도 감격스럽다. 특히 아들과의 산행이라 더없이 좋은 추억과 기록으로 남았다. 정년퇴직 후 그림은 취미로 시작했다. 인정받는 화가로 좋은 작품을 남길 수 있기를 꿈꾸며 계속 전진 중이다. 설악산 그림은 땀과 인내의 결정체이며 산수화 작가가 되기까지 모태가 되었음에 감사한다.

열심히 살아가는 아들 청년 작가와 함께 동행할 수 있던 순간은 지금 생각해도 자랑스럽다. 그럴 때마다 삶의 기쁨을 넘어 활력을 느낄 때가 많다. 부자지간에 같은 분야의 취미와 작업을 함께 할 수 있다는 것도 감사하다. 나는 많은 것을 아들인 청년 작가와 소통하며 더 배우길 원하지만, 내심은 젊은 작가인 아들이 더 큰 설치 미술 작가로서 우뚝 성장하기를 바라는 마음이 크다. 나에겐 인생 후반을 좋아하는 그림을 그리며 취미 생활을 할 수 있는 달란트를 주신 것만으로도 하나님께 영광을 드리고 싶다.

그동안 그린 그림이 300여 점이나 된다. 이 그림을 통해 많은 사람들이 위로받고 공감하며 서로 관계의 징검다리가 되고 소통의 터널이 될 수 있다면 얼마나 좋을까 하는 생각도 해 본다. 아들과 함께하는 등산은 계속되어 지리산, 덕유산, 월출산, 대둔산, 계룡산, 월악산 등 기억에 남는 아름다운 동행이 이어졌으며, 삶의 활기를 주었던 행복한 시간들이다.

↗ Profile

한국미술협회 성남미술협회 충청한국화협회 회원, 분당중앙교회 은퇴 장로,
홍익대학교 미술교육원 2년 수료, 전) 현대-기아자동차 임원

또 다른 언어, 그림과의 동행

보경

유치원 시절 나는 일본에서 살았다. 한국어도 익숙지 않았던 어린 나이에 일본에 가서 생활을 하게 되니 말도 표현도 참 어려웠던 시절이었다. 엄마도 일본에서 장도 보고 볼일을 보셔야 했기에 나와 동생은 가끔 둘이 집에 남아 있던 적이 있었다. 엄마는 종이로 그려서 만드는 종이 인형을 그려주고 그 인형에 예쁜 옷을 입혀보라는 나름의 임무를 주고 나가셨다.

나는 종이인형을 꾸미는 데 시간을 보내며 엄마를 기다렸다. 만약 그때 아무것도 할 일 없이 엄마를 기다렸다면 참 지루했을 텐데 그림을 그리다 보면 마술처럼 시간이 금세 지나갔다. 그때부터 그림은 내 생각과 마음을 표현하는 수단이 된 것 같다.

초등학교 시절에도 말이나 글로 나를 표현한다는 것은 어려운 일이었다. 한국에 와서도 나는 그림 그리기를 멈추지 않았다. 한국에서 처음 다닌 학원은 동네에 있는 작은 미술학원이었는데 그때가 몇 살 때였는지 확실하지 않다. 그저 학교가 끝나면 친구들과 놀다가 미술학원에 가서 한 장씩 그리는 것이 초등학교 시절의 즐거움이었다.

미술학원에서 자유롭게 그릴 수 있는 분위기 덕에 자유롭게 그리면서 상상력과 생각을 다양하게 표현하며 그림 그리기를 즐겼었다. 어린 시절에 언어가 조금 어눌했던 나는 글로 표현하는 것보다 그림으로 표현하는 것이 더 쉽고 편안했던 것 아닐까? 그렇게 나의 학창 시절 미술은 항상 가까운 나의 친구였다.

미술을 좋아한 덕에 초등학교 때부터 미술을 전공하려고 입시준비를 시작했고 운이 좋게도 예원학교, 서울예고에 진학하여 미술을 더 깊이 있게 배울 수 있었다. 대학을 졸업하고 디자인 회사에서 일을 하다가 아이들이 어느 정도 컸을 때 미술 공부방을 열어서 아이들을 가르치기 시작했다. 나에게 미술을 배우러 오는 아이들은 꿈이 대부분 화가였다. 아이들은 그림을 잘 그리고 싶어 했고 자신이 그린 그림들을 매우 소중하게 생각한다는 것을 알게 되었다. 그런 모습을 보면서 그 아이들과 함께 전시회를 열어보고 싶은 마음이 생겼다.

동네에 있는 작은 갤러리를 빌렸는데 갤러리 관장님은 아이들의 그림을 전시한다고 했더니 흔쾌히 대관비를 깎아 주었다. 미술 전시를 열려고 준비했던 시기가 여름이어서 미술 전시의 주제를 '바다'로 정하고 아이들과 함께 한 달여 동안 미술 전시 준비를 시작했다. 정말 놀라운 것은 '바다'라는 한 가지 주제를 주었을 뿐인데 아이들은 각자가 느끼는 바다를 다양하게 표현하는 것이었다. 아이들의 그림을 보고 가르치는 선생님으로서 나도 그림을 그려서 같이 전시를 하고 싶었다. 대학을 마치고 나서 처음으로 아이들과 함께 그림을 그렸다. 푸른색을 좋아했기에 바다의 색부터 바다에 있는 돌까지 푸른 빛으로 물든 푸른 바다를 그리게 되었다. 너무 오랜만에 그림을 그렸더니 내 그림을 전시장에 건다는 것이 부끄럽기도 하고, 사람들이 내 그림을 보며 어떤 생각을 할까 무척 궁금하고 설렜다.

아이들은 그림 전시를 준비하는 동안 갈등도 많았다. 어떤 친구는 멋지게 잘 그리고 싶었는데 생각보다 안 그려진다고 짜증 내기도 하고, 어떤 친구는 고민만 너무 많이 하다가 그릴 시간이 촉박해서 빨리 그리다가 망쳤다고 울기도 했다. 아이들은 전시를 준비하면서 많은 시행착오를 거쳐가며 각자의 그림을 완성해갔다.

전시회를 연다는 것은 그림을 사람들에게 보여주는 역할도 있지만 그림을 판매할 수도 있는 것이 전시회이다. 나에게 배우는 아이들 중에 장래희망이 '화가'인 친구들이 많았기에 나는 그림 거래라는 것도 한번 체험하게 해주고 싶었다. 미술 전시를 하는 당일에 그림도 판매가 가능하다고 아이들에게 알리니 놀랍게도 자기 그림은 팔기 싫다는 아이들이 많았다. 그 이유로는 내가 한 달 동안 얼마나 열심히 그렸는데 그 그림을 돈 받고 파느냐는 것이 제일 많았다.

이 말을 들었을 때, 나는 마음 한켠이 따뜻해지는 느낌을 받았다. 그동안 투덜거리면서 그렸지만 아이들이 얼마나 많은 노력을 했는지 알 수 있었다. 또 어떤 아이는 엄마에게만 판다고 했다. 내게 가장 소중한 사람에게는 그림을 줄 수 있다는 것이었다. 생각지 못한 반응에 미술에 대한 생각을 다시 한번 하게 되었다. 나도 어릴 때 이런 마음으로 그림을 그렸을 것 같았다. 내가 그린 그림과 아이들의 그림들을 함께 전시를 하면서 받은 감동은 아직도 기억이 생생하다.

그림은 작가의 아이디어, 감정, 경험, 상상력을 시각적으로 표현하는 수단으로 사용될 수 있다. 그림을 글이나 말로 표현하기 힘든 감정을 보다 직관적으로 전달할 수 있다. 또한 작가가 아닌 일반 사람들이 그리는 창의적인 그림은 보는 사람들에게 신선한 자극을 주어 문화적인 즐거움을 줄 수 있는 도구이다. 나에게 그림은 말과 글이 많이 부족했던 시기에 나의 감정을 표현하는 도우미이자 친구였고, 그림을 배우고 나서는 아이들에게 좋은 추억을 선물할 수 있었으니 그림은 나에게 정신적으로 큰 기둥과 같은 존재였다.

지금도 일을 하다가 마음을 가다듬어야 할 일이 있거나, 멋진 사진을 보게 되거나, 갑자기 그리고 싶은 것이 떠오르면 나는 방 한켠에 마련된 책상에서 그림을 그린다. 그렇게 나는 그림으로 세상과 소통하며 살고 있다. 우리는 누군가에게 말이나 글로 표현하는 것이 참 어려울 때가 있다. 그런 사람들이 마음을 그 소통을 통해 마음이 따뜻한 세상이 되었으면 좋겠다. 그런 마음을 담아 오늘도 그림 한장을 조용히 그려본다.

✧ Profile
디자인 프리랜서, 유튜버(비쥬얼 가득한 세상)

팝송과 함께 하는 즐거운 삶

신양순

아름다운 추억은 삶을 풍요롭게 하고 향기를 남긴다. 어릴 적부터 1960년대 당시 유행하던 팝송이 라디오에서 흘러나오면 흥얼거리면서 종종 따라 부르곤 했다. 여기엔 팝송을 좋아하던 오빠들의 영향이 컸다. 〈워싱턴 광장〉 〈새드 무비〉 〈싱글 걸〉 등 60대가 넘는 분들은 익히 많이 알고 있는 곡들이다. 이 곡들은 번안이 되어 거리의 레코드 가게에서 크게 틀어 놓고 오가는 사람들에게 '레코드 가게 여기 있소' 하며 홍보하던 시대였다.

결혼 후에는 비싼 레코드판 대신 음악 제목을 적어 주면 카세트 테이프에 돈 주고 녹음해 들었다. 우리 부부는 서로 팝송을 좋아하다 보니 테이프에 반주도 없이 생음악으로 녹음을 해 놓고 추억을 소환해 들으며 풋풋했던 신혼 초를 보내기도 했다. 나는 원래 조용하고 새침한 편이라 동창들이 지어 준 별명이 '이조시대 여인'이었다.

별명에 걸맞게 한 번도 노래방에 가보지 못했다. 그 시절 드라마 중에 노래방 장면이 종종 나왔지만 어떻게 생겼을까 궁금하기만 하고 갈 용기는 나지 않았다. 말로만 듣던 노래방을 가족들과 함께 간 것은

1998년쯤 가족이 다 모인 명절 중에 누군가의 제안으로 가게 된 것이 처음이었다. 이때 남들은 그 당시 유행하던 유행가를 신나게 불러댔다. 내 순번이 돌아오자 내가 부를 수 있는 곡은 오직 팝송이었다. 분위기가 썰렁했다. 노래방은 팝송과는 거리가 있는 곳이라 그 뒤로 노래방과의 인연은 별로 없었다.

아들이 초등학교 4학년 되던 93년, 집에 컴퓨터를 처음 설치하게 되었다. 친구들은 신기하다며 컴퓨터를 구경 삼아 많이 놀러 왔다. 당시 나는 컴퓨터에 마이크를 설치해 노래방을 대신했다. 밖에서 푸대접받았던 팝송을 집안에서 불러댈 수 있어 완전 신세계였다. 게다가 컴퓨터를 통해 외국 가수들의 공연 실황이나 노래하는 모습 등 내 마음대로 선택할 수 있다는 것에 호흡이 멈출 정도의 희열을 느끼면서 따라 부를 수 있었다. 가슴이 콩당콩당 뛰고 기쁨의 환희로 현지에서 실황공연을 보는 것 같은 착각에 빠지면서 얼마나 짜릿했는지 모른다.

우리 가족은 명절 때 다 모이면 19명이나 됐다. 아들은 효자손으로 피리를 부르고 고모부는 허리띠를 빼서 색소폰 연주를 하고, 누군가는 빨래판을 가져와 막대기로 긁으면서 리듬을 맞추는 등 그런 시간들이 고스란히 앨범 속에 기록되어 있다. 가족 중에 막내 동서는 대학 교수지만 좋아하는 장르가 달랐다. '목로주점이나 종로로 갈까요 명동으로 갈까요'라는 나침반 노래로 영 안 어울리는 트로트를 좋아하다 보니 완전히 '가족 종합음악회'인 셈이었다.

한번은 방송 프로그램에 핸드폰으로 바로바로 들으면서 글 써서 보내니 뽑혔다고 외국 가수 초청 음악회 초청장을 두 장 받은 적이 있다. 돈을 주고는 선뜻 구입하기 어려운 1인당 20만 원 정도 하는 팝 가수 세 명이 2시간 정도 하는 공연이었다. 시간 가는 줄 모르고 목이 터져라 따라 부르며 젊은이들과 함께 어울렸던 순간은 지금도 멋진 추억의 하나로 남아있다.

영국 금발 가수 '보니 타일러'는 여성 로커로 유명하다. 2012년 성대결절을 이겨내고 수술 결과 더 매력적인 보이스로 돌아왔다. 그리고 폭탄머리 '리오 세이어' 〈When I Need You〉, 흰색 상하의와 백구두로 한껏 멋부린 4인조 흑인 남성 그룹 '맨하탄'의 그 유명한 곡 〈Kiss and Say Goodbye〉는 세계적으로 대성공을 거둔 곡이다. "아 이 노래구나!" 반응을 보일 만큼 잘 알려져 있다.

이렇게 세 명의 대형 가수 공연을 보는 내내 가만히 앉아 있지 못하고 내가 돌변하여 폴짝폴짝 뛰고 환호성을 지르며 노래를 따라 부르는 모습을 본 남편은 어처구니없다는 듯 그저 웃기만 하면서 나를 쳐다볼 뿐이다. 입구에서 사 온 야광봉을 흔들며 줄을 짧게 잡고 돌리면서 재밌어 하는 나를 내가 생각해도 가관이었다. 그 당시 나는 그 시절 청춘 시간과 그 공간에 머물고 있었다.

내가 아는 팝송을 작은 수첩에 제목으로 시작 A에서 Z까지 적어 놓은 적이 있는데, 이 글을 쓰면서 몇 곡이나 되는지 세어 보니 560여 곡이나 되었다. 그 중에 50%는 처음 전주 음악이 시작되고 몇 초 만에 제목을 알 정도로 아마도 TV 프로그램 중에 전주곡 듣고 알아맞히는 프로가 있다면 당연히 나도 나가서 겨루어 볼 수 있을 정도의 내공이 있다고 나름 생각한다.

논어에 "아는 것은 좋아하는 것만 못하고 좋아하는 것은 즐기는 것만 못하다"라는 글귀가 있다. 그런데 나는 이렇게 좋아하고 즐기고 있으니 그 이상 좋을 순 없다. 또한 이 결과물로 모 방송 〈내 마음의 보석송〉에 글을 써서 보냈더니 약 10분간 전국적으로 방송을 타는 행운과 선물도 받았다. 그때의 기억은 지금도 생각하면 입가에 미소가 저절로 번지면서 행복해지곤 한다.

2014년 봄학기부터 코로나 전까지 백화점 팝송 회원으로 꽤 오래 다녔다. 우리 동네 이웃들은 생활 수준이 다 비슷하지만 올드팝 회원들은 대부분이 중소기업 대표 사장님의 사모들과 화가 등 삶의 여유로움을 누리는 분들인데 그분들과 친교를 나누게 되었다. 수업 전에 점심도 같이 먹고 수업이 끝나면 차도 같이 마시는 돈독한 사이가 되었다. 특히 친한 두 명과 가족처럼 지내다 보니 애들 결혼식에도 참석해 주었다. 그 회원들과는 코로나와 두 손자 육아 관계로 3년여 동안은 못 만났지만 요즘에는 서로 안부를 묻고 가끔씩 만남도 이어가고 있다.

팝송에 푹 빠져 살다보면 어느 정도 음악 연주나 노래 등을 들었을 때 '이 곡이 세간에 히트를 칠 것이다'라는 예감이 든다. 한 예로 1968년 미국 소설가 루이자 메이 올컷의 〈작은 아씨들〉이라는 외국 TV 드라마를 1978년인가 재밌게 봤는데 거기서 피아노 연주가 내 귀를 쫑긋하게 만들며 너무 아름다운 선율로 기억에 많이 남아 있었다. 라디오에서 그 연주가 나오자마자 카세트로 재빨리 녹음했는데 그 이후에 엄청나게 선풍적인 인기를 끌었던 연주곡으로, '리차드 클레이더만'의 〈아들린느를 위한 발라드〉가 바로 그 곡이다.

운전하면서 신호 대기 중에 팝송을 틀어 놓고 듣는 차가 있다. 그러면 동지는 아니지만 동질감을 느껴서 서로 눈이 마주치다 보면 씩하고 웃어 주는 내 모습에 깜짝 놀랄 때도 있지만 무척 자연스러운 일상이 되었다. 요즘 TV에서는 온통 트로트 열풍이지만 팝을 선호하는 사람들은 생각보다 많지 않다. 우리 딸도 나를 닮아 팝송을 좋아해서 부르는 곡이 몇 곡 있는데, 회식 후 노래방 가면 분위기에 생뚱맞지만 팝송을 부르고 나면 칭찬을 듣곤 한다고 한다.

여고 시절 팝송 가사 적은 노트가 두 권 있다. 우연히 그것을 본 아들이 "엄마, 이거 엄마가 쓴 거 맞아요?" 하는 것이다. "그럼 내가 썼으니까 있지 누가 썼겠냐?" 했더니 "필기체도 있고 인쇄체로 쓴 곳도 있어요." 요즘 아이들은 필기체로 노트하지 않으니 너무 생소했던 거다. 그 노트를 자랑 삼아 문화센터 회원들에게 가져가 보여 줬더니 모두들 깜짝 놀랐다. 지금 돌이켜 생각해 보면, 내 인생에 팝송이 없었다면 그 많은 시간을 어떻게 지내왔을지 궁금해진다. 물론 그것 아니어도 뭔가 좋아하는 다른 취미로 시간을 채웠겠지만 여하튼 60여년 가까이 팝송과의 생활은 내 인생 최고의 동행이 아닐까.

남편은 아직도 혼자 있으면 꼭 클래식을 듣고 있다. 두 남매를 결혼시키고 단둘이 살고 있지만, 늘 팝송을 틀어 놓고 살다보니 생기가 나고 심심하지 않다. 설거지를 할 때나 집안일을 하면서도 흥얼거리며 따라 부르는 경우도 많다. 이렇게 팝송과 함께 생활하다 보면 마음이 편해지면서 행복한 지금이 각자 삶의 역사를 쓰고 있는 것은 아닌지 잠시 생각해 본다.

↝ Profile
팝송과 60년을 동행하며 흥겹게 살아가는 가정주부, 전) 인천 연수노인복지관 라디오스타 진행자

사랑했던 동행자에게 작별을 고한다

심헌섭

언제까지나 함께할 것 같았던 동행자, 그러나 이제는 안녕!

너를 언제 처음 만났는지 가만히 생각해 보니 어느덧 40년이 지났다. 너의 수많은 동료 중에서 처음 만난 친구가 누구였는지 정확하게 생각나지는 않지만 아마도 청자, 은하수, 한산도 중에서 하나였던 것 같다. 난 널 처음 만난 날을 생생히 기억하고 있다. 날짜까지는 기억나지 않지만, 1982년 어느 봄날이었고 MT를 갔으며 모닥불을 피워 놓고 노래를 부르던 밤이었다. 물론 너의 가장 친한 친구인 '술'도 마신 후였지. 아마도 여학생들에게 멋있게 보이고 싶었던 것 같다. 하얀 연기를 허공에 내뿜는 선배들의 모습이 그렇게 멋있을 수가 없었거든.

너는 나의 가장 듬직한 동행자가 되었다. 시험 전 벼락치기 할 때의 한 모금도 좋았고, 캠퍼스 이곳 저곳을 싸돌아 다닐 때나 학교 앞 막걸리 집에서 한잔할 때도 너는 내 곁에 언제나 있는 진정한 동지였다. 봄비가 내리던 어느 날, 군 입대를 하루 앞둔 날이었다. 교정에는 최루탄이 매캐하게 퍼지고 내 마음에도 빗물이 흐르던 그 날, 북문 어디서쯤 술에 취한 채 징징거리며 나는 너를 진하게 호흡하고 있었다.

입영 열차를 타고 논산으로 갈 때도 당연히 너는 함께 있었지. 후배들의 전송을 받으며 부대로 들어가기 전에 너와 진하게 입맞춤했던 기억이 난다. 훈련병 시절, 너와 함께했던 '담배 일발 장전'과 10분간의 휴식은 너무 달콤한 시간이었어. 훈련소의 일요일, 점심 후 PX에서 과자를 사서 커피, 또 너와 함께하던 때의 행복을 잊지 못한다.

너는 내가 취직을 하고 결혼을 한 후에도 언제나 내 곁에 있었다. 딸이 태어나던 날 상계백병원 계단에 앉아 첫 아이를 얻은 기쁨과 아빠로서의 책임감을 느끼며 너와 함께 했던 시간도 생각나고 둘째를 얻었을 때는 멀리 카자흐스탄에서 동료들과 기쁨을 함께 했던 기억이 난다. 나의 35년에 걸친 직장생활 동안 너의 공로는 결코 작다고 말할 수 없다. 상사에게 크게 혼나고 난 다음의 한 모금은 큰 위안이 되었다. 긴장되고 중요한 보고를 잘 마치고 의기양양하게 빼어 물던 너의 맛은 또 얼마나 달콤했던가.

만약 네가 없었다면 5년의 카자흐스탄 주재, 10년의 중국 주재 생활을 잘 이겨낼 자신이 없었다. 카자흐스탄의 겨울은 길다. 10월 초순이면 벌써 첫눈이 내린다. 그때부터 다음해 3월까지의 거의 반년이 겨울이다. 긴긴 겨울 내내 너는 보드카와 함께 나의 가장 든든한 호위무사(護衛武士)였다. 하얀 눈 속의 금속 물질이 반짝반짝 빛나던 카자흐스탄의 겨울로 돌아가 싸한 공기 속에서 너를 다시 한번 호흡하고 싶다.

매년 연말이 다가오면 기업체는 인사 시즌이 된다. 누가 승진한다더라, 누가 어느 자리로 간다더라. 누구는 사장이 그대로 있으면 살아 남고, 사장이 옮기거나 은퇴하면 운명을 같이할 수밖에 없는 것 아닌가. 누구는 이번에 어렵다는 말이 있더라 등등. 소문의 상당 부분은 너를 피우는 곳 흡연실에서 퍼지고 확대 재생산된다. 아는 정보 사항을 서로 교환하고 확인할 수 있는 '인사정보 플랫폼'이자 '인사발령실'이 되는 것이다. 인사 시즌이 되면 흡연을 안 하는 사람도 소문을 들으려고 근처로 몰려들곤 했다.

사실 너와 골프는 참 친한 것 같다. 골프 전날 연습장이라도 다녀온 날이면 자신이 넘친다. 골프장으로 가는 차 속에서 한 대를 물고 "오늘 다 죽었어!"를 마음 속으로 외친다. 드라이버를 시원하게 날리고 난 다음에 피는 한 대도 좋고 OB를 낸 다음에 피는 상심초(傷心草)는 큰 위로가 된다. 하지만 가장 맛있는 한 모금은 내기의 상대방이 오비를 냈을 때이다. 이때는 먼 하늘을 쳐다보면서 번지는 웃음을 꾹 누르고 피워야 한다.

너는 포커하고도 천생연분인 것 같다. 마지막 한 장의 히든 카드를 기다리며 지긋이 피워 무는 너의 맛을 누가 알까? 간절히 바라던 카드의 색깔과 무늬가 일치하는 순간에 네가 옆에 없다면 기쁨이 배가될 수 있을까? 끝까지 따라온 상대의 카드를 확인하기 위하여 패를 깔 때의 흥분과 초조함, 순간 너는 포커판에 꼭 필요한 또 다른 멤버였다.

너와 오랜 동행을 하는 동안 세월의 흐름에 따라 이름도 다양했다. 한때는 서양에서 건너온 켄트, 말보로 같은 친구들이 인기가 있었는데 어느새 국산으로 바뀌었구나. 청자, 은하수, 한산도, 솔, 88, THIS, ONE, TIME, 레종블루, 에쎄, 수 등등의 친구들에게 특별한 고마움을 표시하고 싶다.

그러나 너에게는 적이 너무 많아졌다. 길에서 너를 피우면 사람들이 동물 쳐다보듯이 한다. 식당에서 한 대 피우려면, 너의 한 갑 값보다 2배 이상이나 되는 만 원짜리 한 장을 아주머니에게 쥐여 주어야 종이컵 하나를 겨우 얻을 수 있다. 그것도 무슨 마약 피우듯이 몰래몰래 피워야 하는데 그럴 때면 기분이 참 그렇다. 너를 처음 만날 때는 스무 살도 안 된 홍안의 청년이었는데 이제는 염색하지 않으면 하얀 백발이 다 되었다. 나이는 어느덧 지천명을 지나 이순에 들어서려 한다.

그러나 무엇보다도 너와의 만남을 가장 시샘하는 자는 나의 혈관이다. 지방간이야 내가 본시 지방 출신이니 나를 따라다니나 보다 싶지만, 고지혈증, 고혈압 등 네가 일으키는 문제들을 내가 다 방어하지 못하니 그것이 슬프다. 다른 것도 아니고 혈관에 문제가 생겨 몸이 불편해지는 것을 상상해 보면 마음이 그렇게 울적할 수가 없다. 너도 알다시피 나는 체질적으로 술이 약해서 많이 마시지 못한다. 그런고로 이 생에서 너만큼 진하게 사랑한 물질은 없었다고 솔직히 고백할 수 있다.

오호 통재라! 나는 이제 너를 떠나보내려 한다. 너와 내가 작별하는 것 외에는 달리 방도가 없다. 널 좋아했고, 다시는 보지 않을 거라며 떠나 보기도 했고, 그러다가 다시 돌아와 너 없이는 못산다고 매달리기도 하고, 그렇게 오랫동안 사랑했지만, 이제는 너와 이별을 고해야 할 것 같다. 다음 세상에서는 부디 사람에게 해롭지 않은 존재로 태어나 다시 한번 사랑하자. 그동안 참 고마웠고 위로와 격려가 되었다.

담배, 이제 너를 보낸다. 안녕 내 사랑, 고마웠어!

↷ Profile
경북 청송 출생, 초·중·고·대학을 대구에서 나옴, 삼성그룹 35년 근무

복댕이호에 실은 삼남매

양기형

시골의 넉넉하지 않은 농사꾼의 자식으로 태어난 나는 건설회사에 입사하여 해외 현장과 지사에 근무하다 보니 만국 공통어인 영어를 자유롭게 구사해야 할 필요성을 절실히 느꼈다. 그래서 만약 아이가 태어난다면 세계화에 걸맞게 영어를 유창하게 할 수 있는 환경을 만들어 줘야겠다고 다짐했었다. 결혼 후 아내에게 말했다. "내 아이에게는 학비 걱정 없이 뜻을 펼칠 수 있도록 충분한 뒷바라지를 해주고 싶다. 그러니 한 아이만 낳아 잘 기르도록 합시다."

옛말에 살림 밑천이라는 딸을 낳았다. 3살쯤 되었을 때 아내가 말했다. "딸아이가 혼자라서 그런지 욕심도 많고 이기적인 것 같다. 동생이 있는 것이 좋겠다"고 했다. 그 후 '한 아이만 낳아 잘 기르겠다'던 내 생각과는 다르게 세 아이를 낳았다.

지금은 저출산 시대로 출산을 적극 장려하고 지원한다. 하지만 우리 아이들이 태어날 당시는 '한 아이만 낳아 잘 키우자'라는 슬로건 하에 출산 억제 정책을 추진하던 때였다. 세 아이를 낳았던 아내는 마치 천연기념물 내지는 야만인(?) 취급을 받았다고 했다. 아이가 태어나면서 최대 고민은 '복댕이호(아내가 붙여준 닉네임)에 탑승한 세 아이를 어떻게 키워야 할까?'였다.

'재산보다는 아이들의 꿈을 훨훨 펼칠 수 있도록 날개를 달아주자'는 데 의견 일치를 보았다. 그 시작은 이 복댕이의 해외 파견 근무지였던 최강대국인 미국과 최빈국인 방글라데시 그리고 쿠웨이트라는 낯선 환경에서 지낸 경험이지 싶다. 어느 곳에서든 잘 적응하는 유목민적인 자유로움과 영어의 바다에서 맘껏 젖어 들게 했다.

삼남매는 해외와 국내 생활을 오가며 학교를 옮겨 다녀야 했다. 미국 주재원으로 파견근무 할 때 딸내미가 7살이었다. 영어의 알파벳도 모르는 채 미국공립초등학교에 입학했다. 며칠 간 학교생활을 하던 딸내미는 말이 통하지 않는 답답함을 호소하며 영어를 빨리 배우고 싶어 했다. 우리 부부는 동네 도서관에서 동화책과 카세트테이프를 빌려다 계속 들려주었다. 방과 거실의 벽면에는 직접 그린 그림과 영어 단어를 붙여 익히게 했다. 그 결과 보통 1~2년 걸리는 ESL코스를 6개월 만에 통과했다. 그 당시 같은 또래의 자녀가 있는 다른 상사 직원들의 시새움의 눈치와 부러움을 샀다.

둘째인 큰아들은 초등학교 2학년 때 방글라데시의 American School에 다녔다. 방글라데시 지사에 근무할 때, 나는 첫째인 딸과 둘째 아들 남매를 데리고 지냈다. 아내는 국내에서 막둥이 아들을 데리고 직장생활을 했다. 사실 엄마 없이 남매를 돌보는 일은 무척 힘든 일이었다.

일주일이 멀다 하고 학교 담임선생의 호출 상담을 받아야만 했다. 한 번은 큰아들이 "한국인 학생을 때렸다"라며 부모를 호출했다. 집에 돌아와서 자초지종을 물었더니 "영어 통역을 틀리게 해 줘서 때렸다"라고 했다.

한편 어려서 숫기가 없었던 아들은 학급 전원이 참석하는 연극 행사에서도 빠져 있었다. 그 이유는 "여자애와 손잡고 노래하고 춤추는 것이 싫다"며 제대로 하지 않아서 그 행사에서 제외된 것이었다. 방글라데시에서 아내 없이 아이들을 돌본다는 것이 얼마나 힘든 일인지. 몇 개월도 되지 않아 7~8kg의 체중이 줄고, 얼굴이 반쪽이 되었다.

약 2년여의 방글라데시 생활을 하고 국내로 돌아온 초딩 4학년의 큰아들은 학원에도 다니지 않고 아파트 놀이터에서 혼자 놀았다. 그런 아들을 보고 이웃 아줌마가 "너는 학원도 안 다니니? 네 엄마는 뭐 하시니…" 등 한심하다는 듯이 말했다는 것이 아닌가.

아내는 직장생활을 하면서 세 아이를 잘 키워냈다. 딸내미는 맏이로서 엄마를 많이 도왔다. 두 남동생을 잘 챙겨가며 열심히 공부했던 딸내미가 고교 진학 후 대학 입시 및 학업 스트레스에 고민을 많이 하였다.

그 당시 쿠웨이트의 큰 공사 현장의 관리책임자로 근무했던 나는 국내의 유명 대학과 미국 대학의 입시요강을 철저히 분석하고 정리하여 주었고 딸내미와 많은 얘기를 나누었다. 그런 후에 국내 외고에서 쿠웨이트의 American School로 전입학 시켰다. 입시 전략에 문외한이던 애비가 자식을 위해서 손수 입시 가이드 노릇을 한 셈이었다.

그런데 2002년 1월, 미국이 이라크를 침공하는 사건이 발생했다. 급기야 쿠웨이트의 American school이 고교 졸업을 몇 달 앞두고 3월에 폐쇄되었다. 고교 졸업장도 못 받고 대학 진학도 할 수 없는 상황에 봉착했던 것이다. 우여곡절 끝에 미국 본토의 고등학교에 전입학되었고, 미국의 유명 대학에 5개 이상의 입학 허가서까지 받았다. 국내의 유명대학에도 수시 전형으로 합격하는 영광을 얻었다. 당시 국내 유명 일간지에서는 미국의 하버드 대학 등 유명 대학 합격을 과감히 포기하고 국내 대학의 수시 전형 합격을 선택한 딸내미를 포함한 5명의 학생들에 대한 기사가 화제를 모았다.

큰아들은 초등 4학년 때부터 중등 1학년까지 축구를 했다. 그 당시 운동하는 대부분의 학생들은 학교 수업을 빼먹기 일쑤라 공부와는 담을 쌓고 지냈다. 축구 선수 생활을 접은 큰아들은 "이제 꿈이 없어요"라며 의욕을 잃은 채 컴퓨터 게임에만 빠져 지냈다. 사춘기 때라 엄마에 대한 반발심이 아주 심했다. 아내는 그 당시의 하루하루는 앞이 보이지 않는 어둠속 동굴이자 전쟁터였단다. 성적표는 '양, 가'로 낮은 성적이었던 큰아들은 학원에서조차 환영받지 못했다. 겨우 동네의 조그만 학원에 등록했다. 하지만 큰아들은 학원에서 잠만 자고, 밤에는 컴퓨터 게임에 빠져 지냈다.

'현재의 환경을 바꿔주는 것이 최선이다'라는 생각 끝에 우리 부부는 국내에서 해답을 찾기보다 미국과 캐나다의 공·사립 교환학생의 문을 두드렸다. 큰아들은 외국에 혼자 가서 공부하는 것을 완강히 거부했다. 몇 차례의 설득 끝에 캐나다와 미국이라는 낯선 환경과 영어의 바다에 풍덩 빠져 지내게 하였다. 그곳에서 자칫 빠지기 쉬운 담배와 마약의 유혹에도 흔들림 없이 밝고 건강한 모습으로 잘 견뎌내 주었다. 지금 다시 생각해도 큰아들이 너무나 대견하고 자랑스럽고, 고마운 마음이다.

중요한 시기인 고등학교 2학년 2학기에 국내 고등학교로 돌아왔다. 그런데 어느 사이엔가 넉살 좋은 성격으로 변한 아들은 그 힘든 학교생활을 잘 견뎌냈고 영어 특기자 전형으로 명문 대학에 입학했다.

막내아들은 초등학교 6학년이 되자 "누나와 형처럼 저도 미국에 가서 공부하고 싶어요"라고 하는 것이었다. 어린 나이로 시기상조라고 극구 말렸지만 그 뜻을 굽히지 않았다. 결국 혼자서 미국행 비행기에 올랐다. 미국 땅을 밟은 지 일주일이 지났을 때 막둥이 아들은 낯선 환경 속에 내몰린 외로움으로 가슴앓이하는 이메일을 보내왔다.

"옛날에는 가족의 소중함을 몰랐습니다. 가족이 가까이 있어서…. 이제 가족이 멀리 있습니다. 이제 저는 모든 면에서 성적이 낮아질 거라고 생각합니다. 옛날에는 칭찬해주시던 아빠, 잔소리 들려주시던 엄마, 자세히 알려주던 누나, 나랑 잘 놀아주던 형이 있었는데! 이제는 아무도 제 곁에 있지 않습니다."

그 당시 보내온 한 웅큼의 편지는 지금 읽어도 가슴을 아려오게 한다.

역마살이 낀 이 애비를 따라 복댕이호에 탑승해 준 아내와 세 아이가 이처럼 거친 세상의 바다를 항해하고 안전하게 닻을 내릴 수 있게 한 원동력은 바로 역경과 고난을 극복한 것이 아니겠는가!

흙수저로 태어난 아빠의 스파르타식 맞춤 교육에 아이들의 갈등 또한 많았으리라. 그 당시에는 힘겨웠겠지만 역경이 세 아이들 성장의 자양분이 된 셈이다. 덕분에 세 아이 모두가 본인이 원하는 학교에 입학할 수 있었다. 상황에 맞는 맞춤 교육에 잘 따라 준 결과이고 즐거운 동행이라 생각한다. 이제는 삼 남매 모두가 사회의 한 일원으로 각자의 위치에서 지혜와 능력을 발휘하며 그 몫을 다하고 있음에 감사할 따름이다.

✈ Profile
건설회사 40년 근무, 책글쓰기대학 회원

부부감나무와 우리의 인연

오순옥

"부부감나무를 알고 있습니까?"

7년 전 관악산 중턱에 있는 배드민턴 코트장에서는 회원들이 각자 감나무 한 그루씩을 심었다. 그 나무 한 그루 한 그루에는 각자의 이름과 서로 다른 이야기가 새겨져 있다.

우리 부부도 한 그루를 골라 '부부감나무'라는 특별한 이름표를 달아 주었다. 그런 후 잠시 세월은 흘렀고, 바쁜 일상으로 우리의 기억 속에서 잠시 잊혀졌다.

그러던 어느 날, 회장님으로부터 전화가 걸려와 잊고 있던 부부감나무의 존재를 상기시켜 주었다.

"7년 전의 부부감나무, 지금은 어떤 모습일까요? 함께 확인해 보시죠. 작년까지만 해도 한쪽 가지가 구부러져 꽃을 피우지 못하다가 올해부터 꽃망울이 맺히고 감이 열렸어요."

가슴이 먹먹하여 할 말을 잃었다. 수원으로 이사한 후 잊고 살았던 감나무를 회장님은 틈틈이 가꿔주었던 것이다. 회장님은 감나무 아래쪽 밑동을 가리키며 "저 감나무를 심어놓고 1년 정도 지났을 때, 누군가 칼로 감나무를 잘랐어요. 잘려진 감나무를 살리려고 양쪽을 헝겊으로 감싸고 영양분도 충분히 주었어요. 그랬더니 1년 정도 지나 밑동이 붙기 시작하며 새순이 돋아났어요"라고 말했다.

우리 부부에게는 부부감나무처럼 깊게 얽혀진 사연이 있다.

나는 7년 전에 남편에게 신장 이식했다. 13년 전에 발병했던 사구체 신염으로 더 이상 콩팥을 사용할 수가 없는 남편은 신장 이식이나 투석 중 하나를 결정해야 했다. 투석으로 할 경우 일주일에 세 번씩 투석을 하며 평생 병원 신세를 져야했다. 나는 어떤 방법이 남편을 위해서 가장 좋은 방법인가를 고민했다. 남편과 가족을 위해서 가장 좋은 방법은 내 신장을 주는 것이었다. 남편의 몸무게가 73kg였던 것이 45kg까지 내려갔다. 인생 후반기에 생의 위기를 맞았던 남편은 내 신장을 받고 나서 서서히 건강을 회복했다.

우리는 3년 동안 내 신장 한쪽이 남편의 몸에서 거부반응 없이 자리를 잡는 동안 피나는 노력을 했다. 저염 식사와 함께 매일 운동만이 살 길이라고 생각하며 하루 세 시간씩 걸었다. 하루가 다르게 남편의 혈색이 좋아졌다.

이런 우리 부부의 아팠던 삶을 부부감나무도 알았던 것일까?

"두 분의 힘든 시간 속에서도 부부감나무는 함께 했습니다."

회장님의 말 한마디가 마치 세상의 모든 것이 서로에게 영향을 미치는 것처럼 느껴졌다. 나와 남편 그리고 부부감나무는 서로의 존재를 인정하고 서로를 응원하는 하나의 큰 가족이 되었다.

우리의 삶은 단순히 인간 간의 관계로만 이루어지지 않는다. 그 주변에는 우리를 지켜보며, 때로는 우리에게 응원과 위로를 주는 자연이 있었다. 우리의 어려움을 함께 견뎌준 '부부감나무' 그리고 그 나무를 보살피던 회장님처럼 이 세상은 서로 연결된 관계이다. 그 속에서 누군가의 따뜻한 손길과 관심이 다른 존재를 살리고 또 그렇게 살아난 존재가 다시 다른 존재에게 그 사랑을 전하는 그런 아름다운 순환의 연속이다.

남편은 미소를 지으며 말했다.

"우리 인생에는 많은 은혜가 있었어. 당신의 기증으로 나는 새로운 삶을 시작했고, 주변 사람들이 우리의 건강을 항상 응원해 주었어. 그리고 그 부부감나무도 우리의 이야기와 함께 했지."

이 세상에서는 서로를 지키고 돌봐주는 수많은 연결고리가 있다. 감나무와 같은 자연, 또는 사람과 사람 사이의 관계에서 그 깊은 의미와 가치를 찾을 수 있다. 그리고 그 연결 속에서 우리는 서로 존재의 소중함을 느끼며 살아간다. 우리의 삶과 부부감나무의 성장은 서로의 응원과 사랑 속에서 이루어진다. 그것이 바로 아름다운 세상의 경이로운 동행이다.

→ Profile

빛과나눔장학협회 사무총장, 누리나래선교협회 사무국장, 심리학 박사

세상에서 가장 짧은 정형시,
하이쿠를 만나다

오정애

새로운 도전은 늘 마음을 설레게 한다. 8년간 일본 도쿄에서의 유학을 마치고 귀국한 나는 일본어를 잊지 않기 위해서 일본인들과 함께하는 여러 모임에 적극적으로 나갔다. 일본인 주재원이 모이는 친목 모임이나 한일세미나에도 얼굴을 내밀었다. 어느덧 새로운 만남이 이어지면서 나의 삶도 변화가 일기 시작했다.

어느 나라나 마찬가지이겠지만, 일본 유학 생활은 시간과 돈이 든다. 정작 일본에 있을 때는 일본 여행도 좀처럼 하지 못했다. 학점을 취득하고 논문을 준비하고 나름 오랫동안 유학 했지만, 정작 귀국해 보니 친한 일본인 친구도 없고, 일본 문화에 대한 이해도 충분하지 않았다.

처음으로 나간 모임이 서울 '하카타카이(博多会)'였다. 하카타는 일본 큐슈(九州)에 있는 후쿠오카(福岡)의 예전 명칭이다. 30대 초반이었던 나는 겨우 학생 신분에서 벗어나 사회인으로서 참가했다. 멤버들은 연세가 있는 중년의 일본인 주재원들이었다. 도쿄 말에 익숙해 있던 터라 도무지 지방의 사투리와 빠른 어투의 일본어가 귀에 들어오지 않앉다. 초긴장 상태인 내게 옆에 앉은 일본인 은행원이 "일본에 8년이나 있었는데 일본어를 잘 못하네요"라고 했다. 지기 싫어하는 성격인 나는 억울한 마음도 들었지만, 사실을 인정할 수밖에 없었다.

하카타 사람은 악의가 있어서가 아니라 말투가 직설적인 편이다. 도쿄하고 달리 정도 많고 돌려서 말하는 타입이 아니다. 몇 달 후 우연히 그를 한국인이 운영하는 회사에서 만났는데 그가 자신 있게 한국말로 얘기하고 있었다. 마침 그도 8년간의 한국 주재원 생활을 했었고 한국말은 유창했지만, 발음이 부자연스럽다고 생각했다. 묘한 자존심이 발동하며 그에게 "8년이나 한국에 있었는데 한국어 발음이 이상하네요"라고 말해버렸다. 순간 아차 싶었다. 귀국할 때까지 그는 내게 모임에서 만나도 말을 걸어오지 않았다.

한편 하카타 모임에서 만날 때마다 하이쿠(俳句)에 대해 열변을 토하는 일본인 주재원의 권유로 서울 하이쿠 모임에 게스트로 초대 받아 나갔다. 하카타와 하이쿠는 이름이 비슷해서 혼동이 있을 수 있는데, 하카타는 지역 이름이고 하이쿠는 5/7/5 운율로 짓는 17자의 정형시이다.

일본에서는 석·박사 전공으로 언어학을 공부했다. 평소 부족하다고 느낀 일본 문학을 공부하고자 하고자 나갔건만 일본어로 하이쿠를 만드는 일은 머리가 하얘질 정도로 어려웠다. 일본어로 만드는 5/7/5 운율의 17자 안에는 반드시 계절어를 넣어야 한다. 예를 들면 현재 계절이 여름이라면 '맥주'라든가 '가지' 등 여름을 나타내는 단어를 넣어야 한다. 지금까지 나름대로 일본어를 할 수 있다고 자부하고 있었는데, 하이쿠에서는 일본어 능력을 발휘할 수가 없어서 비참한 기분이었다.

그만둘까 하고 심각하게 고민하고 있을 때마다, 하이쿠 선배가 "꾸준히 하면 힘이 된다"라고 말하면서 격려해 주었다. 무엇보다 자신이 하고 싶은 말을 17글자로 맞추는 것이 힘들었다. 계절어가 두 개 이상이 되어도 안 되고, 계절어가 없어도 안 된다. 하이쿠는 정해진 규칙에 따라 만들어야 한다. 내가 처음으로 만든 하이쿠 중에 기억나는 하나를 소개해 본다.

"무엇보다도 서울의 봄이라면 개나리부터"

5/7/5인 리듬을 따라 나열하여 17글자에 계절어까지 넣었으니 완벽한 형식이었다. 거기다가 알기 쉽고 나름 운율까지 갖추었다고 생각했다. 스스로 얼마나 멋진 하이쿠인가 하고 감탄했다. 그런데 계절어가 '봄', '개나리' 두 개라고 지적을 받았다. 봄의 주인공은 둘이 될 수 없는 것이었다. 한국 정형시를 기준으로 만들었더니, 하이쿠는 전혀 다른 형식이었나 보다.

한국의 유명한 시인인 류시화씨가 하이쿠에 대해서 '한 줄도 너무 길다'라는 제목으로 일본의 하이쿠를 한국어로 번역하여 소개한 적이 있다. 절제의 미학, 생략할 수 있는 것은 최대한 생략한다는 것이다. 언어의 유희로 퍼즐을 맞추어 가는 기분으로 만든다. 일본의 대표적인 하이쿠 시인 네 명의 작품을 한국어로 번역해 소개해 본다.

"정적에 싸인 바위에 스며드는 매미소리여"(마츠오 바쇼)

"유채꽃이여 달님은 동쪽으로 해는 서쪽에"(요사 부손)

"새끼 참새야 거기 비켜라 비켜 말이 가신다"(고바야시 잇사)

"가 볼 적마다 눈이 쌓인 정도를 물어보기도"(마사오카 시키)

하이쿠는 자연에 관심을 기울여 잘 관찰하고 느낀 것을 표현하지만, 최근에는 주변의 일상생활에서 계절감이 느껴지는 장면을 포착하여 만들기도 한다. 하이쿠를 만드는 자세는 있는 그대로의 자연을 즐기고 중복되는 의미를 최소한의 문자로 생략하며 5/7/5라는 리듬을 중요시한다.

하이쿠를 감상하다 보면 일본의 의식주 문화, 자연, 관습 등이 보이는데, 일본다움이 그대로 녹아 있는 것을 느낄 수 있다. 하이쿠라는 취미를 통해 만난 일본인들과의 만남에서도 국적을 잊는 끈끈한 유대감이 생기게 됐다. 다음은 조금은 진화된 나의 하이쿠를 소개하고자 한다.

"방과 후 교정 평균대 위에 앉은 고추잠자리"(가을: 고추잠자리)

"툇마루 위에 가로 일렬로 널린 홍시가 있네"(가을: 홍시)

"평화로 가는 첫 디딤돌의 악수 봄바람 부네"(봄: 봄바람)

"정체된 행렬 차창에 하늘대는 벚꽃 춤사위"(봄: 벚꽃)

하이쿠 경력이 벌써 15년 이상이 되었지만, 하이쿠를 만드는 일은 항상 긴장과 도전의 연속이다. 언제나 나는 초심자로 돌아간다. 하이쿠의 규칙을 배우고 계절어에 익숙해지고 하이쿠다운 표현을 하게 될 때까지 상당한 시간이 걸렸다. 좀처럼 앞이 보이지 않는 여정이었다.

나의 하이쿠 닉네임인 하이고(俳号)는 카링(花梨)이다. 가을 열매인 못생긴 과일 모과는 먹기는 어렵지만, 매력적인 향기가 난다. 말의 울림이 좋다면서 하이쿠 선배가 추천해 줬다. 하이쿠와의 만남은 내 인생에 큰 변화를 주었다. 일본인들과의 교류로 세계를 보는 시야가 넓어지고 일본 문화에 대한 이해가 깊어졌다. 언어의 절제를 배운 나는 인생관도 축약지향형으로 바뀌게 되었다. 하이쿠를 시작한 덕분에 진한 우정을 나누는 일본인 친구들이 생겼고 정서적으로 많은 위안을 얻었다. 물론 일본어 회화 실력도 나날이 늘어 갔다. 가끔 나에게 일본어를 못 한다고 말했던 일본인 은행원이 생각난다. 그가 나에게 스스

럼없이 이야기해 준 것이 그때는 상처였지만 결과적으로 나에게는 처방약이 되었다.

하이쿠를 계속할지 수십 번 고심한 적이 있다. 진심으로 열의, 의욕, 끈기가 없으면 계속해낼 수가 없다. 나의 하이쿠는 성숙해지고 세월과 함께 나의 일부가 되고 있다. 지금은 멋진 하이쿠(名句) 만들려고 하기보다는 자연을 충분히 만끽하고 주변을 잘 관찰해 어린아이가 일기를 쓰듯이 하이쿠를 즐기고 있다. 정년이 없는 하이쿠와의 동행은 진행형이다.

✦ Profile
한국디지털문인협회 회원, 디지털책쓰기 회원, 서울 하이쿠모임 회원, 일본어 통/번역 및 코디네이터

대(代)를 이은 동행

우종희

내 책장에는 아버지가 남겨준, 표지에 얼룩이 있는 오래된 수필집 한 권이 있다. 아버지 손때가 가득한 그 책은 아버지를 통해 나에게까지 이어진 귀한 인연을 찾게 해주었다.

어렸을 때 부모님은 서산에서 과수원을 운영하셨다.

"나의 살던 고향은 꽃피는 산골 복숭아꽃 살구꽃 아기 진달래~"

원두막에 앉아 고개 숙이면 울타리 한구석에 개구멍이 보인다. 어둑해질 즈음 개구멍으로 살금살금 넘나드는 개구쟁이들을 보고 "얘들아, 포도 한 알씩 따 먹지 말고 한 송이씩 따 먹으렴. 허허~" 아버지는 멀리서 허탈 웃음을 웃곤 하셨다.

누가 아프다고 하면 달려가 치료해 주고, 가정사까지 상담해 주어 동네 사람들은 아버지를 '만물 박사'라 불렀다. 아버지 덕분에 설날에는 세배하러 오는 분들이 집 앞에 줄을 섰다. 아버지가 정성 들여 가꾼 덕에 '우씨네 과수원집' 복숭아는 맛있기로 소문이 났다.

그렇게 정든 복숭아 과수원을 뒤로하고 자녀 교육을 위하여 고향을 떠나 안양으로 이사했다. 관악산이 내려다보이는 유원지 근처에 있는,

정원이 잘 가꾸어진 아름다운 아파트였다. 그때 만난 인연이 J다. 워킹맘으로 한창 바쁘던 때여서 아이를 부모님이 돌봐주셨을 때라 주말마다 친정에 가면 401호와 402호 문은 항상 열려있고, 양쪽 집 아이들은 두 집을 제집처럼 들락거렸다. 아버지는 이웃집에 대하여 말씀하실 때마다 얼굴이 환해지셨다. 교양이 있고 작가라 말이 잘 통한다고 하셨다. 고향을 떠나 외로워하시던 아버지에게 좋은 이웃이 생긴 것이다. 아버지와 J는 일주일에 두세 번쯤 약수터를 오가며 다양한 이야기를 나눈다고 했다.

아버지가 남겨준 수필집 속에는 아버지에 대한 글도 들어있어 내가 모르고 있던 아버지 모습을 알 수 있었다.

내겐 멋진 할아버지 친구가 한 분 계신다. 연세로 따지면 내가 딸 정도 되겠지만, 우리 아이들 부르는 대로 나 역시 할아버지로 부르며 지내고 있다. 바로 우리 아파트 옆집에 사시는 분이다. 한창 바쁜 남편은 집안을 돌볼 겨를이 없을 때라 남자 손길이 필요할 때면 주저 없이 부탁드려도 조금도 귀찮은 기색 없이 기꺼이 집안 곳곳을 내 집처럼 돌봐주기도 하고, 친·외가 할아버지 모두 안 계신 아이들에겐 할아버지 역할을 톡톡히 해 주신다. … (중략) 난 요즘 할아버지 따라서 이틀에 한 번씩 유원지에 있는 약수터에 물을 뜨러 간다. 약수터에 오가는 40분 남짓한 시간 동안 삶의 교훈적인 말씀, 정치·경제·문학에 이르기까지 기탄없이 의견을 주고받는데 우리의 대화가 막히는 법이 없다. 유난히 인복이 많은 내게 옆집 할아버지와의 만남은 누가 뭐라든 '우정'이라 말하고 싶다.

－《빛으로 여는 길》 중에서

그렇게 몇 년을 함께 지내던 J는 서울로 이사했고, 그곳에서 한참을 더 사시던 부모님은 6남매를 모두 결혼시킨 후, 어머니의 제안에 따라 온양으로 이사해 잉꼬부부처럼 서로 의지하면서 지내셨다. 그러던 어느 날 아버지는 고관절 골절이 되어 결국 그 합병증으로 하늘나라로 가셨다.

아버지는 가족이 모일 때마다 종종 할아버지가 보시던 《동의보감》을 들고 말씀하셨다. 손주들은 그 말씀이 마치 옛날이야기인 듯 쫑긋 귀를 기울이며 재미있게 듣곤 했다. 그런데 돌아가시기 전 어느 날 들은 이야기는 오래도록 잊히지 않는다.

"나도 책을 쓰고 싶었단다. 내가 살아온 이야기를 책으로 내면 몇 권은 될 거야. 5대 독자인 내가 일곱 살에 갑종 의생(醫生)인 아버지는 돌아가시고 어머니 세 분을 모시고 살아왔지. 일제 강점기 때 인천 도립병원에서 의생이 되려고 했는데 해방이 되어 나를 가르쳐주던 박 의사와 이별하게 되었고 의사의 꿈을 접었단다. 과수원을 하며 그때 배운 것을 토대로 동네 사람들 아프면 치료해 주기도 했지. 아이들이 공부 잘하는 모습을 보면 하늘을 나는 것처럼 기쁘기도 했단다."

아버지는 잠시 뜸을 들이다 독백하듯 말씀하셨다.

"그런데 그동안 기록한 것을 다 태웠단다. 누군가는 아파할 것 같아서…."

여운을 남기는 이 말씀이 너무나 아프게 다가왔다. 세 분 어머니를 모시고 살아오신 아버지가 얼마나 힘드셨을지 그 한마디 말씀으로 미루어 짐작할 수 있었다.

"슬픔은 털어내는 것이 아니라 조금씩 덜어내는 것이다"라는 말이 있다. 아버지가 돌아가신 후 유품을 정리하러 어둑한 아파트의 문을 열고 들어가니 아버지 내음이 물씬 풍긴다. 평소에 자주 해 드시던 닭발 요리 냄새가 스멀스멀 문틈으로 새어 나오는 것 같아 나도 모르게 급히 문을 닫았다. 창가에 놓인 나지막한 책꽂이에는 《동의보감》《생활의학전서》, 주소록, 일기장과 함께 J의 수필집이 꽂혀있었다. J가 선물한 책을 수십 년 동안이나 소중히 간직하고 나를 만나면 보여주시던, 누렇게 변한 책을 보니 아버지의 모습이 떠올라 왈칵 눈물이 쏟아졌다. 그 책이 지금 내 책장에 꽂혀있는 것이다.

아버지의 1주기를 앞두고 J를 찾으려 포털사이트를 검색해 보았다. 작가의 삶을 부러워하던 아버지와 내가 오래전 친구를 찾아 나선 것이다. 몇 단계 검색 후 J의 지인과 연락이 되었다. 내 연락처를 주고 전화를 부탁하니 바로 걸려온 반가운 J의 음성, 그날 오래도록 통화를 했다. J는 깜짝 놀랐다며 전날 꿈에 아버지가 나타나셨다고 했다. 꿈에서도 여전히 꽃을 가꾸고 계셨다는 것이다. 오늘 이런 전화를 받으려고 꿈을 꾼 것 같다며 무척 놀라워했다.

40년 전의 인연이 큰 줄기가 되어 다시 이어진 것이다. 아파트에서 만난 이웃집 할아버지의 가족을 기억하고 무척 반가워하는 J의 따스한 목소리를 들으니 마치 아버지가 곁에 계신 듯한 느낌이 든다.

아버지 기일에 모인 형제들에게 안양에 살던 J를 만났다고 전하니 저마다 기억하는 예전 이웃집 이야기로 한창 꽃을 피운다. 요즘은 이웃 간에 소음분쟁으로 서로 다투기도 하고, 이웃에 누가 사는지도 모르는 삭막한 아파트 생활 속에서, 우리 가족은 40년 전의 아파트 이웃사촌을 다시 만난 것이다. 그 후 J는 나의 은퇴 후 삶의 길잡이가 되어주며 만남을 이어가고 있다. 부모님의 정다웠던 동행자가 나에게까지 이어져 훈훈한 사랑을 나누고 있다.

정년퇴직 후 우리가 다녀온 곳에 대한 인문학적 이야기를 올리는 '은퇴 부부의 생애기행'이라는 이름의 블로그를 운영하고 있는데, 몇 년 전부터는 J가 소개해준 '평화의 길'을 매달 함께 걸으며 '생명 생태 평화'의 가치를 찾아 글을 쓰고 있다. 내 블로그를 좋아하는 동생이 '평화의 길'에 대한 글을 보고 "누나, 나도 그 길을 걷고 싶어"라고 하여 지금은 함께 걷고 있다. 올 때마다 새벽에 일어나 직접 갈아 내린 향기로운 커피와 간식을 들고 와 주위 사람을 기쁘게 한다. 그런 동생의 모습에서 아낌없이 나누시던 아버지를 본다.

약수터를 오가던 60대 아버지와 30대 초반의 J, 이제는 나와 동생이 대(代)를 이어 J와 함께 '평화의 길'도 걷고, 아름다운 인생길도 같이 걷고 있다. 40년 전의 인연을 소중하게 간직하시고, 자녀에게 멋진 인생의 동행을 만들어 주신 아버지, 셋이 걷는 '평화의 길'마다 아버지도 함께 걷고 계실 것이다.

✧ Profile
고양여성미술인협회 회원, 전) 학교장. 저서:《DMZ 평화의 길을 걷다》(공저)

잊을 수 없는 소확행(小確幸)

유영석

삶은 여행이다. 여행은 미지의 땅으로 떠나는 것이니 발 닿는 곳마다 새로운 세상을 만난다. 어떤 세계에 발을 디디느냐에 따라 마법처럼 다양한 얼굴이 펼쳐진다. 꽃길만 걷는 삶은 얼마나 될까. 우리는 모두 배우로 세상이라는 무대를 오르내린다. 여행은 떠나는 순간부터 설렘을 주기도 하지만 새로운 모험이 기다리고 있다. 때로는 길이 멀고 험하고, 어느 날은 푸르다 흐리고 비가 오기도 한다. 평소 겪지 못한 새로운 경험을 통해 지혜를 얻으며 자신의 내면과 깊은 대화를 나누는 빈 공간을 만들어준다. 우리의 삶은 늘 찾아서 떠나고 찾으면서 끝난다. 잊지 못할 추억은 삶의 선물 꾸러미다.

삼성 비서실 인사팀에서 함께 동고동락했던 45년 된 지인 20명이 오래간만에 오대산 월정사로 발길을 옮겼다. 코로나19로 미루다 3년 만에 함께한 여행이었다. 탁한 공기와 틀에 박힌 일상을 훌훌 털어버리고 버스 차창 밖에서 슬며시 밀려들어오는 봄의 향기를 맡는다. 깊은 숨 두어 번에 심신은 금세 흩날리는 바람꽃처럼 가벼워진다. 차창 너머에 펼쳐진 산천은 각양각색의 꽃과 나무들로 꽉 차 향긋한 분분함에 숨이 멎는 듯했다. 어느덧 일행은 우리나라에서 가장 아름다운 산으로 꼽히는 오대산 국립공원에 도착했다.

화창한 봄날을 두른 오대산이 우리 일행을 반갑게 맞는다. 선재길을 따라 오대산의 아름다운 경치와 산림욕을 마음껏 즐겼다. 숲을 지나는 발걸음에 바람은 미소를 띠고 꽃들은 부는 바람에 춤을 추었다. 쏟아지는 햇살은 봄바람을 실어 걸어가는 선재길을 가득 채워주고 끝없이 이어지는 숲에서 꽃들이 잎을 흔들며 노래했다. 먼 곳에서 들려오는 새소리와 숲속에서 흐르는 물소리가 봄날의 제비처럼 내게 다가왔다가 그리움과 희망을 싣고 다시 날아가는 듯했다.

오랜 세월 자연 그대로의 아름다움을 간직하고 있는 전나무 숲길로 발걸음을 옮겼다. 무려 1,700여 그루가 된다고 하는 전나무 숲길은 "내가 계속 살아 있었으면 좋겠어. 너와 같이"라고 어느 배우가 사랑을 고백했던 《도깨비》의 한 장면을 촬영한 곳이다. 연둣빛 새싹들이 짙푸른 녹음으로 변해가는 숲길에 들어서니 상큼한 공기와 숲의 신선함이 온몸을 감싼다. 하늘로 높이 솟아오른 전나무 사이로 내려오는 빛은 신비로웠다. 마치 인간에 대한 신의 사랑이 땅으로 쏟아지는 듯했다.

숨을 쉴 때마다 가슴속으로 스며드는 피톤치드 향기에 흠뻑 취했다. 세월의 나이테를 품은 전나무들이 하늘을 가리는 숲은 어머니의 품처럼 아늑했고 우리네 지친 삶을 어루만져 주었다. 나무와 인간은 서로 닮았다. 서로 다른 크기와 모양, 색깔을 띠고 있지만, 그들은 나름의 이유로 이곳에 존재한다. 서로 끈질기게 목표를 향해 성장하는 모습 또한 둘이 닮았다. 우연히 만난 다람쥐의 재롱떠는 모습을 보고 숲속 너머 하천물 흐르는 청아한 소리에 넋을 잃는다. 그 순간 시간도 함께 멎는다.

호흡을 고르고 '평창 국민의 숲길'로 발걸음을 옮겼다. 숲길에 들어서는 순간 평온함을 느꼈다. 숲이 자연의 소리와 향기로 가득하다. 바람 소리, 새소리, 물소리가 마음의 평화를 되돌려준다. 나무와 동물, 꽃들은 서로 의지하며 살아간다. 숲은 인간에게 상생의 지혜를 가르쳐 주는 스승이다. 일행은 삼삼오오 짝지어서 숲길을 걸으며 지난날의 추억으로 이야기꽃을 피웠다. '일기일회(一期一會)'라고 하지 않던가, 우리 속담에 "옷깃 한번 스쳐도 인연"이라 했다. 하물며 45년 동안 동고동락했으니 우리가 스친 옷깃이 얼마나 될까.

모임의 총무를 맡은 나는 오르막 숲길 어느 길목에서 참석자들에게 '평창 음악회'를 하자고 긴급 제안했다. 일행 중 취미로 성악을 하는 두 분이 계신 걸 알기에 색다른 이벤트를 만들고 싶었다. 중년을 훌쩍 넘긴 두 분은 음악을 좋아한다. 공자를 닮아서인지 배움을 늘 즐긴다. 꿈을 꾸며 도전하는 삶은 나이를 먹어도 푸른 청춘이다. 나이는 지혜를 담으며 숫자를 더한다. 노래를 제안하자 겉으로는 가시나무처럼 긴장해 보였지만 내심 수긍한다는 걸 금세 알아차렸다. 나는 나름 눈치 백단이다.

먼저 성악에 관심이 많고 수차례 발표회도 가진 김계호 사장이 가곡 〈청산에 살리라〉와 〈가고파〉를 열창했고, 집에서 틈틈이 노래 연습을 하는 송옹순 변호사의 가곡 〈그리운 금강산〉이 마이크를 이어받았다. 관객들(?)의 우레와 같은 박수와 앙코르가 이어졌다. '아니 이렇게 놀라울 정도로 숨은 끼가 있었다니' 하는 마음으로도 힘껏 박수를 쳤다. 우연한 기회로 마련된 야외 음악회는 감동 그 자체였다. 나이라는 울타리에 가두고 싶지 않은 청춘의 열정은 여전히 뜨거웠다. 우리 삶의 태양은 정오를 지나 조금 서쪽으로 기울었을 뿐이다. 옥은 갈수록 아름답고 재능은 갈수록 빛이 난다고 했던가.

새로운 시도는 언제나 긍정적인 변화를 일으킨다. 스티브 잡스는 'Think Different!'라는 기치를 내걸고 핸드폰에 터치스크린을 도입함으로써 스마트폰 시장을 혁신적으로 변화시켰다. 운동하는 사람들도 종종 무의식적으로 자신의 운동 방식을 개선해 체력을 향상하곤 한다. 로버트 프로스트는 시 〈가지 않은 길〉에서 "숲속에 두 갈래 길이 있었고, 나는~ 사람들이 적게 간 길을 택했다. 그리고 그것이 내 모든 것을 바꾸어놓았다"라고 노래했다. 우연히 마주친 여행길은 내게 깊은 감동으로 다가왔다. 마치 따뜻한 봄날의 햇살 아래에서 꽃잎이 화사하게 날아오르는 듯했다.

찾아서 떠나고 떠나면 돌아오지 못하니, 인생이란 여행은 결국 편도다. 반백 년 인연들과의 이번 오대산, 평창 여행은 시드는 문턱을 서성대는 삶에 큰 즐거움을 주고 희망의 에너지를 불어넣었다. 하나님이 주신 대자연의 숨결에 흠뻑 취하고 오랜 인연의 소중함을 다시금 깨달았다. 잊지 못할 추억이 담긴 이번 여행은 올해 4월 첫 책 출간으로 들뜬 마음을 가라앉히고 차분히 나를 마주하는 귀한 시간이었다. 게다가 우연히 접한 음악회에서 청춘의 아름다움까지 발견한, 평생 잊을 수 없는 소확행(小確幸)이었다.

✛ Profile
경영진단전문가, 경영지도사, 한신대학교 특임교수, 공학 박사. 저서:《바다를 꿈꾸는 개구리》

너와의 동행

유용린

오늘도 나는 너와 함께 빗길을 걷는다. 언제부터 너와 함께하게 되었는지는 따져보지 않아서 잘 모르겠다. 그저 너와 함께하는 시간은 내가 알고 있는 크로노스(Kronos) 시간의 흐름과는 별개로 느껴진다. 그래서 그런지 지금까지 너와 함께했던 순간들은 카이로스(Kairos)만큼이나 나름 특별한 시간이었다.

퇴직 후 2년 차의 일상을 담아내기에는 이 시간은 너무나 느리고, 이 공간은 너무나 좁다. 혼자 생각해 낸 비상을 위한 날갯짓은 바람이 없는 탓인지 더더욱 힘에 부친다. 오래전에 그려 놓은 10년 로드맵은 다행히 아직 살아 있다. 내가 원하는 것을 잘 적어 놓기만 해도 70%는 해낼 수 있다며 간간이 강의 시간에 슬라이드를 통해 보여준다. 3년의 바닥 생활을 거쳐야 비로소 홀로서기가 가능하다는 그라운드 룰이 있고 보면 만만치 않은 이모작 인생길을 걷고 있는 것만으로 다행이라 생각한다.

지금까지 너랑 함께 오면서 있었던 일들이 그때는 참 많이 힘들었지만 지금은 모두 약이 되어 웬만한 것에는 꿈쩍하지 않을 만큼의 내

공의 소유자가 되었지. 그 누군가에게는 롤 모델이 되어 지금도 만남의 시간을 갖고 있음에 감사한다. 선택의 순간에 초심을 잃지 않고 꿋꿋이 밀고 나갈 수 있는 용기를 주었고, 타인의 시선과 간섭에 흔들릴 때는 중심을 잡을 수 있는 지혜를 주었고, 행여나 지친 몸과 마음에는 뒷심을 발휘할 명분과 희망을 준 너의 존재에 다시 한번 감사한다.

이따금씩 경험했던 어긋난 인연과의 만남, 보이지 않은 이론과 현실의 벽, 한 끗 차이로 갈라지는 기대와 실력의 한계, 타협하기 어려운 양심과 욕심의 밸런스, 결코 쉽게 생각할 수 없는 윤리와 도덕의 저울질, 그 자체로 도인의 수양이 될 정도로 타인의 이중 잣대에 신음하는 자존감, 작은 그릇들과의 쓸데없는 몸부림, 아무 생각 없이 이어져 내려 온 형식과 편견에 도전하는 꿋꿋함이 오늘의 너를 만나게 했다. 그럴수록 단단하게 뭉쳐지고 더욱 빠르게 굴러가면서 모난 모서리를 갈아내는 아픔을 이겨내었다. 직선보다 굴곡 있는 곡선이 더 빠르다는 걸 나중에 알긴 했지만. 몇 년 전쯤인가 내가 원하는 모습을 그려내어 기억에 남는 작품을 만든 그 시간이 아직도 생생하다.

그 많은 시간을 함께하면서 나는 너 아닌 다른 인연을 기웃거리기도 했지만 너는 나를 떠나지 않았다. 돌이켜 보면 너의 생각과 판단이 맞는 것이었는데 말이다. 그땐 왜 그랬을까? 익숙함에 안주하고 싶었을까? 합리화의 가면으로 가리고 싶었을까? 그것도 아니면 아무 생각이 없었던 걸까? 지금 생각해 보면 너와의 인연에 대해 필요성도 못 느끼고 또 제대로 된 준비도 안 되어 있어서 대시(Dash)할 엄두조차 못 낸 것일 수도 있었겠다고 느껴지기도 한다. 그때는 철모르는 나이였으니 한 번 정도는 눈감아 주자.

울타리 안에서 모자를 쓰고, 조끼를 입고, 완장을 두른 후 척도 아닌 체한 사람들 속에서 견뎌내느라 애썼다. 사람 볼 줄 모르는 눈을 가진 손님 비위 맞추느라 힘들었다. 매달려 있는 짐 덩어리를 끌고 가느라 고생했다. 그때 너마저 없었더라면 아마 난 지금과는 다른 모습으로 살아가고 있겠지. 그래서 그런지 너는 내게 참 좋은 인연이야. 천생연분의 인연이고 찰떡궁합이야. 세상 모든 사람들이 부러워하고 시샘할 만큼.

이제는 말할 수 있다. 세상의 모든 인연은 다 이유가 있고 의미가 있다는 것을. 또 언젠가는 꽉 차있는 하드 디스크의 용량을 줄이기 위해 지워야 하는 인연들이 있다는 것을. 그 누군가에게 나 또한 그렇게 지워질 수 있다는 것을. 그리고 결정적인 말. 세상의 모든 인연을 다 챙기기는 어렵다는 것. 그래서 내가 팔을 뻗을 때 닿을 만한 위치에 있는 가깝고 소중한 인연을 소중하게 생각하라는 것 말이다. 그런 인연과 동행하면 뒤탈이 없다.

잊을 만하면 옛 인연들로부터 안부 전화를 받는다. 그럴 때마다 잘 지내고 있다는 말로 반가워한다. 나이를 잊고 살 만큼 하루 시간을 알차게 쓰고 있는 나에 대한 최소한의 예의다. 예전에 비해 많은 시간을 투자하고 있지만 상대적으로 적은 보상에 약간은 움츠러들고 급한 마음 또한 밀려오기도 한다. 그때마다 너는 내 어깨를 말없이 두드려주었지. 모든 게 준비되었고 이제 멋지게 날아오르기만 하면 된다고 격려를 해 주면서 말이다. 얼마나 멋지고 웅장한 모습인가.

너와의 동행은 나에게 큰 위안이 된다. 그냥 함께 있는 것만으로도 뭐든 괜찮아지는 것 같다. 슬플 때는 너의 어깨에 기대어 울기도 하고, 기쁠 때는 너와 함께 웃기도 한다. 너의 눈빛만으로도 말없이 얘기를 나눌 수 있다. 그래서 나는 너와 동행하면서 모든 것을 나눌 수 있다는 생각에 안도감을 느낀다. 함께 하는 시간 만큼이나 너와 나의 관계는 더욱 강하게 만들어지고 서로에게 서서히 녹아 들어가는 것 같다. 언젠가는 너와 내가 하나로 뭉쳐져 있게 될 거라는 기대감도 생기는 것 같다. 너와 함께하는 이 시간이 나에게는 한없이 소중하다. 그 시간이 나의 힘을 되돌려주고, 삶에 의미를 더해준다.

너의 지지와 응원이 나에게 힘이 되어준다. 그래서 나는 더 강해질 수 있다. 내가 너와 함께 걸을 때면, 늘 기분이 좋아진다. 그때마다 나는 새로운 희망과 용기가 생긴다. 함께 동행한다는 것 그 자체로 너와 내가 서로에게 주고받는 소중한 선물이다. 그리고 이 선물을 나누기 위해 우리는 항상 노력하고 있다. 때로는 서로의 눈물을 닦아주고, 때로는 함께 웃으면서 즐거운 시간을 보낸다. 그리고 그 모든 것이 나의 기억 속에 아직 남아 있고 또한 오래도록 간직될 것이다.

지금은 비 오는 날이다. 그러니 우산을 챙기고 다시 한번 걸어보는 건 어떨까? 너와 함께 걸을 때면, 늘 새로운 추억을 만들 수 있기 때문이다. 그리고 아마도 오늘처럼 비 오는 날이, 나와 너에게 더욱 특별한 하루가 될지도 모른다. 너와 함께 걷는 시간은 특별하다. 그 어떤 것과도 바꿀 수 없는 소중한 시간이기 때문이다. 너와 함께 걷는 이 순간들은 나에게 큰 감동을 선사한다. 더 나아가 너와 함께하는 이 모든 순간이 나의 인생을 풍요롭게 만들어준다.

너와 함께 걷는 시간은 언제까지나 계속될 것이다. 나는 너와 더 많은 추억을 쌓아나가기 위해 노력할 것이다. 서로에 대한 애정과 사랑을 깊이 간직하며, 더 많은 이야기를 나눌 것이다. 그런 이유로 너와의 동행은 영원히 이어지고 나에게 큰 축복이 될 것이다. 나는 이 세상에서 가장 행복한 사람이라고 느낀다. 너와의 동행은 내게 큰 의미를 준다. 너와 함께하는 순간 순간이 내게 영감을 주고, 나의 삶을 더욱 빛나게 만들기 때문이다. 내일도 나는 너와 동행할 것이다. 함께 걸으며 새로운 꿈을 키워가고, 더 나아가는 모습을 볼 것이다. 너와 함께 걷는 이 모든 순간을 늘 소중히 간직하고, 사랑으로 기억할 것이다. 그래서 앞으로도 언제나 너와 함께 동행할 것이다.

나름 정리해 놓은 나만의 비법을 살짝 공개해 본다. 처음의 막막했던 순간에 만만해 보이는 것부터 하나씩 도전하고 마무리했던 경험이 모이고 쌓여 지금의 내가 있게 되었다는 것이 전부인데. 그래도 꽉 차게 정리된 슬라이드를 보면서 너와의 인연을 생각해 보게 되지. 결코 뗄 수 없는 인연, 아마 처음부터 함께 했을 인연, 앞으로도 쭈욱 함께 할 인연인 너와의 동행은 아직 끝나지 않았다고 내가 먼저 말해주고 싶다.

'아직 남아 있는 나의 꿈'을 너로 표현해 보았다. "꿈이 있는 한 나이 들지 않는다"는 나만의 언어로 동행의 의미를 풀어 보았다. 너와 함께 걷는 것, 동행이라는 말 한마디로 표현하기엔 너무나 큰 의미이고 너무나 긴 여정이다. 같이 걸을 수 있는 동안 너는 내 옆에 또 나는 네 옆에 있기 때문이다. 그 꿈을 향해 오늘도 멈추지 않는 나를 응원한다.

✈ Profile
한국기업코칭협회 대표이사, 국민대학교 자동차공학전문대학원 겸임교수, 국제코칭연맹 코리아 챕터 회원관리위원장

아빠의 죽음 이후

닝우웨이(빈)

인생에서 가장 소중한 것이 무엇이냐고 물어보면 사람들은 '가족'이라고 대답한다. 그럼 그 '가족'은 무엇인가? 언뜻 답이 떠오르지 않는다. 어쩌면 너무나 당연한 것이라 생각했기에 지금까지 살아오는 동안 굳이 그런 질문에 대답해 본 적이 없어서 그랬을지도 모른다.

'가족'이란 무엇으로 표현하는 게 맞는 건지 한 번 생각해보았다. 나한테 가족은 한 우산을 쓴 사람들이라 여겨지고, 한 그루의 나무라고도 생각한다. 아니면 무엇으로 표현을 해야 맞는 걸까?

한 우산을 쓴 사람들이 가족이라는 건, 가족은 우산 속에서 비를 피해 함께 한 곳을 바라보면서 걸어가기 때문이다. 그러기 위해서는 우산을 든 사람을 중심으로 양쪽에 서서 서로 보듬고 어깨를 기대 조심스럽게 걸어가야 한다. 우산 속 가족이 비를 맞지 않고 걸어가려면 우산을 들고 가는 사람이 중심을 잘 잡아줘야 한다. 그 중심에 서서 우산을 손에 든 사람이 우리 가족에겐 아빠다.

가족이 나무라고 생각하는 것은, 땅 속에 뿌리인 기둥을 세워 허공에 가지를 뻗어서 잎을 싹 틔우고, 꽃을 피우면서 열매를 맺기 때문이다. 한 뿌리에서 자란 가지와 줄기와 이파리가 햇살과 바람을 맞고 각각 다른 모양으로 길을 찾아간다. 나무가 잘 자라려면 뿌리로부터 영양을 공급 받아야 한다. 이렇듯 나와 우리 가족에게 뿌리 역시 아빠다.

어른들이 처음 말하기 시작하는 아기에게 대부분 묻는 질문이 "엄마가 좋아? 아빠가 좋아?"라는 질문이다. 나한테도 그런 질문을 대답해야 할 순간이 다가올 것을 알고 있었다. 나는 어렸을 때부터 말을 별로 하지 않고 내가 놀고 있다는 것도 부모님이 모를 정도로 조용한 아이였다. 언니 두 명도 나보다 나이가 한참 많아서 나랑은 같이 놀아줄 수 없었다. 그리고 학교에서 친구들이랑 노는 것보다 혼자 있는 것을 더 좋아했다.

그런데 어느 날 주변 사람들이 나한테 그 질문을 반복해 계속 물었다. "빈이는 엄마가 좋아? 아빠가 좋아?" 나는 망설이지 않고 아빠가 더 좋다고 대답을 하였다. 사람들이 신기한 듯 왜 엄마가 아니고 아빠가 좋으냐고 물었는데도 나는 아무 대답 없이 모르는 척 하였다. 엄마를 좋아하는 건 물론이지만 엄마만 모두 좋아하면 아빠가 조금은 외로울 것 같아서다.

우리 아빠는 다른 부모들처럼 영웅 같은 사람은 아니지만 나한테는 아주 특별한 사람이다. 사실대로 말하자면 우리 아빠는 술을 마시고 엄마랑 맨날 싸우는 사람이었다. 그런 아빠를 왜 사랑하냐고 생각할 수도 있는데, 우리 아빠는 겉은 씩씩하지만 속은 부드러운 사람이라는 걸 나는 잘 알고 있었다. 아빠는 나를 너무 사랑하는 사람이라는 것도 잘 안다. 내가 엄마한테 혼나는 날이면 아이스크림을 사주는 그런 나만의 히어로였다. 어렸을 때뿐만 아니라 내가 10대일 때도 나를 아기처럼 챙겨주는 사람이었다. 아빠는 나에게 한 번도 잔소리하는 사람이 아니고, 내가 실수를 해도 혼내지 않고 실수하게 된 이유를 먼저 물어 봐주었다. 우리 아빠랑 나는 엄마 몰래 둘만의 비밀 추억들도 만들었다. 물론 목숨을 걸고 낳아주신 엄마도 사랑한다.

대부분 사람들은 아빠라는 사람은 남들이 인정하는 좋은 직장을 가지고 돈 많이 벌면 아빠의 역할을 잘 하는 것이라고 생각한다. 물론 우리 아빠도 그렇다. 내가 용돈이 필요하면 용돈, 내 책값이 필요하면 책값을 나한테는 그렇게 아낌없이 주는 한 그루의 나무였다. 나는 18살까지는 아빠만 의지하면서 살았다. 그래서 다른 사람들보다 아빠 덕분에 더 행복하게 살 수 있었다.

어느 날 아빠가 일주일 내내 밥도 제대로 안 먹고 그렇게 좋아하는 술도 안 마시고 조금 이상했다. 엄마는 걱정하시면서 병원에 가보라고 했다. 언니들도 얘기했지만 아빠는 괜찮을 거라고 병원을 안 가고 그냥 침대에서 누워 있었다. 나는 불안해서 잠깐 병원에 가보셔야 된다고 말을 꺼냈을 때 아빠는 내일 가겠다고 하셔서 내 마음도 조금은 편해졌다. 아빠는 나를 서운하게 할 사람이 아니라는 걸 알았다.

병원에 다녀온 결과 아빠가 암에 걸렸다고 한다. 6개월 정도만 살 수 있다고 했다. 나한테 그 날은 세상이 무너지는 날이었다. 그 소식을 듣자마자 아빠 침대 옆에 앉아 펑펑 울었다. 그런데 병원에 잠깐 있으면 꼭 나아질 거라고 거짓말을 했다. 그 날은 내가 아빠한테 처음으로 하게 된 거짓말이다. 그리고 나서 22일 동안 아빠는 병원에 누워 계셨다. 나도 아빠 옆에 계속 있어주었다. 22일이 지난 후 5월 29일에 아빠는 54세의 젊은 생을 마감하셨다.

나한테는 가장 큰 충격이고 마음도 절반으로 깨진 날이다. 아무리 친한 아빠와 딸이라고 해도 우리는 손도 한 번 잡은 적이 없었는데 아빠가 돌아가시기 전에 나는 아빠의 그 부드러운 손을 계속 잡았다. 가족과 나를 위해 24시간 내내 힘들게 일한 우리 아빠 손이 그렇게 부드러웠다니. 그것보다 더 서운한 것은 아빠가 돌아가기 전에 엄마를 불러서 그런 말을 하셨다.

"내가 죽으면 당신이랑 막내딸은 어떻겠는가?"라면서 걱정되는 목소리로 말씀하시는 것을 듣고 깊은 고민에 빠졌다. 나는 직업도 없고 코로나 때문에 졸업도 못 하는 딸이라서 아빠가 걱정하신 거다.

그리고 2년이 지나 현재의 나는 아빠의 말씀을 명심하고 열심히 노력하여 지금은 다양한 직업을 갖고, 토픽 6급도 받아 한국으로 유학 갈 준비를 하고 있다. 언니 두 명이랑 엄마도 나한테 계속 응원하고 있는 그런 우리 아빠의 자랑스러운 딸이다. 그때 아빠의 말씀이 나한테 힘이 되고 나를 다른 사람으로 변하게 해 주었다.

아빠가 계셨을 때 나를 많이 걱정하셨는데 '내가 지금 이렇게 잘 자라는 것을 하늘에 계신 우리 아빠가 보시면 얼마나 기뻐하실까?'

아빠가 돌아가시기 전처럼 엄마와 언니들 그리고 나는 아빠와 동행하고 있다.

✧ Profile
국적: 미얀마, 빛과나눔장학협회 장학생, 한국디지털문인협회 미얀마지부 회원

제4부

인생은 음악과 함께

윤정걸

폭우가 기습했던 이 해의 마지막 태풍도 지금은 잠잠해졌다. 이제는 슈베르트의 슬픈 멜로디를 들을 계절이다. 폴 베를렌의 〈가을의 노래〉를 읽을 시기이다. 달빛 비친 들녘의 풀벌레 소리에 가을이 깊어간다. 청춘이 깊어간다.

가을은 성숙의 계절이다. 가을이 오면 나는 브람스의 4번 교향곡 E단조를 듣는다. 일명 '가을의 교향악', '체념의 교향악', '노철학자의 한숨 소리'로 대변되어 회자되는 이 작품은 그의 내성적이며 과묵한 성향의 독일 북부의 로망티즘으로 채색되어 있다. 후기 낭만주의 시기에 활동하였지만, 바흐- 베토벤- 브람스와 함께 '고전3B'로 불린다.

모두가 한층 새로움을 찾고 있을 때, 그는 고전의 양식과 경향을 버리지 않고 작품 속에 남겼기 때문일 것이다. 그의 스승 로베르트 슈만의 아내 클라라를 평생 사모하여 수염을 기르며 독신으로 살다가 그녀가 죽자 이듬해 따라 죽은 지고의 순정파이기도 하다.

오늘은 고전3B 중에서 나와 특별한 인연이 있었던 베토벤과의 사연을 얘기하고 싶다.

지금도 베토벤을 만났던 순간이 눈앞에 그려질 듯 선명하다. 그만큼 베토벤과의 만남은 내 삶에 음악이라는 특별한 동행을 선사해주었다. 내가 베토벤을 조우하게 된 것은 지적 호기심이 극도로 예민한 사춘기 시절이었다.

오래전 어느 날, 동네를 배회하는 엿장수 아저씨가 우리 집 앞에서 요란스럽게 가위질을 하고 있었다. 친숙한 가위 소리와 엿판에서 엿을 잘라내는 모양새가 신기하기도 하고 재미있었다. 빈 병, 고물, 도자기, 책 등을 가져다주면 엿으로 바꾸어주곤 했다.

나는 집에서 안 쓰는 물건들을 몇 가지 모아서 엿과 바꾸려는데 헌 책 더미 속에 로망 롤랑이 쓴 베토벤 전기가 눈에 들어왔다. 음악 교실에 항상 걸려 있는 베토벤의 초상화를 자주 보면서 어떠한 삶을 살았고, 어떤 사상을 가진 음악가인지 실로 궁금해 하던 차에 만난 전기문이었다.

몇 번이고 읽어 책의 내용을 거의 외우다시피 하였다. 좋아하는 친구들과 만날 때마다 베토벤 이야기를 하곤 했다. 친구들은 그런 나를 보고 "너는 베토벤을 닮은 것 같다"라는 말을 할 정도로 심취했었다.

흔히 베토벤을 악성(樂聖)이자 운명을 극복한 음악가로 평한다. 26세에 청각을 상실하자 하일리겐슈타트에서 유서를 남기고 자살을 결심할 정도로 힘들었던 그의 삶이 당시 행복하지 못했던 나의 처지를 깊이 위로하고, 삶에 대한 뜨거운 투쟁의식을 자극한 것은 틀림없는 사실이었다.

그가 남긴 어록은 내 일생의 좌우명이 되었다.

"가능한 한 선함을 행할 것, 무엇보다 자유를 사랑할 것, 왕좌를 위해서일지라도 진리를 배신하지 말 것."

이 말은 처음 만났을 때부터 지금까지 내 마음속에 살아 숨 쉬고 있다.

'인생은 아름답다. 수천 번 태어나더라도 살만한 가치가 있다'라는 긍정 마인드와 그의 묘비명에 "고뇌를 넘어서 환희에로"라고 적힌 점도 나를 더욱 고무하곤 했다.

고등학교에 진학해서는 더욱 적극적으로 음악 공부를 하였다. 밴드부에 들어가서 여러 악기의 특성과 연주법을 알고 싶었다. 담임 선생님은 개별 상담까지 하며 음악에 몰두하는 것을 극구 말렸지만 소용없었다. 대학도 당연히 음대를 가겠다고 마음먹었다, 그러나 결과는 낙방이었다. 꼴사나운 재수생인 된 것이다.

당시에 나의 형은 일본 도쿄에서 유학 중이었다. 초청장을 보내줄 테니 일본으로 오라고 했다. 졸지에 모든 환경이 뒤바뀌었다. 음악가의 꿈도, 이상도 현실 속에 매몰되어 버렸다. 그 이후의 삶은 어떤 의미도 없다고 단정하고, 세월 속에 나를 던져놓고는 될 대로 되라는 식으로 살았다. 지금까지도 나는 꿈이 없다. 나의 가슴에 뼈아픈 상처를 남긴 것이다.

세월은 무상하게 흘러갔다. 우리는 세월의 바다 위에 단 하루도 닻을 내릴 수 없는 것인가. 상처받지 않는 삶이 있을까. 상처 없는 삶이 행복한 것도 아닐 것이다. 베토벤도 "슬픔은 영혼을 정화한다"라고 말했다.

평생 나와 함께한 그의 음악은 어려움이 닥칠 때마다 스스로 치유할 수 있는 정신적, 정서적 능력이 되어 실패의 모서리에 찍힐 때마다 나를 일어설 수 있도록 힘이 되어주었다. 〈운명교향곡〉은 시련을 극복하는 의지력을, 〈영웅교향곡〉은 고난을 극복한 용자의 모습에서 숭고함을, 〈전원교향곡〉에서 자연에 대한 사랑과 위안을 받았다.

주어진 운명을 받아들이고 내 삶의 주인으로 살아갈 수 있는 자긍심과 품격을 높이도록 해 준 것을 믿어 의심치 않는다. 살아가면서 절망과 포기의 순간과 맞닥뜨릴 때마다 베토벤은 음악을 통해 포기하지 않도록 나를 지켜주었다는 생각이 든다.

늦은 나이에 그토록 원하던 음악 공부를 시작했고, 음악 대학을 졸업했다. 십 대부터 불던 색소폰도 다시 시작했고, 나의 음악실도 만들었다. 그동안의 경험을 살려 취미와 생업의 고리도 연결했다.

초로의 나이에 금상첨화다. 나의 노후에도 절대 고독이란 찾아오지 않을 것이다. 언제나 좋아하는 음악을 함께 즐기는 이들이 내 곁에 있을 것이기 때문이다. 방황하던 사춘기 시절에 만난 베토벤 전기는 내 인생에서 지울 수 없는 동반자인 베토벤과 그의 음악을 만나게 해 준 귀한 인연이었다.

✦ Profile
아우라 음악학원장, 책글쓰기1대학 회원, 한국디지털문인협회 회원, 전) 일본고베 MODE.MAK社 서울지점장

숨겨진 보석과
순수한 미소의 나라, 미얀마

─────

이승도

미얀마 장학사업을 추진하는 빛과나눔장학협회 가재산 회장님이 사무실에 들러 미얀마 장학사업에 대한 이야기를 해주었다. 평소 기부나 장학사업에 관심이 있었던 차에 별 생각 없이 미얀마 우수학생 장학사업에 월 3만원씩 계좌이체하는 서비스에 가입했다. 몇 달 뒤 궁금해서 오순옥 사무총장에게 잠시 사무실에 와달라고 했다.

회사에서 구조조정을 마무리하고 퇴사한 뒤에 공허한 마음을 달래보려고 3년간 세계여행을 다녔다. 오대양육대주를 여행 다니며 마음의 위로와 치유가 되었고 여행을 마음껏 즐기기도 했다. 마지막 아프리카 여행에서는 탈선한 기차에서 며칠 보내면서 아프리카의 민낯을 보며 깊은 좌절감에 빠졌다. 스스로를 위로하기 위해서 기차에서 만난 아프리카 사제들과 함께 고아원 아이들 교육사업에 후원했었지만 코로나로 인해 몸과 마음이 멀어지고 있던 차에 미얀마 아이들 장학사업 이야기를 듣고 즉시 후원하게 되었다.

오순옥 사무총장에게 어떤 계기로 미얀마 장학사업을 시작하게 되었으며 어떤 과정으로 진행되었는지 들었다. 향후 계획을 물어보니 현재 미얀마와 인도 접경 지역인 타무 지역에 100명을 후원하고 있는데 미얀마의 옛 수도인 양곤에도 추진하고 싶다고 했다. 나는 즉흥적으로 양곤 지역 100명을 후원하겠다고 했다. 순간 오순옥 사무총장의 눈이 붉어지는 것을 보았다.

6개월 뒤부터 가능하다고 말하면서 내 머리는 가능성 여부를 빨리 계산했다. 항상 긍정적으로 생각하는 스타일대로 그리 어려운 일이 아니라고 판단하였다. 나는 오순옥 사무총장이 떠나고 난 뒤에 다시 진지하게 계산했다. 오랜 여행으로 여유자금이 없는 상황이니 방법을 찾아야했다. 마침 책 출간을 준비하고 있으니 인세를 기부하고 최근에 시작한 사업으로 돈을 벌어서 기부하고 또 주변의 지인들을 끌어들이면 충분히 가능할 것으로 생각했다.

항상 그렇듯이 내 마음대로 되는 것은 없었다. 3권의 책을 출간했지만 기부할 만큼 인세가 들어오지 않았다. 사업도 3년간 적자로 어려운 상황이었지만 어머니 조의금 등으로 약 4000여만 원을 3년간 장학금으로 송금할 수 있었다. 3년 동안은 잊고 싶었는데 어느덧 3년이 지났다. 다시 방향을 바꾸었다. 지인들이 정기적으로 후원하는 것을 활성화시키고 미얀마 여행 코스에 학교를 포함하여 후원하게 하고자 한다.

위 방안 중 미얀마 기부여행에 큰 의미를 부여하고 싶었다. 몇 달 동안 지인들에게 미얀마 양곤 4개 학교 후원에 대해서 알리고 함께 여행할 분들을 모집했다. 그리하여 11월 17일 14명의 지인들과 4박 5일 일정으로 봉사여행을 가기로 했다.

사전 답사를 위해 지난달 8일간의 일정으로 무작정 미얀마 양곤으로 향했다. 내전상황 우려에도 불구하고 자칭 세계여행가인 내가 직접 경험하지 않은 곳을 무작정 모시고 갈 수 없었기 때문이다. 내가 3년 간 후원하고 있는 학교 4개를 방문하겠다고 협회에 통보하였다. 양곤 예술문화대학교 총장과 미팅을 준비하겠다고 연락 왔기에 위치와 분위기만 빨리 둘러볼 예정이니 아무에게도 통보하지마라고 했다. 이벤트는 11월 여행 시 지인들과 함께 하겠다고 했다.

양곤 공항에 저녁 늦게 도착했는데 목사님께서 마중 나와 주셨다. 호텔에 가니 다른 목사님께서도 기다리고 있었다. 미얀마의 현황에 대해 설명해주시고 다음날 두 분께서 지역을 나누어서 함께 방문하기로 하고 귀가하셨다.

다음날 아침 일찍 방성식 목사님과 함께 시외로 향했다. 1시간 거리의 껄로중학교에 도착했다. 쉬는 날이라 학교는 적막했고 운동장엔 물이 고여 있으며 잡초가 무성했다. 교사는 오래되고 퇴색되어 있어 창고인지 축사인지 모를 정도였다. 아프리카 교사는 황토의 메마른 교사였다면 미얀마의 교사는 전혀 위생적이지 않을 것 같은 축축하고 퀴퀴한 냄새가 나는 책상과 교실 바닥이었다. 청소를 하지 않는다고 한다. 아프리카의 빈곤과 미얀마의 빈곤 중 어느 것이 더 나은지 판단이 서지 않는다. 11월에 기부여행을 위해 미리 받은 기부금으로 환경개선을 먼저 시켜주고 싶다는 말이 나오다가 그만두었다. 그게 무슨 도움이 될까….

기부여행에서 학교 방문을 간단히 끝내고 나머지는 미얀마 주요 관광지를 여행했다. 가장 멋진 경험을 동반자들에게 해주고 싶은 욕심이 있어서 여행 전에 가장 좋은 여행지에 대한 정보를 수집했다. 바간, 껄레트래킹, 인레호수 그리고 만달레이로 낙점했다. 그런데 미얀마에 도착하는 시점에 바간과 인레호수로 좁혀졌다. 일부 여행가에게 껠레 트래킹은 세계 3대 크래킹으로 알려져있지만 2박 3일의 시간이 도저히 낼 수 없고 예전의 수도인 만달레이 관광도 무리라고 생각되었다.

목사님의 환송을 받으며 오후 5시 바간으로 가는 버스를 탔다. 14시간의 버스 여행이었다. 아침에 바간에 도착했다. 바간은 캄보디아 앙코르와트, 인도네시아 보로도부두와 함께 세계 3대 불교성지이다. 호텔에서 언덕에서 그리고 무너져 내린 사찰 위에서 본 바간의 전경은 몽환의 신비로운 도시였다. 천년에 걸쳐 도시 곳곳에 만들어진 파고다는 다양한 형태로 유지되고 있었다. 왕이 건립한 거대하고 화려한 파고다가 있는가 하면 개인이 만든 조그만 파고다가 있는데 파고다 내부에는 부처님이 자리 잡고 있었다.

호텔의 직원들의 훌륭한 서비스를 뒤로 하고 인레호수로 향했다. 오전 9시에 버스로 출발하여 해가 질 무렵에 인레호수 선창가 호텔에 도착했다. 경찰, 군인들이 자주 검문을 하였지만 별 어려움 없이 거의 9시간의 여행을 마쳤다. 남부지역과는 달리 산악지역이 많았고 인레호수와 인접해있는 냥쉐는 해발 800m 지점에 있어 생활하기 좋은 날씨였다.

저녁에 도착하여 조그만 호텔에서는 정전으로 아무것도 할 수 없었다. 미얀마는 전력사정이 좋지 않아 특정 시간에 전기를 공급한다. 전기와 함께 와이파이도 사용할 수 없다. 외딴곳에서 와서 전기가 들어오지 않으면 아무것도 할 수 없다. 군부 통치로 인해 관광객도 급감하여 주민들의 생활도 매우 힘들다고 한다. 유명 관광지가 암흑천지니 관광으로 먹고사는 주민들의 가슴도 타는 분위기였다. 주민들의 표정이 좋지 않다.

다음날 아침 보트로 인레호수로 통하는 수로를 따라 힘차게 달렸다. 아침까지 침울한 기분은 시원한 바람에 날렸다. 아름다운 호수였다. 선상가옥이 운집해있는 마을을 지나 선상레스토랑과 선상공장, 선상 가게 등을 둘러보고 광활한 호수로 진입하니 미얀마 특유의 방식으로 고기잡는 어부들이 멀리 보였다. 일출과 일몰이 일품이라는데 일정이 촉박해서 감상하지 못한 것이 아쉬웠다.

오후에 양곤으로 돌아가는 버스를 탔다. 오후 5시에 출발해서 다음 날 오전 8시경에 양곤에 도착했다. 바간과 일레호수 여행은 꼭 다시 방 문하고 싶은 여행지였다. 학교와 여행지를 전부 둘러보고 난 뒤에 11 월 17일 기부여행의 일정을 여행사 담당자와 함께 결정했다. 버스로 10여 시간을 타는 것도 무리고 오랜 기간 여행할 수 없다. 학교도 여러 군데 방문해야 하기 때문에 많은 시간을 여행에 할애할 수 없을 것이 다. 학교 방문과 한국도서관 개관 일정이 절반이고 나머지는 미얀마를 이해하는 관광으로 조정했다. 이번은 첫 여행이니 원래 목적에 충실하 게 진행하고 결과를 보고 다시 멋진 코스로 여행을 준비하고자 한다.

11월 봉사여행이 성공적으로 진행되기 바란다. 모든 분이 만족하는 여행이 되어 내년, 내후년에도 이어져서 많은 분들이 귀한 장학사업에 동참하여 인류애를 실천하길 바란다. 뜻을 같이 하고 봉사하는 분들과 인생을 동행할 수 있어 행복하고 뿌듯하다.

✦ Profile
(주)휴먼포커스 대표이사, 미얀마 후원회 부회장(빛과나눔장학협회), CIO클럽 회 장, 경북대학교 총동문회 사무총장, 전) 에릭슨LG 국내사업총괄 상무

아버지께서 맺어준 인연

이승철

대학을 마칠 즈음, 나의 온갖 고민은 군대 문제였다. 막연한 두려움이 앞서고 당장은 군대라는 굴레에서 벗어날 수 있는 핑곗거리를 찾고 있었다. 육군 헌병 장교와 해병대 장교, 두 곳의 합격통지는 받아놓았지만 막상 가고 싶은 마음은 하나도 없었다.

"아버지, 저 군대를 가기는 가야 하는데 공부가 좀 부족한 것 같아서 대학원 진학을 할까 고민 중입니다." 집안 사정을 뻔히 알고 있으면서도 아버지께 한번 질러보자는 심산으로 한 마디 건네 보았지만, 아버지는 아무 말씀이 없으셨다. 괜히 얘기했나 생각하면서도 내친김에 "대학원 진학이 어렵다면 그냥 해병대나 가려고 합니다"라고 말했다. 아버지께서 움찔하시면서 그건 안 된다며 극구 말릴 줄 알았건만, 태연한 목소리로 "그래. 잘 생각했다. 사내라면 한번 도전해 볼 만하지"라며 전혀 예상치 못한 대답을 하셨다. 아차 싶었다. 사실 마음속으로는 육군 헌병 장교에 우선순위를 두고 있었는데….

그때부터 3월 해병대 입대냐, 아니면 한 달 후 4월 육군특과 입대냐를 두고 매일 밤잠을 설쳤다. 그냥 얼굴에 철판 깔고 한 달 더 실컷

놀다가 4월에 가자고 마음을 굳혔다가도 뱉어놓은 말이 있어서 마음
이 편치 않았다.

사내의 자존심이 발동했다. 3월 말, 진해로 가는 고속버스에 몸을
실었다. 진해 안민고개를 넘으며 차창 밖으로 보이는 여좌천을 따라
흐드러지게 피어있는 벚꽃은 아무 감흥도 주지 못했고, 벚꽃 구경나
온 가족과 연인들이 다정하게 조잘거리는 소리도 무의미한 메아리일
뿐이었다.

다음날 일찍 사관학교 훈련소에 도착했다. 빡빡머리부터 장발까지
다양한 머리 모양과 옷차림, 말투도 각양각색의 사람들, 말 그대로 팔
도 사나이들이 모두 모인 듯했다. 훈련소 정문 앞에는 입대 동기들이
잔뜩 긴장한 모습으로 가족이나 친지, 애인들과 못내 헤어짐을 아쉬
워하며 삼삼오오 모여 있었다. 나는 지체할 이유가 없었다. 훈련소 군
인들의 친절한 안내를 받으며 정문을 들어섰다. 아버지께서 맺어준 인
연이 시작된 것이다.

가족들의 시선이 어렴풋해지는 순간, 팔각모를 깊숙이 눌러 쓴 구대
장들의 날 선 호령이 날아들었다. 명령과 복종만이 있는 그곳 세상은
예상했던 것보다 훨씬 냉혹했다. 몸에 맞는 보급품이 아닌, 보급품에
몸을 맞추라는 명령에 따라 필요한 물품을 수령한 후 환복하고, 상륙
돌격형 이발을 했다. 이발병의 솜씨 덕인지 마치 이발 경연대회를 하
는 것처럼 속전속결로 진행되어서 긴 머리카락이 모조리 잘려나가는
데까지 느낌상 채 1분이 걸리지 않았다. 그제서야 실감이 났다.

입소 다음날부터 적응 기간도 없이 훈련이 태풍처럼 휘몰아쳤다. 야
밤에 수시로 비상소집을 해 속옷 차림으로 진흙탕과 한 몸이 되게 하
고, 바닷물에도 수없이 담금질하도록 했다. 구대장들은 욕설이 빠진

최대한의 고압적인 말투와 훈련생들의 편한 꼴을 절대 볼 수 없다는 비장한 각오로 굴리고 또 굴렸다. 힘들면 정식 입교 전에 포기하라며 강요했다. 그때까지는 가입교 기간으로 정식 훈련 기간에는 포함 되지 않는 맛보기 훈련인 셈이었다.

입교식 날 계급장으로 하얀 벤젠마크(◇)를 달았고 사관후보생이 됐다. 구대장들은 앞으로 14주간 혹독한 훈련을 통해 정신과 육체를 갈고 닦아서 이른바 다이아몬드, 소위 계급장으로 만들어야 한다고 했다. '내가 과연 해낼 수 있을까?' 그러나 하루하루 시간이 지나면서 스스로 체력이 붙는다는 느낌이 들었고, 사격 등 각종 평가 점수가 잘 나오면서 자신감이 붙기 시작했다. 훈련 패턴이 읽히고, 내성이 생기면서 요령도 생겼다. 극한(極限), 극한(極寒)의 상황을 느낄 때면 동기들의 격려와 체온은 나를 지탱시킨다. 하지만 진해 한밤 바닷바람은 늦은 봄인데도 어찌나 매섭고 차갑던지 지금 생각해 봐도 아찔하다.

그래도 몇 가지 낙은 있었다. 매주 토요일 점심은 좋아하는 라면 등 분식이 제공되어서 가장 기다려지는 시간이었다. 식사 도구로 포크수저를 사용했는데 직각식사를 할 때는 아주 난감했다. 풀어진 라면이지만 직각으로 입까지 가져가기는 쉽지 않았다. 국물이 질질 흘러 군복이 허옇게 물들기 일쑤지만 다음 세탁까지는 어쩔 수 없이 그러고 다녀야만 했다.

일요일은 더 기다려진다. 종교 활동의 명목으로 교회와 절, 성당으로 뿔뿔이 흩어지는데, 아무도 통제하지 않고 마음껏 자유를 만끽하며 맛있는 간식을 실컷 먹을 수 있는 시간이었고, 종교시설에 온 민간인과의 접촉도 허용되니 더할 나위 없었다. 갑작스레 신앙심이 깊어지는 순간이었다.

포항과 진해를 오가면서 계획된 훈련과 교육에 적응해 갔다. 그 중 포항에서의 유격, 공수훈련과 IBS 고무보트 훈련은 무척 힘들었지만 깊은 인상을 주었고, 이른바 시궁창 훈련은 그 후 며칠간 악취가 진동했지만, 훈련 후 먹은 치킨 반 마리가 다 보상을 해주었다. 그러나 일과 후 한밤중에 벌어지는 비상훈련은 종잡을 수 없이 형태도 다양하고, 언제 어디서 어떤 명령과 훈련이 기다리고 있는지 예측을 벗어나기 일쑤였다.

12주차 지옥(地獄)주 훈련은 굶고 잠 못 자며 인간의 한계를 극복해야 하는 극한의 훈련이다. 천자봉 완전무장 등반, 진해 시내 구보와 연병장 일흔네 바퀴를 돌아야하는 기수 구보를 무사히 끝내고, 해병대의 상징인 빨간 명찰을 달았다. 완전한 해병대가 된 것이다.

가족 면회 때 아버지와 어머니는 음식을 잔뜩 싸 들고 오셨다. 웃으면서 어깨를 감싸주시는 아버지의 손길을 느끼며 한때 원망했던 마음이 봄눈 녹듯 녹아내렸다. 어머니는 얼굴이 반쪽이 되었다며 정성스레 싸 온 음식을 연신 권하는 바람에 배가 터지도록 먹으며 행복을 느꼈다. 하지만 조용한 밤이 없다. 민간인 기운을 뺀다고 또 야간 비상소집!

임관식 때 아버지는 소위 계급장과 빨간 명찰을 달고 해병대 정복을 차려입은 나를 꼭 안아 주시면서 "잘했어. 너는 해낼 줄 알았다"라고 격려해 주셨다. 그때 눈물이 핑 돌았다. 힘든 훈련 기간에 대한 보상이라도 받는 것 같았기 때문이다. 어머니는 고추장을 발라서 연탄불에 구운 돼지고기를 한 보따리 싸 오셨다.

아버지 덕에 나는 해병대와 인연을 맺었고, 그 인연에서 비롯된 더 많은 인연을 지금까지도 맺으며 살고 있다. 힘든 가운데 서로 격려하고 배려하며 체온을 나누어준 동기들에게 전우애를 느꼈고, 악을 쓰며 다그치고 상식 밖 기합과 압박으로 괴롭히던 훈련소 구대장 선배들이 아니었으면 과연 그 정도의 체력과 모진 시련을 극복할 수 있었을까? 그저 감사한 마음뿐이다. 임관 후 포항 1사단에 배치 받고 강력한 훈련과 해안방어, 팀스피릿훈련 한미합동 상륙작전 등을 수행하면서 3년 동안 직접 몸을 부대낀 선후배들도 나의 버팀목이었고 정말 좋은 인연이다. 그리고 사회에 나와서도 감사한 인연들이 차고 넘친다.

해병대는 삶에서 수많은 어려움을 이겨낼 수 있는 강단을 주었고, 리더십과 화합을 배울 수 있게 하였으며, 많은 인연이 지금까지도 나와 동행하며 이끌어주고 도움을 주고 있다. 참으로 감사한 일이다. 또한 아버지께 감사를 표하지 않을 수 없다.

지금 이 시간, 어머니를 먼저 보내고 힘들게 겨울 날갯짓을 하고 계시는 아버지! 해병대와의 인연뿐만 아니라 아내와 좋은 가정을 꾸릴 수 있게 해 주셨고, 아들 선우가 해군으로서 나와 같은 훈련과정을 거치면서 이지스함, 율곡이이함을 타고 멋지게 군 생활하는 모습을 지켜볼 수 있던 것도 아버지 덕분이다. 하루 속히 건강을 회복하시어 훌훌 털고 일어나시기 바라는 마음뿐이다.

✈ Profile
전) 기아자동차 화성공장장 전무, 김앤장 법률사무소 근무

몽당연필이야기

이옥희

사람은 혼자서는 살아갈 수가 없다. 누군가와 또는 무엇인가와 동행하며 하루하루를 살아나간다. 내 인생의 동행이란 제목이 주어졌을 때 치열하게 살아온 인생길에서 나와 동행한 것들에 대해서 깊이 생각을 해 보았다. 과연 나는 누구와 어떤 것들과의 동행으로 육십 대 중반까지 살아왔을까?

먼저 가족을 떠올리게 된다. 가족 중에 남편이 될 수도 있고 부모님이 될 수도 있고 형제 자매가 될수도 있다. 또한 학교와 사회에서 맺어진 동료와 스승님이 될 수도 있겠지만 궁극적으로 나 자신과의 동행은 책장 안의 몽당연필이었다. 150여 개의 몽당연필은 세월의 무게와 함께 고스란히 나와 동행을 해 온 것이다.

오랜 시간 동안 써온 연필이 몽당연필이 될 때까지 쓰다가 버리지 못하고 모아온 것인데 아주 많아졌다. 또박 또박 서두르지 않고 나와 장성한 아들이 어렸을 때부터 써왔던 연필들. 견출지에 이름을 써서 유리 테이프로 꼭꼭 싸맨 흔적이 아직도 그대로 남아 있다. 그 몽당연필들은 연필로 쓴 일기장과 함께 성장기록이 되어 살아온 시간들을 추억하게도 한다. 다 쓴 연필을 왜 모았을까? 딱히 이유는 생각나지 않는다. 생각해 보면 연필을 버리면 안될 것 같은 생각이 들었던 모양이다. 지금은 몽당연필을 보고 있노라면 내 감성이 외면되지 않고 고스란히 담겨져 있는 것 같아 뿌듯하다. 예전에는 필통 속에 연필을 깎는 칼과 연필이 한 세트가 되어 늘 함께 있었다. 칼이 주는 위험함을 방지하기 위해서였는지 연필깎는 기구가 발전되어 연필을 넣고 돌리면 자동으로 깎이는 것이 나왔고 지금은 아주 소형으로 간단하게 깎을수 있는 연필깎기가 있다. 나는 지금도 연필은 칼로 깎아서 쓴다. 연필을 깎을 때의 기분은 참 좋다. 뾰쪽하게 깎으면 글씨가 더 잘 써질 것 같고 가지런하게 깎아서 필통에 넣으면 왠지 정리정돈이 된 느낌이 들어 청소를 하고난 후의 개운함과 같은 느낌이 있다. 연필은 칼로 깎아야 제맛이다. 적당한 힘을 가하며 연필심을 둘러싸고 있는 연필피를 제거해 가다보면 마음의 정화가 된다. 꼬불꼬불하게 깎여 나가는 연필피 그리고 연필심은 흑연의 향기를 내며 얼굴이 나타난다. 연필로 쓴 원고지에 적힌 글들은 잉크를 펜에 묻혀 쓴 여느 글과는 비교할 수 없는 다른 감정을 전달한다는 생각은 예나 지금이나 변함이 없다.

연필로 글을 쓰면 영감과 감동을 준다는 작가들도 있다. 지금 내가 글쓰기를 즐겁게 동참하고 메모를 잘하는 좋은 습관이 길러진 것도 연필로부터 연유한 것이다. 나의 지인은 팔순을 훨씬 넘긴 어머니가 계신 본가에 가서 가재도구를 정리하다가 어머니가 가지고 계시던 잠자리표 연필 3자루와 빨간색 색연필을 2자루를 내게 선물로 주셨다. 연필을 보니 내 생각이 났다는 것이다. 연필을 사랑하는 내 마음을 아시던 그분의 섬세함과 배려가 너무나 고마웠다. 어떤 선물보다도 기쁘고 뿌듯한 마음을 감출 수가 없었다. 나에게 연필은 인간관계의 매개로도 역할을 한 것이다.

150여개 연필은 키가 작은 짜리몽땅 연필부터 제법 키가 큰 키다리 연필까지 줄지어 책장 안에 있다. 지나온 시간의 축적을 헤아리며 열병식을 하고 있는 것처럼 보인다. 가끔씩 일손이 잡히지 않을 때 책장 문은 열면 코끝에 스치는 흑연 냄새가 묵직한 지난 시간의 추억을 넘겨주는 것처럼 느껴진다. 뭔가 가득한 충만이 일어난다.

연필심으로 쓰여진 수많은 글자들, 문장들, 슬픔과 희망들, 연필은 내 인생 역사의 동행이고 증인이다. 40년 전에 사용하던 양철로 만든 연필통과 다양한 모양의 연필들을 보고 있노라면 추억이 새록새록 영상처럼 떠오른다. 그때는 흑연의 질이 좋지 않아 연필심에 침을 발라서 한자 한자 써 내려갔던 기억도 새롭다. 연필 한 자루마다 그때 그 시절의 이야기가 담겨 있어서 내 인생의 역사이고 동행자이다. 내게 연필은 삶의 의미이다.

연필을 좋아하고 연필로 글을 쓰는 작가도 있다. 국내 작가로 김훈의 연필 사랑은 대단하다고 한다. 물론 연필로 원고지에 글을 쓰는 모습을 사진으로 보았다. 연필을 사랑하는 작가는 감정과 생각을 표현하는 연필의 가치와 중요성을 말한다. 작가로서 연필이 미치는 영향이 대단하다는 것이다. 연필을 다양한 방법으로 사용하며 미묘한 느낌과 질감까지도 생각하는 세세함을 이야기 한다. 섬세하고 정감 있는 글을 쓰기로 소문난 정재승 작가도 있다. 그의 에세이는 차원 높은 감동을 준다. 그도 연필로 글을 쓴다고 한다.

재미있고 감동적으로 마음에 와 닿은 연필에 대한 단상을 적어본다. 연필에 대한 단상으로 파울로 코엘료의 소설 중에 《흐르는 강물처럼》에 나오는 구절이 연필심의 뾰족하고 날카로운 예리함이 가슴으로 다가온다.

"연필은 쓰던걸 멈추고 몸을 깎아야 할 때도 있어. 당장은 좀 아파도 심을 더 예리하게 쓸 수 있지. 너도 그렇게 고통과 슬픔을 견뎌내는 법을 배워야 해."

얼마나 멋진 비유인가? 몽당연필에 대한 사자성어도 생각난다. 몽당연필(夢當緣必)이란? "나는 당당하게 꿈꾸고 그 꿈을 반드시 이루어낸다"라고 정의한 어느 광고용 책갈피도 있다. 유행가 가사 중에 〈사랑은 연필로 쓰세요〉란 제목이 있는데 가사를 음미하면 할수록 맞다 맞아! 라고 감탄한다. 쓰다가 잘못 그리면 지우면 되고 연필로 사랑을 그릴 때 선의 흐름에 따라 표현하고 덧칠하고 음영을 줄 수도 있고 다양하고 풍부하게 그려낼 수 있음을 노래한 것이다.

연필에 대한 한 컷의 발견도 있다. 크고 두껍던 양초도 타고 녹으면 줄어들 듯이 처음에는 길었던 연필도 쓰고 닳으면 짧아지고 닳아 없어진다는 것은 쓰임이 그만큼 많았던 반증이기도 한 것이다. 크기가 줄었다고 불평할 일도 아쉬울 일도 아닐 것이다. 좋은 것이 들면 나쁜 것도 따라오고 나쁜 것이 들면 좋은 것도 돌아오는 것이다.

긴 것과 짧은 것, 옳음과 그름, 고통과 행복, 어느 한쪽에 쏠리거나 메이지 않고 다른 쪽을 바라보고 헤아릴 줄 아는 마음 안에 평화가 온다는 것을 키 작은 연필과 키다리 연필을 보면서 생각을 정리해 본다.

↝ Profile
엘제이테크(주) 대표이사, 경기중소벤처기업연합회 부회장, 경영학 박사

언제까지나 함께 하자꾸나!

이용범

시인 김용언의 시 중 〈나는 안경을 쓰고 잠자리에 든다〉를 보면, 꿈을 좀 더 선명하게 보고 자신의 중심을 보고 싶어서 안경을 쓰고 잠자리에 든다는 표현이 참 신선하다. 안경이 없이는 못 살 것 같은 마음이 풍겨난다. 안경 예찬론자의 고백 같기도 하다.

문헌에 따르면 안경은 17세기경 조선에 들어와 양반사회에서 유행하게 되었고, 18세기에 들어서면서 서민들에게도 유행이 시작했다고 한다. 우리나라 최초의 안경에 대한 기록은 선조 때의 학자 이수광이 쓴 《지봉유설》에 나타나 있다. 그리고 최초로 안경을 사용한 임금은 정조대왕으로 전해지고 있다.

서양에서 처음 안경이 만들어진 시기는 13세기 중후반이며 최초로 안경을 만들어낸 나라는 이탈리아라고 한다. 안경의 시작이 13세기부터라는 사실이 놀랍다. 또 놀라운 일은 대한안경사협회와 한국갤럽이 2021년에 실태조사를 했는데 성인 10명 중 6명이 안경을 쓰고 있다는 것이다.

내가 안경을 처음 사용한 것은 대학 4학년 여름에 학군단 야영 훈련을 가기 전이었다. 눈이 잘 보이지 않으면 총 쏘는 데 지장이 있을까 봐 안경을 쓰기 시작했는데 처음 쓴 안경이라 잘 적응되지 않아서 오히려 사격 점수는 형편없었다.

안경을 쓰면 불편한 점이 한두 가지가 아니다. 추운 겨울날에는 온도 차로 인해 안경알이 흐려지기도 하고 더운 여름날에는 땀 때문에 안경이 죽죽 미끄러지기도 한다. 코로나 시대에는 마스크와 안경을 써야 했기에 불편하기도 했다.

한동안 시력 교정 수술 붐이 일기도 했지만 부작용 사례가 보도되고 '건강'에 대한 관심이 급증하면서 다시 안경에 관심을 갖는 사람들이 많아졌다. 안경은 그 어떤 물건보다 사용 시간이 길고 생활과 집중력, 얼굴 인상이나 외모까지도 큰 영향을 미친다. 최근 고령 인구 증가와 잦은 디지털 기기 사용으로 안경 사용자들은 점점 늘어나게 될 것 같다. 암을 정복할 만큼 의학이 발전한 시대에 살고 있지만 아직까지는 시력을 완벽하게 보완해주는 방법이 없기 때문이다. 더군다나 급변하는 디지털 시대에 어린아이부터 노인까지 스마트폰을 붙들고 있고, 직장인들은 업무시간 내내 모니터를 들여다보며 블루라이트에 시달린다. 대기 중 늘어나는 자외선 또한 블루라이트와 마찬가지로 눈을 위협하는 요인이 된다. 이처럼 우리 눈은 끊임없이 외부의 공격을 받고 있다.

2007년부터 10년 동안 나는 LA에서 노숙자들에게 커피와 도넛으로 아침을 해결해 주는 일을 했었다. 그즈음에 쓰고 있는 안경이 너무 불편해졌다. 무거운 짐을 정리하다가 떨어뜨린 적이 있어서 균형이 잘 맞지 않았고, 코를 누르기 때문에 머리가 아플 정도로 불편했다. 그래서 바꿔야겠다고 생각했다. 그런데 그 기회가 너무도 빨리 찾아왔다.

일이 있어서 LA에 올라가던 중에 라디오 방송을 듣게 되었다. 방송에서 실루엣이라는 안경에 대한 소개를 하고 있었고, 1964년 오스트리아에서 아놀드 쉬미드라는 사람에 의해 시작되었다고 한다. 오직 안경만을 연구해 온 이 브랜드의 가치는 바로 전문성에 있다는 것이다. 그 전문성은 세계에서 가장 가벼운 아이웨어의 탄생으로 이어졌다.

실루엣 안경에 있어서 가장 놀라운 부분은 연결부위가 없는 매끈한 형태이다. 대부분의 안경은 안경렌즈와 테, 안경다리 등의 조합을 위해 작은 나사들로 연결되어 있는데 오랜 시간 안경을 쓰다 보면 이 부분이 헐거워져 조이는 과정을 반복하게 되기도 한다. 그런데 이 안경은 나사를 사용하지 않기 때문에 우주인들이 착용하는 안경이라는 것이다.

이런 방송을 우연히 들었지만 나를 위한 정보 같았다. 그래서 그다음에 또 LA에 갈 일이 있어서 그 안경점을 찾았다. 내 눈은 난시가 심하기 때문에 도수 넣기가 좀 복잡하다. 또 다중 초점 렌즈를 사용하기 때문에 렌즈 값도 비싸다. 거기다가 실루엣 안경은 최첨단의 신소재이기 때문에 그 값이 만만치 않다. 그래도 두 눈 꼭 감고 주문했다.

하지만 문제는 그다음 날이었다. 그날따라 비가 많이 왔는데 집에서 출발한 후에 비가 오기 시작했기 때문에 아무런 준비를 하지 못했다. 비가 올 경우에는 야구 모자나 방수 잠바를 준비하곤 했지만 이날은 비가 도중에 왔기 때문에 아무런 준비도 못한 것이다. 도넛 가게에 도착할 때 비가 오지 않기만을 바랐으나 도착했는데도 계속해서 비는 더 많이 쏟아졌다. 큰 낭패였다.

이 도넛 가게는 픽업을 시작한 지 얼마 되지 않았기 때문에 매니저나 종업원들과 안면이 별로 없어서 어려움을 겪고 있었다. 또 문을 열어달라고 신호를 한 후에도 한참을 기다려야 했다. 이곳은 많은 비가 오지 않기 때문에 비를 피할 만한 그런 장치를 해 놓지 않았다. 모자도 없고 방수 잠바도 없고 해서 안경을 벗고 박스를 뒤집어쓰고 기다릴 수밖에 없었다.

꽤 오랫동안 기다려도 문을 열어주지 않아서 다시 연락을 하려고 정문 쪽에 갔다 왔다. 문을 열어주길래 도넛 담을 박스를 준비하고 매니저한테 할 얘기가 있어서 안경을 찾는데 아무리 찾아도 보이지 않는 것이었다. 분명히 옷깃에 끼워 놓은 것 같았는데 없어졌다. 오고 갔던 길을 몇 번 찾아보고 했는데도 보이지 않는 것이었다. 그야말로 귀신이 곡할 노릇이었다. 그 안경은 미국에 오기 전 한국에서 최신 소재로 주문해서 만든 것이기 때문에 너무나 가벼운 안경이다. 더군다나 아끼는 새 안경이었기 때문에 너무도 아까웠다. 그래서 발길이 떨어지지 않는 것을 억지로 참고 두 번째 도넛 가게로 달려갈 수밖에 없었다. 안경이 없기 때문에 비상으로 가지고 다니는 선글라스를 쓸 수밖에 없었다.

아주 꼴이 우습게 되었다. 비오는 새벽에 선글라스를 쓰고 운전하는 모습이 얼마나 우스웠을까? 도넛을 다 나누어 줄 때까지도 그 모습이었다. 그런데 내 마음속에는 새벽에 잃어버린 안경 생각뿐이었다. 계속 찾아도 찾지 못했던 그 안경 때문에 마음이 많이 불편했다.

인생에서 안경 하나가 얼마나 큰 비중을 차지할까? 안경이 없으면 눈이 없는 거나 마찬가지이니까 제일 중요한 것이 아닐까? 그때 잃어버린 안경 때문에 생각했던 것이 있다. 아무리 찾아도 잃어버린 안경을 찾을 수 없듯이 인생에서 잃어버린 것은 없을까? 누구나 일상생활에서 크고 작은 상실을 경험한다. 상실이란 일반적으로 가치 있다고 생각하는 어떤 대상과의 관계가 끊어지거나 헤어지는 것, 가치 있다고 생각하는 것을 박탈당함을 뜻한다. 상실감은 무엇인가를 잃어버린 후의 느낌이나 감정 상태를 말한다.

상실의 대상은 친구, 가족, 돈, 직업, 대인관계, 반려견이나 반려묘 등 참으로 다양하다. 상실에 대한 반응과 각자 느끼는 고통은 사람들마다 다를 수 있다. 어떤 이는 돈을 상실하는 것이 그 어떤 상실감보다 클 수 있다. 또 어떤 사람에게는 가까운 친구와의 관계를 상실하는 것이 부모를 잃는 것보다 더 고통스러울 수 있다. 가까운 지인이나 가족의 죽음은 나의 노력으로 회복될 수 없고, 그 무엇으로도 대체할 수도 없는 상황이다.

그 당시 나의 상실감은 애지중지하던 안경을 잃어버린 후에 나타났던 서운한 감정이다. 허탈감이다. 실루엣이란 고급 안경을 새로 주문해서 사용하고 있는데도 아주 오랫동안 상실감은 컸던 것이다. 그러면서 이런 생각이 이어졌다. 과연 삶에 있어서 다시는 찾을 수 없을 만큼 힘 빠지게 하는 것들이 없을까? 아차 하는 순간에는 이미 늦었겠지? 아쉬운 것은 무엇인가를 잃어버리고 난 후 그때서야 알게 되거나 깨닫게 된다는 것이다. 신체의 일부이며 더 나은 삶을 살고자 하는 나의 사정을 담고 있는 다섯 개의 안경들아! 부탁하건대 이제는 더 이상 곁을 떠나지 마려무나! 언제까지나 함께 하자꾸나! 나는 너희들이 꼭 필요하단다. 너희들이 없으면 살 수 없단다!

→ Profile
원로목사, 싸나톨로지스트, 사회복지사, 산업카운셀러, 요양보호사, 사실모상담사

트레킹과 함께 하는 행복

이일장

20여 년 전 일이다. 직장에서 늦게까지 일 한 후 자주 술자리를 가졌다. 몸무게가 점점 늘어 90kg에 육박했다. 과체중은 몸의 가동이 불편하기도 하지만 더 큰 문제는 무릎 관절에 이상을 불러왔다. 오르막이나 내리막길에서는 제대로 걷기조차 힘들었다. 할 수 없이 병원을 찾았다. 무릎 사진을 찍고 이것저것 체크를 한 결과 퇴행성관절염이라고 했다.

관절은 재생이 안된다. 평생 아껴 쓰다가 더 악화될 경우 인공관절을 넣으면 된다고 의사가 말했다. 퇴행성관절염이란 너무 많이 써서 연골이 닳아 서로 부딪혀 염증을 수반하는 것을 말한다. 몸무게 이외 연골이 닳아 없어질 만큼 무리한 일을 하지 않았는데 퇴행성이라는 진단이 이해가지 않았다. 여기엔 뾰족한 대안이 없다며 고작 진통제 며칠 분을 처방해 주는 게 전부였다.

아직은 수술할 정도는 아니라 그나마 다행이었지만 한참 일할 나이에 퇴행성이라니 은근히 화가 났다. 무릎에 좋다면 무엇이든 도전해보기로 작정했다. 걷기가 무릎에 좋다는 이야기를 많이 들어왔다 걷기를 본격적으로 시작한 것은 우연한 인연에서 시작되었다. 나처럼 무릎 상태가 좋지 않아 고생하고 있던 대학 친구한테 전화가 걸려 왔다. "이번 주말에 바쁜 일 있나?" "괜찮은데." "그럼 내가 좋은데 안내할 테니 무조건 따라와 봐." 친구가 가자는 곳은 여수 앞바다에 있는 '금오도 비렁길' 1박 2일 트레킹 코스였다. 버스 두 자리를 예약했는데 막상 같이 갈 사람이 없다며 함께 가자고 했다.

'비렁길'이라는 이름만으로도 호기심을 자극했다. 비렁길은 표준말로는 '벼랑길'인데 그 지역의 사투리다. 두 사람한테는 트레킹이 무언지 한 번도 해본 경험이 없는 '묻지마 여행'이었다. 얼떨결에 여행사를 따라나선 그곳은 실로 환상의 섬이었다.

걸어가는 곳마다 깎아지른 듯한 기암절벽 사이로 비경이 펼쳐지고 에메랄드빛의 바닷물은 출렁이는 은빛 윤슬로 가득했다. 금오도는 명성왕후가 숨겨놓았다는 섬으로도 유명한데 동백꽃이 어우러진 터널은 물론 기암절벽과 절벽 사이로 멋지게 펼쳐진 절경을 계속 걸으면서 만끽할 수 있었다.

금오도의 트레킹 코스는 다섯 개나 있는데 그중 네 코스를 돌았다. 이 트레킹 코스에 매료되어 2년 동안 그곳만 무려 네 번을 다녀왔다. 비렁길 트레킹 이후 둘이서 주도하여 회원을 모으고 걷기 클럽을 만들어 운영하기 시작했다. 1년이 지나지 않아 회원이 무려 500여 명까지 늘어나는 트레킹 클럽으로 발전했다.

처음에는 주말마다 걸어서 서울 둘레길 157km를 3개월 만에 완주했다. 그 후 서해안 '솔향기길', 양평 '물소리길' 등 가까운 코스를 매주 계속 걸었다. 누구든지 자기가 좋아하거나 신나는 일에는 몰입하게 된다. 30여 년간 즐겼던 골프마저 재미가 없어져 멀리할 정도로 트레킹 마니아가 되었다.

친구와 같이 시작한 트레킹 덕분에 두 사람 모두 무릎이 거짓말 같이 멀쩡해졌다. 무릎이 왜 아프지 않은지 통 이해되지 않았다. 게다가 친구와 나는 죽마고우까지는 아니었지만 나이가 들어서 진정으로 서로 위로해 주고 챙겨주는 막역한 사이가 되었다. 건강을 위해 같이 걷기는 물론 글쓰기 모임이나 각종 행사에 바늘과 실처럼 따라다닌다.

트레킹 코스는 세계 어디든 전문가들이 좋아하는 유명한 곳이 많이 있다. 우리나라에는 세계 어디에 내놓아도 자랑할 만한 1,600여 개의 다양한 트레킹 코스가 있다. 서울에는 서울 둘레길이 있고, 북한산 둘레길, 지리산 둘레길, 제주도 올레길 등은 트레킹 코스의 백미로 불린다.

시골 어디를 가더라도 지자체에서 개발한 코스들도 나무랄 데 없이 훌륭하다. 심지어 코리아 둘레길은 동·서·남해안 및 DMZ 접경지역 등 우리나라 외곽을 하나로 연결하는 약 4,500km의 초장거리 걷기 여행길이다. 동쪽의 해파랑길, 남쪽의 남파랑길, 서쪽의 서해랑길, 북쪽의 DMZ 평화의 길로 구성되며 10개의 광역지자체, 78개의 기초 지자체와 함께 참여했다.

일본에는 제주 올레길을 벤치마킹한 큐슈 지역 코스 외에도 일본 전역으로 확산되고 있다. 걷기 3년 차부터는 국내뿐 아니라 세계적으로 유명한 해외의 멋진 코스를 택해 상하반기에 한 번씩 다녀왔다. 동양의 산티아고라 불리는 일본의 '오헨리 순례길', 베트남의 알프스라고 하는 '사파 다랭이길'도 다녀왔다.

그 중 2018년 봄에 다녀온 몽골의 초원을 걸었던 기억을 지울 수가 없다. 지금도 눈을 감고 생각하면 드넓은 초원 위에 아름답게 핀 야생

화들을 보며 걸었던 기억과 몽골 전통 이동식 천막집인 게르에서 하얀 점을 흩뿌려 놓은 별을 보며 밤을 지새워 이야기를 나누었던 추억들이 새록새록 떠오른다.

지금까지 다닌 길들 중에 걷기 좋은 길은 해외코스나 비경도 좋지만 과거의 옛사람들의 향기가 묻어나는 옛길이었다. 장작이나 막 거두어들인 농산물 등을 지게에 지고 5일 장에 다니거나 보부상이 다녔던 마을길, 수도승들이 도를 닦기 위해 왕래했다는 물소리가 끊이지 않는 계곡길, 선비들이 과거시험을 보러 다녔다는 옛길들이 가장 걷기에 좋았다. 이미 고인이 된 그들과 마음의 대화를 속삭이며 걸었던 즐거움이 머릿속에 남는다.

최근에는 맨발 걷기를 시작했다. 접지라 불리는 소위 어싱(Earthing) 치료법이 세상에 회자되면서 너도나도 참여하고 있다. 경험자들 말에 의하면 맨발 걷기는 무릎관절에 좋을 뿐 아니라 면역력 강화, 통증 완화 심지어는 암치료까지 된다고 호들갑을 떨고 있다. 마침 가까운 안양 천에 맨발 걷기 코스가 있어서 하루에 5~6km를 걷는 중이다.

걷기는 무릎 보호를 위해 시작했지만 이제 내 삶의 일부가 되었다. 걷기가 좋은 점은 자연 그리고 다양한 사람과 걸으며 새로운 에너지를 충전할 수 있어서다. 쉼표는 악보에만 있는 게 아니라 삶에도 필요하기에 휴식은 절대적이다.

지금도 트레킹을 가기 전날은 유년시절 소풍가는 마음으로 늘 가슴이 설레어 잠을 제대로 자지 못하는 경우가 많다. 트레킹을 즐기는 방법은 여러 가지가 있다. 뉴질랜드 밀포드나 안나프루나 트레킹 같은 전문가들이 즐기는 방법도 있고, 한강 변을 걷거나 집 근처를 가볍게 걷는 도보도 있다.

여행은 다리가 떨리면 못하니 가슴이 떨릴 때 해야 한다고 했다. 나도 트레킹 덕분에 당분간 다리 떨리는 일은 없을 테니 이 얼마나 큰 하나님의 선물이며 행복한 일인가. 늘 함께 걸어준 친구와 동행자들이 한없이 고맙다.

✈ Profile
전) 현대오토넷 대표이사. 저서:《멈춰서서 뒤돌아보니》

PSA 씨름에서 한판승

이정화

"전립선암 2기입니다." 2015년 초여름 조직검사 결과였습니다. 그러기 2년 전인 2013년 종합검진에서 전립선염이라 하여 매월 혈액검사 등 관리를 꾸준히 했습니다. 결국 PSA(prostate-specific antigen)의 수치가 6으로 올라 암으로 진전된 케이스입니다.

PSA란 전립선특이항원을 말합니다. 전립선의 상피세포에서 생성되고 정액의 액화(液化)에 관여하는 단백질 분해효소입니다. PSA는 전립선암의 진단에 매우 중요한 종양표지자(tumor marker)로 수치가 높을수록 위험합니다.

큰 병원 명의들을 찾아 의논했더니 로봇수술을 하면 완치된다고 합니다. 2015년 9월 로봇 수술을 받았습니다. 주치의가 수술은 아주 잘 되었다고 저와 아내에게 이야기하더군요. 저는 별걱정 없이 주치의가 시키는 대로 혈액검사, CT, MRI, PET CT를 분기별, 반기별 검사를 했습니다.

수술 직후 0.06으로 떨어져 성공적이었습니다. 수술 후 3년이 지나면서 PSA 수치가 계속 올라 2019년도에는 1.41까지 오르더군요.

2020년도 초 한창 코로나19가 번성할 때였지요. 병원을 찾아 매일 1회씩 5주간 24회 방사선 치료를 받았습니다. 하지만 PSA 수치는 1.54였습니다. 주치의가 많이 걱정했습니다.

참고로 정상인은 PSA 수치가 3 이하면 괜찮지만 전립선암 수술을 한 사람은 0.5 이하가 되어야 안심입니다. 그래야 다른 암으로 전이되는 위험에서 벗어날 수 있다고 합니다. 주치의가 호르몬 치료를 매월 6회 더 하자고 권했습니다. 그의 의견에 따라 주사를 맞고 PSA 수치가 0.87로 나왔습니다. 드디어 청신호였습니다. 나는 용기를 갖고 새롭게 도전할 힘을 얻었습니다.

이때부터 암 극복을 위한 공부를 시작했습니다. 전국 암 환자 만 명이 속해 있는 밴드를 관리하는 분을 친구가 소개해 주어 만났습니다. 암으로 사망 선고까지 받았는데, 비타민C 고용량 치료로 완치가 되었다고 합니다. 그분은 저에게 비타민C 90g 고용량을 식염수에 타 주 1~2회 혈관주사를 맞도록 권했습니다.

2020년 4월부터 비타민C 정맥주사를 맞기 시작했습니다. 비타민C 정맥주사 요법은 면역치료 요법입니다. 암세포의 모양새가 포도당과 흡사하기 때문에 암세포가 포도당으로 착각하고 비타민C를 먹게 된다고 합니다. 비타민C는 수용성이기 때문에 몸에 저장되지 않고 소변 등으로 배출됩니다.

배출되기 전 산화되면서 과산화수소로 변하여 암세포를 죽이고 암의 재발을 막는 역할을 한답니다. 비슷한 시기에 명상 자연치료 방법도 알아봤습니다. 기존의 병원 치료법과 병행하는 데에 전혀 문제가 없을 뿐만 아니라 전립선암 수치를 낮추는 법이 실린 책을 소개받았습니다.

구선 저자의 《본제의학 원리》라는 책이었습니다. 저자는 본제의학이란 병을 단순히 극복해야만 하는 대상으로서만 판단하는 이분법적 사고방식에서 벗어나 생명의 기본 원리에 따라 병의 발병 원인에서 결과에 이르기까지 그 해결책을 찾는 보다 종합적인 치유 방법이라고 말합니다.

그 책의 저자인 구선 스님을 직접 만나서 상담도 받았습니다. 본인의 전립선암은 미주신경 계통 간의 연결 단절, 뇌하수체 호르몬의 분비 이상 등이 그 원인이 되었다고 합니다. 이 이상을 바로잡기 위해서는 세포나 신경 간의 통신에 필요한 적정량의 전기를 공급해 주어야한다고 합니다. 비디 케어용품인 도드리 전자 옷과 도드리 삼극침대와 같은 장치들의 도움을 받고, 이와 동시에 경직되어 있거나 불균형 상태에 놓인 뇌와 척수의 모든 영역을 정상화할 수 있도록 운동도 겸해야 한다고 말하더군요.

손가락, 발가락만의 운동으로 뇌와 척수, 그 전체를 운동시킨다는 뇌척수로 운동법, 뇌를 직접 운동시킨다는 것도 믿지 못할 일이었습니다. 그것도 손가락, 발가락을 움직여서 몸속 깊이 자리 잡은 인체의 핵심 기관들을 운동까지 시킨다니요. 이 운동을 배우는 과정에서 만난 한 성형외과 원장님이 들려준 투병 체험담을 들으면서 차츰 열심히 병행하면 그처럼 병을 나을 수 있으리라는 믿음을 가질 수 있었습니다.

자전거가 취미인 데다가 기초 체력마저 남달랐던 그는 동호인들과 함께 전국을 누비고 다녔다고 합니다. 자신이 전립선암에 걸린 줄 모르고 자전거를 열심히 타고 다니는 사이에 암세포가 온몸에 전이되었던 거지요. 이름하여 다발성 골수종. 엑스레이를 찍었더니 몸 전체가 마치 함박눈이라도 맞은 것처럼 얼룩덜룩하게 나왔다고 합니다.

지인의 소개로 스님을 찾은 그 원장은 정상 세포들이 필요로 하는 적정량의 전류를 공급해 준다는 전자요법과 더불어 뇌와 신경망을 활성화하기 위한 뇌척수로 운동에 사력을 다해 완치되었습니다. 너무 늦어서 치료조차 불가능하다는 판정을 받았던 사람이 불과 2년 만에 정상인이 되었다고 합니다. 놀라운 일이었습니다.

그의 체험담에 용기를 얻었습니다. 2020년 12월을 기점으로 건강힐링센터에 가서 전자옷을 입고 뇌척수로 운동을 시작했습니다. 이 방법들은 서로 간에 방해가 되지 않아 다행이었습니다. 병원 진료도 정기적으로 받으며 호전 가능성을 느꼈습니다.

비타민C 고용량 주사와 전자옷, 삼극침대를 사용하면서 뇌척수로 운동을 2년여 동안 열심히 했습니다. 혈액검사에서 2021년 11월 이후부터 PSA 수치 제로(0)가 되었습니다. 여러 가지 방법을 병행했기에 한 가지만을 콕 집어서 이야기하기는 어렵습니다. 이 글을 쓰는 이유는 병원을 믿고 치료를 하되 암과 난치병을 극복하는 데는 다른 여러 가지 방법이 있을 수 있다는 것입니다. 즉 자신에게 맞는 치료 방법 병행이 중요하다고 봅니다.

암 환자들은 병원 치료를 받으면서 완치를 위해 자기 자신에 맞는 치료 방법을 병행해 병이 악화되지 않도록 하는 것이 아주 중요하다고 합니다. 지금은 비타민C 정맥주사 대신에 비타민C 복용으로 바꾸었으며, 매주 1회는 꼭 건강힐링센터에서 전자옷도 착용하고 뇌척수로 운동과 호흡 운동으로 건강을 지키고 있습니다.

그동안 암 수술 후, 8년 동안 암 수치를 낮추려고 마음고생과 병원 치료로 힘들었습니다. 비책은 평소 스트레스 받지 않고 운동이나 음식 관리가 매우 중요하다고 생각합니다. PSA가 제로(0)가 된 이후부터는 마음의 안정도 찾고 편해졌습니다. 앞으로는 이번 암 극복을 시금석으로 삼아 건강을 최우선 순위로 하겠습니다.

아픔을 통해 건강의 소중함을 절실히 깨닫는 계기가 되었습니다. 혹 어떤 병에 걸린다 해도 친구처럼 함께 할 용기도 생겼습니다. 평소의 생활이 내 몸을 그대로 반영하고 표현할 테니 자족하며 남은 삶을 이기적이기보다 이타적 삶을 살기로 다짐합니다. 부족한 이 글을 쓰는 것도 아픈 분들께 자그마한 소망과 용기를 주기 위함입니다.

↗ Profile
삼성SDI 근무, 셀리드 이사

오기로 다져진 오(5)기회

이형하

　이른 아침 공항터미널에 모인 머리가 희끗희끗한 모습의 우리 일행 여덟 명은 초등학교 소풍 가는 어린 애들이나 다름없었다. 한여름이라 가벼운 반소매 티셔츠에 바람막이를 가볍게 입고 있는 친구도 있었고 알록달록한 그림무늬 티셔츠에 배가 남산만큼이나 툭 튀어나온 친구도 있었다. 거기에 더하여 벙거지 모자에 청바지 차림의 젊은 사나이 모습도 있었는데 누가 보기엔 친구들 모임 여행보다는 동네 아저씨들 계모임 정도로 비춰지지 않았나 싶다.

　약 3시간의 비행 후 내린 곳은 러시아 블라디보스토크였다. 우리가 이곳으로 여행지를 결정한 것은 2박 3일간의 짧은 여행 일정 때문이기도 했고, 우리 조상들이 해외 독립운동의 전초 기지로 역사적 가치가 매우 커서 후손들이 많이 배울 수 있는 곳이기도 했기 때문이다. 그리고 태평양으로 세력 확대를 도모하려는 러시아의 거점 도시로서의 의미가 클 것으로 보았다. 많은 논란과 토론 속에 결정한 이곳에 와서 보니 우리나라 관광객뿐만 아니라 다른 나라 사람들도 많이 보였다.

　호텔에서 여장을 풀고 곧바로 여행이 시작되었다. 거리의 모습은 군

사시설이 있는 루스키 섬을 비롯해 해안 지역은 러시아 혁명의 발상지다운 극동 해양사령부의 웅장한 건물과 혁명광장, 레닌 동상 등 섬뜩한 분위기가 주를 이뤄 마음을 주눅 들게 했다. 관광지역은 유럽풍의 카페와 레스토랑, 젊은이들의 자유스러운 옷차림, 다양한 보드카와 와인을 팔고 있는 스토어 등 세계 어느 도시와 다를 것 없는 자유와 낭만이 가득 차 있는 도시 풍경이었다. 특히 이곳은 북한의 김정은 통치 이후 북러 정상이 서로 만나오는 곳이기도 하며 2012년에는 APEC 정상 회담이 열렸던 도시다. 특히 러시아의 정치와 경제의 거점 도시로 특히 군사적 요충지이기도 하다.

3시간 정도 시베리아 횡단 열차를 타보기도 했고 루스키 섬에 들러 탁 트인 태평양을 바라보며 호연지기를 꿈꾸는 사나이들처럼 마음껏 부풀어 오른 가슴을 쓰다듬기도 하였다. 러시아 최대의 대학인 극동연방대학교 교정을 걸어보며 군사강국인 러시아 젊은 학생들과 대화해 보는 시간도 가져보았다.

저녁에 샤슬리 특식인 곰새우와 킹크랩 등 해물 특산물 요리를 마음껏 먹고 나니 세상이 달라 보이기도 했다. 식사 후엔 핀란드식 사우나에 가서 모두가 홀랑 벗고 어릴 적 시냇가에서 물장구 치던 모습으로 돌아가 즐겼던 순수한 우정이 이제 못내 아쉬운 추억이 되어 가고 있다.

지난 코로나 팬데믹 전 중국 운남성의 고도 여강과 샹그릴라, 옥룡설산, 차마고도의 트레킹은 우리 여행의 최고의 진수였다. 4,600m 고지까지 케이블카를 타고 만년 설경의 황홀함에도 취해 보았고, 트레킹 체험을 위해 수천 길 낭떠러지를 옆에 끼고 교행이 불가능한 비포장도로를 수명이 다 된 중고차로 현지 여성 운전기사가 차를 쌩쌩 몰고 휘

파람을 부르며 달리던 순간의 아찔함을 느끼기도 했다. 손에 땀이 날 정도로 긴장감이 극에 달한 순간이었다. 거기에다 고산 지대의 산소 부족으로 오는 어지럼증의 고통은 여행의 추억으로 남아있다. 아직도 그때 힘들어하며 고생했던 친구들의 모습과 추억이 우리에겐 늘 가슴 깊이 담겨져 있다. 그리고 다시 한 번 도전하고픈 남은 과제가 되었다.

말도 많고 탈도 많았던 우리 현대모비스 입사 5기들은 1978년 현대그룹 공채 사원으로 서로 만나 그 해부터 초급 관리 사원을 시작으로 부회장, 사장 등 임원으로 퇴직하기까지 45년 동안이나 지속적인 만남을 이어가고 있다. 지금은 이름을 부르면 12명인데 주로 모이는 친구들은 서울에 거주하는 8명 정도이다. 퇴직 후 거제도, 통영 및 서해안 등 국내 여행을 시작으로 블라디보스토크를 비롯한 해외여행과 중국의 운남성의 차마고도 트레킹까지 했고, 올 12월에는 브루나이 공화국을 다녀올 예정이다. 매월 시간이 가능한 친구들은 서울대공원과 남산 둘레길, 백운호수와 광교호수 등을 걷고 막걸리에 파전, 도토리묵은 필수 단골메뉴가 되었다. 집에서 싸 온 생오이, 사과와 커피는 간식거리가 되어 이야기꽃에 분위기를 더해 준다. 대부분은 과거 평사원 시절에 겪었던 내용이다. 대상은 카리스마가 대단한 분의 이야기가 많은 게 특징이다. 아마도 지독하게 힘들게 했던 분이 우리의 추억을 많이 남겨 주어 당시엔 힘들었지만 지금은 고맙기만 하다.

한 회사에서 서른 해 이상을 한솥밥을 먹었고 때로는 서로 업무의 갈등으로 다투기도 했으나 힘들고 지칠 때 소주 한 잔으로 말끔히 씻어 버렸고 서로를 도와주며 아끼는 마음으로 살아왔기에 오늘이 있지 않았겠는가?

신입사원 시절부터 우리는 일하는 자세가 달랐고 성과도 차이가 났으며 회사의 불합리한 제도를 개혁하기 위해 과감히 활동하여 선배들로부터 따가운 시선을 받기도 했고 어려운 일에는 앞장서기도 하였다. 그래서 회사 내 입사 5기는 오기가 정말 대단하다는 칭찬을 수없이 들었다.

서로 다른 분야 해외시장 개척의 수출역군으로, 국내의 여러 사업장에서 성장의 주인공이 되어 기아자동차의 정상화에도 한몫 했던 우리들. 비록 지금은 머리가 빠져 노인처럼 보이지만 그래도 염색을 하면 풋풋한 청년임이 분명하다. 청계산을 3시간 만에 오르내리는 친구, 동서양 철학을 섭렵한 친구, 외국어를 우리말처럼 구사하는 친구, 또 전자기타나 드럼 연주회를 준비하는 친구, 백대 명산 종주를 거의 다 마쳐가는 친구 등 자랑거리가 한두 가지가 아니다.

몇 년 전에는 사업을 하는 친구가 어려움을 겪던 중에 우리의 작은 성의를 모아 도움을 주었던 일이 큰 보람으로 남는다. 이제는 폼 잡는 나이는 아닌 것 같고 조용히 선후배들과 와인이나 한잔 하며 미래의 희망을 이야기함이 더 좋을 것 같다.

노철학자 김형석 교수는 인생에서 가장 좋은 나이가 60에서 75세 사이라고 하던데 우리도 이젠 좋은 나이를 졸업할 때가 되어 가는가 보다. 한 달에 절반을 골프를 치고 해외여행에다가 가족들과 외식을 즐겨도 비난할 사람이 누가 있겠는가? 이제 자식들 모두 출가시키고 홀가분하게 하나씩 하나씩 내려놓으면서 남은 날을 헤아리며 살아가자. 유엔이 정한 나이로는 80세부터 노인이라는데 아직 노인 축에도 한참 못 미치는 나이 아닌가. 야한 바지에 새빨간 점퍼를 입고 다닌다고 누가 나무라겠는가. 건강만 잘 지켜 나가면 되지. 선후배들에게 밥이나 잘 사 주고 그들이 초대하는 골프에 나가면 한없이 기쁘지 아니하던가.

나이가 들면 어린아이가 된다는데 사소한 말 한마디에도 토라지는 모습들, 그래도 돌아서면 다 잊고 만다. 원치 않은 질병에 이미 별나라로 떠난 친구, 사업이 신통치 않아 힘들어했던 친구, 현재도 회복 중에 신구약 성경을 필사한 친구, 조용히 건강을 다져 나가고 있는 친구들. 그래도 우리는 젊음을 바쳐 회사 일에 밤을 새웠고 가정은 내팽개치고 바보처럼 열심히만 살아온 친구들 아니던가. 훗날 후배들은 우리를 뭐라고 할까? "바보처럼 살았군요." 그럼에도 불구하고 보람찼던 지난날이다.

그래도 못다 한 얘기는 다음 여행 때 하기로 하자. 그때는 좀 배려가 부족하더라도 서운해 하지도 말고 서로 이해해주며, 허물은 덮어주고 좋은 얘기만 하기로 하자. 단 두 명이 남을 때 까지 이 모임, 이 우정은 계속 되었으면 좋겠다. 더더욱 지난 여름에 서로 일정이 달라 못 갔던 몽골 여행이 너무 아쉬웠다. 내년 봄에는 꼭 가서 넓은 초원에서 말을 타고 기상을 뽐내 보자꾸나. 그리고 약속했던 양 한 마리 꼭 잡아 실컷 먹어보자.

이번 브루나이 공화국 여행 때 못다 한 얘기 더 나누자. 아참! 브루나이는 이슬람 문화권이지? 그럼 무슨 음식이 잘 어울릴까? 잠 못 이루는 브루나이의 밤이 기다려진다!

✦ Profile
경영설턴트로 활동 중, 전) 현대차그룹 부사장, 선일다이파스 부회장

싱가포르인 의동생

장동익

1994년에 사업관계로 한 중국계 싱가포르인을 처음 만나게 되었다. 미국의 석유왕 록펠러는 《인생충고》라는 책에서 말했다. "일반인과 대화를 나눌 때는 다만 30%만 말하고, 친한 사람과 대화를 나눌 때도 50%만 말하고, 가족과 대화를 나눌 때도 단지 70%만 얘기하라."

이 충고는 중국인에게도 그대로 적용된다고 한다. 내가 S그룹에서 근무하던 시절 중국과의 수교 이전에 당시 포르투갈령이었던 마카오의 중국인 최고 실권자가 소유한 회사와의 국내 독점 교역 창구 역할을 했었다. 마카오를 드나들면서 느꼈던 중국인에 대한 감정을 잘 대변해 주는 말이다.

한국인은 자신을 쉽게 드러내기 때문에 서로 쉽게 친해진다. 그러나 중국인은 자신을 잘 드러내지 않기 때문에 친해지기까지 매우 긴 시간이 걸린다. 그러나 일단 친해지면 형제자매보다도 더 끈끈한 정을 나눌 수 있다고 한다.

1993년 하반기에 S그룹사를 퇴사하고 당시 새로운 개념의 솔루션 부문에서 세계 1위였던 미국 회사의 국내 독점대리점 사업을 하는 회사를 개업하게 되었다. 1994년부터 파트너사의 한국 사업 관할권이 싱가포르 현지법인으로 옮겨지면서 싱가포르 법인의 C대표를 처음 만났다. 동 사업은 신속하게 확장되어 C대표와의 만남은 빈번하게 이루어졌다. 자연히 그의 부인과 어린 외아들과의 만남도 잦았다.

C대표는 중국인으로서 홍콩 태생으로 나보다 4살 연하였고, 부인은 중국인으로 싱가포르 태생이었다. C대표보다 7살 가량 어렸지만 당시 세계적인 컴퓨터 하드웨어 업체로 승승장구하던 W컴퓨터의 최연소 간부로 대단한 활약상을 보이던 여성이었다. 앞에서 설명한 대로 중국인은 자신의 본모습을 잘 드러내지 않아 깊이 사귀기까지는 많은 시간이 소요된다. C대표 부부도 역시 마찬가지였다. 그러나 업무관계가 보다 심화되고 만남이 거듭되면서 서로 마음 속 깊은 곳을 터놓기 시작했다.

C대표 가족 모두가 한국을 1달간 방문하던 1998년 12월에 설악, 제주 및 서울 인근 관광을 함께 했다. 설악에서 체류하던 호텔에서 함께 아침 식사하던 중 C대표 부부가 우리 부부에게 의형제 맺을 것을 제안하였다. 그 후로 이미 비공식석상에서는 오래 전부터 호칭해 왔던 '형님(Hyungnim)'을 공식적으로 부르기 시작했으며 실질적인 의형제 관계를 맺는 기념 만찬도 함께 가졌다. C대표의 이름은 KF Chan 이다.

설악 및 제주 지역 관광을 마치고 분당의 우리집으로 돌아와 마지막 서울 인근 관광을 하는 첫날이었다. KF가 아침 식사를 하는데, "형님(Hyungnim), 나는 몸이 좋지 않아 아침을 못 먹겠네. 집에서 혼자 쉴 테니 아내와 아들만 데리고 갔다 오시오"라고 말했다. 싱가포르로 돌아가기 전 3일간 계속 몸이 좋지 않아 집에서 쉬고 있었다.

그들이 모처럼의 한국여행을 마치고 싱가포르로 돌아갔는데 약 1개월 후 그가 간암 3기로 회복하기 쉽지 않을 것이라는 연락을 받았다. 뜻밖의 소식이었다. 그러나 회복을 위한 KF 부부의 간절한 소망과 함께 끈질긴 노력 끝에 그다음 해에는 회복되어 가는 모습을 보였다.

얼마 후 그의 사무실 임직원 가족 모두 함께 하는 인도네시아령 빈탄 섬 여행에 우리 부부를 초청했다. 몸은 좀 수척해졌지만 건강한 모습으로 함께 할 수 있는 기쁨을 맛보았으며 보람찬 1주일의 여행을 즐겼다.

그 기쁨도 잠시, 2001년 하반기에 암이 전이되고 심화되었다는 연락을 받았다. 결국 그다음 해 저세상으로 떠나고 말았다. 이제 막 의형제를 맺어 100세 시대를 함께 구가할 수 있는 계기를 맞이했는데 KF는 너무 허망하게도 떠나버리고 말았다.

그의 아내와 나는 한동안 이메일이나 전화로 대화하다가 2013년에는 우리 부부가 싱가포르를 다시 방문하였다. 젊은 나이에 남편을 잃은 한이 얼마나 컸을까마는 우리는 싱가포르에 체류하는 10일 가까운 시간을 그녀의 집에서 체류하면서 C대표와 함께 방문했던 식당들을 돌며 나름 즐거운 시간을 보냈다. 물론 그녀는 내게나 아내에게 형님이라고 불렀다.

그 후 싱가포르에서 주로 활용하고 있는 'Whatsapp'이라는 SNS앱 통해 교신했었다. 코로나19가 해소되어 가던 2022년 7월 25일 그녀가 이제 핸섬한 청년으로 성장한 아들과 함께 방한했다. 나는 최선을 다해 그들의 방한을 위한 준비를 했다.

1주일여 대부도 집에서 체류하고, 3일은 속초에서 지내고, 나머지 4일간 아들의 친구들을 만나기 위해 명동의 한 호텔에 체류하면서 보람

있는 여행을 마치고 떠났다. 그의 아들은 내 둘째 아들을 따라 변호사가 되기를 원했지만 중도에 투자자문회사에서 투자자문역할을 하는 것으로 진로를 바꾸었다. 세계적인 대형사에 취업하고 잠시 쉬는 기간 동안 방한하게 된 것이다. 이번 방한 때 그녀와 아들이 우리 부부를 'God Parent(대부모)'로서 역할해 줄 것을 간곡히 부탁하였다. 물론 우리 부부는 감사하는 마음으로 흔쾌히 승낙했다.

그녀가 귀국하고 나서 얼마 후 자신의 가장 가까운 친구의 남편 장례식에 참석차 미국으로 떠난다는 연락을 받았다. 가슴이 철렁 내려앉았다. 나는 의형제를 맺은 KF가 저 세상으로 떠났다는 소식을 듣고도 당시 중요한 일 때문에 장례식에 참여하지도 못했고 대신 전화와 메세지로만 교신했을 뿐이었다.

동화작가 정채봉은 《처음의 마음으로 돌아가라》는 글에서 손수건과 같은 만남이 가장 아름다운 만남이라고 했다. 힘이 들 때는 땀을 닦아 주고, 슬플 때는 눈물을 닦아 주기 때문이라고 한다. 그녀와 아들이 한국을 방문했을 때 혼자 잠자리에 들면서 "동생, 너 지금 하늘에서 네 아내와 아들이 나와 함께 행복하게 지내고 있는 것을 보고 있지? 내가 이제 네 아들의 대부야. 내가 최선을 다할게. 네가 지금 웃고 있는 것 같아"라며 눈물을 흘렸다.

✦ Profile
한국디지털문인협회 자문위원, 핸드폰책글쓰기코칭협회 고문, 세종로국정포럼 교수회장 Smart Working 협의회, 감사나눔연구원 디지털연구소장

인연

전윤채

섬진강과 녹차밭으로 어우러진 천연 자연환경을 맞이하기 위해 하동으로 운전대를 돌렸다. 각각의 인생 이야기를 지닌 사람들을 만나 내어주는 차를 마시며 머리 아픈 문제를 잠시 내려놓고 싶었다.

섬진강을 따라 달리던 도로에서 바라보는 강물 위에는 색색의 에너지 가득한 보석을 담은 햇살이 한꺼번에 쏟아져 내려와 반짝반짝 빛이 나고, 온통 은빛 물결로 잔잔하게 흐르고 있었다. 오! 빛의 손으로 자연이 오롯이 그려낸 최첨단의 걸작이었다.

하동 쌍계사로 가는 길목에 들어서니 입구에서 3~4학년쯤 되어 보이는 남자 초등학생 두 명이 달리던 차를 향해 손을 흔들었다. 차를 세워 아이들을 태우고 자초지종을 들어보았다. 아이는 집이 이 길을 따라 한참 올라가는 곳에 있다고 했다. 히치하이킹을 위해 지나가는 차에게 몇 번이나 손을 들어 도움을 청했지만 외면하고 그냥 지나가더라고 했다. 형인 듯 보이는 아이가 말했다.

"보살님은 참 친절하시고 마음씨가 좋은 분 같아요"라고 했다.

'보살님? 이 티 없이 맑고 어여쁜 아이들 보소!' 아이들이 보살님이라 했던 말로 인해 속으로 어찌나 사랑스럽고 기특하고 예뻤는지 모른다. 도시에서 자라는 아이들에게서는 들어본 적이 없었던 신선한 단어라 영혼의 꽃이 활짝 피어났다.

하동에는 큰 절부터 작은 절까지 여러 절이 많다. 자연적으로 어른들 사이에서 생활언어를 '스님'이나 '보살' 같은 불교 용어를 많이 사용하고 있었다. 지역 환경의 영향으로 보고 듣고 익혀온 아이들도 자연스럽게 사용하는 언어였던 것이다. 주변 환경의 영향은 무시할 수 없다.

차 안에서 아이들은 오락실에 갔다가 집으로 돌아가는 길이라고 이야기해 주었다. 아이들 집 앞에 도착하자 자그마하고 고운 할머니가 우리를 맞이하셨다. 인사를 드리고 아이들을 내려주고 돌아섰다. 할머니는 당신 손주들을 태워줘 고맙다며 점심 식사라도 하고 가라고 붙드셨다. 이 산중에서 어떻게 살아가시는지 궁금하기도 하고 무엇보다 집을 찾아온 사람은 물이라도 한잔 대접해서 보내고자 하는 우리네 정서가 느껴져 집안으로 사뿐히 들어갔다. 소박하게 차려주시는 할머니의 밥상을 받아 약간 허기진 점심 식사를 맛있게 했다.

할머니는 손주들이 이 첩첩산중 하동에 왜 들어와서 사는지 사연을 알려주셨다. 아들의 사업실패로 손자들을 할머니가 도맡아 돌봐 준다고 하셨다. 할머니는 한숨을 지으시며 손주 키우는 고충을 말씀하셨다. 제일 힘든 건 손주들이 저녁 늦은 시간까지 게임하는 것이라고 했다. 손주들에게 늦은 시간까지 제발 게임을 하지 말고 공부 좀 하라고 누누이 말해도 잘 듣지 않아서 속상하다고 하셨다.

아들은 왜 사업실패를 한 걸까? 우리는 어려움을 겪게 되면 보통 실패한 것에 대해 절망하고 주저앉아 한탄하면서 겨우 힘을 차려 또 새로운 일을 한다. 실패한 원인에 대해 연구를 해서 정리된 정확한 답을 가지고 일을 찾는 게 아니다. 어려움이 올 때는 분명히 이유가 있는데도 말이다.

주름이 가득한 할머니의 한숨 섞인 이야기를 들으면서, 자식의 생활고로 인해 손주들을 거두어야 하는 힘든 심정을 들으니 가슴이 아려왔다. 할머니는 식사를 마친 것을 보시고는 어딘가 불편하신 듯 한손으로 바닥을 짚으며 일어나시더니 전기 밥통에서 물이 담긴 작은 그릇을 꺼내셨다. 밥통에서 데워진 따뜻한 물로 커피믹스 한 잔을 타 주셨다. 할머니께서 타 주시는 커피를 마시려다가 물을 따뜻하게 데우시는 참신한 비법이 우리 민족의 전기 절약의 아이디어를 만난 것 같아서 반갑고 놀라웠다. 하동에 와서 두 번 놀란 셈이었다. 이 아이디어의 근원은 전기가 없던 시절에 우리 선조들이 가마솥이라는 것을 사용하면서 밥 위에 감자와 고구마도 찌고 계란찜도 하지 않았던가.

커피잔을 들고 커피를 마시려고 하다가 조금 전까지 할머니의 이야기로 가슴 아리던 자리에 순간적으로 그만 웃음이 터지고 말았다. 나는 한껏 웃으며 말했다. "전기 절약의 도인이시네요." 할머니가 지혜의 도인으로 보이자 안돼 보였던 할머니로 보이는 게 아니라 오래전부터 알고 지냈던 분처럼 정이 느껴졌다.

할머니도 분위기가 편해지셨는지 나에게 물으셨다.

"새댁은 어떻게 이 하동에 왔능교?"

혼자 하동에 온 것이 궁금하실 수도 있을 것 같았다.

아주 부드럽고 간결하게 대답을 했다.

"아마도 제가 고우신 할머니와 훌륭하게 자랄 아이들을 만나려고 하동에 왔나 봅니다."

대답을 들으신 할머니께서 방글방글 웃으셨다. 순간 울컥하며 눈시

울이 적셔졌다. 할머니께서 손자들을 거두느라 힘들어 하셨는데 말 몇 마디로 잠깐 동안이나마 웃으셔서 다행이라는 생각에 스스로 위로가 되었다. 아이들을 불러서 두 손으로 서로 마주 잡아 보기도 하고 형과 동생을 번갈아 가며 살포시 안아주었다. 아이들도 자신들을 챙겨주고 관심을 가져주는 사람이 있어 기분이 좋은지 수줍어하는 듯하면서 표정이 밝다.

사회에 소외된 아이들이 얼마나 많을까? 아이들이 따뜻한 정이 얼마나 그리울까? 누군가 그랬던가? 이웃이 아프니 나도 아프다고. 우리는 제 각각 하나의 개체이면서 서로 연결고리로 이어져 넓고 광량한 우주 속의 지구촌에서 살아가고 있다. 우리 국민 다수가 함께 소외되어 정신적으로 아프고 힘든 청소년들의 고민을 상담해주고 보살펴주는 사회 부모로서 사회로 나와 시급한 청소년 자살문제부터 연구하며 풀어가야만 희망을 가지고 꿈을 이루어가는 살기 좋은 세상이 된다며 정법 강의에서 수차례 강조하고 말씀하신다.

산중에서 티 없이 자라고 있는 아직은 어린 두 형제가 서로 잘 도와가며 건강하고 바르게 잘 자라 다 함께 밝고 희망찬 사회를 만들어 가는 청년으로 성장하기를 바라는 간절함이 와 닿았다.

아이들과 눈을 마주보며 "게임하는 시간을 조금 줄여 공부도 하고 책을 읽는 시간을 가진다면 멋지고 실력 있는 청년으로 자랄 거야! 멋진 실력 있는 청년이 되는 게 좋아? 아니면 아주 볼품없는 청년이 되는 게 좋아?" 하고 물었더니 사랑스러운 아이들이 반짝이는 맑은 눈빛으로 "실력 있는 멋진 청년요?" 하고 대답했다.

"한 번 더 제창! 또 한 번 더!" 아이들은 외치며 다짐했다.

할머니와 아이들의 인연을 뒤로 하고 조금 추운 늦가을이지만 창문을 열어두고 아이들과 올랐던 길을 다시 내려오면서 서운함을 느꼈던 남편의 입장을 생각해 보았다. 돌이켜보면 나 자신의 욕심으로 비롯된 서운함이었다. 남편을 탓하면서 내가 옳다라고 고집스럽게 생각을 하다보니까 나 자신을 돌아볼 수가 없어 문제의 실마리를 풀 수가 없었던 것이다.

✈ Profile

책글쓰기 9대학 회원, 정법 공부 중

HS 교수와의 40년 동행

전효택

내 평생의 인연이라 일컫는 HS 교수님을 1979년 여름 서울에서 처음 만났다.

그는 그때 일본 도쿄대학의 조교수로서 40대 초반이었으나 이미 전공 분야에서 국제적 수준에 올라 있는 연구자였다. HS 교수는 자그마한 체구에 홍안이면서도 머리는 백발인 수재 형이었다. 나는 그해 2월 모교에서 공학 박사 학위를 마친 때였다. 그의 한일 공동연구에 내가 한국 측 연구원으로 참가하면서 인연이 시작되었다. 나는 한 달간 그와 함께 '한국의 화강암 분포지역과 관련 광화작용 연구'를 목적으로 거의 전국에 걸쳐 현장 지질답사를 했다. 이 시기에 나는 화강암 활동 관련 금속-비금속 광화작용에 대하여 현장 방문 경험을 통해 심도 있게 공부할 수 있었다.

이 인연을 시작으로 다음 해 봄에 HS 교수연구실에서 박사후(Post-Doc.) 연구를 시작하게 되었고, 그 이후 교수 생활 평생의 인연이 되었다. 그는 도쿄대학 출신으로 이 대학에서 박사학위를 취득한 후 조수(우리의 조교수)로 재직하다가 캐나다 맥킬대학교로 유학, 박사후 연구 과정을 마치고 모교로 돌아와 교수 생활을 계속한 전형적인 도쿄대학인이다. 도쿄대학의 교수가 되려면 도쿄대학 출신으로서 이 대학에서 박사 학위를 취득하고, 영어권의 유명 대학에서 박사후 연구 경험을 쌓고 돌아오는 과정을 거치는 게 일반적이었다. 그는 현재 일본 도쿄대학 명예교수로서 80대 중반이다. 도쿄에서의 마지막 대면이 2016년 12월이나 여전히 연락하고 있으니 40년이 훨씬 넘는 인연이다. 그는 정년 후 자원봉사로 일주일에 하루 대학 박물관에서 암석 광물 시료를 분류 정리하고 있었다.

교수님의 좌우명은 "What should I do next?"였다. 한 가지 업무를 마치고 나서 "다음에 나는 무엇을 해야 하지?"라는 질문은 항상 준비하고 아이디어를 개발하려 하는 자세였다. 나도 그의 좌우명을 나의 좌우명으로 삼으며 교수 생활을 시작했다. HS 교수의 매사에 겸손한 예의와 조용하고 차분한 목소리, 학문적인 자존심과 수월성에 대한 자신감은 내게 교수로서의 롤 모델이 되었다.

본인의 연구 관련 업무는 조교나 대학원 학생들에게 맡기지 않고, '내 일은 내가 스스로 한다'는 정신과 고집은 배울만하였다. 연구실 생활로 서로 가까워지자 홀로 유학 나와 생활하는 나를 집으로 식사 초대해 주고 물심양면으로 배려해 준 정성과 친절을 잊을 수 없다. 그는 매우 솔직한 면이 있다. 한 번은 내게 '여성을 좋아하느냐'는 질문을 했다. 나는 그의 질문이 너무 의외이고 교수의 질문으로 적절치 않게 보여 대답은 피하고 미소만 지었다. 그는 내게 '나는 여성을 좋아한다, 남자가 여성을 좋아하지 않는다고 말한다면 그는 남자가 아니고 위선자이다'라고 말할 정도로 솔직한 분이었다. 내게 일본어 회화를 빨리 배우려면 도쿄에서 일본 여성을 친구로 사귀라고 했으나 기회는 없었다.

내가 모교의 조교수로 발령받고 나서부터는 외국에서의 국제학술회의 참가나 야외 현장답사 프로그램에 함께 참가하는 일이 잦아지고 숙소에서의 룸메이트가 되어 왔다. 한일공동방문연구와 현장답사, 초청 강연, 실험실 방문을 통한 공동연구와 국제학술회의 참가, 학회지의 논문 게재 등 일련의 학술 연구 활동이 서로 연계되어 진행되어 왔다.

1980년대만 하더라도 도쿄대학의 국제적 수준이나 연구실 환경은 우리와 상대가 되지 않을 정도로 앞서 있었다. 당시의 도쿄대학은 세계대학평가에서 하버드대학교와 순위를 다투는 대학이었다. 국제학술회의나 국제학술지에 발표할 논문을 작성하기 위해서는 그곳의 실험기자재를 빌릴 수밖에 없었다. 방학 중에 실험실을 방문하여 직접 실험하고 연구 데이터를 얻어 논문을 쓰는 형식이었다. 우리도 2000년대 이후에는 국내 대학과 연구원에 억대 이상의 분석 기기들이 설치되어 있어 굳이 외국 대학을 방문하여 실험하는 그런 수준은 이미 지나 있다.

나는 도쿄대학 혼고(本鄕)캠퍼스를 방문할 때마다 캠퍼스 내의 객원 숙소를 이용하였고, 방문 동안 도쿄대학을 거의 벗어나지 않았다. 이 객원 숙소는 도쿄대학 교수진만이 예약할 수 있는데 숙박비도 저렴하고 우선 편리하다. 학내에 차량 진입이 통제되어 있어 조용하고 깨끗한 환경과 연못 및 가로수 등 좋은 그린 환경이 조성되어 있다. 단기 방문에도 심신이 차분해지는 기분이 들었다. 이 캠퍼스를 방문하며 숙박한 지도 10여 회 이상 되리라 본다.

앞으로는 도쿄대학의 방문 기회가 거의 없을 것이다. HS 교수도 이미 80대 중반이고, 다음 세대의 안면이 있는 교수들도 대부분 정년 퇴임하여 객원 숙소를 예약해줄 교수가 없다. 이제는 완전히 새로운 세대의 교수진이 구성되어 있어 더 이상의 공동방문연구나 초청 강연 등의 학술 활동을 기대할 수 없다. 그동안의 방문에서 달라진 점은 전통을 고수하며 과거의 낡은 건물들을 사용하던 대학 구내에 새로운 스타일의 연구동들이 들어서고 있다는 것이다. 시대가 바뀌고 있음을 절감하였다.

　내 일생에 HS 교수와 수십 년간 만나오며 교류한 기회는 행운이었다. 빈틈없이 확실한 그의 언행은 배울 점이 많았다. 내 인생에 많은 영향을 주고 한국을 사랑하는 그가 건강해서 앞으로 서울을 방문해 줄 수 있다면, 내가 그를 안내할 기회가 있으면 하는 바람이다.

✦ Profile
수필가, 서울대학교 명예교수,《현대수필》등단,《여행문화》부주간, 후정문학상 수상. 저서: 산문집《내 인생의 푸른 시절》외 3권

우리집 작은 정원

정문호

우리 아파트 베란다는 작은 식물원이 된 지 벌써 20년이 넘었다. 처음에는 생일선물 등으로 받은 화초를 가꾸기 시작한 것이, 이젠 취미 생활의 일부가 되었다. 그동안 지인으로부터 받은 것과 화원에서 사다 놓은 크고 작은 화분들이 모여 어느덧 실내의 작은 정원의 모양을 갖추게 되었다.

그 중 공기정화에 좋다는 관음죽, 벵갈고무나무, 팔손이, 제복과 행운을 가져다준다는 해피트리, 향기가 좋은 난초와 장미허브 그리고 꽃이 보기 좋은 덴드롱 등이 특별히 나의 관심을 끈다. 아내는 무미건조한 아파트에 녹색식물이 있어 한결 분위기가 부드럽고 공기가 정화되어 건강에 좋다고 한다.

식물은 물, 햇빛, 공기가 잘 통해야 성장하고 꽃도 피운다. 이제는 매주 물도 주고 거름도 주면서 하나의 일과처럼 화초 가꾸기를 한다. 화초는 물을 많이 주면 썩고, 적게 주면 말라죽는다. 그러나 내 경우는 대부분 물을 많이 주어서 문제가 생긴다. 물이 넘쳐나서 마루 바닥을 적시는 경우가 한두 번이 아니다. 때로는 물을 주는 것보다 마루 닦는 일이 더 번거롭고 귀찮은 작업이 된 때가 많다.

그 많은 화분 중에서도 특히 덴드롱에 신경을 많이 쓴다. 꽃이 아름답기 때문이다. 처음 가져올 때는 꽃이 하얗게 피었던 화초이다. 사람 키 높이의 나팔꽃과 비슷한 넝쿨의 꽃대에 마치 팝콘을 뿌린 것처럼 흰 꽃이 매달린 것이 여간 아름답지 않았다.

그 이후 계속 물을 주고 거름을 주면서 정성껏 가꾸었으나 잎과 줄기만 무성할 뿐 1년이 넘게 기다려도 꽃을 피우지 않았다. 화원에 가서 처방을 받아왔다. 매주 주던 물을 3주 정도 주지 않았다. 잎이 시들어 떨어지고 가지만 앙상히 남았다. 거의 죽은 나무와 같았다. 그때 물을 조금씩 주었다. 며칠이 지나도 아무런 반응이 없었다.

아내는 공연히 건드려서 좋은 나무 하나 죽였다고 원망 아닌 원망을 하였다. 일주일 지나서야 싹눈이 돋아나고 꽃봉오리도 동시에 트기 시작했다. 놀랍게도 덴드롱은 다시 활짝 꽃을 피워 나의 체면을 살려주었고 보는 사람의 마음을 기쁘게 하였다.

또 하나 빼놓을 수 없는 경험은 난초이다. 난은 매화, 국화, 대나무와 함께 사군자의 하나이다. 난의 특징은 향이다. 멀리 있으나 가까이 있으나 향의 농도가 일정할 뿐만 아니라 잡초 속에 섞여 있어도 그 향기는 감출 수 없다 하여 군자의 성품을 닮았다고 한다. 난은 또한 생명력이 강한 식물이다. 뿌리가 거의 다 썩어 들어가도 그 잎은 멀쩡하다. 다른 식물 같으면 벌써 쓰러졌을 텐데, 난은 자기 어려움을 내색하지 않는다. 속이 타들어 가는데 얼굴 표정은 담담하기 그지없다.

화분에 기름진 거름을 섞으면 난은 죽고 만다. 거름을 많이 주면 썩는다. 깨끗이 모래를 씻고 지저분한 흙을 씻어낸 다음에 난을 심어야 한다. 생명력이 강하면서도 깨끗한 곳에서만 자라기 때문에 성품이 군자와 같다. 마음이 섬세하고 한가해야 난초의 아름다움을 감지할 수 있다. 이렇게 소중하게 키우던 난도 처음에 가져올 때는 꽃과 향기가 온 거실을 가득 채우더니, 그 이후에는 꽃피울 생각을 하지 않았다.

이러한 난을 꽃피우게 하는 방법은 앞의 덴드롱에서 얻은 경험과 지혜가 그대로 적용되었다. 물을 주지 않는 것이다. 일주일에 한 번씩 주던 물을 3주 정도 수분 공급을 줄였다. 꽃을 피우기 위해서다. 죽을 고비를 넘긴 난은 본능에 따라 꽃을 피울 준비를 한다. 이때 물을 조금씩 주면 시련을 겪은 난은 다시 예쁜 꽃과 향기를 내기 시작한다.

나는 이런 경험을 통해 생활의 지혜를 얻을 수 있었다. 식물이나 동물이나 모든 생명체는 좋은 환경이나 조건보다는 시련과 고통을 통해서 꽃피고 열매를 맺는다는 사실이다. 가야금의 명인 황병기 교수는 소리를 잘 내는 가야금의 소재는 오동나무로 만든다고 한다. 오동나무 중에서도 영양분이 많은 데서 자란 것이 아니라 바위틈에서 말라 죽은 오동나무로 만들어야 아름다운 소리를 낸다고 한다. 대금도 음색이 좋은 것은 보통 대나무가 아니라 병든 대나무로 만든 것이라야 좋은 소리를 낸다고 한다.

비록 식물이지만 우리 인간에게 주는 교훈이 크다. 시련과 고통 가운데서 얻어지는 성취감은 진정한 삶의 행복감이 아닐 수 없다. 인간은 고통을 경험할수록 인생의 깊이를 이해하게 되고 성숙하게 된다. 옛말에 "젊어서 고생은 사서라도 한다"라는 말처럼 젊었을 때 많은 시련에 부딪침으로써 더욱 강하고 힘찬 발전을 할 수 있다. 창조주는 "인간이 감당할 수 없는 시련과 고통은 결코 주지 않는다. 그리고 인간이 고통스러워 할 때 언제나 도움의 손길을 늦추지 않는다"라고 하였다.

세상은 엄청난 변화와 경제적 어려움이 있는 가운데, 하루하루가 빠르게 지나가고 있다. 이런 시련의 시간이 지나면 아름다운 결실의 기회가 다가올 것이다. "역경은 인간을 낳고 행운은 괴물을 낳는다"라는 프랑스의 격언이 더 가깝게 들려온다. 우리집 작은 식물원의 꽃들은 앞으로도 계속 나와 함께 동행하며 삶의 대화를 나누는 멋진 친구가 될 것이다.

✦ Profile
책글쓰기대학 회원, 전) 동국산업 부회장

슬픔을 이기는 법

정선모

또 시작이다.

계단으로 이어진 골목 맨 위에 사는 집에서 흘러나오는 소리가 조용한 동네를 온통 휘젓고 있다. 오늘도 고래고래 소리 지르는 사람은 바로 옥자 엄마다. 저녁나절, 옥자가 입이 댓 발은 나온 채 막걸리 주전자를 들고 가는 것을 본 엄마는 "오늘도 잠은 다 잤구나" 하셨다. 술에 취한 채 가슴을 탕탕 치며 자신의 신세를 한탄하는 소리가 온 동네를 울리는 날이면 엄마는 장난치며 깔깔대는 우리들에게 조용히 하라고 주의를 주곤 하셨다.

마당에 퍼질러 앉은 채 그녀가 꺼이꺼이 울기 시작하면 동네 사람 중 누군가가 나서서 나와 같은 반이었던 여덟 살짜리 옥자와 어린 동생을 집으로 데려가곤 했다. 울먹울먹하는 아이들을 달래 저녁을 먹이고, 토닥토닥 잠을 재우던 사람들은 "저 여편네가 또 도졌네, 도졌어" 하면서도 늘 그녀를 불쌍히 여기곤 하였다.

어찌 된 영문인지 옥자는 아버지가 없었다. 어른들이 주고받는 말을 들어보면 몇 년 전 막내를 낳은 뒤 뱃일을 하러 나갔다가 소식이 끊겼다고 했다. 핏덩이 아이를 여동생에게 맡기곤 남편을 찾아 사방팔방 찾으러 다녔지만, 끝내 소식을 듣지 못했단다. 분명 배에서 내렸는데 종적이 묘연한 것이었다. 굿판을 벌이고, 용하다고 하는 점쟁이를 찾아다녀도 소용이 없었다.

그때부터였다. 그녀가 술을 마시기 시작한 것은.

낮에는 이런저런 삯일을 얻어 입에 풀칠이라도 해야 한다며 부지런을 떨다가도 저녁이 되어 집집마다 가족들이 귀가할 즈음이면 안절부절못하며 골목의 계단을 오르내렸다. 괜히 연탄재나 마당에 놓인 세숫대야를 발로 차기도 하여, 친구가 있는 그 집이 무섭게 여겨지기도 하였다.

하루 이틀도 아니고 일주일이 멀다 하고 소란을 피우던 옥자 엄마를 동네 사람들은 나무라지 않고 그저 감싸고 들었다. 옆 동네 사람들이 저런 사람을 쫓아내지 않고 어찌 그냥 두고 보느냐고 하면, 모두들 "천성은 착한 사람이니 그런 소리 말라"며 펄쩍 뛰었다.

지금 생각해보면 옥자 엄마는 그녀의 인생에서 가장 힘든 터널을 통과하던 중이었다. 가난한 살림에 갑자기 남편이 사라지고, 생떼 같은 아이들만 덩그러니 남겨진 그 황망함을 감당할 수 없어 그렇게 술로 눈물로 풀었던 것이다. 오랫동안 이웃으로 살았던 이들은 그녀의 한이 다 풀리고 진정되기를 그 긴 시간 동안 한마음으로 기다려주었다. 악다구니 쓰며 우는 소리가 길어진다 싶으면 동네 사람 누군가가 그녀의 등을 다독이며 신물이 나도록 듣고 또 들었던, 신세 한탄하는 소리가 잦아들 때까지 곁에 있어 주었다. 그런 다음 날은 엄마가 콩나물국을 끓여 그 집에 가져다주곤 하였다.

"이제 그만할 때도 되었건만…. 쯧쯧."

등을 토닥여주던 이가 안타까워하는 말을 하면, 말없이 고개를 푹 숙이던 그녀의 옆모습이 어린 내 눈에도 어찌나 애처로운지, 슬프다는 것이 무엇인지 저절로 느껴지곤 하였다.

정답게 지내던 이웃의 아픔을 내 일인 양 함께 견디어주던 북아현 동 그 골목길 사람들. 저녁 반찬이 무엇인지 서로 다 알 수 있을 정도로 좁은 골목 안에서 이마 맞대고 살던 그들은 지금 다 어디로 갔을까?

동네 사람들이 곁에 있어 주지 않았다면 필경 그녀는 온전한 정신으로 남아있지 못했을 것이다. 한동안 그렇게 힘겨워하던 그녀가 언제부터인가 울지 않게 되었다. 골목은 다시 웃음이 피어나기 시작했다. 수제비나 부침개가 수시로 담장을 넘나들고, 딱지치기하는 아이들의 왁자지껄하는 소리가 골목 구석구석으로 스며들 즈음 다시 한번 벼락같은 소식이 전해졌다. 옥자 아버지의 친척 되는 사람이 다녀가더니 다음 날 옥자네 마당에 차일이 쳐졌다. 머리에 흰 나비핀을 꽂고 흰 옷을 입은 옥자가 팔랑거리며 돌아다니는 사이로 낯선 사람들 몇이 끙끙거리며 관을 들고 올라왔다.

초상집 치고는 참 조용했다. 아무도 울지 않았다. 왜 이제야 왔냐고, 어떻게 이런 모습으로 나타났느냐고 따지지도 않았다. 그냥 말없이 제를 지내고, 조용히 발인을 하였다. 내가 본 옥자 엄마의 모습 중 가장 침착한 표정이었다고 기억된다. 동네 사람들 역시 이것저것 묻지 않고 그 집에 가서 음식을 만들고 아이들 밥을 먹였다.

그날 이후로 옥자는 막걸리 주전자를 들고 다니지 않았다. 입성도 말끔해지고 삐죽삐죽하던 머리도 고무줄로 단정하게 여며졌다.

언제 옥자네가 이사를 갔는지는 기억에 없다. 다만, 한동안 적막이 감돌던 그 집 마당을 기웃거리며 고무줄놀이를 잘하던 옥자를 그리워했던 것만 삽화처럼 떠오른다.

한 인간이 깊이 절망하는 모습을 난생 처음 목격했던 그때가 생각날 때면, 기댈 어깨 내어주고 시린 등 덮어주던 담요 같은 온정도 함께 떠오른다. 빛 하나 들어오지 않는 터널 안에서 넘어지고 주저앉으며 벗어나려 안간힘 쓰는 그녀를 막무가내로 밀어내거나 잡아끌지 않고 곁에서 같이 걸어주던 골목 안 사람들.

집집마다 밥상에 오르는 김치가 어제는 앞집, 오늘은 뒷집에서 준 것이라 누구 엄마의 솜씨가 더 좋은지 훤히 알 수 있었던 그 시절로 다시 돌아갈 수만 있다면…. 골목 안에 사는 사람들 그 누구도 문을 잠그지 않아 시시때때로 아무 데나 불쑥 열고 들어가 내 집처럼 물도 마시고, 때가 되면 숟가락 하나 더 얹어 밥상에 끼어 앉도록 틈을 내어주던 정답던 이웃들.

앞집에 누가 사는지도 모르는 아파트 생활에 익숙해지면서 우울증 앓는 사람들이 날로 늘어간다는 소식을 접할 때마다 사람 사는 냄새가 된장찌개처럼 구수하게 감돌던 그 골목이 가슴 뻐근하도록 그리워진다.

→ Profile
수필가, 도서출판SUN 대표, 한국문인협회 부회장, 현대수필문학상 수상. 저서:《지휘자의 왼손》《바람의 선물》《우는 방》

나의 손목시계

―――――

퓨신모텟(아영)

"아영아! 너 짐은 다 준비됐니?" 엄마가 하시는 말씀을 듣고 얼른 일어섰다. 3일 후에 한국으로 유학을 가는 날이었다. 식구들은 나를 한국으로 떠나보내야 하는 걱정스런 마음에 준비한 물건들을 빠지지 않게 잘 챙기라고 몇 번이고 다그쳤다.

"네. 엄마! 다 준비됐어."

하지만 다시 한 번 확인하기 위해 핸드폰에서 리스트를 보고 확인을 했다.

'아! 맞다! 시계. 그 시계. 가장 중요한 선물! 이게 빠지면 안 된다'하는 생각이 번뜩 떠올라 순간 마음이 떨렸다.

책상 아래에 있는 서랍을 열고 시계를 찾았다. 손목시계와 편지 등 내가 다 잘 보관했던 물건들이 나왔다. 이 시계를 갖고 있은 지 8년이 되었다. 나는 사람이나 물건을 소중한 마음에 담고, 쉽게 잊는 성격이 아니다. 이 손목시계 역시 나와 그 사람의 추억이 가득 담겨 있다. 시계 옆에 있는 편지와 사진들이 우리 청소년 시기에 서로 나누었던 사랑의 증거라서 둘 다 가방에 소중히 넣었다,

그때는 햇살이 빛나는 한여름 저녁이었다. 나는 고등학교 2학년, 학교에서 스쿨버스를 타고 집에 가는 길이었다. 엄마가 창업한 가게를 버스 안에서 쳐다봤다.

'오! 저기에 준재 아니야? 그 남자가 왜 거기에 있지?'라고 생각했다. 중학교 때 준재는 나를 좋아한다는 소문이 있었지만 고백을 전혀 하지 않았다. 그 애가 왜 우리 가게 옆에 있는 것인지 무척 궁금했다. 옆집에 놀러 오는 건지 그 애 집인지 잘 몰랐다. 그때부터 우리는 씨앗이 싹트고 뿌리가 내리던 사랑의 시작이었다.

나는 엄마 가게로 거의 매일 갔다. 그래서 준재를 자주 보게 되었다. 서로 단 한 번도 이야기해 본 적이 없는데 옆집이라서 자주 눈이 마주쳤다. 나는 곧 수학 시험을 봐야 했다. 준재도 마찬가지였다. 나는 집에서 학교에 다녔는데, 준재는 학교 기숙사에서 지냈다. 우리는 학교가 달라서 매일 만나지는 못했다. 준재가 아플 때나 자주 집에 돌아왔을 때 볼 수 있었다. 가끔 준재를 못 보면 그리웠다. 내가 그리워 할 때마다 텔레파시가 통한 듯, 내 눈앞에 나타나는 것이 신기했다. 준재도 나를 그리워해서 그럴까 생각하며 마음속으론 은근히 행복했다.

고등학교를 졸업한 후 어느 날, 준재가 나를 물끄러미 바라봤다. 내가 혼자 있는 순간에 뭔가를 살짝 던져주고 달아나 깜짝 놀랐다. 준재가 주고 간 것은 편지였다. 그 편지에서 "나의 전화번호는 …이다. 난 너랑 얘기하고 싶어"라고 쓰여 있었다. 2014년에는 우리나라 청소년들이 핸드폰을 처음 썼던 시기라서 서로 어렵게 전화번호를 물어봐야 했다. 드디어 기다리던 시간이 왔다.

그 이후 우리는 부모님이 몰래 문자메시지를 통해서 연락했다. 청소년 때 첫사랑을 만난 것은 정말 아름답고 잊을 수 없는 추억이다. 그때 감정이 8년이 지났어도 여전히 생생하게 남아 있다. 서랍 속 준재의 편지를 본 순간 너무 설레고 행복했다. 준재의 눈빛, 준재의 목소리, 준재가 입었던 옷, 준재가 하는 행동, 준재의 목에 있는 점까지 다 기억하고 있다.

우리는 매일 연락하다가 어느 날 준재가 나를 밖에서 만나자고 했다. 우리의 첫 데이트는 파고다였다. 나는 친구의 고등학교 졸업식에 간 후 준재랑 만났다. 우리는 서로 첫사랑이 되고 연애하는 것 처음이라서 서로 수줍음 타며 아무 말도 못하고 나왔다.

두 번째 데이트에서 준재가 나에게 이 손목시계를 선물했다. 이 시계는 네모모양의 까만색이다. 준재가 나에게 시계를 주면서 이렇게 말했다.

"넌 나를 영원히 사랑해야 한다. 시계를 주는 의미는 내가 너를, 네가 나를 항상 기억하고 함께 있어 달라는 뜻이야. 시간이 지날수록 우리의 사랑이 더 강해질 거야"라고 말했다. 나도 준재에게 똑같은 손목시계를 주었다. 디자인은 똑같지만 색은 달랐다. 준재의 것은 파란색이었다. 우리의 사랑은 서로 비슷하지만 사랑하는 방식이 달랐다.

준재가 했던 말처럼 나는 준재를 아직까지 사랑한다. 준재도 나와 같은 생각인지는 잘 모른다. 우리는 헤어진 지 4년이 넘었다. 하지만 나는 준재가 주었던 선물을 아직도 소중하게 간직하고 있다. 첫사랑이라서 10년이 지나도 못 잊을 것이다. 나는 손목시계를 한국에 가서도 차고 다니려고 챙겼다. 우리가 사귀었을 때 준재가 나에게 대형 곰인형, 커플옷, 종이별, 수많은 편지를 주었고 나도 준재의 생일마다 소원을 열심히 빌고 선물도 많이 주었었다.

우리는 다시 사귈 수 없는 상태이지만 사랑은 그대로 남아 있다. 가끔 준재와 문자메시지로 연락했을 때 그 애도 나와 있었던 추억을 잊을 수 없다고 했다. 서로를 그리워하면서 여전히 설레고 사랑하는 마음이 변함없는데, 우리는 왜 사랑이 이어지지 못했을까? 너무 어려서였을까?

학력, 성격, 경제적 수준, 목표 아무것도 생각 안 했었다. 순수한 사랑으로 서로 사랑한 것뿐이다. 시계의 바늘이 멈추지 않는 한 우리 사랑도 계속 이어질 것이다.

"아영아! 너 아직 안 일어났어? 아침 다 준비했어. 빨리 일어나서 나와!" 엄마가 또 소리를 질렀다. 방에서 빨리 나가 아침을 먹어야 했다. '시계야, 넌 나랑 같이 멀리 가야겠다' 생각하면서 손목시계를 꼭 챙겨 캐리어에 넣었다. 며칠 후에 출국해야 하는데도 준재에게 인사를 하지 못했다.

'한국에 도착하면 연락할 수 있도록 노력해야지. 준재가 준 시계를 차고 지내면서 항상 준재와 동행할 것이라고.'

→ Profile
국적: 미얀마, 제주대학교 무역학과 석사 1학년, 빛과나눔장학협회 장학생, 한국디지털문인협회 미얀마지부 회원

제5부

한글의 매력에 빠지다

조정숙

"나라의 말이 중국과 달라 문자(한자)로 서로 통하지 아니하여서 이런 까닭으로 어리석은 백성이 말하고자 하는 바가 있어도 마침내 제 뜻을 능히 펴지 못하는 사람이 많다. 내가 이를 위하여 가엾이 여겨 새로 스물여덟 자를 만드니 사람마다 하여금 쉬이 익혀 날마다 씀에 편안하게 하고자 할 따름이다."

현대어로 세종 어제 훈민정음을 옮겨 본다.

2023년 10월 9일은 한글날 577돌이다. 서울이 아닌 지역에서 한글날 경축식이 열린 건 이번이 처음이다. 세종대왕이 백성을 사랑하는 마음으로 만든 한글날, 서울 광화문 광장에는 참가자 모두 푸른 두루마기를 입고 외국인들과 함께 휘호대회를 했다.

전국에서 기념행사도 열렸는데, 세종에서 한글날 행사에 참여한 초등학생들도 체험하며 비누 만들고 부채도 만들어서 정말 좋았고 재미있었다고 말했다. 행사에 참여했다는 어른도 한글에 대해서 좀 더 알아가고 배울 수 있어 뜻깊은 시간이었다고 말했다.

훈민정음은 두 가지 의미를 갖고 있다. 하나는 1443년 세종이 창제한 자음과 모음 '28자의 문자'를 말하는 것이고, 또 하나는 1446년 훈민정음을 반포할 때 집현전 8학사들이 완성한 '책이름'이다. 인류 역사상 문자를 만들고 누가 언제 어떠한 목적으로 만들었으며, 그 원리와 사용법까지 자세하게 기록으로 남아있는 언어는 '훈민정음'이 유일할 것이라고 한다.

문화재 독립운동가 간송 선생은 이용준이 훈민정음 값으로 천 원을 요구했는데, 이용준에게는 10배인 만 원을 주고, 김태준에게도 사례비로 천 원을 줬다. 당시 시세로 서울의 큰 집 한 채 값을 훨씬 넘는 가격이었다고 한다.

간송 선생은 훈민정음을 자신이 소장하고 있는 수집품 중 최고의 보물로 여겼으며, 오동나무 상자에 넣어두고 일제의 탄압과 한국전쟁으로부터 지켜냈다. 전쟁 중 피난 갈 때도 품속에 품었고 밤에는 베개 속에 넣고 자면서 지켰다.

간송 선생이 그렇게 지켜 온 훈민정음해례본이 지금은 가격을 매길 수 없을 만큼 귀한 보배 '무가지보(無價之寶)'로 인정되어 1962년 국보로 지정되었다. 1997년에는 세계가 인정하는 유네스코 '세계기록유산'으로 등재되었다. 그러나 애석하게도 간송 선생은 훈민정음이 국보로 지정되는 것을 보지 못하고 1962년 1월 세상을 떠났다.

글을 읽고 쓸 때마다 훈민정음을 만들어 반포한 세종대왕과 학자들의 노고에 감사한 마음이 크다. '암글'이라고 비하하는 양반과 신하들의 상소에도 불구하고, 훈민정음 반포를 감행한 세종대왕의 뜻을 받들어 자랑스러운 우리 한글을 잘 써야겠다 다짐한다. 과학적으로 만든 우수한 한글은 어디에 내놓아도 훌륭하고 자랑스럽다. 우연히 전시장에서 한복 치마에 쓴 붓글씨를 본 순간, 멋지고 아름다운 한글은 최고의 예술작품이었다.

한글날을 앞두고 여론조사기관과 국어문화연합회가 '재미있는 우리말 가게 이름 찾기'라는 조사를 했다. 1위에는 막걸리를 파는 '막 걸리네', 2위에는 목욕탕 '때가 됐다', 그리고 3위에는 죽집 '죽이 잘 맞아' 이렇게 1·2·3위로 뽑혔는데, 이외에도 우리말의 매력을 한껏 잘 살리면서 기억하기 쉬운 재미있는 가게 이름도 많다.

강동도서관에서 '디자인 인문학' 강의를 들었다. 사진을 보고 작품에 대한 설명을 들으니 처음에는 보이지 않던 부분도 보이고 감동도 배가 되었다. 디자인과 인문학은 다른 세계가 아니라 뿌리가 같은 예술 분야라는 최경원 강사 말씀에, 안개에 가려진 듯 뿌옇던 시야가 서서히 밝아지는 기분이었다.

죽로지실(竹爐之室)은 "벗 황상이 선물로 보낸 차를 받고, 추사가 답례로 써준 글씨"라고 했다. 죽로지실은 차를 끓이는 죽로가 있는 방이라는 뜻이고, 죽로는 겉을 뜨겁지 않게 대나무로 감싸서 만든 화로라고 했다. 캘리그라피를 연상시키는 멋진 글씨, 시대를 앞서간 추사의 글씨에서 아름다운 멋과 새로운 예술 세계를 발견한 좋은 시간이었다.

"세상에는 추사를 모르는 사람이 없지만, 추사를 아는 사람도 없다"고 한다. 조선 후기의 대표적인 문신이자 서화가·문인·금석학자인 추사는 생전에 "평소 저술한 것을 스스로 나타내고 싶지 않아 문자를 남겨두고 싶지 않다"라며 체계적으로 저술하지 않았다. 하지만 추사의 글과 그림을 좋아하고 따르는 사람은 지금도 많이 있다.

추사 김정희(秋史 金正喜 1786~1856)는 충남 예산 출생으로, 영조의 부마인 월성위 김한신의 증손이며, 병조참판인 김노경의 아들로 태어났다. 본관은 경주, 자는 원춘(元春), 호는 완당(阮堂)·추사(秋史)·예당(禮堂)·시암(詩庵)·과파(果坡)·노과(老果) 등 많다.

어려서부터 재주가 뛰어난 추사는, 6세 때 입춘대길(立春大吉)을 써서 대문에 붙였다. 어느 날, 김노경의 집 앞을 지나가던 초정 박제가는 대문에 붙인 글씨를 보고 걸음을 멈추었다. 추사의 아버지 김노경은 유명한 학자 박제가를 반갑게 맞이했고, 박제가는 입춘방을 쓴 추사가 자라면 자신이 가르쳐 보겠노라고 청하였다.

추사는 연암 박지원의 제자, 고증의 신봉자였던 박제가의 인정을 받아 그의 문하생이 되어, 학문의 기초를 탄탄하게 닦았다.

국보 제180호 〈세한도〉는 추사가 59세 되던 1844년에 그렸다고 한다. 제자 이상적이 귀중한 책들을 보내준 보답으로, 추사가 그려서 서울에 있는 이상적에게 부친 그림이다. 세한도는 이상적이 오위경을 비롯한 청나라의 명류 16명의 제발(題跋)을 받아 〈세한도〉 뒤에 발문을 이어 붙인 것으로 더욱 유명하다.

〈세한도〉는 오늘날에도 문인화의 최고로 꼽힌다. 〈세한도〉에는 《논어》의 한 구절을 인용하여 "날씨가 추워진 이후에야 소나무와 잣나무가 늘 푸르다는 것을 알 수 있다"라고 썼다. 추사가 제주도에 유배되어 쓸쓸하게 지내면서, 제자 이상적의 변함없는 마음을 푸른 나무로 잘 표현한 것 같다.

수업 시간에 아이들과 책 읽고 이야기를 나누었다. 한글이 없으면 지금 우리는 한자를 읽고 한자를 써야 했을 거라고.

"만약에 조선 시대처럼 한글이 없었다면, 지금 우리도 한자로 된 책을 읽고 한자를 쓰고 있을 거예요."

갑자기 아이들은 약속이라도 한 듯, 고개를 좌우로 흔들며 대답했다.

"한자는 너무 복잡해서 싫어요!"

"한자는 오래 보면 어지럽고 쓰기도 어려워요."

"공부도 하기 싫고 학교 가기도 싫을 거예요!"

표정도 어두워지고 시무룩한 아이들도 한자 울렁증이 있는 모양이다.

예전에 원로 시인 말씀이 "문학은 글로 그리는 그림이고, 춤은 몸으로 그리는 그림"이라고 했다. 어렵게 쓴 글이 좋은 글이 아니라, 초등학교 2학년 정도의 학생이 읽고 이해할 수 있으면 좋은 글이라고, 시를 읽으며 그림이 그려지면 잘 쓴 시라고 했다.

TV를 보다가 아이가 쓰는 언어와 남자의 언어, 여자의 언어가 다르다는 사실을 알았다. 남자와 여자는 성별만 다른 줄 알았는데, 사용하는 언어도 다르기 때문에 소통이 어렵다는 말을 듣고 충격 받았다. 나도 가끔 당신과 이야기할 때 원활하게 대화가 안 된 이유를 이제라도 알았으니 조심해야지.

갑자기 몇 해 전, 사소한 일 때문에 마음 상한 일이 떠올랐다. 추석 명절에 고향 가는 길에 유난히 정체가 심했는데 줄지어 선 차 때문에 마치 도로는 주차장을 방불케 했다. 몇 시간째 차에 갇혀 있다 보니 생리적 현상 때문에 휴게소에 들렀다 가자고 했다. 남편은 이유도 묻지 않고 냉정하게 말했다. 휴게소 들어가면 나오기도 어렵고 시간이 오래 걸려서 안 된다고. 나는 그때 "왜 그러냐?"고 한번 물어봐 주기를 바랐는데, 지나고 보니 언어소통의 문제였다는 걸 알고 허탈했다. 그때 남자의 언어를 알았으면 솔직하게 화장실 간다고 말하고 혼자서 마음도 불편하지 않았을 텐데.

몇 년 전부터 불어닥친 트로트 열풍으로 K-pop과 한류드라마, 한류스타의 인기가 나날이 높아지면서 한국어의 위상도 덩달아 높아졌다. 한국어를 배우려는 유학생이 한국으로 몰려오고, 한복을 곱게 차려입고 시내를 활보하는 외국인들을 궁궐에서 만나는 일은 더 이상 낯설지 않다. 외국인들은 한복의 아름다움에 반해 '한복이 최고'라고 찬사를 보내고 있다.

인터넷 뉴스를 보다가 요즘 내가 긴장하는 것은, 우후죽순 생겨나는 설명이 필요한 새로운 단어들이다. 마음대로 표현할 수 있는 한글로 순화어를 사용하면 정감 있고 얼마나 좋을까? '브이아르(VR) 가상현실, 에이아르(AR) 증강현실, 핑크택스(pink-tax) 성차별 가격, 그린모빌리티(green mobility) 친환경 이동 수단, 친환경 교통수단, 그린테일(greentail) 친환경 유통'으로 쓰면 좋겠다.

한글은 우리의 얼이 담긴 소중한 문화유산이고, 한글의 매력은 무한하다. 우리는 지금, 자랑스러운 한글이 국제화 시대의 외래어나 신조어에 밀리지 않고 우뚝 설 수 있도록 든든한 버팀목이 되어야 한다.

오늘도 우리가 해야 할 일은 자랑스러운 한글 세계화에 앞장서야 하는 것이다!

✢ Profile
시인, 한국문인협회 회원, 디지털문인협회 회원, 성암문학회 회원, 칼럼리스트. 저서: 시집《그림자 놀이》《화선지에 그리는 사랑》, 공저:《시 作의 풍경》 외 다수

네 바퀴로 달리는 동행

조현순

경험과 지식이 없는 렌터카사업을 시작한 지 10년이 넘었다. 고객이 원하는 곳으로 차를 가져다주려면 두 대가 함께 움직여야 한다. 남편을 뒤따라가서 고객에게 차를 주고 나면 다시 남편을 태우고 돌아온다. 앞에서 운전하는 남편 차에 뒤처지지 않으려면 다른 차가 끼어들지 않도록 적당한 거리를 유지하며 달린다. 모르는 곳에서 헤매기가 싫어 되도록 바짝 붙어 따라가지만 도로 위는 언제나 위험한 상황이 도사리고 있다. 사거리 대로에서 녹색 신호등이 갑자기 빨간불로 바뀌면 다음 신호까지 3분은 기다려야 하니, 초조함과 불안에 당황할 때도 있다. 이렇게 우리 부부는 네 바퀴로 굴러가는 보이지 않는 길로 이어져 있다.

십 년 동안 렌터카사업의 절반은 녹색 신호등이었고, 절반은 적색 신호등이었다. 그러나 점멸등으로 깜빡거린 날도 많다. 차를 빌려서 이용하는 사람 중에서 별별 사람이 많기 때문이다. 차를 빌리러 오는 사람 중에 좋은 사람도 있지만 조금 친해지면 악용하려 한다. 남의 차를 빌려 쓰는 걸 쉽게 생각하고 오히려 빌리는 것에 대한 습관에 물들어 남의 물건 귀한 줄 모르고 함부로 다룬다. 담뱃재와 쓰레기를 차 안에 쌓아 두거나 가득 채워서 돌려줘야 하는 연료도 빨간불이 들어오게 남긴다.

선금 결제를 해야 하는데 내일 입금한다, 모레 준다, 그러다 한 달 있다 준다고 차일피일 미룬다. 전화를 몇 번 하면 되레 싫은 소리를 내뱉거나 아예 전화를 안 받고 번호도 바꿔버려 돈을 받을 수가 없다. 어떤 이는 독촉에 마지못해 대금은 주지 않고 차만 반납하고는 돈 없으니 내 배 째라는 식이다. 비뚤어진 양심은 어디서 대여해 주는지, 우리는 생돈을 물고 애태우는 날이 많았다. 법원에 호소한 서류가 두툼하게 쌓였어도 돈으로 환수되지 않고 하나도 해결된 것이 없다. 그래도 언젠가는 좋은 일이 생길 것이라는 희망과 믿음으로 서로 토닥거리며 살아왔다.

렌터카사업으로 돈을 많이 벌 것이라는 처음의 기대와 달리 알다가도 모를 일을 많이 겪는다. 한 번은 사업을 시작한 지 얼마 되지 않았을 때 손님이 고급 승용차를 일주일 대여했다. 일주일이 지나 차를 반납도 안 하고 전화 통화도 되지 않았다. 새로 뽑은 지 한 달도 채 안 된 새 차인데 연락 두절이었다. 보험회사에 도난 신고를 하고 마냥 기다리는 수밖에 없었다. 하얀색 고급 차만 지나가면 다 우리 차로 보였다. 렌터카는 약간의 현금과 할부금을 넣어서 차를 뽑는다. 그 큰 금액의 할부금을 벌지도 못하면서 물어내려니 눈앞이 깜깜했다. 도로를 달리는 차가 다 잃어버린 우리 고급 승용차로 보이던 가슴 졸이며 눈물 짜고 다니던 날이 6개월이나 지났다.

피가 마르고 속이 까맣게 타들어 가던 어느 날, 경찰서에서 전화가 왔다. 사기단 5명이 렌터카를 빌려 일반차로 돌려서 차를 팔아먹으려

하다가 걸렸다고 한다. 그 중에 한 명 우리 차를 렌트한 사기꾼도 잡았다. 차를 다시 찾고 나서야 두 다리를 쭉 뻗고 가슴을 쓸어내렸다. 빈 틈을 노리고 남을 아프게 하더니 결국에는 경찰에 감옥살이를 하는구나. 묵은 체증이 쑥 내려갔다.

어느 날, 10년 가까이 알고 지내는 사람이 차를 대여한다고 왔다. 몇 년 안 보이던 사이에 얼굴이 많이 늙고 초췌해 보였다. 사업을 하다가 손해를 보고 부인과도 이혼해서 혼자 산단다. 타고 다니던 차를 폐차해서 새로 구매한다면서, 새 차가 나오는 동안만 타겠다고 외상을 하고 가져갔다. 그 사람이 계약한 날짜에 돈은 들어오지 않고 전화도 두절 되었다. 속이 까맣게 타들었다. 잠적하는 사람은 주소지로 찾아가도 소용이 없었다. 그런 사람 안 산다고 문전박대를 당한 남편과 나는 병을 얻고 가슴을 쓸어내렸다.

또 한 번은 우리 차를 빌려 간 사람이 밤늦은 시간에 언덕길에 차를 피하려다가 추락을 하였다는 것이다. 급하게 브레이크를 밟아 선명하게 찍힌 자동차 바퀴가 죽은 사람을 대신하여 말해 주었다. 물에 빠진 차는 폐차가 되고 보험처리로 차 값은 보상받았으나 정말 겪지 말아야 할 일을 겪으며 산다. 열심히 살려 해도 우리에게는 좋은 일보다 어려운 일이 더 많았다. 이렇게 어처구니없는 일을 겪고 난 후에 얻은 교훈은 사람들과 믿음의 간격을 적당히 조율하며 살자는 것이다. 네 바퀴로 돈 많이 벌겠다는 욕심도 내려놓고 되는대로 살자 마음먹었다.

하지만 제법 친한 사람도 생기고 고정적으로 차를 대여해 대금도 꼬박꼬박 잘 주는 좋은 단골도 생겼다. 가끔 맛있는 빵이나 직접 낚시한 갈치를 냉동해서 선물해 주는 사람도 있다. 착하게 사는 우리 부부의 모습이 보기 좋다고 칭찬하는 사람도 있다.

우리는 밤낮 가리지 않고 주문이 오면 달려가야 하는 일이라 술도 마시면 안 되고 24시간 대기한다. 식사 중에도 손님이 차를 갖다 달라면 시간에 맞춰 달려야 한다. 그러다 보니 사소한 의견 차이로 좌충우돌하여 미운 생각이 들면 바가지도 긁는다. 하지만 잠시 떨어져 있으면 불안하다. 마치 남편의 뒷모습만 보며 달리다가 갑자기 바뀐 적색 신호등 앞에서 남편을 찾던 마음처럼 초조하다. 내가 조금 더 양보하면 되는 것을…. 사소한 일로 바가지를 긁고 나서도 남편이 안 보이면 금세 찾아 나서는 네 바퀴 인생! 아슬아슬한 도로 위에서 동행하는 인생이다.

남편이 달리는 목적지가 어딘지 모르고 그저 따라가고, 남편이 멈추면 따라서 멈춰 선다. 앞서간 남편의 바퀴 자국을 따라 복사하는 나의 네 바퀴는 오늘도 신나게 달린다. 그 거리는 너무 가까이 다가가면 뜨거워서 데이고, 너무 멀어지면 추워지는 사랑의 거리다. 평행선도 일직선도 아닌, 우리 부부만이 달릴 수 있는 삶의 도로 위에서 늘 안전 운행하며 달리는 동행의 거리, 동행의 간격.

↝ Profile
시인, 경기도 문학상 수상. 저서: 시집 《얼음의 몸살》 외 공저 다수

특별한 룸메이트
-그리운 동행-

차경아

여행에 대한 반짝이는 말이 가슴에 꽉 차있다.

"세계는 한 권의 책이며 여행하지 않는 사람들은 그 책의 한 페이지만 읽는 것과 같다. 여행은 모든 세계를 통틀어 가장 잘 알려진 예방약이자 치료제이며 동시에 회복제이다. 여행은 다른 문화, 다른 사람들을 만나고 풍경을 보는 것이 아니라 새로운 눈을 가지는 데 있다. 여행을 떠나는 것은 돈의 문제가 아니라 얼마나 여행을 떠나고 싶은가에 대한 간절함의 문제다." 비행기가 날아가면 나를 부르는 것 같아 하늘에서 눈을 떼지 못한다.

설레던 해외여행의 시작은 중국이었다. 40도 가까운 여름 날씨에 더워서 얼굴은 빨갛게 달아올랐고 다리는 얼마나 아팠던지 사진만 봐도 웃음이 나온다. 그 후로 동남아시아와 서유럽 등 여러 도시를 둘러보았다.

그중 동남아 여행에서 같은 방을 썼던 룸메이트가 가장 기억에 남는다. 공항에서부터 특별한 인상을 심어준 분이다. 인천공항에서 출국

하기 위해 모인 여행 팀 중에 아내를 보며 불면 날아갈세라, 손 놓으면 넘어질세라, 애틋하게 바라보는 금실이 좋은 부부가 있었다. 부부의 일정이 안 맞아 아내만 보내신다며 내가 인상이 좋아 보였던지 초면인 나에게 아내를 신신당부하였다.

남편분은 장학사를 하였고, 몇십 년 동안 테니스 운동으로 아담한 체격이 건강해 보였다. 아내 되는 분은 영어 교사를 하다 명예퇴직을 하고 사회 공헌을 하였다는데 인상이 참 온화하였다. 비행기는 구름 위를 나르고 낭만적인 여행이 시작되었다. 여행지에서 첫날 아침 선생님은 호텔 미용실에 가야 한다고 서두르셨다. 머리숱이 별로 없어서 꼭 헤어 드라이를 해야 밖에 나갈 수 있다고 하시길래 "선생님, 제가 잘 못하지만 머리 손질을 해 드릴게요. 그리고 마음에 안 드시면 미용실에 갔다 오세요" 했더니 그럴 수 있겠냐며 너무 좋아하셨다. 여행 첫날부터 돌아오는 날까지 아침마다 머리 손질을 해 드렸고 흡족해 하였다. 내 솜씨가 남의 머리를 만져 줄 만큼 좋은 편은 아니었으나 아침 시간을 아끼고 마음도 편하게 해 드리고 싶었다.

선생님은 가는 곳마다 얼마나 열심히 수첩에 적고 기록하시는지 나도 공들여 기록하는데 도저히 따라갈 수는 없었다. 그녀는 싱가포르 여행지에서 고맙다며 나에게 예쁜 기념품도 사 주었다. 호텔에서 조식 뷔페를 먹을 때 노른자가 없는 계란 프라이를 가지고 오셨다. 영어 선생님이라 요리사한테 뭐라고 주문했을지 궁금해서 물어봤더니 "나는 내 마음대로 한다"라고 하여 또 재미있게 웃었다. 오래되어 기억이 선명하지 않지만 "Can I have a fried egg without yolk?"라고 했을까?

행복하고 즐거운 여행을 끝내고 인천공항에 도착하여 각자 일상으로 돌아간 후에도 여행으로 인연이 된 선생님 부부와 한식당 경복궁에서 식사도 하고 자주 안부를 묻고 지냈다. 한동안 바빠서 연락을 오랫동안 못 하다 어느 날 전화를 하니 남편분이 받았다. "지금 집사람이 몸이 안 좋아 병원에 입원 중이다"라는 말씀을 듣고 병문안을 갔다. 선생님은 위중한 병으로 투병 중이었고, 내가 누구인지 알아보지도 못하니 남편분이 안타까워 "여행도 같이 갔다 오신 분인데 생각 안 나? 매일 머리도 예쁘게 해주셔서 고맙다고 했잖아" 하시며 기억을 찾도록 도와주셨으나 끝내 알아보지는 못하였다.

선생님은 힘들게 투병하다 먼 곳으로 떠났고 부군께서는 "내 아내의 마지막 길에 와 주어 고맙다"라고 하였다. 늦게 결혼하여 아들 셋을 두었는데, 세 분 모두 목사로 미국에서 사신다.

구청에서 영어연극지도 봉사도 하시고 웃는 얼굴이 밝고 환하셨던 선생님과 다시 여행할 수는 없지만 마음 깊은 곳에서 영원히 동행하리라.

⤳ Profile
(사) KPO명강사협회 전문강사, 엠마우스 이주민 한국어 교육, 문해교실 강의. 저서: 《꿈꾸는 새는 날개를 접지 않는다》《4차 산업혁명과 ESG경영》(공저)

변화의 힘

최고운

4년 전 66세 되던 해 '나는 왜 그럴까요? 무슨 역사가 있어 그럴까요?'라는 전인치유 교육 프로그램에 등록했다. 나의 갈급함과 아내의 떠밀림에 의해서였다. 겉으로 봐서는 잘 보이지 않는 맹점 중 하나로 아내와 주변 사람을 힘들게 한 연유였다.

1년여의 교육을 통해 마음속의 상처, 집착, 분노와 정욕, 사랑의 결핍 등을 인지하게 되었다. 의식과 무의식 사이의 간극을 메울 기회를 얻은 셈이다. 그간 상대방의 의견도 무시하고 전혀 공감 없는 삶을 살았음을 발견했다. 내 영혼의 커다란 질병임을 깨닫는 귀한 시간이었다.

마음속을 깊이 들여다 볼수록 영적 가면을 쓰고 있음을 깨달았다. 어떻게 하면 그 가면을 벗어던질 수 있을까. 육체의 질병은 치료받을 수 있으나, 영혼의 질병은 치료가 오랜 시간 소요되므로 어떤 방법으로라도 치유의 시간을 갖기로 마음먹었다.

나는 역기능의 가정에서 태어났다. 순기능의 반대인 역기능의 가정이란 사랑과 온순, 긍정과 행복 등과는 정반대였다. 불우한 성장과정으로 인해 성격이 점점 부정적으로 되어갔다. 억압과 통제, 폭력, 무책임, 일 중독, 완벽주의 등이 그것을 대변했다. 자신의 정서와 행동의 원인과 특성이 무엇인지를 배우며 차츰 깨닫게 되었다. 원인으로 조상의 부정적 영향이 가장 크며, 그다음이 성장과정 그리고 태아기와 출생 상황 순으로 부모나 환경, 성장에서 기인한 것을 알게 되었다. 그건 내가 원해서가 아닌 날 때부터 주어진 환경이었다.

내 고향은 경남 거제다. 부모님이 6·25 전쟁 때 함경도에서 거제까지 피난을 오셔서 임시 터를 잡고 살기 시작한 곳이다. 너무나 어렵고 가난했던 시절에 먹을 것도 없는 환경에서 태어났다.

아버지는 내가 잉태된 줄도 모르고 군 입대를 하셨다고 한다. 임신한 어머니는 굶기를 밥 먹듯 했다. 출산한 산모가 불쌍하다고 이웃집에서 준 제사 음식을 먹고 문제가 생겨 일주일 동안 정신을 잃었다고 한다. 갓난아이로 버려진 나를 이웃 어른들이 보릿물을 끓여 먹여서 겨우 살아났다고 한다. 부모의 보살핌을 받아야 할 때 부모로부터 한순간 외면 당한 영향 때문인지 그것이 평생 큰 상처로 자리 잡은 것 같다.

어릴 적 생각나는 아버지는 고지식하고 술 좋아하며 가정엔 무관심했고, 툭 하면 싸우고 폭력을 일삼았다. 어머니는 화가 날 때마다 날 보고 '지애비' 닮아서 그렇다면서 고래고래 소리를 질렀다. 그런 아픈 기억 때문에 지금도 아내의 목소리가 커지면 나도 모르게 짜증이 나곤 한다. 사랑과 칭찬에 인색한 아버지가 너무 무서웠다.

어려운 가정환경 때문에 중학교 졸업 후 고등학교에 가고 싶어도 갈 수가 없었다. 나는 어린나이에 수산물검사소란 곳에 급사로 취직했다. 2년 동안 열심히 일하면서 학비를 벌어 상급학교에 진학할 수 있었다. 그 당시 소장님의 막말과 멸시가 상처가 되곤 했지만 단련을 통해 마음이 더 단단해지는 계기가 되었다.

전인치유 교육 과정 중 '만남과 동행' 단계에서 상호 간의 이해관계와 깊은 상처, 토설, 씻음, 용서와 축복, 축사, 양육과 성장, 고백과 동행 등 8단계를 거쳤다. 그러던 어느 날 밤 꿈을 꾸었다. 꿈속의 나는 '추리닝을 입고 있는 일곱 살짜리 어린아이의 모습'이었다. 꿈속에서 두려움과 겁으로 움츠려 떨고 있었다. 말을 걸어도 손을 대 보아도 아무런 움직임이 없는 모습을 두 차례씩이나 보고 충격을 받았다.

이는 몸은 성장했고 신체 나이는 먹었지만, 내면에는 성장하지 못한 어린아이 상태가 그대로 있다는 의미다. 그런 아이는 합리적이지도 객관적이지도 못하고 분별력도 부족해서 많은 실수를 한다. 한마디로 가끔씩 꼴통짓을 하는 것이라 했다. 바로 그것이 나의 내면 아이 모습이었다.

꿈을 꾼 이후 나는 안타까운 모습에 많은 눈물을 흘렸다. 그러고 나서 내면 아이의 뿌리 다섯 가지를 깨닫게 되었다. 첫째 윗세대로부터 내려오는 부정적인 영향력, 둘째 성적인 상처의 뿌리, 셋째 아버지의 뿌리, 넷째 성장과정의 뿌리, 다섯째 태아기의 뿌리다.

나는 안타까운 처지에 몸부림치며, 상처 치유의 8단계와 5가지 상처의 역사적 뿌리 속에서 스스로를 이해하며 내면의 어린아이를 토닥이게 되었다. 자신을 용서하며 사랑하는 법도 배웠다. 어린 시절 사랑의 결핍은 어른이 되어도 많은 악영향을 끼친다.

소중한 학습 과정을 통해 틀어졌던 과거가 서서히 변하기 시작했음을 알 수 있었다. 우선 아내와 딸의 반응이 달라짐을 느낄 수 있었다. 그동안 강한 성격으로 상대방의 입장과 말을 완전 무시했고 오직 내 생각만 관철되도록 지시하고 명령하는 그런 사람이었다. 예를 들자면 딸이 다섯 살 때쯤, 아이가 부끄럼을 타고 자신감이 없어 움츠리는 것을 보고 화가 잔뜩 난 나는 우산꼭지로 아이를 찔러 아프게 했다. 나이가 든 후에는 사위가 맘에 안 든다고 손녀들 앞에서 멱살잡이까지 했다. 또한 회사를 운영할 때 직원들에게 명령만 하고 칭찬이란 걸 한 번도 해 본 적이 없었다.

특히 아내에겐 씻을 수 없는 고통을 주었다. 어떤 경우에도 말을 못하게 입 다물게 했고, 눈을 감게 했고, 여러 행동을 제한함으로써 가슴 앓이로 평생을 살게 했다. 돌아보면 내 자신이 부끄럽고 지울 수만 있다면 지우개로 다 지우고 싶다. 변화는 내 행동거지가 달라지도록 노력하는 것이었다.

먼저 꼴통짓과 돌아다니는 역마살이 점점 줄었고, 분노와 화, 짜증내던 잘못된 행동이 많이 변화되고 있다. 가정의 소중함을 몰랐던 사람이 이젠 가정의 중요성을 알고 지속적으로 노력 중이다. 언젠가 우리 딸이 아내에게 지나가듯 얘기했다고 한다.

"우리 아빤 박물관에 보관도 안 되고, 분리수거도 안 되고 대화도 안 되는 힘든 아빠"라고….

지금은 대화가 되고 공감하고 서로를 이해하는 모습으로 변화하고 있다. 이는 보이지 않는 구세주의 힘인 것 같다. 믿음의 싹이 불안한 내면 아이를 성장하는 아이로 변모시킴에 감사하다.

과거에는 대화 중 내 생각과 다르면 바로 "에이씨" 하면서 분노를 표출하며 대화를 끊어 버리곤 했었다. 이젠 내 자신을 돌아보면서 많은 노력을 하고 있다. 그 일환으로 사랑하는 아내와 즐거운 여행을 시작했다. 경남 휴양림, 국립공원, 캠핑장을 돌면서 소소하게 행복하고 즐거운 시간을 가지려 노력하고 있다. 서로 깊은 대화를 통해 힐링하며 감사의 삶을 영위하고 있으니 나 자신도 믿어지지 않는다. 더 나아가 아내와 아이들에게 무릎 꿇고 진실하게 사과하고 용서를 구했다. 딸과 사위와도 수시로 만나 식사하고, 상처들을 사랑으로 덮어가고 있는 중이다. 요즈음은 독서에 빠져 글을 통해 치유를 받고 있다. 남은 생은 타인을 인정하며 사랑하고 보탬이 되는 삶을 살고자 한다.

과거를 아는 한 선배가 의아해 한다. 그 선배는 한때 우리 공장에서 일했던 분이다. 오직 일에만 집중하고 직원들에게 칭찬과 격려도 없이 밀어붙였던 나에게 하는 말이 싫지 않고 당연하게 들린다.

"최 사장 너무 많이 변했어…. 이제 칭찬도 아끼지 않고 상대방의 입장에서 배려하고 대화로 문제를 풀어가는 최 사장을 천지개벽이라고 해야지."

꿈을 가진 사람은 언제나 마음의 눈으로 행복을 보고 만질 수 있다. 생각의 전환이야말로 놀라운 변화와 축복의 기회를 가져올 것이며 밝은 미래까지 선물로 받으리라. 우리에게 꿈을 주는 분은 오래전부터 내 마음 속에 임재해 계셨고, 우리가 미처 깨닫지 못했던 시기에 내 안에 살짝 오셨던 임마누엘 그분이 아닐까. 나는 더 이상 과거의 나가 아니라 거듭난 삶을 사는 축복받은 사람이다.

이번에 공동문집의 '동행'이라는 주제를 통해 영과 생명 되신 그분과 참 동행을 하고 있음을 느꼈다. 이제 앞으로는 보다 긍정적이고 화합하는 가정과 사회를 만드는 데 일심을 다하겠다고 다짐한다. 그게 바로 성숙한 내면 아이의 성장이 아닐까.

↝ Profile
강원대 전기공학 졸업, 상담사 2급, 독서지도자

철책선에서 요양원까지

최덕기

청춘 시절 DMZ 철책을 지키며 소대원들과 맺은 인연으로 제대 후 40년이 넘도록 전우애를 나누고 있다. 봄과 여름 두 번 야외에 모여 산행을 하며 하룻밤을 함께한다. 40년 전 혈기 왕성했던 젊은이들은 대한민국 휴전선 최동북단 철책선을 지키며 3년의 험난했던 군 생활을 모두 훌륭하게 마쳤다.

야간에는 전반야조, 후반야조 나뉘어 밤새워 총 들고 철책 경계를 했고, 주간에는 교육 훈련 또는 작업조로 나눠 하루 일과를 수행했다. 당시엔 무슨 작업이 그리 많았던지 순찰로작업, 사계청소, 통신선매설작업, 철조망설치작업, 화목작업, 가로목작업, 벙커작업, 제설작업 등등 헤아리기 벅차다. 어떤 때는 총 잡는 시간보다 톱이나 낫, 삽과 곡괭이 잡았던 시간들이 더 많았다. 이런 힘들었던 군 생활은 우리의 전우애를 더 깊어지게 만들었다.

올해 가을 모임은 거창 위천면 금원산에서 한다는 통지문이 SNS를 통해 발송되었다. 나는 이번에도 고광동 대원이 운전하는 승용차로 소집에 참가했다. 매번 이동 시마다 고광동 대원의 신세를 지고 있다. 고

맙고 미안한 마음이다. 고대원은 군 시절 전령을 맡아 보았기에 나와
는 각별한 친근감이 있다. 그는 전남 해남 출신으로 중랑구에서 작은
사업을 하고 있다. 금천구에 사는 지필순 대원도 예술의 전당 앞에서
동승 출발했다. 지대원은 몇 년 전 뇌경색으로 몇 번 참석을 못했다. 다
행히 많이 회복되어 다시 모임에 참석하고 있다. 이번 모임엔 우리 서
울팀이 이동거리가 가장 멀다. 4시가 넘어 수목원에 도착하니 숙소로
예약된 방갈로 큰 방엔 일찍 도착해 기다리다 지친 대원들이 삼삼오오
모여 이야기를 나누다 우리를 반겨주었다.

올 봄 근무 부대 방문 행사에서 만나고 6개월 만에 만나는 반가운
전우들. 고향 경남 의령으로 낙향해 들깨 농사를 짓고 있는 노수경 대
원, 머리가 많이 빠졌지만 아직도 젊은 시절 재치와 유머를 가지고 있
다. 통영에서 가두리 양식장을 경영하는 신중석 대원은 소대의 왕고참
이다. 아산에서 작은 식품 공장을 하는 변은섭 대원, 이번에도 연잎 가
공 선물세트 20개를 준비해 가지고 왔다. 봉화에 사는 허광회 대원, 모
임에 매번 떡 한 말을 만들어 가지고 와 상차림을 풍성하게 해준다. 우
리 모임 회장을 맡고 있는 이상래 대원은 건설업계서 아직 현업에 뛰
고 있다. 오늘도 일찍 도착해 현장을 챙기고 있다. 진주에 사는 강필중
대원, 모임의 사무총장을 맡아보며 '진주술통'이라 닉네임을 가지고
있다. 어려운 일을 뒤에서 소리 없이 마무리하는 모임의 큰 일꾼이다.

식당에 모여 대원들이 가장 기다리던 여흥의 자리가 시작되었다. 시
작 전 내가 간단한 인사말과 함께 옛 추억담으로 분위기를 돋우었다.
40년 전 철책선 지하벙커에 모여 가졌던 소대회식은 지금 생각해도 가
장 신나고 스릴 넘친 회식이었다. 직장 생활을 하면서 수많은 회식 자
리를 가졌으나 결코 당시의 회식과는 비교될 수 없다. 금주령이 내린

살벌한 DMZ 철책선, 우리는 산 아래 민통선 마달리 마을에 특공대 작전을 통해 경월소주 박스를 올려왔다. 당시 회식에 댓병으로 네 병을 풀면 전 대원 분위기 최고에 올랐다.

기분이 내켜 한 병을 더 추가하면 사고 위험성이 100배 증가한다는 것을 알고 있었다. 호롱불을 밝힌 지하벙커 2층 침상에 전 소대원이 빼곡히 앉아 철제 양동이와 식판을 두드리며 벙커가 터져나가도록 목청껏 노래를 불러댔다. 당시 많이 불렀던 유행가로 〈삼팔선의 봄〉 〈나는 못난이〉 등이 기억난다. 당시 난 회식 시작 전과 끝난 후 차렷 자세로 보고를 받고 밤새 순찰 활동을 함께 함으로써 사고 위험성을 제로로 만들었다.

군대 모임의 술자리 주제는 10년, 20년이 지나도 결코 바뀌지 않는다. 매번 나왔던 이야기나 무용담이 돌고 돈다. 반복되는 이야기지만 참여자 누구도 지겨워하지 않는다. 어느 병장한테 빳다 맞았던 이야기, 군기 위반으로 처벌 받았던 일, 힘들게 작업했던 이야기들이 주로 나온다. 그러나 우리 소대원들에게만 특별한 경험담이나 자긍심이 담긴 이야기가 몇 개가 있다.

2분대는 대대 전술 훈련 평가에서 1등을 했다, 전 대원이 포상휴가를 다녀왔다. 지금 모임의 회장을 맞고 있는 이상래 분대장의 역할이 컸다. 화기분대도 특별한 자부심을 가지고 있다. 기관총 사수 부사수가 4대를 이어져서 모임에 참석하고 있다. 우리들은 우스갯소리로 말한다. 70년대 말 전쟁을 막은 것은 미군의 전략자산이나 한국의 특전사 또는 해병대가 아니다. 우리 2소대 화기분대 위력을 북에서 알아보고 감히 도발을 못했다고 이야기한다.

완벽한 경계근무 못지않게 초소장이 신경 써야 할일이 안전사고가 없도록 하는 일이었다. 근무 투입 시에는 항상 실탄이 장전된 소총과 야간에는 수류탄까지 휴대하기에 모두가 잠재적 위험에 노출되어 있다. 당시 전방 부대에 크고 작은 사고들이 많았다. 풀숲에 깔려있는 미확인 지뢰가 가장 많은 사고의 원인이 되었다. 초소 당 10발 정도의 크레모아도 설치되어 있다. 옆 부대에서 크레모아를 잘못 다뤄 큰 사고가 났었다. 복무하는 동안 함께한 우리 대원 모두 손가락 하나 다치지 않고 무사고 안전 귀향했다는 사실을 가장 보람 있고 자랑스럽게 생각한다.

노래방 파티를 끝내고 숙소에 돌아와 또 끼리끼리 모여 술과 함께 끝없는 이야기가 이어졌다. 경상도 출신 대원들의 사투리가 어찌나 큰지 한 쪽 귀가 약한 나는 견디기 힘들 정도였다. 특히 봉화 출신 허광회 대원의 투박한 고음은 마치 싸움판 벌어진 것 같았다. 슬며시 자리를 이탈해 2층에 자리를 펴고 잠자리에 들어갔다. 지난 번 모임엔 자정이 넘도록 고함소리가 들려 잠을 설쳤으나 이번엔 많이 좋아졌다.

푹 자고 일어나니 숲속의 새벽 공기가 상쾌했다. 모임의 마지막 일정은 언제나 모든 참가자가 함께 등산하며 땀을 흘리며 전우애를 다지는 시간이다. 금원산은 해발 1,500m가 넘는 꽤 높은 산이다. 정상 아래 전망대를 탈환 목표로 삼았다. 대원 모두 6학년 졸업반 나이라 쉽지 않은 등반이다. 몇 년 전 등반 도중에 한 대원이 나에게 다가와 정현모 대원이 교통사고로 한쪽 다리를 잃었고 의족을 하고 있다고 말해 놀란 적이 있었다. 그와 함께한 네 번의 산행에서 한 번도 낙오하거나 대열에서 뒤처지지 않고 언제나 정상에 함께했다. 오늘도 모두들 고지 탈환에 성공하고 기념사진을 찍었다. 산을 내려와 거창읍내로 이동해, 추어탕으로 늦은 점심을 함께했다. 식사를 마치고 대원들과 내년 봄 모임을 약속하며 석별의 정을 나누고 헤어졌다.

　서울로 출발하려고 승용차에 올랐을 때 거창 출신 송홍규 대원이 우리 차에 달려왔다. 옛 전우들이 어렵게 거창에 왔는데 소대장님께서 자신이 태어난 고향 마을에 꼭 한 번 가봐야 한다며 우리 차에 동승했다. 송홍규 대원은 이번 모임에 처음 참가한 막내다. 함께 차를 타고 그가 태어난 마을을 찾았다. 사과 과수원을 하는 고향 친구에게 연락해 우리에게 선물할 사과를 준비시켰다고 말했다. 마을에 도착해보니 친구가 아직 사과를 준비하지 못했다. 우리는 함께 과수원에 가 사과를 직접 따기로 했다. 얼마 전 고속도로변에 빨갛게 익은 사과밭을 보고 꼭 한 번 가보고 싶었다. 드디어 그 소망을 풀었다. 직접 사과를 딴 상자에 담으며, 지필순 대원이 사과 값을 지불하려하자 송홍규 대원 과수원 주인 모두 손사래를 친다. 사과 값의 문제가 아니다. 우리 대원들은 마지막까지 뜨거운 옛정을 나누었다. 인생길 동행하며 옛 추억을 공유하고 함께 즐거워하는 사람이 옆에 있는 것만큼 가슴 따스한 일은 없다.

　점점 나이 들어가며 생각이나 행동이 느려지고 어쩐지 왜소해지는 자신의 모습을 바라보면 위축되지만, 가끔 오늘 같은 삶의 기쁨을 맛볼 때도 있다. 이게 바로 사나이들의 우정이자 전우애다. 우리 2소대 원들의 전우애는 앞으로도 경로당을 지나 요양원에 가서도 계속 이어질 것이다.

➔ Profile
한국디지털문인협회 회원, CJ제일제당 근무, 전) ROTC 14기

빈 화분에 상추를 심고

최상진

당신이 떠난 지 채 1년이 못되어 같은 병원에서 왼쪽 신장의 절반을 잘라내고 조직검사를 하니 암세포가 발견되어 신장암 환자가 되었습니다. 많이 잘라내서인지 항암치료는 하지 않아도 된다 하여 당신이 받았던 고통은 덜고 있지만 미안한 마음이 큽니다. 수술을 받고 보니 건강 문제도 새로워지고 앞으로 어떤 삶의 선택이 가장 현명한 것일까? 생각만 깊어지고 결론이 나지 않습니다. 앞으로는 나의 아픈 모습 보이지 말고 또 아픈 사람의 모습도 보지 않기를 원하지만 시간이 지나면 또 피할 수 없는 현실이 되겠지요. 사는 것과 죽는 것이 잔잔한 파도같이 작은 흔들림일 뿐입니다. 누구와 같이 있어야 한다는 간절함도 시들어지고 혼자만의 간결함이 더 좋게 느껴지기도 합니다. 어제 당신을 생각하며 빈 화분에 상추를 심었습니다. 모임에서 보낸 쾌차를 비는 화분에 물도 주고 하루 종일 같이 있었습니다.

그 꽃과 식물은 나를 위해 최고의 예쁜 자태를 보이고 최상의 싱싱함을 보이려고 노력합니다. 어제 사실은 꼬박 밤을 새웠습니다. 특별한 고민이 있어서가 아니라 리듬을 잘 맞추질 못해서입니다. 낮에 꼬박꼬박 졸다 밤잠을 놓친 것이지요. 앞으로 이런 일들이 빈번히 일어날 것입니다. 혼자의 절제된 듯 절제되지 못한 삶이 건강을 해치고 허무의 세계로 빠지게 할 수도 있겠지요. 꿈속에서 당신을 한번 만나 볼까 기대하며 잠을 청해 봅니다.

온 세상이 잠들어 조용한 이 밤에 무릎 꿇고 기도를 드립니다. 하느님 저에게 시간을 조금 더 주십시오. 아니 당신의 충실한 딸에게 시간을 좀 더 주십시오. 너무 급하게 재촉하지 마시고 물 한 모금 마시고 정리할 시간을 주십시오. 당신께서 허용하신 시간이 그리 길지 않음을 잘 알고 있습니다. 좀 더 여유를 주시어 저 예쁜 손녀딸의 귀여움을 사랑스런 눈빛으로 바라보게 해 주시고 그동안 주신 시간들이 귀중한 것이었다는 감사의 기도를 드리게 해주십시오.

절박한 시간이었습니다. 메르스가 창궐하여 마치 강남역 같은 삼성서울병원이 텅 비고 나라도 힘들고 병원도 힘들고 노쇠한 중증환자들이 더 힘들어 하던 때였습니다. 정리의 시간이 필요할 때 당신은 용단을 보였지요. 며느리가 새 식구로 들어온 그 다음해 구정 때였습니다. 한순간, 한순간이 아쉬워 시간이 얼마 남지 않았다는 안타까움에 모두 같이 시간을 보내자고 지금까지 한 번도 해보지 못한 가족 해외여행을 당신이 제안했었지요. 너희는 그냥 시간만 내면 된다고.

일어서지도 걷지도 못한 채 휠체어로 이동하며 비행기에 오르고 호텔 침대에서만 보낼 여행이었지만 남편, 아들, 딸, 사위, 며느리와 외손녀의 즐거워하는 모습을 눈에 담으려 길을 떠났습니다.

오키나와의 미지근한 겨울바다는 속절없이 하얀 파도에 일렁이고 돌아오지 못할 바다 끝 저 먼 곳으로 마음을 날리기만 했습니다.

"나와의 인연은 이것으로 끝인가. 나의 사랑은 이렇게 끝이 나는 것일까? 내 마음을 더 이상 표현할 길이 없네."

당신은 훌륭한 부모님을 만나 사랑을 듬뿍 받고 내 욕심이 미치지
못하는 것에 대해서는 에둘러 포기하고 긍정적으로 생각하며 아끼고
근면하게 살려고 노력했습니다. 또 하느님의 자비와 축복 속에 느끼는
포근함을 행복이라 말하면서….

언젠가부터 홀로 먼 길을 떠나야 한다는 슬픈 절망감이 깊어질 무렵
속절없이 반성하고 속절없이 사과하고 손잡고 눈물 흘리며 병문안 온
사람들을 돌려보냈지요.

"늙고 병든 내 아비 내 어미가 나를 애타게 기다리고 있는데 언제 어
디에서 만나 볼꼬?"

눈이 희미해지고 기억이 엷어지고 부끄럼조차 어찌할 수 없을 때 부
모님을 앞선다는 죄스러움으로 눈물을 보였지요. 친정아버지가 시골
요양병원 침상에서 오열하며 안타까워 할 때 이미 잠긴 목소리로 "아
부지 죄송합니더." 때가 되면 엄마 아빠 따라 그곳에서 옛날같이 지
내고 싶었다고…. 그리고 더 이상 생각이 나지 않는지 편안한 표정으
로 마지막 인사도 나누지도 못한 채 구름 속 깊고 넓은 심연으로 빠져
들었습니다.

오늘도 벽에 걸려있는 사진을 하염없이 보고 있습니다. 두 얼굴이
교차되네요. 며느리를 보기 전이니 지금의 며느리가 없고 사진에서 미
소 짓는 당신은 이제 우리 옆에 없습니다. 동병상련으로 투병하던 같
은 병실에서 사돈을 만나 혼사를 이뤘으니 소설 같은 이야기가 되었
습니다.

오래 서있지도 못하는 환자의 몸으로 가발과 짙은 화장으로 버텨 가
며 축하객을 맞고 아이들을 결혼시켰지요. 모르는 사람은 혼주가 많이

수척했다고 하고 아는 이는 속으로 눈물을 흘렸습니다. 항암주사를 초기에는 3주, 다음은 1주 단위로 맞았는데 마치 주 단위로 살아가는 것 같았습니다. 주사가 주는 말할 수 없는 고통과 어떤 음식도 거부하는 식욕부진, 불안과 걱정이 불면으로 이어지며 혼자서 눈물 삼키는 심한 우울증 증세도 보였지요.

뇌종양으로 신경외과 감마나이프 수술을 받던 날 의사선생의 4기라는 말에 나는 거의 주저앉다시피 했습니다. 암이 전이되어 재발되면 말기로 본다는데 아직 큰 희망을 가진 가족들에게는 청천벽력 같은 소리였습니다. 그날 밤 집에 돌아와 어찌할지 모르고 하염없이 눈물을 흘렸습니다. 뇌세포를 까맣게 태우는 수술임에도 불구하고 종양은 안개꽃처럼 다시 번져 나갔습니다.

수술로는 안 되겠다고 의사들이 판단했을 때는 뇌신경의 마비로 목소리도 걸음걸이도 본인의 슬픔도 정지되기 시작했습니다. 초점 없는 눈빛을 하고 움직이지도 못하였지만 따뜻한 옷 입히고 휠체어로 좁은 요양원 복도를 왔다 갔다 하며 햇볕을 쬐어주던 그때가 그래도 좋았습니다.

당신은 최선을 다했고 충실한 삶을 살았습니다. 아름다운 꽃이었고 향기 나는 사람이었습니다. 할머니가 별이 되어 반짝인다고 손녀딸이 말합니다. 그래서 지금 당신이 있는 그곳 가족묘원에 "그립습니다. 사랑합니다"란 말을 남겼습니다. 사랑하는 사람이여!

✧ Profile
수필가(2007년, 조선문학 등단), 골프 칼럼니스트, 전) 삼성 안양CC 외 골프장 CEO. 저서:《영원한 친구들》

그날 새벽

최원현

끼기기긱 덜커덩, 가쁜 숨을 몰아쉬며 열세 시간 넘게 달려 온 기차가 드디어 멈춰 섰다. 순간 사람들은 경주라도 하듯 서둘러 일어나 출구로 향했다. 그러나 통로는 한 명씩만을 받아들이며 사람들을 한 줄로 서게 만들었다. 나도 그중 하나가 되긴 했지만 할 수만 있다면 좀 더 천천히 나갔으면 좋겠다는 생각이었다.

한참 만에야 기차에서 벗어났는데도 또 긴 기차만큼이나 길게 사람들의 줄이 이어져 달리고 걷고 했다. 하나같이 뭐가 그리도 바쁜지 크고 무거운 짐 보퉁이를 들고서도 잘도 달린다. 그리운 가족들, 사랑하는 사람과 조금이라도 빨리 만나고 싶어서일까. 아니면 지겨울 만큼 길었던 기차여행에서 일분일초라도 더 빨리 벗어나고 싶어서일까.

그들에 아랑곳 않고 되도록 천천히 발길을 옮기는 내 등을 치고 가는 사람, 내 몸을 부딪치며 가는 사람들을 잠시 발을 멈추고 망연히 바라보노라니 갑자기 가슴속이 유리 조각에 긁힌 것처럼 쓰라리다. 심장은 못 할 일이라도 하다 들킨 것처럼 큰북 치듯 쿵쾅댄다. 밀려드는 불안, 저들과 다른 나라로 가는 것 같은 나, 기차에서 내려 출구를 거쳐

317

서울역 광장에 이르기까지의 꽤 긴 시간조차 내겐 순간처럼 느껴졌다.

비로소 하늘을 쳐다봤다. 날이 밝기 전의 이른 새벽, 낯선 하늘 밑에서 더욱 작아져 있는 나를 오늘따라 하늘도 완전히 무시하는 것 같다. 3년 전에 처음 보았던 서울 하늘과도 달랐다. 그땐 그저 기대와 즐거움이었다. 거기다 여름이었다. 오늘은 겨울이고 하늘도 잿빛이다. 별 하나도 보이지 않는다. 내 삶의 전환, 아무것도 확실하지 않은 내 삶으로의 시작이다. 비로소 차가운 바람에 노출된 몸이 움츠러들어 있음을 느낀다. 겨울의 새벽은 아직도 어둠 속에 묻혀 있다.

바지 주머니에서 접힌 종이를 꺼냈다. 내가 가야 할 곳의 주소다. 역에서 나와 왼쪽으로 가면 버스정류장이 있다고 적혀있다. 거기서 버스를 타면 된다고 했다.

갑자기 한기 같은 무서움이 왈칵 몰려왔다. 얼른 하늘을 쳐다봤다. 가로등 불빛 속으로 보이는 새벽하늘이 어제 집을 나섰을 때의 저녁나절 같다. 순간 저만치 멀어져 가는 할머니의 손 흔드는 모습이 보였다. 점점 멀어져 가며 희미해지는 모습, 나는 분명 그 자리에 서 있는데 내가 가는 것처럼 멀어져 가는 모습이 나를 더욱 안타깝게 했다.

이제부터는 정말 혼자라는 생각이 들었다. 아무도 없는 곳에 버려진 느낌이다. 하늘도 내 머리 가까이까지 내려앉는 것 같다. 초등학교와 중학교를 다니던 시골의 하늘은 이렇지 않았다. 밤에는 별이 총총하고 낮에는 시리도록 파랗게 맑았다. 그런데 다들 가버린 곳에서 홀로 서 있는 내게 하늘은 지극히 무덤덤 무표정이다. 아는 체도 않는다. 열여섯 살 머스마가 어떻게든 정을 붙이고 살아가야 할 새 하늘 새 땅인데 말이다.

보퉁이 보퉁이 들고 이고 메고 달리던 사람들은 다 어디로 갔을까.

마중 나온 사람과 하나 되어 가는 사람들을 바라보면서는 새삼 가족이란 저런 거구나 생각을 했다.

광장가 쪽으로 며칠 전 내렸던 눈을 밀어놓은 눈 더미들이 여기저기 시꺼먼 먼지를 뒤집어쓴 채 상처 딱지처럼 붙어 있다. 그게 마치 서울에서 살아갈 내 모습 같아 보여 왈칵 설움이 몰려들었다. 버스정류장에서 타야 할 번호의 버스를 기다리는 내 눈에도 아주 조금씩 날이 밝아오는 것이 느껴졌다. 불빛 속에 가려졌던 어두움도 엷어지는 것이 보였고 비로소 새벽이 느껴졌다. 어둠을 벗고 아침이 오고 있었다. 그러나 나는 어둠보다 밝음이 더 무서워졌다. 버스만 타면 내가 맞게 될 새 풍경들이 익숙하고 낯익었던 것들을 놓아버리고 떠나온 길에서 새롭게 맞아야 하는 두려운 생소함으로 나를 압박해 왔다.

외할아버지 외할머니로부터 백부님, 숙부님께 그날 새벽이 그렇게 나를 인계했다. 어쩔 수 없이 새로운 삶 속에 들여 밀어질 나였기에 반가움보다 두려움과 미안함이 더 컸다. 이제는 미명을 벗고 아침이라도 빨리 왔으면 싶었다.

완전히 날이 밝으려면 얼마나 더 있어야 하는가. 내가 기다리는 버스는 언제쯤 올 것인가. 그렇게 나는 열여섯의 겨울을 보내던 한 새벽 서울이라는 삶터에 덩그마니 올려놓아졌었다. 그날 나는 내가 타고 가야 할 버스를 네 번이나 보내버린 뒤에야 버스에 올랐다. 그런데도 내 마음이 기다리는 아침은 쉬 오지 않았다. 참 두렵고 긴 미명의 새벽이었다. 그렇게 난 고향을 떠났고 서울이라는 또 다른 고향에 옮겨 심어졌다. 그런데 새삼 왜 그날이 갑자기 생각난 걸까. 아직도 완전히 벗어나지 못한 코로나, 갇혀버린 일상에서 그날의 어떤 암담함을 오늘에서도 느낀 것일까, 그 황당하고 암담했던 57년 전 그날 새벽은 서럽고 안타까운 추억이 되었는데 왜 갑자기 TV를 보다 그날이 생각난 걸까. 그리고 보면 뜬금없이 그날이 이리 생각나는 것은 그날이 나와 늘 함께해 온 것이 아니었을까. 오늘도 창밖의 하늘은 이렇게나 맑은데.

❖ Profile
한국수필창작문예원장, (사)한국수필가협회 이사장, 월간 한국수필 발행인, (재)국립세계문자박물관 이사, 전) (사)한국문인협회 부이사장

다시 찾은 산북동, 33년 만의 해후

한상림

지난 6월 20일, 숯검댕이 가슴인 세 사람은 군산시 산북동 옛 추억의 장소를 찾았다. 서울에서 군산까지 달리는 동안 눈물 같은 빗방울이 고속도로로 흩어졌다. 오랜만에 만난 먼 여행은 설렘과 동시에 기막힌 아픈 추억이 되살아나 희비가 교차한 날이다. 어쩌면 〈전설의 고향〉 아니면 〈미스터리 극장〉에서나 볼 법한 일이 우리에게 벌어졌으니, 그 아픈 기억을 되살리며 추억여행을 하게 될 줄은 꿈에도 상상하지 못했다.

1989년도에 나는 군산 외항의 작은 시골집으로 배낭을 메고, 4살인 첫 아이 영호와 갓난아이인 둘째 딸 영주를 데리고 군산으로 거처를 옮겼다. 잠시 서울집을 놔두고 남편이 근무하는 두산 건설 현장 가까이서 남편과 함께 살기 위해서였다. 마침 나처럼 남편을 따라온 것 같은 다른 세 가족도 아래윗집에 모여 살았다. 그들은 이미 몇 달 동안 같이 지내온 터이지만, 나는 둘째 딸아이를 출산 후 산후조리를 마치고 가장 늦게 합류하게 된 것이다.

영호, 민식, 세현, 현만 네 아이는 고만고만한 사내아이들이다. 민식, 세현, 영호는 직원 가족이고, 현만은 내가 살던 같은 집 마당 맞은 편, 모니카 자매의 둘째 아들이다. 이 녀석들, 지금도 산북동 들판에서 뛰어놀던 것처럼 하늘나라에서 뛰어놀고 있을까? 아니면 서로 몰라보고 있는 건 아닐까?

가장 먼저 하늘나라로 간 아이가 현만이다. 현만이는 인도인처럼 이국적인 이목구비를 가진 모니카 자매님을 닮은 눈이 새카맣고 유난히 큰 겁 많은 아이였다. 늘 엄마 치맛자락을 잡고 징징거리면서 쫓아다녔다. 그런데 내가 군산을 떠나 서울 집으로 옮긴 그해 겨울 급성 폐렴으로 6살 나이에 세상을 떠났다. 반드시 신부가 될 거라는 내 예감은 그렇게 빗나갔다.

두 번째 떠난 아이는 민식이다. 민식이는 7살이 되던 해 아빠를 따라 이집트 현장으로 이사하였다. 그러나 가족 여행 중 승용차 전복 사고로 서른여덟 젊은 아빠 손을 잡고, 누나와 남동생 태식이를 남겨 놓고 가버렸다. 그때 장례식장과 공원묘지에 안장하면서 가슴이 무척 아파 안타까워서 상주 노릇까지 하였다.

세 번째 떠난 놈은 바로 내 첫 아들놈이다. 내 아들 영호야말로 어처구니없이 세상을 떠났다. 고2 때 떠난 녀석 기일이 곧 돌아오는 9월 6일이다. 해마다 기일이 다가오면 나는 가슴이 먹먹하여 여전히 손끝이 떨리고 다리가 후들거린다. 처서가 지나고 조석으로 서늘한 기온이 느껴지던 날, 영호는 느닷없이 스스로 이승을 떠났다. 그것도 어처구니없이 깡패놈이 50만 원을 당장 가져오라는 협박을 못 이겨서다. 부모인 나와 남편에게 하소연 한 마디 못하고, 그날 밤 아빠에게 이메일을 보내려다 말고서 뭐가 그리 급해서 간 건지….

아이가 떠난 후 얼마 지나지 않아 친정엄마가 오셔서 아이의 침대에서 잠자다 꿈을 꾸었는데, 꿈속에서 외할머니 옆구리를 간지럽히면서 50원만 달라고 하였단다. 우연일까? 아니면 아이의 영혼이 왔다 간 걸까? 친정엄마는 지금까지도 아이가 깡패에게 협박당하고 매를 맞고 쫓기다가 50만 원 때문에 스스로 떠난 사실을 모르신다. 꿈을 꾸고 나서 동전 몇 개를 11층 창문 밖으로 던져주셨다.

불행은 연달아 온다고 하였다. 마침 시동생이 뇌출혈로 죽을 고비를 넘기고 시댁에선 비상사태가 일어난 상황이었다. 아이 입장에서 여러 가지 복합적인 이유로 유서 한 장, 말 한마디 못 하고 세상을 등졌지만. 녀석의 어리석은 선택에 나는 아직도 용서가 안 된다. 아니, 아이를 그렇게 보내야 했던 돌이킬 수 없는 나 자신에게 화가 난다.

네 번째 아이는 세현이다. 세현이는 30세 청년이 되어서 떠났다. 어릴 때 하얀 얼굴에 동글납작한 얼굴로 아주 착하고 순하던 세현이다. 그런데 어려운 가정환경으로 인해 세파를 못 견디고 역시 스스로 지다니? 모두가 기막힌 운명이다. 제대로 어깨 한 번 펴지 못하고 죽음을 준비하면서 얼마나 두렵고 무섭고 힘들었을까? 이렇게 아이를 가슴에 묻은 세 여자는 군산에서 여전히 살고 있는 현만이 엄마를 기점으로 추억의 장소로 나선 것이다.

모두 30대 초반에 만나서 매일 남편들이 현장으로 출근하고 나면 연탄아궁이 단칸방인 우리 집에 모이곤 했다. 매일 수다도 떨고, 아이들이 어린이집에서 돌아오면 아이들은 아이들끼리 넓은 마당에서 뛰어놀았다.

1990년도에 나는 셋째 아들 출산일이 가까워지면서 현장 일 마무리 중인 남편과 헤어져 서울 집으로 왔다. 차차 현장이 마무리되면서 흩어져 살았다. 어쩌다 안부 정도 오가다 33년 만에 만나 추억 여행지를 찾아가는 군산행. 사실 왜 아이들이 어떻게 떠나야 했고, 떠난 후 서로 어떻게 극복하였는지조차 서로 조심스러워서 묻지 못한 세월이지만, 이제는 서로 묻고 대답할 수 있었다.

풋풋한 30대를 지나 60대 중후반이 되어서 만나고 보니, 이야기 속에서 우리는 여전히 그때 산북동의 풋풋한 새내기 아줌마였다. 아직도 우리는 "영호 엄마, 세현 엄마, 민식 엄마, 현만 엄마"로 부른다. 아니, 우연은 아니지만 서로 약속이나 한 것처럼 그렇게 불러주었다. 다른 사람들은 기억하지 못하는 아이 이름을 우리는 죽을 때까지도 그렇게 부를 것이다. 아이들이 추억 속에서 살아난다면, 그곳이 천국이든 지옥이든 어디서라도 행복하다.

군산에서의 이틀 동안은 현만 엄마가 준비해 준 호텔 숙박과 이틀 동안 식사로 융숭한 대접을 받았다. 현만 엄마와 아빠는 우리 셋이 군산으로 간다고 하였을 때 꿈만 같아서 몇 날 밤잠을 설치며 기다렸다고 한다. 나름 세밀한 계획을 세우고 식당도 예약해서 골고루 맛있는 음식을 대접해 주었다. 그녀 역시, 지난해 암을 극복하고 여전히 현만이를 생각하며 그때나 지금이나 변함없이 기도하는 삶 속에서 살고 있다,

군산에 도착하자마자 바로 산북동 우리가 살던 시골집을 찾아갔다. 들어가는 입구 모습이 많이 변하여 동네 사람에게 '탤런트 김성환 씨' 자택이 어디냐고 물었다. 내가 살던 집이 바로 김성환 씨 부모님이 사는 옆집이었기 때문이다. 그런데 막상 입구에 들어서고 보니, 새로 지은 집이 낯설어 기억 속 같은 집이 아니었다.

산북동 너른 들판은 여전하다. 유모차에 딸아이를 태우고, 여름 저녁 들판을 거닐던 추억이 가장 아름다운 곳이다. 4살 영호는 엄마를

따라 들길을 거닐며 함께 노래도 불렀었다. 다시 그 시절로 돌아갈 수 없을까? 들판을 향해, "영호야, 민식아, 세현아, 현만아~~" 힘껏 소리쳐 불러보았지만, 대답이 없다. 나중에 세현이가 들려준 말로는 이 녀석들 넷이 산북동 뒷동산 어느 공동묘지에서 슈퍼맨이 되어 날아다녔단다. 거기서 해골바가지도 보았고, 뼛가루가 날렸지만 무섭지 않았다니, 상상만 해도 끔찍하다. '행여나 네 녀석 모두 같이 슈퍼맨이 되어 이승을 떠나 함께 맴돌며 동행하고 있는 건 아니겠지' 하는 의아심도 가져보지만, 이 모두 얼마나 부질없는 생각인가?

추억은 나이를 먹지 않는다. 추억 속에서 우리는 여전히 그날에 머물러 있고, 별이 되어 떠도는 아이들 눈빛은 여전히 초롱초롱하다. 더 이상 아파하지 말고, 항상 기도하는 엄마의 모습을 보여주자고 무언의 약속을 하였다. 지금도 산북동 추억여행의 아련한 여운으로 단톡 대화방에서 서로의 안부를 물어가며 동행하고 있다.

✈ Profile
시인, 칼럼니스트, 한국디지털문인협회 시분과장, 중앙대문인회, 한국문협 회원, 청향문학상 대상, 대통령 훈장 수여

아버지의 멋진 인생경영

한헌

이른 아침, 오랜만에 어머니를 찾아뵈었다. 어머니는 아버지가 남기신 사진첩에서 우리 가족사진을 보고 계신다. 나는 어머니께 여쭈어본다. "이 사람 누구예요?" "너야." "이 사람은 누구예요?" "너의 댁이야." "이 사람은 누구예요?" "나야." "이 사람은 누구예요?" "아버지야." 나는 나이 어린 자식과 대화하는 기분으로 어머니와 대화를 한다. 간병인이 말씀하신다. "며칠 동안 혼났어요. 가끔 치매가 심해지면서 침대 여기저기에 똥도 많이 묻히시고 저를 힘들게 하시네요."

나는 달리 할 말이 없어 "수고가 많으십니다. 감사합니다"로 대답한다. 그러고는 "이번 추석은 일주일 앞당겨 성묘를 하고 우리 집에서 식사하려고 하는데 어머니는 어찌하면 좋을까요?" "성묘는 아버지를 뵈러 가는 거니까 불편해도 장애인 콜택시로 같이 가시는 것으로 하고 어머니 식사는 그냥 집에서 하시는 게 좋겠네요." 그래서 어머니댁에 길지 않은 시간 머물면서 어머니와 잠시 대화하고 추석 때 동생들한테 알릴 내용을 정리하고 나오는데 어머니의 모습이 안타까운지 갑자기 괜히 눈물이 난다. 어머니가 노환으로 누워 지내신 지가 벌써 5

년 이상 되었고, 최근에는 대화가 잘 되지 않아 찾아뵙는 것도 점점 뜸해지고 있었다.

아버지는 노후에 후두암이 발견되어 방사선 치료를 받으시고 신부전도 발견되어 투석치료를 받으셨는데, 투석치료를 받으러 스스로 운전하고 병원에 가셔서 투석 받던 도중 갑자기 발생한 심근경색으로 돌아가셨다. 큰아들이 의사로 근무하는 병원이고 동료 의사들이 심장혈관조영술 등 시술도 하였지만 노령의 위기에는 속수무책이었다. 그래서 아버지의 급작스레 가시는 길은 채 하루가 되지 않았다.

반면 어머니는 5년 이상 긴 시간을 누워계시면서 서서히 퇴행을 보이시며 요양등급은 올라가고 간병인의 도움을 받으며 침대에 누워 지내신다. 서서히 먼 길을 가고 계시는 어머니의 조용한 모습이 가까이에서 모시고 사는 큰아들에게는 안타까울 뿐이다.

돌이켜보면 나는 아버지 어머니의 사랑을 많이 받았다. 평범한 직장인이고 아들 다섯이 되어 살림이 매우 어려운데도 대학 입시에 여러 번 도전하는 나를 허락해 주신 것이 아버지에게는 큰 투자를 하신 게 되며 나에게는 편안한 인생의 준비가 되었고, 치과의사인 아내와 결혼 후 맞벌이하며 바쁘게 지낼 때 가까운 이웃으로 살며 내 자식들을 돌봐주신 것이 또한 큰 은혜가 되었다. 그리고 노후에 인생의 마무리 5년을 큰아들 집에서 하신 것도 나에게는 많은 배움의 기회가 되었다.

서울 목동 신시가지 아파트에서 부모님과 이웃하여 살다가 직장을 옮기며 춘천으로 이사할 때 아버지 어머니가 매우 섭섭해 하셨는데, 15년이 흘러서 아버지는 82세에, 어머니는 79세에 서울 목동 신시가지에서 춘천의 큰아들 곁으로 이사하셨다. 나는 5층에 살고, 부모님은 4층에 사셔서 아침저녁으로 문안인사가 즐거웠다. 그때 아버지의 꼼꼼한 살림솜씨를 볼 수가 있었다. 어머니가 먼저 노쇠하고 어지러워 하셔서 아버지가 조석을 준비하셨던 것이다. 어머니는 당신이 60년 했으니 이제는 아버지가 하셔도 된다고 하셨고 아버지는 즐거운 마음으로 하셨다. 아버지의 취미 생활인 사진도 지켜볼 수 있었는데, 전철 타고 양재동에 가셔서 포토샵을 배우셨다. 춘천의 노인복지센터에서 요가교실, 문화센터에서 사진 모임에 참여하시는 등 낙천적이면서 열정적인 아버지 모습이 나에게는 모범적인 모습으로 전달되었다.

어린 시절에 기억하는 아버지는 테니스를 즐기셨고 등산도 다니셨고 붓글씨도 하셨다. 학창 시절에는 역도도 하시고 밴드부에서 나팔도 불었다고 하신다. 8·15 해방되는 날에는 같은 학교에 있는 일본 애들을 주먹으로 때리러 다니느라 바빴다고 하시고, 한국전쟁 때는 장교로 근무하며 군복 입은 멋진 사진도 남기셨다. 그러나 전쟁 후 파괴되고 가난해진 나라에서 대학 진학 기회를 놓치는 아쉬움이 있었고 한국전력에 32년간 근속하며 다섯 아들을 키우느라 바쁘셨다.

어머니는 경기도 장단읍에서 정미소 집의 5남 1녀 외동딸로 유복한 환경에서 어린 시절을 보내셨다. 개성여고에 기차로 통학을 하시는데 한국전쟁이 터지고 휴전 후에 고향집은 휴전선 비무장지대가 되어 가지 못하고 경기도 문산읍에서 온 가족이 살게 되었다. 소위 가난한 실향민이 되어 지내시다가 아버지를 만나 결혼하게 되었다. 결혼 후 아버지는 직장에 꾸준히 다니셨는데 친정 식구들은 형편이 너무 어려워 마음만 아프고 다섯 아들 먹이고 키우는 일이 매우 바쁘셨다. 충정로3가 햇볕이 들지 않는 적산가옥에 약 30년을 살며 비염을 평생 달고 사셨고, 돈이 항상 모자라서 이 방 저 방을 전세로 내어 주며 돈을 융통하셨다. 그래서 나는 함께 살았던 세입자들에 대한 추억이 많고, 내가 지금 다가구 주택에 살며 많은 세입자를 관리하는 것도 부모님 삶의 모습을 이어가는 것 같다. 아버지가 정년퇴직하신 후에는 목동신시가지아파트로 이사하여 두 번째 30년을 지내셨다. 어머니는 아파트 베란다에서 꽃을 키우기를 좋아하셔서 그것이 유일한 취미가 되었는데 베란다에 꽃이 꽉 차서 다니기 어려울 정도였다.

아버지는 갑자기 가셔서 아쉬웠으나 어머니의 가시는 길은 바쁘지 않으니 안타까운 마음을 가슴에 안고 편안히 잘 모시려 애쓰고 있다. 여기에는 아버지의 신통하고 절묘한 뜻이 담겨 있다. 아들들이 대학 졸업 후 다들 결혼까지 하고 나니 아버지는 어머니에게 용돈을 정기적으로 드리라며 월 5만 원씩 큰아들에게 계좌이체를 하셨고, 큰아들이 어머니에게 월 25만 원씩 이체하게 하였다. 몇 년이 흐른 후에는 월 10만 원으로 인상하고, 다시 몇 년 후에는 월 30만 원으로 올리셨다. 그래서 아들 다섯이 모은 월 150만 원은 부모님의 생활비 보조가 되었다. 아버지는 돌아가실 때 통장에 1억을 남기셨고, 따로 말씀을 하지는 않으셨지만 그 돈은 자연스레 큰아들이 맡아 어머니의 간병비로 3년간 쓰게 되었다. 어느 며느리에게도 부담이 되지 않고, 어머니께서는 낯선 요양원에 가지 않아도 되며, 큰아들의 다가구 주택 중 하나를 계속 사용하시는 어머니의 편안한 노후가 되었다. 3년이 경과하여 1억이 다 소진된 후에는 아들 다섯에게 간병비가 추가로 부담되었지만 형제들은 모두 동의하고 똑같이 분담하여 효도를 하고 있다. 아버지는 젊은 시절 어려운 환경이지만 선택과 집중을 잘 하시어 아들 다섯을 잘 교육시키셨고, 노후에는 취미생활도 하시며 사후에는 어머니의 부양과 효도까지 아들들에게 준비시키신 멋진 결과가 되었다.

나는 멋지게 인생을 즐기신 아버지와 많이 비슷한 모습을 보이고 있다. 들로 산으로 돌아다는 걸 좋아해서 사진 촬영을 하러 다니고 골프 모임이나 등산을 다니며, 여러 고위자 과정에 등록하여 배우러 다닌다. 반면 아내는 깊은 신앙생활을 하여 매일 새벽기도를 다니고 저녁에 교회 행사가 많으며 일요일은 하루 종일 교회에 살고 있다. 그러면서도 아내는 승용차로 15분 거리에 있는 텃밭에 가서 수박, 호박, 옥수수, 고구마 등 키우는 것을 좋아하는데, 나는 밭일이 매우 서툴고 좋아하지 않아 마지못해 아내를 따라 다니는 정도이다. 하지만 아내의 희망인 농막이나 전원주택 짓기는 나에게 중요한 숙제이다.

부모님은 서로 많이 다르시지만, 어려운 시절을 잘 극복하시고 자식들 또한 잘 키우신 보람도 있으시다. 노후의 아버지는 나름 즐거운 취미생활을 하며 어머니의 노후도 준비하신 것처럼 나도 내 가족의 구심점 역할과 노후설계를 잘 해서 사랑하는 아내와 자식들 그리고 다섯 손자들과 동행하며 모두가 즐겁고 행복하게 지낼 수 있도록 하여, 아버지처럼 멋지게 인생을 살고 잘 마무리해야겠다는 생각을 해 본다.

✧ Profile
강원대학교 의과대학 명예교수, 강원대학교병원 영상의학과 교수, 전) 강원도 속초 의료원 원장

동행, 길 안의 소리들

허순홍

    걷는다. 바람을 사이에 두고 문득문득 떠오르는 이야기를 잊을세라 걸음을 맞추며 걷는다. 때론 빗나가는 의견을 하나로 모아보고 동조 속에 웃음을 나누며, 그렇게 많은 시간 속에 하나가 되어가는 삶 속의 우리가 되었다.

    무지갯빛 일곱 가지 색감 안에 얼마나 많은 조화로움의 용트림이 있지 않고서야 그 아름다움과 어여쁨을 볼 수 있겠는가. 걸어 온 칠십 줄에 하나, 둘 반 배정을 얻으면서 바라보는 내 눈 안에 그림과 생각이 달리 보이고 여유로운 웃음 안에 가지는 따뜻함이 내가, 네가 연습도 없이 그 아름다움과 예쁨이 절로 얻어져 가는 길이, 걸음이 그저 좋기만 하다.

    주위 친구들의 너무 이른 안녕의 인사를 들으며 며칠을 아파했다. 허망한 시간과 그저 허무한 마음에 눈물겨 오늘의 지금이 얼마나 귀중한지를, 선택된 시간들을 우리는 알 수 없지 않은가.

    바라보기만 해도 따뜻한 눈빛과 같이했던 그룹 안에 소리했던 그이들을 만났다. 동그란 얼굴 안에 예쁜 주름으로 자리 잡은 삶의 길에 걸어온 얘기들, 이리도 가까이 옆 동네에서의 웃음이 있을 줄이야. 어찌 지냈는지, 어찌 살아왔는지, 어찌 지내고 있는지, 끊이지 않는 궁금증에 웃음 반 애달픔에 미소와 슬픔을 안아본다.

그렇다. 젊은날의 열정과 용기와 뜨거운 열기 안의 불탔던 길에 지금 우리가 있고, 또 내일의 젊은이가 있지 않은가.

나는 지금의 젊은이들이 좋다. 이야기를 나누다보면 가지고 있는 지혜와 생각들이 진취적이고 용감하다. 또 그들 덕분에 이렇게 도움을 받고 즐기고 있지 않은가. 고마운 젊은이들이다. 그들도 우리의 길목에 동행하며 걸어오고 있다.

양재천 길에는 예쁜 의자와 벤치가 많다. 우거진 숲 안의 그늘진 빨간 의자에 앉는다. 고개 돌려 땀방울로 얻어낸 길들의 소리가 너무 좋아 살포시 눈감아 멀어진 나무와 쭉 뻗은 길 안에 또 한번의 우리를 남긴다. 같이한 사람 이마의 땀방울을 닦아주며 말없는 눈빛과 소리에 많은 것이 전해진다.

걷는 길에선 많은 것을 얻는다. 똑같은 길이지만 매번 달리 느껴짐은 무엇인지. 그 길 안에는 발걸음 소리, 숨 가쁜 소리, 손짓의 소리, 생각의 소리, 인생의 동반자로서 같이 가는 사람의 숨길을 귀에 담을 수 있어 좋다. 그것이 걸어 온 우리 모두의 동행길에 손잡음이 아닌지. 가다가다 지치면 다시 돌아서서 발걸음 재촉에 불을 태우면 되지 않는가. 오늘 이 사람과 같이한 길에서 소박한 웃음과 행복과 즐거움을 맛본다.

바쁘고 바빴던 날들엔 하루의 시간이 모자랐고, 그저 내일을 향한 걸음걸이에 눈코 뜰 새 없던 날들. 지금 이 동행길의 여유로움과 바꾸고 싶냐고 물으면 "아니 바꾸겠소"라고 답을 하고 싶다.

같은 생각과 같은 마음으로 가는 길에 무슨 철학이 필요하며 무슨 삶의 논리가 있겠는가. 같이 하는 걸음걸이의 모든 이의 하나가 그것이 동행이 아닌지…. 사시사철 보지 못했던 아름다움이, 느껴보지 못했던 눈의 요기와 사랑이 소소한 동행길에 많은 것을 얻는다. 참으로 좋지 않은가….

〈동행길에〉

젊은이로 돌아가고 싶소.
젊은 날 그날로 지내고 싶소.

아니요…. 여유로움이 좋소.
지금의 자유로움이 바람의 향내처럼 햇살 좋은 '봄' 같소이다.

아지랑이 피어오르는 뜨거운 열기에 힘이 솟고
'여름' 날 퍼붓는 소나기의 이야기를 보았소.

떨어지는 '가을' 낙엽이 주는 지난날의 기억과
낭만에 젖어보니 너무 좋소이다.

추운 밤 퍼붓는 하얀 눈송이와 칼바람이
소중한 이 사람 '겨울'보다 더 따스함을 알았소이다.

돌아가고 싶지 않소.
지금 가는 길 이 시간 이대로 머물 수만 있다면

젊은 날 사는 게 바빠
잃어버렸던 날들을 이렇게 찾을 수 있으니

싫소이다, 돌아가고 싶지 않소이다.
우리에게 준 지금의 날들이 무지개 일곱 빛깔 같소이다.

삶 안에 많은 걸음을 어찌 다 전할 수 있을지, 짧으면 짧고 길면 긴 시간 안에 내게 준 기쁨을 '시' 한 수로 적어 본다.

지금 같이하는 걸음 안에 지금 내 곁에 있는 사람, 같이했던 사람들, 손 내밀어 잡아보는 동행의 하루가 되었으면 한다. 홀로, 홀로 내가 '너'가 되었을 때 가슴에 둔 사람 기억이 있었으면 한다. 그것이 동행이 아닐까?

동행이란. 시간 안에 많은 것을 얻으려 말고, 너무 먼 곳을 바라보지 말고, 평행선 길에 같은 마음으로 손잡은 사람들과의 보석 같은 인연들, 늘 그렇게 우리라는 사이에 바람 한 점은 괜찮으리라. 조금 더 맞닿는 길 안에 내가 '너'가 되었으면 하는 걸음이 아닐까.

❖ Profile
시인. 저서: 《그리워질 때》《모두가 사랑이었다》《들리는가》

불편한 동행은 이제 그만

홍경석

"홍 기자님, 안녕하세요? 0월 0일 0000에서 행사가 있는데 취재 좀 부탁드립니다." "홍 작가님께서 보내주신 원고는 0월 0일 자 신문에 게재됩니다." "홍 교수님께 강의를 요청하고자 문자 드립니다. 시간 나실 때 전화 주시기 바랍니다."

근자(近者)에 답지한 문자와 카톡 내용 중 일부이다. 눈치챘겠지만 각기 다른 세 가지의 요청 글(문자)에서 나는 기자와 작가도 부족하여 심지어 '교수님'이라는 호칭까지 듣고 있음을 발견하게 된다.

고작 초졸 학력의 무지렁이가 이처럼 말도 안 되는 파격적 대접을 받고 있는 까닭은 무엇일까. 아니 땐 굴뚝에서는 연기(煙氣)가 나지 않는다. 그럼, 이제부터 그 '연기'의 숨겨진 비밀을 추적한다.

나는 1959년생 베이비부머이다. 지독하게 가난했던 집안에서 태어난 나는 어쩌면 말도 안 되는 어머니의 가출이라는 미증유(未曾有)의 사건을 고작 생후 첫돌 즈음에 경험했다. 아무리 부부간의 충돌이었다곤 하되 자식마저 방기하고 집을 나간 어머니는 아버지를 충격에 빠뜨렸다.

아버지는 알코올에 포로가 되어 무기력과 파멸의 협곡에 빠졌다. 중

차대한 가장의 직무까지 포기한 아버지로 인해 중학교조차 갈 수 없었다. 대신 나를 기다리고 있었던 누추하고 음습한 현실은 소년가장으로의 내몰림이었다.

새벽부터 역전에 나가 신문팔이, 구두닦이, 행상 등으로 돈을 벌었다. 그렇게 힘든 나날을 점철하던 중에도 세월은 강물처럼 흘렀다. 사무쳤던 모정까지 그리웠기에 첫사랑이었던 지금의 아내를 20대 초반에 만났다.

작수성례로 예식을 치르고 반지하 월세로 신접살림을 시작했다. 이후 두 아이를 보게 되자 자녀교육의 중요성을 절감했다. 돈이 없어 사교육은 언감생심이었다. 대신 '공짜 샛길'을 찾았다. 휴일이면 아이들의 손을 잡고 참새가 방앗간 드나들 듯 도서관을 부지런히 출입했다.

덕분에 아이들의 성적은 날개를 달았다. 경쟁하듯 명문대에 입성하는 아이들을 보면서 나도 변모하는 아빠가 되리라 작심했다. 독서에 더욱 속도를 냈다. 만 권 가까이 책을 읽자, 글쓰기에 자신감이 붙었다.

여러 언론사에 객원과 시민기자로 지원해 활동하면서 나의 글 실력을 검증받았다. 여세를 몰아 경비원으로 일하면서 2015년에는 첫 저서 《경비원 홍키호테》를 발간했다. 무려 440번의 출판사를 향한 도전 끝에 일군 보람이었다.

그 누구의 조력조차 없이 스스로 일군 결과에 감격의 눈물을 떨궜다. 하지만 예상과 달리 베스트셀러와는 인연이 닿지 않았다. 부진한 결과로 우울증에 시달렸지만 세상만사가 첫 술에 배부르지 않음은 동서고금의 이치였기에 슬럼프를 곧 빠져나왔다.

오기를 무기로 제2, 제3의 책을 연이어 출간했다. 소문이 증폭되면서 여기저기서 기고를 부탁하는 전화가 줄을 이었다. 덕분에 한때는 무려 열다섯 곳이나 되는 정부기관과 지자체, 언론사 등지에 내 글이 실리기도 했다.

네 번째 저서를 낸 작년에는 모 대학원에 장학생으로 들어가 주경야독했다. 그 대학원에서 담당교수님의 후의 덕분에 강의까지 하던 날은 정말 만감이 교차했다. 소년가장으로 돈을 버느라 초등학교 졸업식에도 갈 수 없었던 가난뱅이도 모자라 중학교라곤 문턱도 넘지 못한 필부가 수두룩한 대졸자들 앞에서 언감생심 강의라니….

그러나 그건 엄연한 현실이었다. 뭐든 열심히 하면 장벽은 무너지는 것임을 새삼 발견했다. 그 와중에 새로 부임한 직장 상사가 갑질을 일삼는 바람에 경비원을 그만 두었다. 사직하면서 이를 갈았다.

경비원이라는 직업은 주근보다 두 배 많은 고된 야근을 하여도 한 달 급여가 200만 원이 채 안 되었다. '그렇지만 나는 앞으로 반드시 유명강사가 되어 한 시간 강의에 있어서도 200만 원 이상을 받을 것이다!'라며 자기 최면(自己催眠)에도 강한 추진력을 장착했다.

올해 9월에는 드디어 여섯 번째 저서를 냈다. 그리곤 지난 3월에 이어 두 번째 출판기념회를 열었다. 십시일반(十匙一飯) 성격을 지닌 크라우드 펀딩(crowd funding)으로 출간한 책이었기에 보답 차원에서 출판기념회를 가진 것이다.

전국 각지에서 오신 축하객들로 문전성시를 이룬 모습을 보면서 다시금 눈물을 흘리지 않을 수 없었다. 여섯 번째 저서의 출간 소식이 지역신문과 인터넷 언론 매체들에 의해 보도되자 나의 위상은 마치 바침술집(술을 많이 만들어 술장수에게 파는 것을 직업으로 하는 집. 또는 그런 사람)처럼 더욱 바쁘고 높이 상승했다.

위에서 "홍 기자님, 0000에서 행사가 있는데 취재 부탁드립니다"라는 글에서 보았듯 지금도 나에게는 취재 요청이 쇄도하고 있다. 그런데 나는 기레기가 아닌 까닭에 진정 인터뷰이의 역지사지 입장에서 정성껏 취재를 하고 진실된 기사를 작성한다.

참고로, '기레기'는 기러기와 쓰레기가 합쳐진 말이다. 언론인으로서는 죽기보다도 더 듣기 싫은 표현이다. 아무튼 지금도 열 군데 매체에서 시민기자로 활동하는데 반 이상은 봉사의 성격이다.

따라서 평일에는 공공근로를 하여 생활비를 보충하고 있다. "홍 작가님께서 보내주신 원고는 0월 0일 자 신문에 게재됩니다"라는 인용의 '장르' 역시 고료가 없어서 어렵기는 매한가지다.

그래서 가장 반가운 분야는 역시 "홍 교수님께 강의를 요청하고자 문자 드립니다"라는 부분이다. "아니, 지금 무슨 소리야! 중학교도 못 간 사람이 도대체 무슨 교수라는 거야?" 당연한 의문이다. 이 곡절의 시말은 이렇다.

작년부터 글을 기고하고 있는 모 언론 매체인 저널리스트대학교육원에서 시민교수 임명장을 주겠다고 참석하라고 했다. 그래서 지난달에는 영예의 시민교수 임명장을 받았다. 참고로 여기서 말하는 '교수'는 현직 대학교수 및 석·박사급 이상의 학력을 소지한 자를 뜻한다.

그리고 '시민교수'는 비록 정규학력은 그에 못 미치되 사회적으로 달인이나 명인급 반열에 오른 사람을 예우하는 차원에서 그리 대우하는 것이다. 어쨌거나 모로 가도 서울만 가면 된다. 나는 기어코 교수의 반열에까지 올랐다.

모 전국 방송에서 네 번이나 인간 다큐 프로그램을 찍자고 간청(?)한 이유가 여실히 보이는 대목이라 할 수 있다. 물론 나는 그 제안을 정중히 사양했지만. 비로소 이실직고하지만 위에서 밝혔듯 나는 440번의 도전

끝에야 비로소 첫 저서를 발간했던 특이한 이력을 가지고 있다.

그렇다. 나는 온갖 비웃음과 편견 앞에서도 굴하지 않으며 내 운명을 스스로 바꿨다. 나는 내게 거추장스러운 것은 깡그리 쓸어버렸으며 대신 20년 이상 줄기차게 글을 써왔다. 덕분에 나는 여섯 권의 저서를 낸 작가가 되었으며 심지어 영예의 시민교수 임명장까지 받은 것이다.

나를 극복하는 순간 나는 마침내 교수까지 되었다. 내가 참여하는 시민기자의 취재 영역 중에는 자원봉사와 연관된 매체도 있다. 작년에 내가 취재한 어떤 우수 자원봉사자는 결국 최고 영예인 대통령상을 받았다. 그 낭보를 나에게 제일 먼저 전하면서 흐느끼던 그 자원봉사자를 결코 잊을 수 없다.

여기에서도 볼 수 있듯 나는 주로 미담(美談)만 전하는 기자다. 악담과 미담의 차이는 명료하다. 악담만 하다보면 근묵자흑(近墨者黑)으로 경도(傾倒)되어 나도 모르게 마음까지 시커멓게 오염된다.

반면 미담을 즐기면 시나브로 천사표 마음씨로 치환됨을 느낄 수 있다. 분명 크게 남는 장사임에 틀림없다. 나는 '엄마 없는 아이', '배우지 못한 놈', '돈 못 버는 무능한 남편'이라는 부정의 삼박자 탁류(濁流) 인생을 모질게 살아왔다.

그놈의 불편한 현실은 빈곤과 모멸감 따위의 강제 열차 동승과 동행(同行)을 요구했다. 그렇지만 불편한 동행은 이제 그만이다. 운명은 얼마든지 바꿀 수 있다. 결국 자기 하기 나름이다.

✧ Profile
중도일보 칼럼니스트, 《월간 청풍》 편집위원. 저서: 《두 번은 아파봐야 인생이다》, 장편소설 《평행선》 외 4권 발간

존재만으로도 그 이유가 있는

황의윤

나에겐 가슴에 옹이처럼 남몰래 아픔을 느끼게 하던 다섯 살 위의 누님이 한 분 계신다.

민족의 비극인 한국전쟁 중에 피난길에서 태어나 미처 보살핌을 받을 겨를도 없었고, 엉겁결에 천연두[마마]라는 병마에 사로잡혀서는 그 후유증으로 순식간에 얼굴 전체와 신체도 일부가 심하게 얽게 되었으며, 입술과 코도 흉하게 일그러져 장애인이 된 '문자'라는 이름의 누님이다.

세상에 곱게 태어난 보람도 없이, 모양이 점점 이상해져가는 어린 아기를 부여잡고 천지신명께 간절한 기도로 애원하며 가슴 태웠을 할머니와 부모님의 저 깊은 가슴 밑바닥엔 어떤 색깔의 강이 흐르고 있었을까? 자기 자신이 변해가는 운명도 모르고 초롱초롱한 눈망울 굴리며 웃음지었을 누님의 어린 시절을 생각하면 지금도 울컥 목이 메면서 절로 눈물이 맺히곤 한다.

그 어린 생명이 그예 1년을 넘기기도 힘들 것이라고 너무나 가혹한 선고를 하던, 당시 피난 시절 군의관 앞에서 억장이 무너지셨다던 할머니의 처절한 한숨도 종종 아련하게 그려진다. 하지만 인명은 재천이라던가? 하늘은 아무 죄도 없는 어린 생명을 부모님으로부터 차마 앗아가지는 않았다. 지극한 정성과 보살핌의 은덕으로, 비록 장애의 얼굴은 되어버렸지만 지악스런 병마로부터 벗어나 건강이 회복되고, 그 뒤로는 제법 무탈하게 자랐다고 한다.

그러나 다른 사람들의 시선과 손가락질 때문에 차마 학교에는 보내지를 못하였다. 그럼에도 당돌한 우리 누님은 그런 상황에서 전혀 좌절하거나 의기소침하지 않고, 오히려 누구보다도 명랑 쾌활하게 성장하였다. 한 술 더 떠 남이 버린 책과 공책을 어디선가 얻어와서는, 혼자 독학으로 열심히 글을 깨치고 읽으며 노력을 계속하더니만, 종국에는 어엿한 문학소녀로 거듭날 수 있었다. 비록 남들처럼 학교 졸업장이나 동창생이라는 단어와는 애저녁에 거리가 멀었지만, 학교에서 공부한 그 어떤 사람들보다도 훨씬 예쁘게 글씨를 쓰며, 영어나 한문마저도 떠듬거릴망정 일부 해독을 하는 수준까지 다다른 것이다.

그런데 그렇게 자라던 누님이 사춘기에 접어들게 되고, 자아를 터득하면서부터 겪었던 고뇌와 절망은 이루 말을 할 수가 없었고, 피멍 든 마음의 상처는 차마 글로 표현하기 쉽지 않다. 끝 모를 방황과 삶의 포기가 거듭되면서, 다행스레 실패는 했지만 몇 번에 걸친 극단행동 시도와 가출 등이 이어지고, 주위의 가족들이나 친지들을 정말 암울하게, 혹은 지치게도 만드는 누님의 삐뚤어진 행동과 일그러진 모습은 당시 어린 필자의 눈으로 봐도 도무지 대책이 안 서는, 문자 그대로 비상구 없는 터널이요, 가없는 어둠의 늪이었다. 자포자기한 누님의 가슴을 무엇으로 채우면 좋을지 몰라, 가족들은 하염없이 한 아픔이 되어 날마다 얼마나 울었었는지 모른다.

그런데 어느 날 뜻밖에 갑자기 기적같은 행운의 소식이 전해졌다. 하늘도 저 가엾은 한 마리 양을 아주 잊지는 않았나보다. 열여덟 살의 누님에게 중매가 들어온 것이다. 알고보니 결혼하고 싶다는 그 남자도 누님과 똑같이 천연두를 앓은 장애인이었다. 오히려 누님보다도 더 심한 곰보에다가 한 쪽 눈까지 없어진 중증의 상태였다. 그래도 사지가 멀쩡하고 힘은 센 그 남자와 인연이 되려고 그랬는지, 누님은 일말의 망설임도 없이 한 순간에 혼인을 결심하였다.

처절한 아픔을 숙명으로 걸머진 둘이는 만나자마자 서로를 이해하고 보듬으며 백년가약을 약속하게 되었고, 일사천리라는 말이 무색할 정도의 급속도로 일이 진행되어 오래지 않아 조촐한 혼례식도 치르게 되었다. 당시 집례를 맡으셨던 신부님은 그들을 향해 "오늘 신랑 신부는 세상에 두 번째 태어난 것"이라고 표현하셨던 것 같다. 55년 이상이나 세월이 흐른 지금도 그때의 생각을 반추하면 가슴이 뛴다.

그렇게 강원도 횡성의 산골 오지로 시집을 간 누님이 알콩달콩 금슬 좋게 시집살이를 잘 하면서 장애가 없는 첫 아들을 낳았을 때, 아버지는 펑펑 눈물을 흘리며 대성통곡을 하셨었다. 그리고 타지의 고모님께 전화를 걸어 외치시던 절규의 목소리는 아직도 귓가에 또렷하다.

"누님, 누님! 우리 문자가 글쎄 아들을 낳았대요. 아들을…."

지금은 증손주까지 보시고 피붙이들과 더불어 안락한 노후를 보낼 수 있는 터전도 그런대로 제법 잘 닦아놓으셨지만, 아직도 그저 평온하고 편안한 휴식의 삶보다는 평생 이골난 농사일 그게 뭐라고, 오로지 흙이 전부라 믿으면서 쉬지 않고 일하는 중에도 동네 교회의 장로로 열심히 신앙생활을 하신 매형과, 침침한 눈으로도 마을의 살림은 도맡아서 꾸려나가시던 영원한 부녀회장 꽃순이 누님의 청춘 담은 삶의 모습은 영원한 나의 자랑이며 긍지이다.

어차피 세상 사람들은 평생을 누군가와 어울려 관계를 맺으며 살아간다. 인연이라는 연결 고리를 매개 삼아, 단순히 너와 나가 아닌 우리라는 이름으로 함께 호흡하며 세상 풍파를 헤쳐나간다. 그렇게 같은 곳을 바라보며 내내 함께 걸어가도록 맺어진 사이를 우리는 필연이라고 부른다. 그 소중한 인연 중에는 선천적으로 이어진 혈연이 있고, 후천적으로 연결된 학연이나 지연같은 소통과 관계의 인연도 있다. 모든 인연들이 사람의 삶을 살아가는 데 없어서는 안 될 소중한 관계이며 연결 고리이다. 예컨대 자신이 바란다고 해서 인연의 대상을 선택할 수 있는 것도 아니고, 원치 않는 인연이라 해서 거부할 수도 없는 것이 엄숙한 우리의 운명이다. 어차피 맺어진 관계를 어떻게 가꾸고 이어가며 좋은 인연으로 만드는가 하는 것은 전적으로 자신의 의지와 노력에 달려 있다.

이제 비교적 삶의 후반부에 이르러 되돌아보니 그간 내게도 참 많은 시절 인연들이 있었던 것 같다. 물론 그 많던 시절 인연 중에 특별히 소중하다 해도 그 인연만 골라 더 오래 존속시킬 수 있었던 건 아니었고, 더불어 정녕 아쉬운 이별이나 짧은 지나침도 많았던 듯 하기에 안타까운 마음과 아쉬움에 종종걸음치기도 한다. 그런 가운데 특별히, 늘 얼굴만 떠올려도 흐뭇한 웃음을 먼저 짓게 되는 우리 누님의 존재 가치는 내 삶을 이어온 양분으로서 과연 몇 점 짜리였을까 하는 생각을 해본다. 분명 존재만으로도 그 이유가 있는 누님은 너끈히 100점 짜리에 틀림이 없으리라 여겨진다.

한 지붕 아래 함께 산 건 겨우 어릴 적 한때뿐이었고, 되레 그 뒤 수십년 이상 각자의 삶을 각자의 자리에서 살아온 건데, 어찌 이리도 늘

곁에 머무르고 있었던 것처럼 정겹고 푸근한 느낌이 드는 걸까? 이제
는 얼추 나이든 내 모양 이상으로 폭삭 늙어 꼬부랑할머니로 변모하신
누님이 어째서 내겐 아직도 애틋한 처녀 시절의 그 자태 그대로인 채
붙박이 되어 이렇게 기억의 장에 진하게 인 치고 있는 걸까?

아! 그렇구나.

필경 누님은 내 삶의 내면 깊숙한 한 켠에 굳건히 자리매김해서 이
제까지 줄곧 나와 함께 숨쉬고 있으셨던 거구나. 내가 여기 구석진 방
에서 평생 옹송그려 무언가를 찾아 헤맬 때도, 저 먼 강원도 산골에서
내 누님은 못난 동생 잘못 될세라 걱정하시면서 기도 없은 마음의 끈
으로 동아줄 엮듯 인연 이어주셨던 거구나.

앞으로 우리에게 남겨진 날들이 얼마일지 모르지만 마지막의 끝자
락까지 누님은 늘 변치 않고 내 삶의 소중한 동행이 되어 기꺼이 내
손 잡고 가실 것을 나는 믿는다. 내 걸음에 일일이 발 맞춰주시며….

↯ Profile
필명 林森, 시인, 칼럼니스트, 사단법인 휴앤해피 이사장, 해피우먼 부사장. 저서: 林森
제1시집《그대와 같이 부르는 이 사랑의 노래 있는 한》~ 林森 제9시집《돼지껍데기》

카자흐스탄 아내와
한국인 남편의 특별한 동행

―――――

디나라

우리의 삶은 동행 그 자체입니다. 엄마 뱃속에서부터 시작하고 태어나서 가족과 자라는 과정, 어린이집, 학교생활, 취미, 직장, 결혼 이 모든 것은 항상 누군가와 함께 합니다. 나의 꿈과 내 인생의 동행이었던 소중한 순간들 되돌아봅니다.

저는 디나라입니다. 카자흐스탄에서 태어났고 현재 한국에서 살고 있습니다. 2010년에 한국에 처음으로 입국하여 벌써 13년이 되었네요. 카자흐스탄에서 남편을 만나게 되어 한국에 살게 되었어요.

저는 카자흐스탄에 있는 고려인 센터에서 한국어를 배우러 다녔습니다. 그곳에서 남편을 처음 만나게 됐고 4년 연애를 한 뒤 결혼을 했어요. 남편은 태권도 관장이었고 너무 멋있어서 반했던 것 같아요. 지금은 노래 가사처럼 바다 건너온 며느리, 두 아이의 엄마입니다. 사랑스러운 아들과 딸을 키우며 행복하게 살고 있습니다. 엄마가 외국 사람이라고 자랑하고 누구보다 한국을 사랑하는 아이들입니다.

이렇게 가족이 되어 함께 먹고 함께 자고 함께 웃고 서로 사랑하며 살아가고 있습니다. 누군가와 인생을 산다는 것은 힘든 일이지만 그 힘든 과정 중에 일상의 소소한 즐거움을 느끼고 서로 힘이 되어주며 같이 걸어가는 것이 '행복한 동행'이라고 생각합니다.

한국에서 결혼이주여성으로 사는 삶이 쉽지만은 않아요. 처음에는 외로움이 컸고, 6개월이 되었을 때는 한국어만 들리는 환경이 너무 힘들었어요. 고국 언어에 대한 향수가 정말 컸어요. 그래서 친구나 카자흐스탄 사람들을 찾아 만나기도 하고 다문화센터에 다니기도 했어요.

한국에 살면서 다양한 활동을 해왔습니다. 리포터, 강사, 성우, 디자이너, 예술 활동. 한국에서 다문화 강사로 활동한 지는 올해 12년 차가 되었어요. 강의는 어린이집, 초·중·고등학교, 성인 대상으로 해왔습니다. 내용은 카자흐스탄 문화, 다문화 인식개선, 차별과 편견 없는 사회에 대해서도 하고 카자흐스탄 전래동화를 들려주기도 합니다.

사실은 아이들을 키우면서 활동하는 게 쉽지는 않아요. 한국에 살면서 꿈꿨던 일들을 하나씩 이뤄가고 있어요. 꿈은 자기 마음의 목소리를 듣고 열심히 하면 이룰 수 있다고 생각합니다. 무엇보다 가족의 지지가 중요해요. 남편은 제가 외부 활동보다는 가정에 충실하기를 원했지만, 아이들에게만 삶의 초점을 맞추지 않고 부모가 꿈을 이루어 나가는 모습을 아이들에게 보여주면 아이들도 자기 꿈을 찾아 나가지 않을까요?

한국에 왔을 때 뭐든지 새롭게 찾아야 했고, 인생을 새롭게 시작한 것처럼 말이죠. 모든 게 신기했고, 어려웠고, 재미있었습니다!

한국에 처음 왔을 때 카자흐스탄을 모르는 사람이 정말 많았어요. 그때부터 '카자흐스탄을 알려주어야 되겠다'라고 결심을 했어요. 한국인과 카자흐스탄 부부처럼 아름답게 동행할 수 있는 나라라는 것을 알려주고 싶었어요.

카자흐스탄은 중앙아시아에 있는 나라이고 세계에서 9번째 큰 나라입니다. 중앙아시아의 거인이라고 부르기도 하고요.

카자흐스탄은 손님을 좋아하는 축제의 나라입니다. '손님은 알라께서 보내주신 선물'이라 생각하고 귀하게 여깁니다. 지금까지 살아오며 만난 한 분, 한 분이 정말 소중합니다.

저는 카자흐스탄의 중심 제스카즈간이라는 작은 도시에서 태어났습니다. 여름 방학이 되면 넓고 아름다운 초원에 있는 시골에 자주 놀러나가 노래를 부르며 양을 키웠죠. 넓고 높은 푸른 하늘 밑에서 도시에선 느껴볼 수 없는 자유를 누리며 행복했던 순간들…. 카자흐스탄 전통 악기 돔브라 소리를 듣고 반했던 순간도 잊지 못합니다.

카자흐스탄에서 자란 어린 시절은 꿈도 많았으나 지금은 많이 변하기도 했어요. 취미로 카자흐스탄의 전통 악기 돔브라를 다루면서 연주자가 되는 것이 꿈이었다가, 어머니의 재봉틀 하시는 모습이 멋있어 보여 디자이너를 꿈꾸기도 하였고, 언어에 관심이 많아서 통역사가 되고 싶기도 했어요.

이렇게 고향을 늘 소개해왔고 제가 하는 모든 일은 카자흐스탄과 관련이 있습니다. 첫 경험은 리포터 일이었어요. 〈사랑합니다 대한민국〉방송을 동해 전국을 돌아다녔는데, 한국을 좀 더 알 수 있는 좋은 기회였고 좋은 분들과 함께했던 소중한 추억이었습니다.

저의 또 다른 일은 카자흐스탄 전통 의상과 소품 디자이너입니다. 카자흐스탄 의상을 만들며 패션쇼를 준비하면서 정말 보람을 느끼고 즐겁게 보냈던 시간이었어요. 학원에 다니거나 전문가에게 배운 것이 아니고 수많은 동영상을 보면서 독학으로 배웠어요. 나 자신과의 싸움이었죠. 마음먹은 대로 될 때까지 포기하지 않았더니 어느 순간 옷을 만들 수 있을 정도로 실력이 늘어났답니다.

카자흐스탄을 소개할 수 있는 또 다른 방법은 예술 활동입니다. 악기를 들고 연주를 하고 전통춤을 추며 음악을 통해 소개했습니다.

4년 동안 봉사도 하는 등 나름의 노력 끝에 한국 언론사에서 '다문화 봉사 대상'을 받았습니다. 새로운 것에 도전하기를 좋아하고, 항상 열심히 살았던 것 같아요. 앞으로도 의미 있는 활동을 하며 즐겁게 살고 싶습니다.

지금은 다문화 강사 활동을 하면서, 앞으로 카자흐스탄뿐만 아니라 중앙아시아 나라들의 문화를 체험할 수 있는 공간을 만들어 '중앙아시아 문화원'을 운영하려는 큰 꿈을 갖고 있어요. 전 세계에 수많은 나라가 있지만, 우리 부부처럼 마음을 열고 상대방을 받아들이려고 노력한다면 어떤 나라, 어느 민족과도 동행하며 즐겁게 살아갈 수 있답니다.

새로운 것에 도전하세요. 두려워하지 말고! "난 꿈이 있어요, 그 꿈을 믿어요"라는 노래가 참 좋죠? 꿈을 포기하지 마세요. 하나씩 한 걸음씩 꿈길을 걸어보세요. 꿈이 없는 사람은 썩은 나무와 비슷합니다. 여러분은 어떤 꿈을 꾸고 있나요? 꿈을 이뤄나가는 일…. 가슴 설레는 일입니다. 어렵고 힘들어도 한 발짝 한 발짝 나가다 보면 작은 꿈들을 이루는 날이 오겠죠! 작은 꿈들이 모이고 모여 큰 꿈을 이루는 날을 그려보며…. 오늘도 파이팅!

✦ Profile
카자흐스탄 중부도시 제즈카즈간에서 출생, 2010년 태권도 사범인 한국인 남편과 결혼, 현재 카자흐스탄 관련 문화·예술을 홍보하는 세계문화강사로 활동 중